GOLDMANN

Buch

Der Australier Justin Broome hat einen Weg durch die Blue Mountains gefunden. Dahinter erstreckt sich fruchtbares Weideland. Als jedoch das Gerücht aufkommt, jenseits der Berge sei Gold gefunden worden, machen Machtkämpfe und Intrigen das Leben in der ehemaligen Strafkolonie unerträglich.
Drei tapfere Männer, Justin Broome, Rick Tempest und George De Lancey, kämpfen gemeinsam um das geliebte Land – und um die Zuneigung der schönen Amerikanerin Kate O'Malley ...

Autor

William Stuart Long verbrachte lange Jahre in Australien und ist ein intimer Kenner des Landes und seiner Geschichte.

Folgende Bände der Australien-Saga
sind als Goldmann Taschenbücher bereits erschienen:

Die Verbannten (8581)
Die Siedler (8605)
Der Verrat (8828)
Auf den Spuren der Väter (8859)

WILLIAM STUART LONG

DIE ABENTEURER

Roman

GOLDMANN VERLAG

Aus dem Amerikanischen übertragen von Katrine von Hutten
Titel der Originalausgabe: The Adventurers
Originalverlag: Dell Publishing, New York

Deutsche Erstveröffentlichung

Der Goldmann Verlag
ist ein Unternehmen der Verlagsgruppe Bertelsmann

Made in Germany · 3/88 · 1. Auflage

Umschlagentwurf: Design Team München
Umschlagillustration: Norma, San Julian, Barcelona
Satz: IBV Satz- und Datentechnik GmbH, Berlin
Druck: Elsnerdruck, Berlin
Verlagsnummer: 8978
Lektorat: Werner Morawetz/AU
Herstellung: Gisela Ernst
ISBN 3-442-08978-6

Prolog

»Murdoch Henry Maclaine, in Anbetracht Ihrer Jugend und der Empfehlung des Hohen Gerichts, in Ihrem Fall Gnade walten zu lassen«, hatte der alte Richter bei der Urteilsverkündung gesagt und den Ernst seiner Worte mit einem knochigen, mahnend erhobenen Zeigefinger unterstrichen, »werden Sie nicht zum Tode verurteilt, sondern statt dessen lebenslänglich in die Strafkolonie von Neusüdwales verbannt. Und«, hatte er mit einem frommen Augenaufschlag hinzugefügt, »ich bitte Gott, daß er Ihnen gnädig sein möge!«

Als er mit den anderen an Armen und Beinen gefesselten Gefangenen in dem schaukelnden Planwagen saß, erinnerte sich Murdoch Maclaine mit großer Bitterkeit an die Urteilsverkündung.

Es stimmte zwar, daß er nicht zum Tode verurteilt worden war. Er war nicht gehängt worden wie der arme alte Sep Todd und wie Dickie Farmer, seine beiden Komplizen bei dem mißglückten Raubüberfall auf die Londoner Postkutsche. Aber... er zog seine dunklen Augenbrauen zusammen. Zu was für einer Art von Leben war er verurteilt worden? Von ein paar Mitgefangenen hatte er gehört, daß das Leben in Botany Bay für einen Sträfling die Hölle auf Erden sei.

Für seine Mutter, Jessica und die beiden Kleinen war es sicher etwas anderes. Sie waren mit dem 73. Infanterieregiment unter Colonel Lachlan Macquarie, dem Gouverneur der Strafkolonie, vor fünf Jahren dorthin aufgebrochen. Soviel er wußte, lebte seine Familie noch immer in Sydney, zusammen mit seinem brutalen Stiefvater – Sergeant Major Duncan Campbell – der ihm das Leben so schwergemacht hatte, daß er von zu Hause durchgebrannt war.

Er hatte vorgehabt, seiner Familie früher oder später zu folgen, aber, bei Gott, nicht als ein zu lebenslänglicher Verbannung verurteilter Sträfling in Ketten! Diese Schande würde seiner

Mutter das Herz brechen. Sie war immer eine stolze Frau und bemüht gewesen, ihn und seine Schwester Jessica zu ehrlichen, gottesfürchtigen Menschen zu erziehen. Es würde für sie einen großen Schock bedeuten, wenn sie erführe, daß ihr einziger Sohn als Straßenräuber vor Gericht gestellt und abgeurteilt worden war.

Die Zusammenarbeit mit der Bande von Nick Vincent hatte Murdo viel Geld eingebracht, und er bedauerte eigentlich nicht, daß er sich darauf eingelassen hatte. Nick war immer freundlich zu ihm gewesen, hatte ihm eine Wohnung und Arbeit verschafft – am Anfang hatte er für fünf Schilling in der Woche als Pferdeknecht bei ihm gearbeitet. Und damals, als er als knapp fünfzehnjähriger Junge mitten im kalten Winter von zu Hause ausgerissen war, war diese Anstellung ein großes Glück für ihn gewesen.

Anfangs hatte er auf den Straßen Glasgows gebettelt, und vor einer Kneipe hatte er Nick Vincent kennengelernt, der mit dem halberfrorenen und halbverhungerten jungen Mann Mitleid empfand und ihm Arbeit anbot.

»Ich kann jemand brauchen, der mit Pferden umgehen kann«, hatte er gesagt und dann lächelnd hinzugefügt: »Allerdings nur, wenn er nicht zu viele Fragen stellt und den Mund halten kann. Bist du dazu bereit, mein Junge?«

Er hatte ohne zu zögern zugestimmt, nach nichts gefragt und nichts ausgeplaudert. Selbst als er nach kurzer Zeit begriff, welchen Tätigkeiten sein Dienstherr nachging, hatte er weiter für ihn gearbeitet, und ein Jahr später – als er fast siebzehn war – wurde er von Nick als vollgültiges Mitglied in seine Räuberbande aufgenommen.

Die Bande war gut organisiert, die Raubüberfälle wurden genau geplant und professionell durchgeführt. Aber in der Nacht bevor er mit Todd und Farmer die Londoner Postkutsche außerhalb von Winchester ausraubte, war Todd unvorsichtig gewesen. Er hatte beim Abendessen in einer Wirtschaft zuviel geredet. Ein Informant hatte alles ausgeplaudert, und deshalb waren sie auf frischer Tat geschnappt worden... Todd und Farmer waren inzwischen längst tot.

Während er... Murdo seufzte unglücklich auf. Er war gefesselt wie ein wildes Tier, wurde nach Portsmouth oder Southampton verfrachtet, und es stand ihm eine sechs Monate lange Schiffsreise ins Ungewisse bevor. Zwar besaß er einen beachtlichen Notgroschen, den Nick für ihn verwahrte und der ihm zukommen sollte, bevor der Sträflingstransport den Anker lichtete.

Er hoffte, daß Nick sein Versprechen halten würde. Nick Vincent hatte bisher immer sein Wort gehalten, seine Männer immer fair behandelt und dafür gesorgt, daß ihre Witwen und Familien eine ausreichende Unterstützung erhielten, wenn jemand von ihnen erwischt und hingerichtet worden war.

Bei einem kurzen Besuch im Gefängnis von Winchester hatte Nick angedeutet, daß er den Planwagen mit den Sträflingen aufhalten wollte, wenn er sicher sein könne, daß Murdo sich darin befände. Der kleine Halunke von Wärter war damit einverstanden gewesen, das genaue Abfahrtsdatum weiterzugeben, aber es konnte auch sein, daß er das Bestechungsgeld nur eingesäckelt und sonst nichts unternommen hatte. Aber –

Murdo beugte sich vor, als er Pferde herangaloppieren hörte und schöpfte neue Hoffnung.

Ein Pistolenschuß krachte, und sein Herz schlug schneller, als er Nicks lauten Befehl hörte: »Stehenbleiben und Hände hoch! Wir sind an Ihrer Ladung interessiert. Keine Bewegung, oder Sie sind ein toter Mann!«

Der Wagen blieb knirschend stehen. Der Kutscher saß mit zwei Wärtern ungeschützt auf dem Kutschbock. Seine Stimme zitterte, als er rief: »Um Gottes willen, nicht schießen, Mister! Wir sind unbewaffnet und machen Ihnen bestimmt keinen Ärger!«

»Dann runter vom Bock«, befahl Nick. »Und zwar alle – und Hände hoch! Und Joss, durchsuch sie auf alle Fälle nach Waffen.«

»Die ham nich mal 'n Messer«, meldete ein Mann. An der tiefen Stimme erkannte Murdo, daß es Joss Gifford sein mußte, Nicks rechte Hand. Murdo versuchte aus dem kleinen Fenster zu schauen, aber er konnte sich in seinen Ketten kaum ruhren, und der Mann neben ihm hielt ihm den Mund zu.

»Sei still, du Idiot«, zischte er. »Halts Maul, bis wir wissen, was die überhaupt wollen!«

»He, du!« rief Nick und sprach offenbar einen der Wärter an.

»Rein in den Wagen mit dir und laß sie alle raus, so schnell wie möglich! Wie viele Männer sind drin?«

»Vierundzwanzig, Sir. Aber sie –«

Nick unterbrach ihn. »Etwas plötzlich«, befahl er. »Ich will, daß alle aussteigen und sich hier vor mir aufstellen, verstanden? Aber die Fesseln bleiben dran, bis ich was anderes sag.«

Einen Augenblick später knirschte der Schlüssel im Schloß, und die vergitterte Wagentür sprang auf. Murdos Mitgefangene, die bisher völlig überrascht geschwiegen hatten, begriffen plötzlich, daß sie unerwartet die Freiheit wiedergewinnen sollten, und fingen wie wild zu johlen an.

Nick schrie sie an: »Ruhe, ihr verdammten Idioten! *Ruhe*, hab ich gesagt! Ihr seid frei, wenn ihr das tut, was ich euch sage. Raus jetzt, so schnell ihr könnt, ich will alle sehen. Murdo, mein Junge –« Sein schroffer Ton veränderte sich. »Bist du da?«

»Ja, hier bin ich!« rief Murdo aufgeregt. Der Mann neben ihm stand schon, und Murdo sprang auf die Tür zu, so schnell es seine Beinketten ihm erlaubten.

Der Hüne Joss Giffort stand in einiger Entfernung bereit. Hinter ihm saßen drei maskierte Männer mit gezückten Pistolen auf ihren Pferden. Murdo erkannte sie trotz ihrer Masken und strahlte Nick glücklich an.

»Gott vergelts dir! Das vergess ich dir nie, Nick, solange ich leb.«

»Is schon gut, mein Junge«, wehrte Nick ab. Dann deutete er auf Murdo und sagte ungeduldig zu einem der beiden Wärter: »Den hier wollen wir haben. Nimm ihm die Ketten ab, und zwar ein bißchen plötzlich!«

Murdo streckte seine gefesselten Hände aus, und der Wärter befreite ihn vor Angst zitternd von seinen Handschellen. Joss grinste hinter seiner Maske, zog einen zusammengelegten Umhang aus seiner Satteltasche und warf ihn Murdo zu.

»Leg den um, mein Junge«, sagte er. »Und dann steig aufs Pferd. Nick hat Kleider für dich, aber wir wollen uns nich länger hier aufhalten, als es unbedingt nötig ist. Wenn wir erst mal 'n Stückchen weiter weg sind, kannst du deine Gefängniskleidung ausziehen.«

Als auch die anderen Gefangenen frei waren, riet Nick ihnen, den Kutscher und die beiden Wärter zu fesseln, ihnen aber sonst kein Leid anzutun, und er fügte hinzu: »Das rat ich euch in eurem eigenen Interesse, denn sonst kommt ihr bestimmt nicht mit dem Leben davon, falls ihr geschnappt werdet.« Ohne ein weiteres Wort wandte er sich ab und galoppierte, von seinen Männer gefolgt, davon.

Nach einer Straßenbiegung bog Nick von der Straße ab, ritt im Schritt an einem Feldrain entlang und zügelte sein Pferd hinter einer Gebüschgruppe. Hier konnten die Reiter von der Straße aus nicht gesehen werden, und Nick sagte kurz: »So, jetzt zieh die Gefängniskleidung aus, Murdo, und zieh das hier an.«

Murdo ließ sich das nicht zweimal sagen. Kurze Zeit später erinnerte nur noch sein geschorener Kopf daran, daß er ein geflohener Sträfling war. Er drückte sich den Dreispitz auf den Kopf, den Nick ebenfalls besorgt hatte, und sprang wieder aufs Pferd. »Wohin geht's, Nick?« fragte er, als der Anführer weiter querfeldein ritt.

»Nach Bucks Oak«, antwortete Nick kurz. »Und nach Alton Arms, wo ich für dich was organisiert hab, damit du für ne Zeitlang untertauchen kannst.«

Dann schwieg er mit verschlossenem Gesichtsausdruck, und Murdo begriff, daß er nichts weiter sagen wollte.

»Murdo!« rief ihm Joss Giffort von hinten zu und bedeutete ihm, sein Pferd zu zügeln. Als beide Seite an Seite am Ende der kleinen Reitergruppe dahinritten, sagte der ältere Mann leise: »Wir reiten nach Hinton Marsh, mein Sohn, und ich nehm an, daß Nick die ganze Nacht durchreiten wird. Er hat sich was für dich ausgedacht, aber ich glaub kaum, daß es dir gefallen wird. Aber ich find, du schuldest ihm blinden Gehorsam, Murdo. Er hat dich davor bewahrt, als Verbannter nach Botany Bay geschickt zu werden, deshalb stehste in seiner Schuld, oder?«

»Ja, das stimmt«, entgegnete Murdo überzeugt. Aber er fühlte sich nicht mehr ganz wohl in seiner Haut und blickte Joss an. »Weißt du, was er mit mir vor hat?«

»Ja, mein Junge. Aber ich werd's dir nich erzählen – das geht mich ja nix an. Ich wollt dich nur 'n bißchen vorwarnen.«

»Danke«, meinte Murdo. Vielleicht hatte Nick vor, *ihn* in den Norden zu schicken, bis Gras über die Sache gewachsen war.

Aber was immer Nick auch geplant hatte, er würde ihm natürlich gehorchen; auf alle Fälle hatte er ja seinen Notpfennig und seine Freiheit. Und wenn Nick mit seiner Bande in den Norden ziehen würde, dann könnte er ja wieder zu ihm stoßen.

Aber es nützte nichts, sich jetzt Gedanken zu machen. Nick würde ihm schon sagen, was er mit ihm vorhatte, wenn der richtige Zeitpunkt dafür gekommen war. Um ihn zu befreien, hatte er den Gefangenentransport überfallen und damit ein großes Risiko auf sich genommen. Murdo lächelte Joss an.

»Ich tu, was immer Nick von mir verlangt, Joss.«

»Bist 'n guter Junge«, meinte Joss anerkennend. »Ich hab mir schon gedacht, daß du so reagieren wirst.« Er nickte, gab seinem Pferd die Sporen und ritt nach vorne zu Nick.

Wie er vorhergesagt hatte, ritten sie die ganze Nacht hindurch, und stiegen nur einmal an einer abgelegenen Wirtschaft ab, um den Pferden Wasser zu geben und selbst etwas zu essen. Nick mied die großen Straßen, Dörfer und Städte. Der Trupp kam erst am Mittag des nächsten Tages in Bucks Oak an. Im Stall der Wirtschaft versorgte Murdo zusammen mit Liam O'Driscoll die erschöpften Pferde und wartete darauf, daß Nick ihn zu sich rufen würde. Knapp eine Stunde nach ihrer Ankunft war es soweit. Als er die Wirtsstube betrat, wohin Nick ihn gebeten hatte, blieb er überrascht stehen, als er Nick mit zwei uniformierten Fremden am Tisch sitzen sah.

Es waren Königliche Rotröcke, Sergeants mit goldenen Rangabzeichen an ihren Uniformjacken – *Rekrutenanwerber*. Murdo wußte sofort, was da gespielt wurde. Nick stand auf, legte ihm einen Arm um die Schulter und führte ihn in die andere Ecke des Zimmers.

»Du willst, daß ich Soldat werde?« flüsterte er mit zitternder Stimme.

Nick nickte. »Ja, mein Junge, so kann mans ausdrücken. Verstehste, du bist jetzt 'n Risiko für uns, und in 'n paar Stunden wirste überall gesucht. Die fangen 'n paar von den anderen Gefangenen ein, und diese Idioten werden aus Schiß alles über dich erzählen, was sie wissen. Du mußt irgendwo sicher untertauchen, Murdo.«

»Aber die Armee –« sagte Murdo bitter.

»Da wird niemand nach dir suchen. Ich schwörs dir, daß es der einzige Ort ist, wo sie dich nicht vermuten!« Dann fuhr er fort: »Du weißt ja, wie gern ich dich hab – du bist wie mein eigener Sohn, und es fällt mir sehr schwer, mich von dir zu trennen. Aber 's is ja nich für immer, und der Krieg is vorbei. Das is jetzt 'n ganz bequemes Leben bei der Armee – da kannst du ne wirklich ruhige Kugel schieben.«

»Bei der Armee wird nie ne ruhige Kugel geschoben«, protestierte Murdo. Als Kind eines Soldaten hatte er seine Jugend in Kasernen verbracht und wußte nur zu gut, was für eine harte Disziplin dort herrschte. War er nicht deshalb von zu Hause geflohen, weil sein Stiefvater Duncan Campbell ihn so behandelte, wie man gemeine Soldaten behandeln würde? Er versuchte es zu erklären, aber Nick unterbrach ihn ungeduldig.

»Auf alle Fälle ist es besser als Botany Bay. Und du brauchst nicht zu kämpfen.«

»Das stimmt vielleicht. Aber trotzdem würd ich alles lieber tun, als Soldat zu werden. Nick, ich –«

»Murdo, Murdo!« sagte Nick unglücklich. »Wo ist deine Loyalität geblieben, deine Dankbarkeit? Willst du uns alle in Gefahr bringen? Joss und mich, uns alle... Deine Freunde, oder...? Wir sind 'n großes Risiko eingegangen, um dich zu befrein, denk daran, mein Junge!«

»Das tu ich doch«, meinte Murdo kleinlaut. Er schaute zu den beiden Sergeants hinüber, die schweigend vor ihren Bierkrügen saßen und sich nicht für das zu interessieren schienen, was Nick und er untereinander zu bereden hatten.

»Es wird auch nich für lang sein«, meinte Nick. »Sechs Monate, vielleicht sogar weniger, dann interessiert sich kein Mensch mehr für dich. Dann kannste dich rauskaufen und zu uns zurückkommen. Schau, hier ich hab deinen Anteil ausgerechnet, den du noch zu kriegen hast. Is 'n ganz schönes Sümmchen, und ich fänds idiotisch von dir, wenn dus mit zum Militär nimmst. Aber wenn du willst, hinterleg ichs für dich bei Charley Finn, dem Gastwirt. Er hebts dir auf, bist dus brauchst, oder ich hebs für dich auf, wie du willst. Du vertraust mir doch, oder?«

»Aber natürlich, Nick. Trotzdem, ich würde...« Murdo versuchte zum letzten Mal Nick umzustimmen. »Könnt ich nicht in den Norden gehn und mich dort verstecken? In Glasgow kann man doch unbemerkt untertauchen. Ich wäre allein und –«

»Ohne Freunde würdest du nich bis zur Grenze kommen«, erwiderte Nick so entschieden, daß Murdo sich in sein Schicksal fügte. Der Bandenführer zog ungeduldig seine Stirn kraus und deutete auf die Standuhr. »Wir haben jetzt genug Zeit verloren. Wie stehts, Murdo? Tust du das, worum ich dich bitte? Denn wenn du's nicht tust…« Er sprach die Drohung zwar nicht aus, aber Murdo verstand, was er meinte. Nicks Drohungen durfte man nicht leichtnehmen. Er wußte, daß er nie auch nur einen Pfennig Geld sehen würde, wenn er sich jetzt Nicks Wünschen widersetzte. Der alte Joss hatte recht gehabt, daß er nicht gerade begeistert von Nicks Plänen sein würde. Aber die Armee war tatsächlich besser als eine Strafkolonie in Neusüdwales.

»Nun?« drängte Nick. »Läßt du dich anwerben?«

»Ja«, antwortete Murdo und schluckte.

Nick lachte, packte den jungen Mann am Arm und führte ihn zu den beiden Sergeants. »Hier ist der junge Mann, meine Herren«, verkündete er. »Er ist frei und bereit, in der Armee des Königs zu dienen!«

»Wie heißt du, mein Junge«, fragte der eine und schaute ihn freundlich an.

»Smith, Sergeant«, antwortete Nick. Er warf Murdo einen warnenden Blick zu. »Er heißt Murdoch Smith.«

Der Sergeant schaute Murdoch prüfend an, lächelte dann und zog ihm den schlechtsitzenden Dreispitz vom Kopf. »Er hat ja schon 'nen Armeeschnitt«, meinte er amüsiert und zwinkerte Murdo zu. »Nun, wir fragen nich danach, was gestern war. In welches Regiment willste denn, eh? Kannst dirs selbst auswählen. Das Zweiundneunzigste in Brüssel kommt in Frage, dann das Zweiundvierzigste und das Einundsiebzigste, dann kannste ins Dreiundsiebzigste gehn oder ins Neunundsiebzigste…«

Er zählte weiter die in Frage kommenden Regimenter auf, aber Murdo hörte nicht hin. Er könnte ins 73. Regiment eintreten, ins Regiment seines verstorbenen Vaters! Wenn er schon zum Militär mußte, dann wenigstens in dieses Regiment…

Er richtete sich auf, unterbrach den Sergeant und sagte: »Ich bin bereit, mich vereidigen zu lassen, und ich will ins dreiundsiebzigste Regiment. Und außerdem heiß ich Maclaine, nicht Smith.«

Nick zuckte mit den Schultern und schüttelte den Kopf.

»Geliebte Gemeinde, wir haben uns hier im Namen Gottes versammelt, um die Vermählung dieses Mannes mit dieser Frau zu feiern…«

Der Priester sprach weiter, aber George De Lancey, der an seines Bruders Seite stand, bemerkte, daß seine Gedanken abschweiften. Es war typisches Aprilwetter. Obwohl ein Regenschauer die Gemeinde eben auf dem Weg zur Kirche durchnäßt hatte, schien jetzt ein Sonnenstrahl durchs bunte Glasfenster hinter dem Altar. Dadurch lag ein leuchtend bunter Lichterteppich auf dem Steinboden vor der Braut, und sie lächelte unter ihrem Schleier, als sie es sah.

Magdalen Hall war eine wunderschöne junge Frau, dachte George de Lancey, und sein Bruder konnte sich glücklich schätzen, ihre Zuneigung errungen zu haben. Er neidete ihm dieses Glück nicht. Sein älterer Bruder war noch immer – wie schon von frühester Jugend an – sein großes Vorbild.

Aber in seinen kühnsten Träumen hatte er sich niemals vorgestellt, es jemals so weit wie William bringen zu können oder sogar noch erfolgreicher zu sein als er. So standen die beiden Brüder vor der Gemeinde, die sich an den gutaussehenden Offizieren und der schönen Braut nicht satt sehen konnte.

Ihre militärische Karriere hätte jedem britischen Offizier in ihrem Alter zur Ehre gereicht, war aber um so bemerkenswerter, als die Brüder gebürtige Amerikaner waren. Sie waren in New York als Nachfahren einer Hugenottenfamilie geboren worden, die nach dem Verdikt von Nantes in die neue Welt geflohen war…

»William Howe, willst du Magdalen zur Frau nehmen, willst du sie lieben, ehren, und ihr in guten und bösen Tagen zur Seite stehen, bis daß der Tod euch scheidet?«

William bejahte die Frage mit ernster Stimme. Magdalen blickte schüchtern zu Boden, als ihr dieselbe Frage gestellt wurde, dann schaute sie zu ihrem hochgewachsenen Bräutigam auf, eine zarte Röte überzog ihr schönes Gesicht, und sie antwortete leise mit Ja.

Ihr Vater, der grauhaarige Sir James Hall of Dunglass, sprach mit großem Ernst die wenigen Worte, die während der Trauzeremonie von ihm erwartet wurden, und ging dann zur Familienbank zurück, während das junge Paar ernst die Treueschwüre wiederholte, die der Pfarrer ihm vorsprach.

Seltsam bewegt, tastete George in der Tasche seiner gut sitzenden Uniform nach dem Ring. Seine Hand zitterte leicht, als er ihn in das Gebetbuch des Pfarrers legte, und er stellte sich einen Augenblick lang vor, daß seine Jugendliebe Katie O'Malley dort im weißen Hochzeitskleid stünde und ihm gerade ihr Jawort fürs Leben gegeben hätte. Aber Katies Augen waren blau, ihr Haar sah aus wie gesponnenes Gold, und Magdalen, die jetzt die Frau seines Bruders war, hatte braune Augen und glänzendes, dunkles Haar... die beiden sahen sich wirklich nicht ähnlich. Er war für ein paar Sekunden einem Wunschtraum erlegen.

Er trat zurück, wie der Vater der Braut es getan hatte. William und seine Braut knieten vor dem Altar nieder, und während der alte Pfarrer ein Gebet sprach, dachte er wieder an die Vergangenheit. Während des französisch-englischen Krieges war der tapfere General Le Marchant neben ihm gefallen. Drei Wochen später war er mit Wellingtons Regiment in Madrid eingeritten, unter den begeisterten *Vivas*-Rufen der spanischen Bevölkerung.

Dann hatte es zwar Rückschläge gegeben, aber er hatte daraus gelernt. Ihm war klargeworden, weshalb lange Gewaltmärsche nötig waren, und ihm hatten die Gründe für sofortige Rückzüge nach Siegen, die ihm bis dahin unverständlich waren, eingeleuchtet.

Während der Predigt schaute George zur Kanzel auf, schloß aber dann seine Augen, weil die alten Erinnerungen sich seiner bemächtigten.

Ja, es hatte während des Krieges Frauen in seinem Leben gegeben – ein paar Spanierinnen, ein französisches Bauernmädchen, die Witwe eines irischen Soldaten, die ihm eine Wunde verbunden und ihn liebevoll gesundgepflegt hatte. Aber die Gesichter der Frauen verschwammen in der Erinnerung, selbst Katies Gesicht sah er nicht mehr klar vor sich. Deutlicher konnte er sich die Gesichter der gefallenen Soldaten vergegenwärtigen – manche waren Freunde gewesen, die meisten aber Fremde – Briten, Deutsche, Portugiesen, die trotz ihrer entsetzlichen Wunden scheinbar friedlich dalagen. An die vielen Schwerverwundeten, die sich bis zum letzten Augenblick noch ans Leben geklammert hatten, wagte er gar nicht zu denken. George atmete schwer.

Der Krieg war vorüber, sagte er sich... Für William und seine schöne junge Frau ebenso wie für ihn. Napoleon Bonaparte mochte zwar aus Elba geflohen sein, aber die Engländer hatten nichts von den Franzosen zu befürchten, die kriegsmüde waren – genauso kriegsmüde wie er selbst, dachte George.

Sein Einsatz war mit einem Offizierspatent im 2. Dragonerregiment belohnt worden, das sich zur Zeit in Belgien aufhielt, aber er konnte, wenn er das wünschte, wieder Zivilist werden. Er konnte sein Offizierspatent verkaufen, so wie es sein Bruder William jetzt nach seiner Verheiratung beabsichtigte. Da sie gegen Amerikaner gekämpft hatten, konnten sie natürlich nicht nach Amerika zurückkehren, aber England stand ihm ja offen, oder er konnte sein Glück in einer der Kolonien machen. Während er einmal in Lincoln's Inn zu Mittag aß, hatte er zufällig von einem Tischnachbarn erfahren, daß in der Strafkolonie in Neusüdwales dringend Rechtsanwälte gebraucht würden.

Zwei Brüder, beide Mitglieder der Lincoln Inn, waren als Richter dorthin ausgewandert, bezogen ein ansehnliches Gehalt, der Jüngere der beiden war erst vor kurzem seinem Bruder dorthin gefolgt.

»Jeffrey Bent arbeitete im selben Richterzimmer wie ich«, hatte der Rechtsanwalt erzählt. »Und er hielt mir als Anwaltsgehilfe die armen Teufel vom Leib. Dann wurde sein älterer Bruder zum Militärstaatsanwalt von Neusüdwales berufen, mit einem Einkommen von zwölfhundert Pfund pro Jahr. Und der junge Jeffrey ist inzwischen als Zivilrichter dort tätig, immerhin verdient er achthundert Pfund... verdammt noch mal, ich wüßte, wo ich hinginge, wenn ich Geld bräuchte. Ob's nun eine Strafkolonie ist oder nicht, ich würde nach Botany Bay auswandern!«

George öffnete die Augen und sah, daß die Gemeinde sich inzwischen erhoben hatte und das neuvermählte Ehepaar schon auf dem Weg war, um die Unterschrift im Kirchenbuch zu leisten. Er erhob sich und eilte hinter ihnen her.

William schaute ihn vorwurfsvoll an, aber Magdalen strahlte vor Glück, als sie ihn als den Trauzeugen umarmte.

»Lieber George«, flüsterte sie, als er sie zärtlich in seinen Armen hielt, »es ist einfach wunderbar, daß du jetzt mein Schwager bist.«

Als die Zeremonie beendet war, fuhren sie in der Kutsche von der Kirche zum Schloß Dunglass, wo es ein wunderbares Hochzeitsessen gab und eine Rede der anderen folgte. Als George später seinem Bruder beim Umkleiden half, dankte er ihm sehr.

»Du warst mir eine große Hilfe, lieber George«, meinte William strahlend. »Mach bitte so weiter. In den nächsten drei Wochen wirst ausschließlich du etwas von mir hören, und ich vertraue darauf, daß du dafür sorgst, daß ich nur in den dringendsten Notfällen gestört werde. Das verstehst du doch, oder? Ein Mann heiratet schließlich nicht jeden Tag, und ich habe, weiß Gott, lange genug darauf gewartet, meine süße Magdalen zu meiner Frau machen zu dürfen.«

»Das verstehe ich vollkommen«, versicherte ihm George. »Du wirst nicht gestört werden, das verspreche ich dir.«

Er nahm an, daß das nicht schwierig sein würde, aber schon weniger als zwei Stunden nach der Abfahrt des frisch vermählten Paares rief ihn ein Diener aus dem Ballsaal des Schlosses heraus, wo sich die Gäste inzwischen zum Tanz versammelt hatten.

»Ein Offizier möchte Sir William sprechen, Sir. Ich sagte ihm, daß William und Miss Magdalen – ich meine Lady De Lancey – schon weggefahren sind, und er bat darum, Sie sprechen zu können, Sir. Er sagte, es sei sehr wichtig. Und...« Der Mann schaute ihn sehr ernst an. »Er sagte, daß er vom Duke von Wellington käme, Sir.«

George fühlte, wie er blaß wurde. Eine Botschaft vom Duke konnte nur eines bedeuten, das wußte er, und der Bote – Lieutenant Henry White vom 32. Infanterieregiment – bestätigte seine schlimmsten Befürchtungen.

»General Ney hat uns betrogen, George – er ist mit seinem gesamten Regiment zu Bonaparte übergelaufen! Der König ist geflohen. Bonaparte zog in Paris ein und wurde von der Bevölkerung mit begeisterten ›*Vive l'Empereur!*‹ empfangen. Und er hat keine Zeit verloren, um eine neue Armee zu mobilisieren – alle

Soldaten, die letztes Jahr nach seiner Abdankung desertiert sind, sind begierig darauf, in einem nächsten Krieg für ihren Helden wieder den Kopf hinhalten zu können. Das behaupten jedenfalls unsere Spione. Ich fürchte, es ist verdammt ernst, Sir.«

Er berichtete weitere Einzelheiten, und George hörte entsetzt und ungläubig zu.

Er war ein Narr gewesen anzunehmen, daß der Krieg vorüber sei, dachte er unglücklich. Und ein noch größerer Narr zu glauben, daß das stolze französische Volk den Frieden wolle...

Henry White fügte mit großem Ernst hinzu: »Es geht wieder ganz von vorne los, lieber George. Und Wellington möchte, daß dein Bruder so bald wie möglich in Brüssel antritt. Wenn irgendmöglich schon in einer Woche. Er hat mich gebeten, die Botschaft persönlich auszurichten und alle nötigen Reisevorbereitungen für ihn zu treffen.«

»Er hat heute geheiratet«, sagte George leise.

»Ja, das habe ich gehört. Aber es ist doch sicher möglich, Verbindung mit ihm aufzunehmen, um ihn von den traurigen Neuigkeiten zu informieren?«

Georg nickte zögernd, und White klopfte ihm freundschaftlich auf die Schulter. »Höre ich Tanzmusik?« fragte er. »Ist der Hochzeitsball schon im Gang?«

»Ja, aber –«

»Dann sollten wir daran teilnehmen! Wir können den Colonel heute nacht bestimmt nicht mehr erreichen. Also los, mein Lieber!« Henry White lächelte. »Laß uns essen, trinken und fröhlich sein, denn morgen«, er unterbrach sich, und seine Augen glänzten – »morgen müssen wir uns wieder auf den Weg machen und nach militärischen Lorbeeren streben. Aber vielleicht leihst du mir ein sauberes Hemd und Tanzschuhe? Nach dem Ritt von Edinburgh hierher kann ich mich in meiner Kleidung schwerlich den Damen von Dunglass präsentieren.«

»Ich leihe dir mit Vergnügen alles, was du brauchst«, antwortete George unglücklich.

Sir James Halls Dudelsackpfeifer spielte einen fröhlichen Tanz auf, als die beiden jungen Männer den Ballsaal betraten.

»Ich sehe ein paar wahre Schönheiten«, sagte White fröhlich. »Entschuldige mich, George.«

Und George De Lancey schaute zu, wie der Offizier den Ballsaal durchquerte und auf eine Gruppe von jungen Damen zuging, die sich mit ihren Seidenfächern Kühlung zufächelten. Es waren sehr hübsche Mädchen darunter, dachte George, obwohl kein einziges seiner geliebten Katie O'Malley das Wasser reichen konnte. Aber er war Gast hier und mußte seine Pflicht tun. Er folgte Whites Beispiel und forderte eine der jungen Damen zum Tanz auf.

Nach neun Tagen Sturm mit haushohen Wellen ebbte der Wind ab und drehte nach West. Als der Erste Offizier des Königlichen Kriegsschiffes *Kangaroo* frühmorgens an Deck kam, um den Ersten Maat in der Wache abzulösen, fühlte er sich sehr erleichtert, als er um sich blickte.

Zwar sahen die dicken grauen Wolken nach Schnee aus, und das Schiff stampfte mühsam durch eine schwere Dünung. Aber es hatte den Sturm gut überstanden, und die wenigen nötigen Reparaturen konnten an Bord ausgeführt werden.

Das Schiff war viele Meilen vom Kurs abgetrieben worden – es war bisher noch nicht möglich gewesen festzustellen, wie weit – aber nach der ungewöhnlichen Kälte und den Eiszapfen in der Takelage zu urteilen, waren es bestimmt zweihundert Meilen.

Rick Tempest schlang sich seinen dicken Wollschal um den Hals. Die Männer der Morgenwache stolperten an ihm vorbei und freuten sich auf die Wärme unter Deck. Seine eigene Wache stellte sich zum Appell auf.

»Das Barometer steigt«, sagte der Navigator Silas Crabbe. Sein knochiges Gesicht war blau vor Kälte, seine Augen rot gerändert. Er sah krank aus, dachte Rick besorgt, obwohl das eigentlich kein Wunder war, wenn man daran dachte, was alles hinter ihnen lag. Nächte, in denen sie praktisch kein Auge zugetan hatten, lange Tage, an denen sie sich am Mast hatten festbinden müssen, um nicht von den tosenden Wellen über Bord geschwemmt zu werden.

Er und Silas Crabbe hatten es am schwersten gehabt, hatten oft stundenlang an Deck ausgeharrt, während der Kommandant der *Kangaroo*, Captain John Jeffrey, mit seiner Frau kaum jemals seine Kabine verlassen, alle Befehle von dort aus gegeben hatte, und nur selten kurz auf dem Achterdeck erschienen war, um mit einem Blick die Ausführung seiner Befehle zu überprüfen.

Silas Crabbe stampfte mit seinen eiskalten Füßen auf und schickte sich an, unter Deck zu gehen. Er sagte: »In ungefähr 'ner Stunde versuch ich, 'ne Positionsbestimmung zu machen, Mr. Tempest. Wenn der Wind so bleibt wie jetzt, kanns ja sein, daß die Sonne durchkommt. Aber wahrscheinlicher is, daß es zu schneien anfängt. Aber, was das Wetter uns auch bringt, wir müssen nach Nordosten, damit –«

Er wurde durch einen Ruf vom Wachposten im Mastkorb unterbrochen. »Backbord kleines Segelboot in Sicht, Sir. Etwa 'ne Meile entfernt. Sieht wie 'n Rettungsboot aus, Sir.«

Ein Rettungsboot in diesen einsamen, wilden Gewässern konnte nur eines bedeuten, dachte Rick. Er griff nach seinem Fernglas und wünschte, daß die Sicht besser wäre. Aber wenigstens schneite es noch nicht.

»Es sind Männer an Bord, Sir«, rief der Wachposten ihm zu. »Ich seh keine Bewegung an Bord, kann aber erkennen, daß Menschen im Boot liegen. Schwer zu sagen, wie viele! Vielleicht sechs, vielleicht mehr. Aber von 'nem Schiff is weit und breit nix zu sehn.«

Rick suchte mit seinem Fernglas den Horizont ab und konnte die Worte des Wachposten nur bestätigen. Er seufzte und stellte sein Fernglas auf das Rettungsboot ein, das schräg im Wasser lag. Nichts rührte sich. Vielleicht kam alle Hilfe zu spät. Kurz bevor er das Fernrohr zusammenschieben wollte, entdeckte er plötzlich eine Hand, die sich kurz erhob und dann wieder unbeweglich dalag. Also waren doch nicht alle der unglücklichen Leute tot! Er rief dem Steuermann zu, den Kurs zu ändern und auf das Boot zuzuhalten.

»Einer lebt«, sagte er zu Silas Crabbe. »Wir fahren so nah wie möglich heran, ich stelle eine freiwillige Mannschaft für das Achterboot zusammen, und dann holen wir sie an Bord. Und Sie lösen mich hier ab, ja? Und, Mr. Harris ...« Der junge Offiziersanwärter war gleich neben ihm.

»Sir?«

»Gehen Sie zum Captain. Melden Sie ihm, daß wir ein Boot mit Schiffbrüchigen gesichtet haben und daß ich das Achterboot zu Wasser lasse, um sie zu retten. Und dann bringen Sie mir so viele Decken, wie Sie nur auftreiben können.«

Der junge Offiziersanwärter machte sich daran, den Befehl auszuführen, und kam bald darauf mit beiden Armen voll Decken zurück. Er reichte Rick eine Flasche Brandy, auf der die Initialen des Kapitäns zu lesen waren und die, wie er unschuldig meinte, gerade von einem Steward nachgefüllt worden war. »Ich dachte, das könnten Sie gut brauchen, Sir.«

Der Kapitän kam gleich hinterher und vermochte nicht, seinen Ärger zu verbergen. Er war ein kleiner Mann, der zum Dickwerden neigte, und sah viel älter aus, als er war, nämlich erst vierzig Jahre.

Seine leicht aufbrausende, arrogante Art hatte ihn bei den Marineoffizieren und den Matrosen der *Kangaroo* nicht gerade beliebt gemacht, doch das schien ihm gar nichts auszumachen. Er nahm die Mahlzeiten gemeinsam mit seiner Frau ein, und er hatte noch kein einziges Mal einen Offizier zum Essen eingeladen – eine Nachlässigkeit, die unter den Offizieren natürlich nicht unbemerkt geblieben war.

»Gerechter Himmel, Mr. Tempest!« rief der Kapitän verärgert aus. »Was ist denn das schon wieder für eine Geschichte? Wegen einem Rettungsboot mit Schiffbrüchigen werde ich an Deck geholt! Sie sind doch der Erste Offizier, oder? Können Sie nicht selbst anordnen, was in diesem Fall getan werden muß?«

»Das kann ich schon, Sir«, versicherte ihm Rick. »Und ich hab Sie auch nicht rufen lassen. Mr. Harris sollte Sie nur davon informieren, daß ich beidrehe und ein Rettungsboot ins Wasser lassen würde, um die Überlebenden zu retten. Und ich –«

Captain Jeffrey unterbrach ihn ungeduldig.

»Sehr gut, sehr gut. Das müssen wir wohl aus reiner Menschlichkeit tun. Aber wir haben keinen Schiffsarzt an Bord, das wissen Sie so gut wie ich. Und ich wage daran zu zweifeln, daß einer von diesen armen Teufeln die Erfrierungen ohne ärztliche Hilfe überleben wird.«

»Das kann schon sein, Sir. Aber wenn auch nur die geringste Chance besteht«, begann Rick, »dann werde ich –«

»Um Gottes willen, machen Sie nur, Mr. Tempest«, entgegnete der Kapitän kühl. »Ich nehme an, daß Sie das Achterboot kommandieren werden? In Ordnung – ich gehe unter Deck. Erstatten Sie mir Bericht, wenn Sie wieder an Bord sind. Und passen Sie gut auf meine Flasche auf – es ist Silber.«

»In Ordnung, Sir«, sagte Rick mit ausdrucksloser Stimme.

Als das Achterboot zu Wasser gelassen worden war, bemerkte Rick, daß der Seegang stärker war, als er angenommen hatte.

Aber da die sechs Matrosen, die sich freiwillig für das Rettungsmanöver gemeldet hatten, mit aller Kraft ruderten, waren sie schon ein paar Minuten später bei dem Unglücksboot.

»Möchten Sie, daß ich an Bord gehe, Sir?« fragte der Steuermann.

Rick schüttelte den Kopf. »Nein, das mach ich schon, danke.«

Er wartete ab, bis die beiden Boote sich gleichmäßig im Wellengang hoben, sprang dann ins Heck des Rettungsbootes und landete notgedrungenermaßen auf dem Haufen eng zusammengerückter Menschen. Als er unabsichtlich mit der Schulter die Ruderpinne streifte, sah er entsetzt, daß sich eine Hand daran festklammerte. Sie war an der Ruderpinne festgefroren, und als er den Steuermann mühsam auf die Seite drehte, starrten ihn die blicklosen Augen eines höchstens fünfzehn oder sechzehnjährigen jungen Mannes an.

Sein Körper war eiskalt, und die Totenstarre war schon eingetreten. Rick kroch weiter und fühlte sich vor Mitleid krank. Hinter dem jungen Steuermann lagen fünf weitere Menschen, und er erkannte auf einen Blick, daß alle tot waren. Er dachte bitter, daß Captain Jeffrey recht gehabt hatte... Man konnte nichts mehr für sie tun, als für sie zu beten und sie wieder der See zu überlassen, die sie getötet hatte.

Aber er erinnerte sich an die erhobene Hand, die er deutlich gesehen hatte. Er hatte es sich bestimmt nicht eingebildet. Und das war erst weniger als eine halbe Stunde lang her – da mußte noch einer am Leben gewesen sein und fähig, das Herannahen der *Kangaroo* zu bemerken.

Sein Blick blieb an einem Kleiderhaufen hängen, der halb bedeckt von Ölzeug im Bug des Rettungsbootes lag. Mit neuer Hoffnung zog er das Ölzeug zur Seite. Darunter lag, von Mänteln und Hosen bedeckt, jemand, der bestimmt noch lebte. Und als er sich über ihn beugte, hob er eine weiße Hand, als ob er ihn grüßen wollte. Als Rick in das weiße Gesicht des jungen Mannes blickte, dachte er, daß er noch jünger war als der arme Teufel, dessen Hand an der Ruderpinne festgefroren war.

Er hielt ihm die Feldflasche gegen die blauen, zitternden Lippen. »Da, mein Junge«, meinte er ermutigend. »Du bist jetzt in Sicherheit, und bald bist du in einer warmen Kajüte.« Als er zurück im andern Boot war, sagte er erschüttert: »Ein Überlebender, und sechs Menschen sind tot. Wir schleppen ihr Boot zu unserem Schiff, damit sie ein christliches Begräbnis erhalten.« Er deutete auf die Decken. »Zieh dem jungen Mann die nassen Kleider aus, Simmonds, und hüll ihn in die trockenen Kleider ein. Vielleicht können wir ihn noch retten.«

Kurz darauf rief Simmonds erschrocken aus: »Sir! Das is kein Schiffsjunge, das is 'ne Frau – 'ne junge Frau, Sir!« Rick starrte ihn verblüfft an.

»Eine... *Frau*, Simmonds?«

»Ja, Sir, ganz bestimmt. Sie hat 'n Nachthemd an. Und sie is ohnmächtig. Ich schaffs nich, ihr Brandy einzuflößen, Sir. Sie is ja kaum mehr am Leben!«

»Dann müssen wir so schnell wie möglich zurück zum Schiff«, entschied Rick. »An die Ruder! Und zwar mit aller Kraft!«

Als das Boot an der *Kangaroo* anlegte, beantwortete Rick Silas Crabbes Frage damit, daß er verzagt den Kopf schüttelte. Dann rief er: »Nur noch einer lebt – eine Frau. Wir bringen sie gleich ins Schiff hoch, Mr. Crabbe. Im Rettungsboot waren sechs Tote, melden Sie das dem Captain!«

Als er an Deck stand, fügte er leise hinzu: »Die *Providence* war ein amerikanisches Handelsschiff aus Boston, das nach Sydney segeln sollte. Das Schiff ging in einem Sturm vor zwei Tagen unter. Ich habe das Logbuch bei mir. Es lag im Rettungsboot.«

Der Zweite Offizier John Meredith und zwei Fähnriche waren an Deck gekommen, um beim Abschluß der erfolgreichen Rettungsarbeit dabeizusein.

»Und es ist wirklich nur noch ein Mensch am Leben?« rief Meredith aus. »Eine Frau?«

»Ja«, bestätigte Rick kurz. »Eine junge Frau. Ich weiß nicht, wer sie ist.« Er blickte Silas Crabbe an. »Haben Sie den Captain informiert?«

»Äh – ich hab ihn informiert, Sir«, rief der Offiziersanwärter Harris mit schriller Stimme. »Er sagt, er würde kommen, und –« der Junge unterbrach sich und fügte unnötigerweise hinzu: »Da ist er schon, Sir!« Und während Captain Jeffrey sich von der hinteren Ladeluke her näherte, verdrückte er sich so schnell wie möglich. Die anderen Offiziere verneigten sich vor ihm, aber er ignorierte sie.

»Nun, Mr. Tempest?« fragte er.

Rick richtete sich auf. Mit ausdrucksloser Stimme wiederholte er das, was er Silas Crabbe gesagt hatte.

Jeffrey fluchte. »Großer Gott! Ein amerikanisches Handelsschiff auf der Fahrt nach Neusüdwales – einer britischen Kronkolonie! Verdammt noch mal, da weiß doch jeder, daß die nichts anderes als Alkohol an Bord hatten, oder? Billigen, schlechten Brandy, der mit einem Riesengewinn an die Sträflinge verkauft werden sollte!«

Rick holte tief Luft und sagte: »Entschuldigen Sie, Sir, aber ich möchte die junge Frau so schnell wie möglich unter Deck bringen. Und vielleicht könnte Mrs. Jeffrey –« Der Captain unterbrach ihn: »Natürlich, lassen Sie die Frau hinuntertragen, Mr. Tempest... aber in Ihre Kabine, nicht in meine. Meine Frau wird natürlich alles tun, um der Ärmsten so gut wie möglich zu helfen. Aber sie hat keine Erfahrung in Krankenpflege, und...« Er unterbrach sich und schaute auf die eingemummelte Gestalt der einzigen Überlebenden der *Providence*, die von Ellis und dem Bootsmann vorsichtig vorbeigetragen wurde. Die Decke über ihrem Kopf rutschte zur Seite. Ein schneeweißes kleines Gesicht kam zum Vorschein, und der Captain rief voller Mitleid aus: »Großer Gott, wie jung sie ist! Fast noch ein Kind!«

»Ja, Sir«, stimmte Rick zu. Er wandte sich an den Steuermann. »Bringen Sie sie in meine Kabine!« Er erinnerte sich daran, daß der Koch über medizinische Kenntnisse verfügte. Er war ein älterer Mann, der während der bisherigen Fahrt sehr erfolgreich die alltäglichen Verletzungen der Matrosen behandelt hatte. »Fragen Sie den alten Bill Onslow, was er für sie tun kann. Ich komme so bald wie möglich selbst hinunter.« Rick griff in die Tasche und reichte dem Captain seine Brandyflasche zurück. »Vielen Dank, Sir. Und hier ist das Logbuch, falls Sie –«

Jeffrey schien ihn nicht gehört zu haben. Er schaute mit merkwürdig nachdenklichem Gesichtsausdruck zu, wie die sechs erfrorenen Männer an Deck gebracht und dort in einer Reihe niedergelegt wurden.

»Man muß sie nach Ausweispapieren durchsuchen«, sagte er mit gerunzelter Stirn. »Heute nachmittag um fünf halte ich einen

Gottesdienst für sie ab, Mr. Tempest...« Er gab genaue Anordnungen und fügte dann zu Ricks Erleichterung in freundlicherem Ton hinzu: »Mr. Meredith kann Ihre Wache übernehmen, Mr. Tempest. Sie kümmern sich jetzt besser um die unglückliche junge Frau, und – ach ja, ich werde Mrs. Jeffrey bitten, Ihnen bei der Krankenpflege behilflich zu sein. Sie leiht ihr bestimmt Kleider und eine Wärmflasche... falls das arme junge Mädchen überhaupt noch lebt. Sie wissen nicht, wie sie heißt?«

»Nein, Sir. Die *Providence* stammt aus Boston. Mehr weiß ich auch nicht.«

Der Captain sagte: »Dann ist sie sehr wahrscheinlich eine Amerikanerin und ganz bestimmt die einzige Überlebende. Nun gut, Mr. Tempest. Welchen Kurs haben Sie steuern lassen?«

»Wir segeln schon seit einer Stunde nach Nordosten, Sir. Sind Sie damit einverstanden, daß ich mehr Segel setzen lasse, bevor ich unter Deck gehe, Sir?«

Captain Jeffrey zögerte, schaute in die Takelage auf und nickte schließlich mit dem Kopf. »Ja, wenn Sie es für richtig halten. Ich berichte jetzt meiner Frau von dem amerikanischen Mädchen.«

Schon ein paar Minuten, nachdem Rick mit dem Koch in seiner Kabine war, erschien Mrs. Jeffrey mit Kleidern und einer Wärmflasche. Sie bat den Koch, die Wärmflasche mit heißem Wasser zu füllen und einen Haferbrei zu kochen.

Zu Rick sagte sie: »Ich muß sie ausziehn, Mr. Tempest – ihr Nachthemd ist völlig durchnäßt – und ich brauche Ihre Hilfe, um sie hochzuheben. Aber bitte schauen Sie weg, während ich sie umziehe.«

Rick gehorchte ihr schweigend. Selina Jeffrey war eine dunkelhaarige, stattliche Frau. Normalerweise hielt sie sich abseits und richtete nie das Wort an ihn, aber die traurige Verfassung des verunglückten jungen Mädchens nahm sie so mit, daß sie ganz gesprächig wurde.

»Ach, das arme, unglückliche Kind!« rief sie aus und rieb dem Mädchen die schmalen, schneeweißen Hände, um die Blutzirkulation wieder in Gang zu bringen. »Es ist ohnmächtig, oder? Wird es sterben, oder besteht eine Chance, daß es sich wieder erholt, Mr. Tempest?«

Der alte Koch kam zurück, schob die Wärmflasche unter die

Füße des Mädchens und sagte ernst: »Das kann man noch nicht sagen, Madam. Ich hab schon ein paar Männer – große, starke Matrosen – in demselben Zustand gesehn. Wenn man es nicht schafft, sie zu wecken, sterben sie ohne jeden Todeskampf. Es ist die Kälte, verstehn Sie? Wir müssen versuchen sie aufzuwecken, Madam, wir müssen sie irgendwie aufwärmen. Versuchen Sie, ihr was von der Fleischbrühe einzuflößen.« Er stellte den kleinen Kochtopf auf den Boden und schaute Rick fragend an. »Wollen Sie ihr auf die Backen klopfen, Sir, oder soll ichs machen?«

Rick nahm sich zusammen, biß die Zähne aufeinander und tat, worum Onslow ihn gebeten hatte. Es ging ihm gegen den Strich, eine Frau zu schlagen, und diesmal war es ihm fast unmöglich, da das Mädchen so zart und verletzlich wirkte. Das Klopfen hatte keinerlei Wirkung, außer daß Mrs. Jeffrey protestierte und ihm befahl, sofort damit aufzuhören.

»Das ist doch die reinste Brutalität, Mr. Tempest«, rief sie aus. Sie versuchte, dem jungen Mädchen etwas von der heißen Suppe in den Mund zu löffeln, aber das meiste davon lief aufs Kissen, und Onslow schüttelte seinen grauhaarigen Kopf.

»Wir müssen sie aufwecken, Madam. Sie kann ja nicht schlukken, wenn sie ohnmächtig ist.«

Mrs. Jeffrey hörte nicht auf ihn. Sie versuchte verzweifelt weiter, das Mädchen zu füttern, bis ihr Mann die Kabine betrat. Mit bedauerndem Gesichtsausdruck ließ sie sich von ihm überreden, sich zurückzuziehen, um sich nicht unnötig zu erschöpfen.

»Ich kann tatsächlich nicht mehr tun, als ich versucht habe. Ich fürchte, sie schläft ihren Todesschlaf, und du solltest im Beerdigungsgottesdienst auch darum bitten, daß Gott ihre Seele gnädig aufnehmen möge, John.«

Captain Jeffrey zuckte resigniert mit den Schultern. »Wir müssen alle sterben«, erklärte er salbungsvoll. »Ich bitte dich, reg dich nicht zu sehr auf, meine Liebe. Komm... Du solltest dich etwas hinlegen.« Er bot ihr seinen Arm, und während sie die Kabine verließen, fügte er leise hinzu: »Wir haben zwei der Toten identifizieren können, Mr. Tempest. Es waren zwei Offiziere. Die anderen scheinen einfache Matrosen gewesen zu sein.«

Nachdem sich der Segeltuchvorhang, der als Tür diente, hinter dem Captain und seiner Frau geschlossen hatte, nahm der Koch den Suppentopf hoch und legte den Deckel darauf.

»Ich muß das Abendessen zubereiten, Sir«, sagte er entschuldigend. »Ich hoffe, daß Sie mich eine Stunde lang entbehren können.«

»Ja, natürlich, Billy«, meinte Rick. Er schaute mit großem Mitleid die reglos daliegende Gestalt in seinem Bett an und seufzte tief. »Ich zweifle, ob irgend jemand etwas für dieses arme Mädchen tun kann. Es bricht mir schier das Herz, aber – verdammt noch mal, was können wir schon tun?«

»Es gibt noch eine Möglichkeit«, sagte der alte Billy plötzlich. »Es hat bei Matrosen geholfen, die halb erfroren aus dem Meer gefischt worden sind.« Er wurde rot im Gesicht. »Nun, wenigstens bei einem jungen Mann hats geholfen, und Sie können glauben, was Sie wollen –«

Rick unterbrach ihn ungeduldig. »Ich glaube überhaupt nichts. Sagen Sie mir, um Gottes willen, was ich tun kann!«

Der Koch blickte zu Boden. Dann sagte er: »Ein Matrose legte sich die ganze Nacht lang zu dem halb erfrorenen Mann in die Hängematte und wärmte ihn mit seinem Körper. Am nächsten Tag war er wieder so lebendig wie Sie und ich, und heute kommandiert er ein Schiff.« Der Koch schaute Rick an. »Die Wärme des menschlichen Körpers, Sir, verstehn Sie? Is viel besser als jede Wärmflasche und jede Decke, das schwör ich Ihnen!«

»Großer Gott!« rief Rick aus. »Sie schlagen mir doch nicht vor, daß ich ... der Captain würde mich umbringen, und das wissen Sie, Onslow!«

Der alte Billy Onslow ging eilig zur Tür der Kabine. »Ich muß jetzt das Essen servieren, Mr. Tempest.« Er verschwand ohne ein weiteres Wort und ließ Rick verwirrt zurück.

Der Totengottesdienst sollte in zwei Stunden stattfinden. Als Erster Offizier müßte er natürlich anwesend sein, aber bis dahin würde er mit großer Wahrscheinlichkeit nicht gestört werden. Rick zögerte und suchte verzweifelt nach einer Lösung. Er dachte kurz daran, Mrs. Jeffrey um Hilfe zu bitten, aber dann ließ er den Gedanken fallen. Sie würde sich bestimmt weigern und ihren eigenen schlechten Gesundheitszustand vorschieben ... und das junge Mädchen müßte sterben.

Endlich stand Ricks Entschluß fest. Er würde alles versuchen, diesem armen Wesen das Leben zu retten. Er seufzte tief und fing an, sich auszuziehen. Nur mit einer Hose bekleidet kletterte er dann in die Koje und nahm den zierlichen, eiskalten Körper des ohnmächtigen Mädchens in seine Arme. Sie rührte sich nicht, und er lag lange Zeit da und drückte es an sich. Nach kurzer Zeit fing er an zu schwitzen, da er nicht daran gewöhnt war, unter so vielen Decken zu liegen. Und bald schlief er vor Hitze und Erschöpfung tief ein.

Er erwachte erst, als eine schrille Stimme ihn vom Gang her beim Namen rief.

»Mr. Meredith läßt ausrichten, daß die Schiffsbesatzung zum Appell antritt!«

Rick brauchte ein paar Sekunden, bis er wieder wußte, was geschehen war, und er hörte erleichtert, wie sich die Schritte im Gang wieder entfernten. Er schlüpfte aus der Koje und zog die Decken über dem jungen Mädchen glatt. Dann kleidete er sich in großer Eile an.

Erst nachdem er seine Uniformjacke zugeknöpft hatte, wagte er es, einen Blick in die Koje zu werfen. Er hielt vor Überraschung den Atem an, als er sah, daß das Mädchen mit weit geöffneten Augen dalag.

»Das Schiff... ist untergegangen.« Es flüsterte mit kaum hörbarer Stimme: »Die *Providence*... das Schiff meines Vaters. Wir mußten in die... Rettungsboote, aber ich...« In ihren blauen Augen schimmerten Tränen. »Es war so kalt, und mein Vater...«

»Sie sind in Sicherheit.« Er kniete neben der Koje nieder und versuchte, das junge Mädchen zu beruhigen. »Der Sturm ist vorbei. Sprechen Sie nur, wenn Sie wirklich wollen – es ist besser, wenn Sie sich ausruhen.«

»Ich will aber sprechen, ich... Ihr Schiff hat uns gerettet? Ich – ich kann mich an nichts mehr erinnern, was passiert ist. Ich dachte, daß wir... daß wir alle verloren wären, daß wir ertrinken müßten.« Ihre Stimme klang jetzt etwas kräftiger, aber sie war immer noch verwirrt.

»Wir haben das Rettungsboot im Wasser treiben sehen und Sie an Bord geholt«, sagte Rick leise. Er überlegte fieberhaft, ob sie wahrgenommen hatte, daß er sie in seinen Armen gehalten hatte, wagte es aber nicht, sie zu fragen. Auf alle Fälle hatte ihr kleiner, eiskalter Körper keinerlei Begierden in ihm geweckt, vielleicht auch, weil er selbst durchgefroren und zu lange ohne Schlaf gewesen war. Aber sie hätte es dennoch mißverstehen können oder... Er stand auf. »Sie waren halb erfroren, und Sie waren ohnmächtig – mehrere Stunden lang.«

Zum Teufel mit dem alten Billy Onslow, dachte er. Das Essen mußte doch längst vorüber sein, er hätte schon zurück sein müssen. Er entschuldigte sich, trat auf den Gang hinaus und bat einen Steward, den Koch zu holen. »Sagen Sie ihm, daß er heiße Suppe mitbringen soll, und zwar so schnell wie möglich!«

Als er wieder zurück in seine Kabine trat, schaute ihn das junge Mädchen prüfend an.

»Sind Sie... ein *englischer* Offizier? Ist das hier ein englisches Schiff, ein Kriegsschiff?«

»Ja. Es ist das Königliche Kriegsschiff *Kangaroo*. Und ich bin Richard Tempest, der Erste Offizier.«

»Ich bin Amerikanerin, aus Boston«, sagte das Mädchen. Es fügte mit großer Bitterkeit hinzu: »Wir in Boston haben nicht viel für die Engländer übrig, Mr. Tempest.«

»Das ist verständlich«, meinte Rick. »Ich muß jetzt an Deck. Aber ich habe den Koch rufen lassen, der ein zuverlässiger Mann ist. Er wird Ihnen heiße Suppe bringen. Und die Frau des Captains, Mrs. Jeffrey, wird Ihnen bestimmt helfen, wo sie nur kann – Sie können Onslow bitten, sie holen zu lassen.« Er zwang sich zu einem Lächeln. »Sie wissen doch, daß unsere Länder nicht mehr im Krieg miteinander liegen, oder?«

Die junge Frau schaute ihn ernst an, und Rick zögerte und war nicht sicher, ob sie verstanden hatte, was er ihr gesagt hatte. »Versuchen Sie, etwas von der Suppe zu essen. Sie haben lange Zeit nichts mehr zu sich genommen. Bis vor ein paar Minuten waren Sie ohnmächtig, und Sie sind immer noch sehr schwach.«

»Ja, ich verstehe«, sagte das Mädchen leise. »Ich glaube, deshalb erinnere ich mich auch nur an so wenig.« Aber während es das sagte, fiel ihm plötzlich alles wieder ein, und es setzte sich in der Koje auf.

»Unser Schiff, das war die *Providence*. Es sollte nach Sydney in Neusüdwales fahren. Aber... vielleicht wissen Sie das schon?«

»Ja«, bestätigte Rick. »Wir haben das Logbuch gefunden.«

Das Mädchen zog die Augenbrauen fragend hoch und fuhr dann fort: »Unser Rettungsboot war das letzte – die anderen sind gesunken. Mein Vater sagte, daß die Matrosen in den anderen Booten keine Überlebenschancen hätten... ist er... ist mein Vater in Sicherheit, Mr. Tempest?« Als Rick nicht sofort antwortete, fügte es mit großem Stolz hinzu: »Er ist der Captain Phineas O'Malley, der Besitzer der *Providence*. Während des Krieges diente er in der Marine und kommandierte ein Kriegsschiff namens *Liberty*. Ich... könnte ich meinen Vater bitte sehen? Ich bin Kate O'Malley.«

»Miss O'Malley«, wiederholte Rick hilflos. Wie sollte er nur die richtigen Worte finden, um ihr mitzuteilen, daß ihr Vater tot war? An diese Möglichkeit hatte sie noch nicht gedacht, und sie war so schwach, daß ihr ein Schock erspart bleiben mußte. Während er noch zögerte, rief eine laute Stimme vom Deck herunter.

»Alle Mann an Deck! Zum Trauergottesdienst für die Toten!«

Kate O'Malley hörte die Worte und zog die Stirn kraus. Und als ihr die Bedeutung der Worte bewußt wurde, seufzte sie tief. »Ist das der... der Trauergottesdienst für unsere Matrosen? Sind sie alle tot?«

Rick nickte erschüttert. »Ich fürchte, es ist so, Miss O'Malley.«

»Und mein – mein Vater auch?«

»Ja. Es tut mir wirklich leid. Er war schon tot, als wir Ihr Rettungsboot erreichten. Wir konnten Ihren Leuten nicht mehr helfen.«

»Aber Sie haben es versucht?« flüsterte sie. »Obwohl wir – obwohl wir feindliche Amerikaner sind?«

»Der Krieg ist vorbei«, erinnerte sie Rick. »Ich habe es Ihnen schon gesagt – wir sind keine Feinde mehr, Miss O'Malley.«

Zu seiner Erleichterung betrat Billy Onslow die Kabine. Kurz nach ihm streckte ein Fähnrich seinen Kopf herein.

»Sir, Mr. Meredith schickt mich«, sagte der Junge atemlos. »Er läßt ausrichten, daß der Captain gleich an Deck kommt, um den Gottesdienst abzuhalten.«

»Ich komme.« Rick warf noch einen Blick auf das junge Mädchen, war berührt von ihrer zarten Schönheit und verließ die Kabine.

Auf der Kuppe des Hügels zügelte Justin Broome sein Pferd und wartete, bis sein Bruder William ihn einholte.

»Da«, sagte er und deutete auf die vor ihnen liegende Landschaft. »Das da unten ist mein Land, Willie. Achthundert Morgen allerbestes Weideland. Und gut bewässert – ein Flüßchen führt mitten hindurch. Gutes Hartholz wächst an den Ufern... es wird also kein großes Problem sein, ordentliche Häuser zu bauen. Auf dieser Seite des Flusses habe ich schon eine kleine Hütte gebaut, du wirst es gleich sehen, wenn wir hinunterkommen.«

William beschattete die Augen mit der Hand und schaute sich die Gegend schweigend an, bevor er antwortete. Mit fünfzehn Jahren war er schon ein Mann, dachte Justin mit brüderlichem Stolz. Ein erfahrener Schafzüchter, der seinen Beruf leidenschaftlich liebte und sich nur für wenig sonst interessierte. Er ließ sich nicht anmerken, daß er stolz darauf war, daß sein älterer Bruder Wert auf seine Meinung legte, und überlegte sich seine Worte gründlich.

»Das ist wirklich gutes Weideland, Justin«, meinte er schließlich. »Sowohl für Rinder als auch für Schafe. Aber...« Er zögerte.

»Aber was?« fragte Justin.

»Das Land liegt sehr abgelegen. Wie weit sind wir von Bathurst hierher geritten? Fünfzehn Meilen?«

»Etwa zwölf Meilen Luftlinie. Fünfzehn nur deshalb, weil wir einen Umweg gemacht haben. Aber ich wollte, daß du einen guten Überblick über das ganze Land erhältst.« Justin deutete auf die saftiggrüne Ebene unter ihnen, die in weiter Ferne von flachen Hügeln eingerahmt wurde. »George Evans meinte, daß man von hier aus über vierzig Meilen nach Westen blicken kann, und alles ist gutes Weideland. Sogar auf den Hügeln wächst saftiges Gras, und es ist für Schafe überhaupt kein Problem, dort zu weiden. Und Wild gibt es überall im Überfluß, wie du sicher gesehen hast.«

Es war kaum zu glauben, dachte Justin, daß es schon zwei Jahre her sein sollte, daß er die Blue Mountains als einer der Sträflinge in Blaxlands Expedition überquert hatte. Und ein

Sträfling war er nur deshalb gewesen, weil die Matrosen vom Königlichen Schiff *Semarang* einen Meineid geleistet hatten, um selbst ungeschoren davonzukommen. Da er als Sträfling an der ersten Expedition teilgenommen hatte, die es geschafft hatte, die unzugänglichen Blue Mountains zu überqueren, hatte sein Name auch nicht in der *Gazette* gestanden. Deshalb konnte er um so glücklicher sein, daß ihm achthundert Morgen Land zugesprochen worden waren.

»Willst du«, fragte William mit ungewöhnlicher Offenheit, »denn dein Leben als Seemann aufgeben und Farmer werden, Justin?«

Justin wehrte entrüstet ab. »Um Gottes willen, nein! Du weißt doch, daß ich kein Farmer bin. Und außerdem hab ich so viel Geld und Zeit in die Reparaturarbeiten der *Flinders* gesteckt, daß ich das Schiff für jede Fahrt verchartern muß, die mir angeboten wird. Ich werde nur sehr wenig Zeit hier verbringen können.«

William nickte verständnisvoll. »Das hab ich mir auch gedacht. Hast du mich hierher gebracht, um mir vorzuschlagen, daß ich dein Land für dich verwalten soll?«

Justin lachte laut auf. »Aber selbstverständlich, Willie! Wer könnte das denn besser als du? Ich trete dir die Hälfte des Landes ab und bezahle die Hälfte aller Unkosten, und du wärst dein eigener Herr... ich würde dir nie ein Wort reden. Und Dick Lewis ist Aufseher in Bathurst. Er ist ein guter Freund von mir, und ich bin sicher, daß er der Farm zwei zuverlässige Männer zuteilen, und uns für den Häuserbau ein halbes Dutzend Männer beschaffen würde. Also... was meinst du dazu? Machst du mit?«

William zögerte, dachte gründlich über das Angebot seines Bruders nach und schüttelte schließlich den Kopf. »Ich würde ja gern, Justin, wirklich. Aber an mir hängt die ganze Arbeit in Ulva – Andrew interessiert sich so gut wie überhaupt nicht für die Farm. Er vermißt Mama, und ich glaube, daß er am liebsten wieder zum Militär ginge... in Ulva erinnert ihn zuviel an unsere Mutter.«

Justins Stiefvater hatte eine erfolgreiche Karriere in der Königlichen Marine hinter sich, und er hatte unter Admiral Nelson an großen Seeschlachten teilgenommen. Er war nie ein leidenschaftlicher Farmer gewesen, und seit dem Tod ihrer Mutter konnte er überhaupt kein Interesse mehr für die Landwirtschaft aufbringen...

Justin schaute seinen Bruder an und nickte.

»Glaubst du, daß Andrew nach Sydney zurückgehen würde, wenn du ganz offiziell die Leitung unserer Farm in Ulva übernähmst?«

»Ich bin sicher, daß er das eigentlich möchte. Und Rachel ist sehr dafür – unsere kleine Schwester ist gar nicht mehr so klein, und in Ulva wird ihr gesellschaftlich gesehen ja überhaupt nichts geboten. Sie könnte mit ihm nach Sydney ziehen und ihm den Haushalt führen. Der Gouverneur hat ihm eine Anstellung angeboten, und...«

Wieder zögerte William und suchte nach den richtigen Worten. »Nach allem, was Andrew mir bei seinem letzten Besuch erzählt hat, wird er dringend in Sydney als Friedensrichter gebraucht.«

Justin setzte sein Pferd in Trab, und die Brüder ritten in Richtung auf den Fluß. Er sagte: »Ich kann verstehen, daß der Gouverneur ihm einen Posten geben möchte. Andrew ist der zuverlässigste Mann, den ich kenne.«

William fragte: »Du hältst sehr viel von Gouverneur Macquarie, oder?«

»Ja, natürlich. Ich habe miterleben können, was er in den wenigen Jahren seiner Regierungszeit für die Kolonie erreicht hat. Und es ärgert mich ganz einfach, wenn Leute wie die eigensüchtigen Bent-Brüder ihn kritisieren und alles versuchen, um seine Pläne zu vereiteln. Jessica leidet auch sehr darunter.« Als Justin den Namen seiner Frau aussprach, lächelte er unwillkürlich. Er dachte, daß seine süße Jessie immer noch das Vertrauen der Gouverneursfrau besaß, deren Kammerzofe sie fünf Jahre lang gewesen war. Die beiden Frauen schätzten einander sehr, und ihre Freundschaft hatte sich noch vertieft, seitdem Jessica schwanger war... Mrs. Macquaries einziger Sohn, Lachlan, der jetzt gerade ein Jahr alt und ihr ganzer Stolz war, war in den ersten Monaten oft krank gewesen, und Jessica hatte sich sehr liebevoll um ihn gekümmert.

»Wie geht es Jessica eigentlich?« fragte William.

Justin lächelte und nahm es seinem jüngeren Bruder nicht

übel, weil er wußte, daß er auf einer abgelegenen Farm in Nepean lebte und außer seinen Nachbarn kaum einmal jemanden sah. »Es geht ihr gut«, antwortete er. »Und wir hoffen, daß wir dich bald zum Onkel machen werden.« Als Willie ihm ungeschickt gratulierte, deutete er auf eine kleine Hütte am Fluß, aus deren Schornstein Rauch aufstieg. »Winyara kocht schon für uns, und ich muß sagen, daß ich Hunger habe, du auch?«

»Ich hab schon großen Hunger«, sagte William. Als sie bei der Hütte abstiegen und William sein Pferd am Ast eines Gummibaumes festband, fragte er: »Hat dein Bilderbuch-Eingeborener die Hütte für dich gebaut?«

»Ja. Warum?«

»Nun, das hat er sehr gut gemacht«, gab William zu. »Lebt er denn hier?«

»Ich weiß es nicht genau. Jedenfalls, wenn ich hier bin, wohnt er hier.« Justin sprang vom Pferd. »Es ist mir ganz egal, wer sich sonst noch hier herumtreibt, wenn ich nicht da bin. Sein Stamm scheint nicht unfreundlich zu sein – es sind vorsichtige, etwas ängstliche Leute. Ich habe noch keinerlei Schwierigkeiten mit ihnen gehabt. Ich schieße ihnen hin und wieder ein Känguruh oder ein paar Enten, und sie bringen mir manchmal ein paar Fische. Sie haben nie versucht, Rinder von Mr. Lawson zu stehlen oder George Evans zu belästigen, wenn er das Land vermißt. Sie führen sich besser auf als die Maoris, das steht einmal fest!«

Er lächelte und rief nach Winyara. Der Junge kam sofort aus der Hütte und strahlte ihn an. Sein verletzter Arm war inzwischen verheilt. Er konnte ihn wieder voll gebrauchen, und nur noch ein paar Narben erinnerten an das Unglück. William mußte zugeben, daß er sehr freundlich war, und an seinen Abendessensvorbereitungen war nichts auszusetzen. Er hatte ein halbes Dutzend Flußfische in Lehm eingeschlagen und briet sie in der Asche. Sie schmeckten köstlich, obwohl sie weder geschuppt noch ausgenommen waren.

Winyara selbst langte kräftig zu, klopfte sich nach dem Essen auf seinen mageren Bauch und verschwand in der Hütte. Kurz darauf kam er mit einer großen Teekanne voll starkem, heißem Tee zurück, den er aus den würzigen Blättern des Sarsaparillabaumes aufgebrüht hatte.

»Gut!« meinte er stolz. »Trinkt das runter!«

Sein Englisch war viel besser als das der meisten Eingeborenen, die in der Nähe von Sydney lebten. Er verstand fast alles, was man ihm sagte. William war beeindruckt und vergaß die Zweifel, die er vorher gehabt hatte.

Die Sonne versank wie in einem Meer von rötlichem Gold hinter den Bergen. Nachdem Justin und William die Pferde mit Wasser und Hafer versorgt hatten, streckten sie sich neben dem fast heruntergebrannten Feuer aus und nippten, mit sich und der Welt zufrieden, am heißen Tee.

»Du mußt doch zugeben, Willie«, meinte Justin und zündete sich eine Pfeife an, »daß das hier ein schöner, friedlicher Ort ist.«

William lächelte ihm zu. »Das stimmt wirklich«, antwortete er. »Und ich wünschte, ich könnte auf dein Angebot eingehen. Aber ich glaube, es kann wegen Andrew nichts daraus werden.«

»Laß das mal meine Sorge sein. Ich such mir einen guten Mann, den ich mit der Verwaltung der Farm hier betrauen kann. Und wir haben ja auch noch Zeit... ich muß erst das Geld verdienen, um Tiere kaufen zu können.« Justin zog genießerisch an seiner Pfeife und fuhr dann nachdenklich fort: »Weißt du, wenn Andrew wieder zum Militär geht, dann ist es gut möglich, daß er zum Kommandeur der Garnison in Hobart berufen wird – vielleicht wird er sogar zum stellvertretenden Gouverneur dort ernannt. Major Davey hat es geschafft, die Siedlung an den Rand des Ruins zu bringen. Und ich weiß genau, daß der Gouverneur ihn gerne durch einen fähigen Mann ersetzen würde.«

»Wäre das Kolonialministerium in London denn damit einverstanden?« fragte Willie.

»Das weiß der Himmel«, antwortete Justin. »Ich weiß nur, daß ich bei meinem letzten Besuch dort – es war vor genau fünf Wochen – tatsächlich einen großen Unterschied feststellen konnte. Die freien Siedler waren aus lauter Verzweiflung nahe daran, eine Revolution anzuzetteln. Ihre Landzuteilungen befinden sich weit draußen in der Wildnis, und es vergeht kaum ein Tag, an dem sie nicht von Eingeborenen oder Strauchdieben geschädigt werden. He« – er unterbrach sich, als er bemerkte, daß Williams Aufmerksamkeit nachgelassen hatte – »du hörst nicht zu!«

»Weil ich grad an was anderes gedacht habe«, sagte William. Seine Augen glänzten, und er setzte sich auf. »Ich glaub, ich habs jetzt, Justin.«

»Was denn, kleiner Bruder?« fragte Justin liebevoll. »Bezieht es sich auf Andrew?«

»Nein, auf ganz was anderes. Mir ist ein Mann eingefallen, der sich sehr gut als Partner für deine Farm hier eignet. Warum machst du nicht Rick Tempest das Angebot, das du mir gemacht hast?«

»Rick Tempest – Abigails Bruder? Aber er macht doch eine Karriere in der Marine, und eine gute Karriere – er hat vor zwei oder drei Jahren das Offizierspatent bekommen, und Abigail hat mir erzählt, daß er sich Lorbeeren im amerikanischen Krieg verdient hat.« Justin schüttelte den Kopf. »Ich glaube nicht, daß er jemals hierher kommt, oder?«

»Doch, das hat er vor«, versicherte ihm William. »Er schrieb Andrew, daß er sich entschlossen habe, seine Militärkarriere zu beenden und sich hier niederzulassen.«

»Stimmt das wirklich?« fragte Justin und freute sich. Rick Tempest war ein prima Kerl, mit dem er sich sehr gut verstand. Ricks Schwestern besaßen die Yarramundie Farm am Hawkesbury, zweitausend Morgen bestes Ackerland. Weder Abigail noch Lucy lebten auf der Farm. Sie waren weggezogen, nachdem flüchtige Sträflinge das Haus und die meisten Scheunen angezündet hatten. Jetzt wollten sie die Farm verkaufen. Es konnte gut sein, daß Rick sie übernehmen wollte, und wenn das stimmte, dann hatte er bestimmt keine Lust, sich auf Justins Farm zu engagieren.

Aber William zerstreute Justins Bedenken, noch ehe er sie ausgesprochen hatte. »Rick hat nicht vor, sich auf Yarramundie niederzulassen, Justin«, sagte er voller Überzeugung, »das weiß ich ganz einfach deshalb, weil er Andrew in seinem Brief gefragt hat, ob er Long Wrekin kaufen kann. Andrew hat mir den Brief gezeigt, und wenn ich mich recht erinnere, erhebt Rick keinen anspruch auf Yarramundie, weil er die Farm für das rechtmäßige Eigentum seiner Schwestern hält.«

»Nun, vielleicht stimmt das ja auch«, meinte Justin. Er klopfte seine Pfeife aus und fügte nachdenklich hinzu: »Weißt du, Willie, es kann sein, daß du mein Problem gelöst hast. Ich würde mit niemandem lieber eine Partnerschaft eingehen als mit Rick... außer natürlich mit dir. Wann er wohl hier ankommt?«

»Der Brief ist im Januar geschrieben worden«, sagte William. »Also vor fast sechs Monaten – Rick kann jeden Tag hier ankommen.«

»Je mehr ich über deinen Vorschlag nachdenke, Willie, um so besser gefällt er mir. Und wir haben ja keinerlei Eile... ich warte, bis Rick hier ankommt. In der Zwischenzeit kann ich schon die Farmgebäude bauen lassen. Dick Lewis wird die Bauarbeiten bestimmt überwachen... er wohnt ja hier in der Nähe und hat genug Arbeiter zur Verfügung. Und ich kann derweil Charterfahrten unternehmen und das nötige Geld verdienen, um Tiere und Geräte für die Farm anzuschaffen.«

»Und wenn's soweit ist, Justin«, versprach William, »dann helf ich dir, die Tiere hierher zu treiben. Damit kannst du rechnen, Justin.«

»Danke, Willie«, sagte Justin. »Ich werd dich daran erinnern.«

Die Brüder lagen schweigend und friedlich am Feuer, und die Dunkelheit brach vollends herein. Als er erwachte, wußte Justin nicht, wie lange er geschlafen hatte, und er fror erbärmlich und zitterte am ganzen Leib.

Winyara hockte neben ihm, und im Licht des Mondes sah sein dunkles Gesicht sehr unglücklich aus.

»Traumzeit«, flüsterte er in seiner eigenen Sprache. Er ergriff Justins Arm und schüttelte ihn. »Ich sehe *ghereek... cambewarra*!« Justin kannte die Worte, sie bedeuteten ›Blut‹ und ›brennender Berg‹, und er sprang auf und schaute sich angespannt um. Aber es war alles still und dunkel, der Fluß strömte friedlich im silbernem Mondschein dahin.

William erwachte, richtete sich auf, rieb sich die Augen und fragte: »Was ist denn los? Stimmt irgendwas nicht?«

»Ich weiß nicht«, sagte Justin. »Aber ich zittere am ganzen Leib. Und Winyara hat offensichtlich einen Angsttraum gehabt.« Er wandte sich an den Eingeborenen und faßte ihn freundlich um die Schultern. »Was ist denn los, Winyara? Sag es mir auf englisch, mein Junge! Ich sehe keinen Berg, der in Flammen steht!«

»Nicht hier – *munong!* Weit weg. Viele Männer sterben.« Justin merkte, daß der Junge noch nicht ganz wach war. »Traum kommt *wilparina*... der Wind bringt *wonda*. Männer kämpfen, töten! *Cambewarra*... ich sehe Feuer, höre Blitze...« Er zitterte heftig und wäre umgefallen, wenn Justin ihn nicht gestützt hätte. Dann sagte er auf englisch: »Zwei große Krieger führen die Soldaten an.«

Er schloß die Augen, zuckte noch einmal heftig zusammen, machte sich aus Justins Griff frei und rollte sich still am Boden zusammen.

»Was soll das denn alles bedeuten?« fragte William irritiert. »Ich hab kein Wort verstanden.«

»Es ist auch schwer zu verstehn, Willie«, sagte Justin. »Aber eins steht fest... diese Leute haben hellseherische Fähigkeiten.« Er beugte sich über Winyara und legte eine Decke über ihn. »Soweit ich ihn verstanden habe, sagte er, daß weit weg auf einem Berg eine große Schlacht stattfindet. Daß viele Männer sterben und daß zwei große Feldherren die Soldaten anführen.« Plötzlich fiel ihm etwas ein, und er fragte: »Welcher Tag ist heute, Willie?«

»Es ist Sonntag«, antwortete William. »Sonntag der... der 18. Juni 1815.« Er lachte etwas unsicher. »Ich dachte, der Krieg sei vorbei. Aber du glaubst daran, was Winyara gerade gesagt hat, oder?«

Justin nickte langsam mit dem Kopf. »Ja«, entgegnete er und zitterte wieder. »Ich glaube daran.«

Die Dunkelheit war schon völlig hereingebrochen, als George De Lancey endlich sein Bewußtsein wiedererlangte. Als erstes fiel ihm auf, daß die Kanonen schwiegen. Keine dumpfen Trommelschläge stachelten den Kampfgeist der Franzosen, keine Dudelsackmusik den Mut der Engländer an. George erkannte nur an den Schreien und Seufzern der verwundeten und sterbenden Männer, daß er nicht allein war.

Offensichtlich war die Schlacht vorüber. Aber er hatte keine Ahnung, wie sie für den Duke von Wellington ausgegangen war. Seine letzte Erinnerung war die, daß sie den Berg hinunter galoppiert und durch die vorrückenden feindlichen Linien gebrochen waren. Sie prallten auf die Kürassiere und mähten sie mit ihren Säbeln nieder. Dann fielen sie über die feindlichen Artilleristen her und vertrieben sie von ihren Geschützen. Aber... sie waren in ihrer Begeisterung zu weit und zu schnell vorgerückt. Der Gegenangriff war fürchterlich gewesen, sechs Soldaten hatten sich auf ihn gestürzt, und sein letzter Gedanke war der gewesen, daß er jetzt wohl sterben müsse, aber... Dann war er ohnmächtig geworden.

Er erinnerte sich nicht an den Schlag, der ihn vom Pferd geworfen hatte, und fühlte im ersten Moment des Erwachens nur, daß ein Riesengewicht auf ihm ruhte und jegliche Regung unmöglich machte.

Mit großer Anstrengung schaffte er es, sich auf den Ellenbogen aufzustützen. Er erkannte entsetzt, daß sein Pferd reglos quer über seinem Unterleib lag. Er spürte seine Beine nicht mehr und konnte sie trotz allen Bemühens nicht befreien.

Nach einiger Zeit ließ er sich erschöpft zurücksinken. In der Ferne brannten Feuer, aber sie waren zu weit entfernt, als daß er hätte um Hilfe rufen können. Und die Überlebenden, die ums Feuer herum saßen, waren sicher zu erschöpft, um den Verwundeten zu Hilfe eilen zu können. Hilfe würde bestimmt erst am nächsten Morgen kommen, wenn Fuhrwerke die bis dahin noch Lebenden einsammelten und sie zu den Militärärzten fuhren, die sie notdürftig wieder zusammenflicken würden.

Bei Anbruch des Tages würden auch Frauen auf das Schlachtfeld kommen, Marketenderinnen, die immer hinter den Soldaten herzogen, aber im Dunkeln traute sich wohl kaum eine aus den Zelten heraus.

George schrak zusammen, als er ganz in der Nähe einen unterdrückten Schrei hörte. Er wußte nur zu gut, was das bedeutete. Plünderer waren unterwegs, verbrecherische Männer, von denen es in jeder Armee ein paar gab, selbst in seiner eigenen. Sie durchsuchten die Körper der Toten nach Wertgegenständen – und beschränkten ihre Suche nicht immer auf die Toten. Der Mann, der eben aufgeschrien hatte, war ganz offensichtlich noch am Leben gewesen – aber jetzt herrschte Stille und… George sah entsetzt, wie sich drei dunkle Gestalten langsam auf ihn zubewegten.

Sie kamen heran, und blieben oft stehen und beugten sich über die Verletzten und Gefallenen, um sie auszurauben. Sie sprachen kein Wort, hielten Abstand voneinander und waren sich doch der Gegenwart der anderen auf Schritt und Tritt bewußt. Es waren Preußen, und alle drei waren bewaffnet. George sah das Mondlicht auf ihren aufgesteckten Bajonetten blitzen.

Er fühlte eine ohnmächtige Wut in sich aufsteigen. Würde er hilflos mitanschauen müssen, wie sie ihn ausraubten, ihm die Uniform auszögen und ihm vielleicht ein Bajonett in den Bauch rannten, um ihn zum Schweigen zu bringen? Er hatte eine Pistole bei sich gehabt, wenn er sie nur finden könnte! Sie war geladen, aber nicht entsichert. Aber wenn er die Waffe in der Hand hielt, würde er die Plünderer vielleicht auf Abstand halten können. Er setzte sich halb auf und ignorierte den stechenden Schmerz in seiner Brust. Aber bevor er die Pistole fand, packte ihn einer der Preußen an den Schultern und drückte ihn wieder auf den Boden hinunter.

Er wurde auf deutsch gewarnt, stillzuliegen, dann durchsuchte ein Mann seine Taschen und pfiff anerkennend, als er Georges goldene Uhr und eine Handvoll Münzen fand. Aber er war nicht zufrieden und schnitt mit seinem Bajonett die Epauletten von Georges Uniformjacke.

Tief erniedrigt, versetzte George ihm einen Faustschlag, ohne die möglichen Folgen zu bedenken. Der Mann stolperte fluchend, und hob, als er seine Balance wieder fand, sein Bajonett. Er hätte es ihm ohne mit der Wimper zu zucken in den Bauch gerammt, aber noch bevor er es tun konnte, kamen zwei britische Soldaten angelaufen – es waren Männer aus seinem eigenen Regiment, wie George mit großer Erleichterung sah. Es war ihm egal, ob sie auch Plünderer waren oder nicht. Er rief sie an, und der Preuße warf sich auf den Boden und tat so, als ob er tot sei.

»Um Himmels willen!« stieß George zwischen den Zähnen aus. »Helfen Sie mir! Ich bin Offizier, und dieses Schwein da ist nicht tot. Er hat mich gerade ausgeraubt!«

Die beiden Soldaten reagierten schnell. Der eine stieß dem

Preußen sein Bajonett in den Rücken. Der andere schüttelte seinen Diebessack auf dem Boden aus.

»Wenn Sie mir sagen, was Ihnen gehört, Sir«, meinte er höflich, »dann gebe ich Ihnen Ihr Eigentum zurück.«

»Sie können alles behalten«, antwortete George, »wenn Sie es nur schaffen, mich unter dem Pferd hervorzuziehn.«

Der Soldat grinste ihn an. Er war jung und trug einen blutbefleckten Verband um den Kopf und um seinen linken Arm. »Wir machen, was wir können«, versprach er. »Aber wie Sie sehen, Sir, bin ich vom Blutverlust etwas geschwächt.« Er wandte sich an seinen Gefährten, einen schwarzhaarigen kräftigen Mann, der gerade das Blut von seinem Bajonett abwischte. »Hey, Jamie – dieser Offizier gehört zu unserem Regiment. Wir sollen ihn unter dem Pferd hervorziehen. Hilfst du mit?«

»Ja, natürlich«, sagte der Schwarzhaarige. Er schob den Stutzen seiner Muskete unter das tote Pferd und wuchtete es hoch. »Pack den Offizier an der Schulter, Murdo, und zieh ihn raus.«

Die beiden Männer schafften es mit vereinten Kräften, und George dankte ihnen sehr erleichtert. Er hatte keinerlei Gefühl in seinen Beinen und konnte nicht aufstehen. Der Soldat, der von seinem Kameraden Murdo genannt wurde, bat ihn noch einmal, seine eigenen Wertgegenstände an sich zu nehmen.

»Ich will nicht, daß Sie schlecht von uns denken, Sir.«

»Das tu ich auch nicht«, antwortete George. »Sie haben mir das Leben gerettet.« Er nahm seine Uhr und seine Pistole an sich und überließ den Männern die Münzen. »Behalten Sie das Geld als kleinen Lohn. Das Schwein, das mich bestohlen hat, kann es ja nicht brauchen.«

Die beiden Soldaten tauschten verständnisvolle Blicke, und der ältere stopfte wortlos das Diebesgut des Preußen in seinen eigenen Sack.

»Wir müssen jetzt zurück zum Biwak«, sagte er und vermied es, George anzuschauen. »Im Morgengrauen is Anwesenheitsappell, und wir kriegen Schwierigkeiten, wenn wir nich dort sind und uns melden. Kommste mit, Murdo?«

»Ich komme gleich«, antwortete der jüngere Mann. »Ich helf nur noch diesem Offizier hier auf die Beine und besorg ihm ein Pferd. Brauchst nicht auf mich warten.«

Kurze Zeit später brachte er George ein unverletztes französisches Militärpferd, und während er ihm in den Sattel half, beantwortete er seine sorgenvollen Fragen nach dem Ausgang der Schlacht.

»Wir haben die verdammten Franzosen in die Flucht geschlagen, unsere Kavallerie ist hinter ihnen her, und Bonaparte rennt um sein Leben! Wir haben gewonnen, Sir, darüber besteht kein Zweifel.« Er blickte George unsicher an und fragte mitfühlend: »Tut es sehr weh, Sir? Glauben Sie, daß Sie ein Lazarett finden können? Die Verletzten, die noch gehen konnten, wurden in ein Dorf namens Mont St. Jean geschickt, das nicht weit von hier hinter dem Berg dort liegt.«

Seine Füße waren noch ohne jegliches Gefühl, und er mußte all seine Kraft zusammennehmen, um sich aufrecht im Sattel zu halten, aber... der junge Soldat hatte genug für ihn getan und wollte offensichtlich in das Biwak zurück. George lächelte ihn freundlich an.

Der Junge sprach ein fast dialektfreies Englisch, und er hatte ungewöhnlich gute Manieren für einen einfachen Soldaten. Aber er hatte es mit eigenen Augen gesehen, daß er und sein schwarzhaariger Kamerad gerade dabeigewesen waren, die Verletzten und Toten auszuplündern.

Er nahm die Zügel auf und sagte leise: »Ich schaffe es gut, wenn ich mir Zeit lasse. Sehen Sie zu, daß Sie zurück ins Biwak kommen, mein Junge, bevor der Sergeant Ihre Abwesenheit bemerkt. Ich bin Ihnen sehr dankbar und werde Ihre Hilfe niemals vergessen. Wollen Sie mir Ihren Namen sagen?«

Der junge Soldat zögerte und schüttelte dann seinen Kopf. »Bitte verstehen Sie es nicht falsch, Sir, aber meinen Namen sage ich Ihnen besser nicht. In Wirklichkeit stehe nämlich ich in Ihrer Schuld. Nun alles Gute, Sir!«

George stellte keine weiteren Fragen, obwohl ihm ganz und gar nicht klar war, was der junge Mann gemeint hatte. Er ritt langsam über das Schlachtfeld davon. Zuerst würde er in das Hauptquartier des Dukes reiten, um Neuigkeiten über seinen Bruder zu erfahren, und dann – vorausgesetzt, daß William gesund war – würde er einen Arzt aufsuchen. Seine Beine fingen jetzt zu schmerzen an, aber er glaubte nicht, daß ein Knochen gebrochen war. Dann würde er sich bei seinem Regiment zurückmelden, oder vielmehr, was nach der grauenhaften Schlacht von seinem Regiment noch übriggeblieben war...

Murdo schaute dem Offizier nach, bis er aus seinem Blickfeld verschwand. Schon lange vor dem Zusammentreffen mit ihm hatte er sich fest vorgenommen, bei der erstbesten Gelegenheit zu desertieren. Tatsächlich hatte er vor ein paar Stunden gehofft, das Biwak unbemerkt verlassen zu können, aber Jamie Duncan hatte ihn beobachtet und nicht aus den Augen gelassen.

Jamie hatte ihn mißverstanden und geglaubt, er wolle französische Soldaten ausplündern, und war ihm die ganze Zeit wie ein Schatten gefolgt. Jamie hatte sich schon in Spanien mit großer Begeisterung für sein Land geschlagen, und es wäre ihm niemals eingefallen zu desertieren.

Aber *er* wollte das tun. Und niemand, am wenigsten Jamie, würde ihn daran hindern können. Er hatte genug vom Krieg, von der »Ehre« und vom Kampf. Murdo seufzte tief. Er wußte, daß er vorsichtig vorgehen mußte. Das letzte, was ihm passieren durfte, war, daß seine Absicht zu desertieren erkannt und er verhaftet würde. Und um das zu vermeiden, mußte er so bald wie möglich seine verräterische Uniform loswerden. Oder – er zog seine dunklen Augenbrauen nachdenklich zusammen – er müßte sie gegen eine andere Uniform austauschen... Zivilkleidung wäre zwar besser, aber die würde er erst in Brüssel auftreiben können... der alte Père Lachasse, mit dem er ein paar Briefe gewechselt hatte, würde ihn für zwei oder drei Goldmünzen mit allem versorgen, was er nur brauchte.

Er mußte irgendwie nach Brüssel kommen, und seine Verwundungen würden ihm sogar dabei behilflich sein... vielleicht konnte er sogar eines der Fuhrwerke besteigen, die die Verwundeten in die Stadt hineinfuhren.

Nachdem er diesen Plan erwogen hatte, wurde er ruhiger und ging langsam weiter. Er achtete darauf, daß er keiner der dunklen Gestalten zu nahe kam, die sich jetzt in immer größerer Zahl über das Schlachtfeld bewegten. Es waren Bauern aus den nahe gelegenen Ortschaften, und Murdo sah voller Ekel, daß sie sich nicht damit zufriedengaben, den Toten ihre Wertgegenstände zu rauben, sondern daß sie sie komplett entkleideten und nackt am

Boden liegenließen.

Als er leise fluchend weiterging, bat ihn jemand mit schwacher Stimme, stehenzubleiben.

»Bitte... Sie sind ein britischer Soldat, oder? In Gottes Namen, helfen Sie mir!«

Es war die Stimme eines Engländers, und der Mann lag zitternd auf dem schlammigen, blutgetränkten Boden. Die Stimme ging ihm so ans Herz, daß Murdo Mitleid empfand und niederkniete, den Arm um die nackten Schultern des Mannes legte und ihn aufrichtete.

»Wasser«, bat der Schwerverwundete. »Ich verdurste... Haben Sie Wasser?«

Murdo öffnete seine Feldflasche und hielt sie dem Mann schweigend an die Lippen.

»Vergelts Gott«, sagte er mit schwacher Stimme. »Ich hab die ganze Nacht an kaum etwas anderes als an Wasser denken können. Und als diese Bauern kamen, glaubte ich, sie müßten Mitleid mit mir haben. Statt dessen aber haben sie mir die Uniform vom Leib gerissen, so grob, daß meine Wunden wieder zu bluten anfingen.«

Als Murdo ihm die schwer verletzten Beine abbinden wollte, schüttelte der Mann den Kopf.

»Vielen Dank, aber das nützt nichts mehr. Ich hab' zuviel Blut verloren, ich weiß genau, daß ich bald sterben muß.«

»Das dürfen Sie nicht einmal denken«, sagte Murdo. »Die Fuhrwerke mit den Sanitätern müssen bald kommen, ich sag' Bescheid, daß Sie –«

»Glauben Sie mir, ich fühle, daß für mich jede Hilfe zu spät kommt! Ich habe meinen Frieden mit Gott gemacht. Aber Sie können mir noch in einer Sache behilflich sein, wenn Sie das wollen. Holen Sie meine Uniform... die herzlosen Plünderer haben doch alles fallen lassen, als Sie kamen, oder?«

»Ja«, antwortete Murdo angespannt. Die Zeit verging, und wenn der Tag erst einmal angebrochen war, würde seine Flucht viel schwieriger sein. Aber er konnte diesen schwerverletzten Soldaten unmöglich hier allein sterben lassen. Es würde außerdem leicht sein, ihm seine letzte Bitte zu erfüllen. Der Verletzte sagte: »Ich bin übrigens Fähnrich Michael Dean.« In seiner

Stimme schwang Stolz mit. »Bitte... achten Sie darauf, daß Sie mir *meine* Uniformjacke bringen! In der Innentasche stecken Briefe und mein Offizierspatent. Daran haben die Bauern bestimmt kein Interesse gehabt...«

»Ich finde Ihre Uniform ganz bestimmt«, versprach Murdo.

»Ein Brief ist an Amelia Archer adressiert. Ich wäre Ihnen sehr dankbar, wenn Sie dafür sorgen könnten...« Er war offenbar zu schwach, um den Satz vollenden zu können. Murdo fand die Uniform des jungen Engländers sofort, denn es war das einzige scharlachrote Kleidungsstück zwischen den blauen französischen Uniformen. Als Murdo zu dem schwerverletzten Fähnrich zurückkam, sagte er: »Ich habe alles gefunden, Mr. Dean. Ihr Geld ist auch noch in der Tasche, und...« Als der Mann kein Wort sagte, beugte sich Murdo zu ihm hinunter und schaute im ersten Dämmerlicht des aufziehenden Morgens in die blicklosen, starren Augen des Mannes, dem er hatte helfen wollen. Fähnrich Michael Dean war von seinen Qualen erlöst worden. Murdo würde den Brief Amelia Archer bei nächster Gelegenheit selbst bringen.

Aber wenn er seine Uniform und sein Offizierspatent nicht mehr brauchte... Murdo schluckte und fühlte, wie ihm ein Kloß in den Hals stieg. *Er* konnte beides sehr gut gebrauchen, um nach Brüssel zu entkommen, ohne Gefahr zu laufen, als Deserteur verhaftet zu werden. Offiziere durften sich überall frei bewegen, Offiziere mußten sich nicht ausweisen... Murdo knöpfte seine Uniformjacke auf, zog sie aus und schlüpfte in die des Toten. Sie paßte ihm ziemlich gut.

Er zog Michael Dean seine eigene Jacke an, weil er ihn nicht nackt auf dem Schlachtfeld zurücklassen wollte. Dabei sagte er leise: »Es ist nicht gerade ein fairer Tausch, aber so wirst du wenigstens von unseren Landsleuten begraben und nicht von den Franzosen, und ich sorge dafür, daß dein Mädchen den Brief von dir bekommt!«

Auch für Magdalen De Lancey war die Schlacht vorüber. Und mit der Schlacht auch ihr Leben, dachte sie traurig, denn ohne ihren geliebten Mann konnte sie sich ein Weiterleben gar nicht vorstellen.

Aus tränenverhangenen Augen blickte sie auf sein wachsweißes, regloses Gesicht hinunter. Seit dem Ende der Schlacht war sie zwischen Hoffnung und Verzweiflung hin und her geschwankt. Als die Liste mit den Namen der Verwundeten in Antwerpen bekanntgeworden war, und der ihres Mannes nicht darauf stand, war sie ungeheuer erleichtert gewesen. Aber dann hatte die Frau eines höheren Offiziers sie zu sich rufen lassen und ihr gestanden, daß sie die Liste abgeschrieben und Sir William De Lanceys Namen bewußt nicht aufgeführt hatte, um ihr die Nachricht von seiner schweren Verwundung persönlich mitteilen zu können.

Magdalen war sofort mit einer Kutsche nach Brüssel aufgebrochen. Auf halbem Weg hatte sie einen Offizier getroffen, der sie überredete, nach Antwerpen zurückzufahren. Ihr Mann sei inzwischen wohl verstorben, da er ihn nicht im Lazarett ausfindig gemacht habe.

Magdalen war umgekehrt und hatte unsägliche Qualen wegen des ungewissen Schicksals ihres Mannes gelitten. Denn der Offizier hatte zugegeben, daß Williams Leichnam nicht gefunden worden war. Sie hatte sich in ihrem kleinen Hotelzimmer eingeschlossen, war für niemanden zu sprechen gewesen und hatte sich ganz ihrem Schmerz hingegeben.

Aber dann war George aufgetaucht – Williams Bruder. Er kam mit einer Krücke hereingehumpelt und sagte ihr das, was sie kaum noch zu hoffen gewagt hatte.

»Er lebt, Magdalen – er lebt und will dich sehen – er liegt in einem Bauernhaus in der Nähe von Waterloo. Pack schnell zusammen, was du brauchst, ich bring' dich zu ihm.«

Sie hatte neue Hoffnung geschöpft und war mit George in der Kutsche nach Brüssel gefahren. Noch immer waren die Straßen mit Fuhrwerken voll Verwundeter verstopft. In einem kleinen Dorf in der Nähe von Waterloo fand Magdalens Suche endlich ein Ende. William war bei vollem Bewußtsein, und sie waren überglücklich, einander zu sehen. Sie hoffte, daß er seine schweren Verletzungen am Rücken überleben würde, und die Ärzte hatten sie in diesem Glauben bestärkt. Sie pflegte ihren Mann mit aufopfernder Liebe.

Sie hatten viel miteinander gesprochen und Pläne für die Zukunft geschmiedet –. William hatte ihr versprochen, sein Offizierspatent zu verkaufen. Sie wollten ein neues Leben beginnen und sich als Siedler in Neusüdwales niederlassen.

»General Grosse hat mir erzählt, daß eine Expedition es endlich geschafft hat, die Blue Mountains zu überqueren«, hatte er gesagt. »Und dahinter liegt das fruchtbarste Weideland, das man sich vorstellen kann. Dort kaufen wir uns Land, meine Liebe, ich tausche das Schwert gegen eine Pflugschar und werde eines Tages froh über diese Entscheidung sein, weil sie der Anlaß war dazu, daß wir dorthin ausgewandert sind.«

Doch seine schwere Verwundung hatte zu seinem Tode geführt, dachte Magdalen mit großer Bitterkeit. Sie kniete neben dem Bett nieder, auf dem er so still lag, und weinte verzweifelt.

George berührte zart ihre Schulter. »Magdalen«, sagte er leise, »laß uns zurück nach Brüssel fahren. Wir können hier nichts mehr tun. Und nach der Beerdigung bring' ich dich nach Schottland zurück.«

»Oder nach Neusüdwales?« fragte Magdalen traurig. »Dorthin wollte William mit mir auswandern. Wußtest du das?«

»Ich hab' ihn davon sprechen hören«, antwortete George. »Ich habe mich wie William dazu entschlossen, dem Kriegshandwerk den Rücken zu kehren.«

Mrs. Jeffrey trat auf das Achterdeck der *Kangaroo*, schlang sich den Schal um die Schultern und winkte Kate O'Malley zu sich heran. Nach außen hin gehorsam, aber innerlich voller Widerstand gesellte sich Kate für den üblichen Abendspaziergang zu ihr.

Die Frau des Captains gab mit einer Neigung des Kopfes zu verstehen, daß sie die achtungsvoll gezogene Mütze des Steuermanns bemerkt hatte. Der junge Offiziersanwärter Nigel Harris stand mit dem Fernrohr in der Hand am Hauptmast. Er erstarrte, als er Mrs. Jeffrey herankommen sah. Mrs. Jeffrey aber verlangte es nach einem Gespräch. Die lange Reise war fast vorüber, der

Küstenstreifen von Neusüdwales war schon in Sicht. Sie hob die Hand und winkte den jungen Mann gebieterisch zu sich heran.

»Und was sehen Sie durch Ihr Fernrohr, Mr. Harris?« fragte sie.

Offiziersanwärter Harris errötete unter ihrem forschenden Blick. »Nicht gerade viel, Madam«, meinte er. »Hohe Klippen, waldbewachsene Bergspitzen und kleine Buchten. Und schöne langgestreckte Sandstrände, aber sonst eigentlich nichts, Madam.«

»Keine Menschen?« fragte Mrs. Jeffrey. »Keine Eingeborenen oder wenigstens irgendwelche Anzeichen dafür, daß hier Menschen hausen?«

Der junge Mann schüttelte den Kopf. »Ich kann nichts entdekken, Madam.«

»Dann haben Sie keine guten Augen«, meinte Mrs. Jeffrey giftig. »Denn ich kann ohne Fernglas eine dünne Rauchsäule hinter den Bäumen da drüben erkennen... etwas mehr rechts, mein Junge! Daraus kann man doch sicher auf die Anwesenheit von Eingeborenen schließen, oder?«

Harris errötete noch tiefer.

»Ich... ich nehme an, das stimmt, Madam.«

»Wenn Sie nicht lernen, besser zu beobachten«, sagte die Frau des Captains streng, »dann können Sie unmöglich von Captain Jeffrey erwarten, daß er Ihre Beförderung zum Fähnrich befürwortet! Ich bin ganz sicher«, fügte sie hinzu, »daß Ihre lieben Eltern sehr enttäuscht sein würden, wenn Sie kein Offizierspatent mit nach Hause brächten, Mr. Harris.«

»Ja, Madam«, gab der junge Mann unglücklich zu. Er fühlte sich so gedemütigt, daß er Kates aufmunterndes Lächeln gar nicht wahrnahm. Mrs. Jeffrey hingegen bemerkte es sehr wohl. Sie entließ den jungen Mann, schaute Kate ärgerlich an und forderte sie mit einer Handbewegung auf, den unterbrochenen Spaziergang an Deck wieder aufzunehmen.

»Dieser Junge ist ein nichtsnutziger Faulpelz«, meinte sie von oben herab. »Vielleicht kann jemand wie er in der amerikanischen Marine eine Karriere machen, aber ganz bestimmt nicht auf einem Schiff der Königlichen Marine.«

Kate verkniff sich jeden Kommentar. Sie sagte sich, daß sie

sich allmählich an die kleinen Sticheleien von Mrs. Jeffrey gewöhnt haben müßte. Seit das Schiff Kapstadt verlassen hatte, war sie immer wieder die Zielscheibe solcher Bösartigkeiten gewesen. Captain Jeffrey hatte sie in Kapstadt zurücklassen wollen. Nur durch Rick Tempests entschiedenen Einsatz und wegen ihrer schwachen Gesundheit war sie noch an Bord. Die Behörden in Kapstadt waren nicht gerade erpicht darauf gewesen, sie dazubehalten. Sie besaß keinen Pfennig Geld und war nach der Schiffskatastrophe immer noch so schwach, daß sie sich kaum auf den Beinen halten konnte. Ein Arzt hatte sie untersucht und ihren allgemeinen Gesundheitszustand als sehr schlecht bezeichnet.

Letzten Endes hatte es Ricks Zusicherung, daß seine Schwestern in Sydney sich um sie kümmern würden, bewirkt, daß der Captain der *Kangaroo* ihr erlaubt hatte, auf seinem Schiff die Reise fortzusetzen. Rick hatte ihr erzählt, daß er zwei Schwestern habe – Abigail, die mit einem der größten Landwirte der Kolonie verheiratet war, und die verwitwete Lucy. Er kannte dort auch eine Frau, Frances Spence, von der er mit großer Hochachtung sprach und die ungewöhnlich gastfreundlich sein sollte.

»Sie werden sich vor lauter Einladungen nicht retten können, das verspreche ich Ihnen«, hatte Rick gesagt, und... Kate ging schneller und bemerkte, wie ihr Herz schneller zu schlagen begann. Sie sah, das Rick an Deck gekommen war. Sein Dienst fing erst in einer Stunde an, aber er hatte sich angewöhnt, immer dann an Deck zu erscheinen, wenn Mrs. Jeffrey zusammen mit ihr morgens und abends einen Spaziergang machte. Aber da sie ihren Schützling keinen Augenblick aus den Augen ließ, konnten die Offiziere kaum mehr tun, als freundlich ihre Mütze zu ziehen und ihr einen guten Tag zu wünschen. Kate dachte mit großer Bitterkeit, daß Mrs. Jeffrey sie praktisch wie eine Gefangene hielt, daß sie die meiste Zeit des Tages in ihrer Kabine verbringen mußte, und daß sie – abgesehen von den wenigen Malen, die sie beim Captain zum Abendessen eingeladen war – ihr Essen von dem alten Koch Billy Onslow in ihrer Kabine serviert bekam.

»Sie müssen verstehen, Miss O'Malley«, hatte Mrs. Jeffrey sie mehr als einmal gewarnt, »daß weibliche Passagiere auf britischen Kriegsschiffen nur in Ausnahmefällen mitreisen dürfen. Auf langen Reisen ruft ihre Gegenwart Unstimmigkeiten und Eifersüchteleien zwischen den Matrosen und den Offizieren hervor.«

»Und«, hatte sie hinzugefügt und dabei drohend ihren Zeigefinger erhoben, »selbst die Frau des Kommandeurs muß sich an diese ungeschriebenen Gesetze halten. Wie Sie ganz bestimmt bemerkt haben werden, bin ich in dieser Hinsicht keine Ausnahme, Miss O'Malley. Aber Sie sind jung und unverheiratet, und wie immer die Bräuche auf dem Schiff Ihres Vaters auch gewesen sein mögen, so müssen Sie doch meinem Beispiel auf *diesem* Schiff hier folgen.«

Aber Mrs. Jeffrey hatte es wohl vorgezogen, die Tage zu vergessen, die unmittelbar auf ihre Rettung aus dem eiskalten Meer gefolgt waren, dachte Kate, und kochte innerlich noch vor Wut über die Beleidigung, die Mrs. Jeffrey indirekt ihrem Vater zugefügt hatte. Da es die Frau des Captains als unter ihrer Würde empfunden hatte, die Krankenschwester zu spielen, hatten Rick Tempest und der alte Koch ihre Pflege übernommen...

»Sie waren natürlich noch nie in einer Strafkolonie, Miss O'Malley, oder...?«

Mrs. Jeffrey kam wieder einmal auf das Thema zu sprechen, das sie in letzter Zeit besonders gern anschnitt.

»Das stimmt, Mrs. Jeffrey«, antwortete sie.

»Ich habe gehört, daß der Gouverneur, General Macquarie, die begnadigten Sträflinge unter seine Fittiche nimmt. Das heißt also solche Leute, die als verurteilte Verbrecher in die Verbannung geschickt worden sind und entweder wegen guter Führung begnadigt wurden oder ihre Strafe abgedient haben«, fuhr die Frau des Captains in abfälligem Tonfall fort. »Natürlich verkehren die Offiziere und die Beamten gesellschaftlich nicht mit solchen Leuten, obwohl ich gehört habe, daß sie zu festlichen Anlässen sogar ins Regierungsgebäude eingeladen werden.«

Kate schwieg. Über dieses Thema ereiferten sich der Captain und seine Frau oft während des Abendessens. Es war unverkennbar, daß sie nur gewillt waren, ihre gesellschaftlichen Kontakte nur auf die Einwohner Sydneys auszudehnen, die aus der gleichen Schicht stammten wie sie, ob diese Entscheidung nun vom

Gouverneur gutgeheißen wurde oder nicht.

»Keine Dame von guter Herkunft«, sagte Mrs. Jeffrey voller Überzeugung, »sollte in die Verlegenheit kommen, als Tischherrn einen ehemaligen Dieb oder Räuber zu haben. Und noch viel weniger sollte sie mit Frauen von zweifelhafter Moral zusammenkommen müssen, ganz gleich, ob sie in der Zwischenzeit tugendhaft geworden sind oder nicht. Ich jedenfalls könnte mit solchen Menschen kein Wort wechseln, und ich kann mir kaum vorstellen, wie es die Frau des Gouverneurs fertigbringen kann, wie menschenfreundlich gesinnt sie auch sein mag.«

Kate preßte die Lippen aufeinander und sagte kein Wort. Zum Glück schien sich Mrs. Jeffrey mit einer schweigsamen Zuhörerin zufriedenzugeben. Sie selbst würde in aller Ruhe abwarten, bis die *Kangaroo* im Hafen von Sydney einliefe und sie in der Lage wäre, sich an Ort und Stelle ein Urteil über die Menschen bilden zu können, mit denen sie sich anfreunden würde oder nicht. Es schien ihr zweitrangig zu sein, ob das nun begnadigte Sträflinge wären oder nicht. So war es jedenfalls in Amerika. Dort wurde ein Mann nach dem beurteilt, was er war und was er erreicht hatte, und die einzigen Feinde waren die, die gegen die republikanischen Ziele kämpften.

Solche Leute also wie George De Lancey, dessen Überzeugung ihn gezwungen hatte, das Land seiner Geburt zu verlassen und für einen König und für ein Land zu kämpfen, das er nicht kannte, das aber seinen politischen Überzeugungen besser entsprach.

Kate schmerzte es, als sie sich daran erinnerte, wie George ihr von seiner bevorstehenden Abreise nach England erzählt hatte. Sie hatten einander seit frühester Kindheit gekannt und sich ineinander verliebt, als sie noch ein halbes Kind gewesen war. Sie hatte fest daran geglaubt, daß sie eines Tages mit George verheiratet sein würde. Ihre Eltern waren einverstanden gewesen. George würde als Rechtsanwalt eine glänzende Karriere machen, selbst ihr kritischer Vater war mit seinem künftigen Schwiegersohn voll und ganz einverstanden gewesen.

Aber dann war George weggegangen, ohne ihr zu versprechen, daß er jemals nach Boston zurückkommen würde. Er hatte ihr geschrieben, daß er in die britische Armee eingezogen worden war und daß sein Regiment in Portugal stationiert sei. Und dann war zwischen ihren beiden Ländern Krieg ausgebrochen, und sie hatte nie wieder etwas von ihm gehört. Kate seufzte unglücklich. Sie wußte nicht einmal, ob George noch am Leben war oder nicht, sie hatte nie mehr einen Brief von ihm bekommen. Deshalb…

Mrs. Jeffrey unterbrach ihre Gedanken.

»Wir wollen doch nicht hoffen«, sagte die ältere Frau spitz, »daß Sie herausfinden werden, daß Mr. Tempests Schwestern mit begnadigten Sträflingen verheiratet sind, Miss O'Malley. Er hat darüber kein einziges Wort geäußert, oder? Das einzige, was er mir einmal auf meine Fragen hin gestanden hat, war, daß keine seiner beiden Schwestern mit einem Offizier verheiratet ist. Wenn ich recht verstanden habe, ist die eine der beiden seit kurzem verwitwet.«

Kate konnte nicht mehr länger an sich halten. »Es würde mir nicht das geringste ausmachen, wenn die beiden Damen begnadigte Sträflinge wären, Mrs. Jeffrey!« rief sie verärgert aus. »Oder auch wenn Mister Tempest einer wäre. Die britischen Gerichte haben viele arme Menschen für geringfügige Vergehen in die Verbannung geschickt – ich weiß das von meinem Vater. Einer seiner besten Offiziere war der Nachkomme einer Familie, die von Ihrer Regierung nach Virginia verbannt wurde, und er sagte –«

Mrs. Jeffrey unterbrach sie und sagte von oben herab: »Die Marine der Vereinigten Staaten hat von Anfang an gern britische Deserteure angeheuert. Sie sind Amerikanerin, Miss O'Malley, und ich fürchte, daß Ihre Meinung viel zu liberal ist. Daran ist ganz einfach Ihre Erziehung schuld. Deshalb habe ich es für meine Pflicht gehalten, Sie vor dem zu warnen, was uns in Sydney erwartet.« Kate versuchte etwas zu erwidern, aber die ältere Frau ließ sie nicht zu Wort kommen. »Wenn Sie meinen Ratschlag, sich von den begnadigten Sträflingen fernzuhalten, nicht befolgen, dann kann ich Ihnen versichern, daß Sie in der *respektablen* Gesellschaft Sydneys nicht anerkannt werden. Aber ich werde mir jedes weitere Wort über dieses Thema versagen, da Sie mich ganz offensichtlich nicht verstehen können und ich nur meine Zeit an Sie verschwenden würde. Lassen Sie uns unter

Deck gehen.«

Sie schritt majestätisch auf die hintere Ladeluke zu, und Kate folgte ihr widerstrebend. Rick Tempest kam langsam auf sie zu. Er lächelte, stellte einen Fuß in die Ladeluke und verhinderte so, daß Mrs. Jeffrey verschwinden konnte. Kate wußte nicht, ob er die Unterhaltung mit angehört hatte, aber als sie ihn fragend anschaute, lächelte er ihr aufmunternd zu.

Zur Frau des Kapitäns sagte er höflich: »Gehen Sie schon in Ihre Kabine zurück, Mrs. Jeffrey? Es ist ein so schöner Abend, und wenn der Wind nicht dreht, können wir schon spätestens in einer Stunde den Hafen von Port Jackson sehen. Und diesen einmalig schönen Ausblick sollten Sie nicht versäumen, Madam.«

»Meiner Meinung nach kann überhaupt nichts an unsere englischen Hafenstädte heranreichen«, sagte Mrs. Jeffrey kühl. »Wir werden doch in jedem Fall außerhalb des Hafenbeckens vor Anker gehen und erst morgen früh einlaufen?«

Rick schüttelte den Kopf. »Das ist noch gar nicht sicher... Der Captain kann sich dazu entscheiden, sofort einzulaufen. Sydney Cove ist vom Südkap nur sechs Meilen entfernt – wir könnten also noch vor Einbruch der Dunkelheit im Hafen vor Anker gehen, Madam.«

»Ich glaube, das hat der Captain nicht vor«, entgegnete Mrs. Jeffrey, »er fühlt sich nicht wohl, Mr. Tempest, und ich glaube, daß er sich heute nicht mehr mit den Beamten vom Hafenzollamt herumschlagen will. Aber ich werde ihm ausrichten, was Sie mir gesagt haben, vielleicht ändert er ja noch seine Meinung.«

Mrs. Jeffrey streckte Rick ihre dickliche weiße Hand entgegen, und er half ihr dabei, über die Schwelle der Ladeluke zu steigen. Sie ging die schmale Treppe zum Unterdeck hinunter. Als Kate ihr folgen wollte, flüsterte Rick ihr zu: »Bleiben Sie bitte noch einen Augenblick!«

»Was ist denn los, Mr. Tempest?« fragte sie verwirrt.

Er schaute sie ernst an. »Der Captain hat seine Entscheidung schon gefällt, Miss O'Malley. Wir werfen in der Nähe des Südkaps Anker und bleiben über Nacht hier, ganz egal wie der Wind steht... vielleicht bleiben wir auch noch länger außerhalb des Hafens liegen. Captain Jeffreys gesundheitlicher Zustand ist wirklich nicht der beste.«

»Ach, so ist das also! Aber...« Kate konnte sich keinen Reim auf die Geschichte machen. »Warum haben Sie dann aber Mrs. Jeffrey praktisch das Gegenteil erzählt?«

Rick lächelte sie spitzbübisch an. »Ich hoffte, daß ich dadurch die Gelegenheit hätte, mich einmal allein mit Ihnen unterhalten zu können. In letzter Zeit war das ja nicht gerade häufig möglich, oder?«

»Das stimmt«, meinte Kate. »Mir wurde gesagt, daß weibliche Passagiere auf britischen Kriegsschiffen nur äußerst ungern mitgenommen werden, weil ihre Gegenwart zu Eifersüchteleien unter den Besatzungsmitgliedern führen kann.«

Rick lachte belustigt und bot ihr seinen Arm an. »Sollen wir es trotzdem wagen, ein bißchen spazierenzugehen? Ich möchte Ihnen etwas sagen, was mir sehr wichtig ist... ach, Kate O'Malley! Es ist etwas, was mir schon lange am Herzen liegt. Ich muß es Ihnen unbedingt anvertrauen, bevor Sie an Land gehen.«

Er führte sie zur Reling und erklärte ihr, was man alles an der Küste von Neusüdwales mit bloßen Auge erkennen konnte. Kate wartete ohne Ungeduld ab. Sie hielt es für möglich, daß er Mrs. Jeffreys Vortrag über Sydneys Gesellschaft mit angehört hatte. Ganz bestimmt aber hatte er gehört, was die Frau des Captains zum jungen Nigel Harris gesagt hatte, denn er deutete auf die Rauchwolken, die an verschiedenen Stellen aufstiegen, und sagte: »Das sind keine Lagerfeuer.«

»Ja, aber was denn sonst, Mr. Tempest?«

»Es sind Buschfeuer – vielleicht haben die Eingeborenen wieder einmal den Busch in Brand gesteckt. In dieser gottverlassenen Gegend richtet das nicht viel Schaden an. Aber in besiedelten Gegenden kann so ein Feuer den Ruin für einen Farmer bedeuten. Die Eukalyptusbäume sind zundertrocken, und die Feuer geraten sehr leicht außer Kontrolle. Hier in der Kolonie gibt es viele Probleme für die Landwirtschaft. Ein Feuer kann die ganze Ernte vernichten, eine langanhaltende Trockenzeit auch. Die fruchtbarste Gegend liegt am Hawkesbury, doch dort verwüsten jährliche Überschwemmungen das Land.«

»Aber Sie wollen der Marine den Rücken kehren und Farmer werden, oder?« fragte Kate und erinnerte sich daran, was er ihr einmal erzählt hatte.

»Ja«, bestätigte Rick. »Das hab' ich zumindest vor. Bevor wir abgesegelt sind, habe ich beim Kolonialministerium Land beantragt. Ich war vor fünf Jahren das letzte Mal hier, und es hat sich sehr viel verändert, wie mir erzählt wurde... zum Besseren verändert. Es gibt jetzt eine Straße über die Blue Mountains, und es ist bald soweit, daß Tausende von Quadratmeilen fruchtbaren Weidelandes von den Siedlern in Besitz genommen werden können. Ich möchte mich dort ansiedeln und Schafe züchten. Das Leben dort wird zwar Nachteile haben – es ist weit bis Sydney, und das Stück Land, an das ich denke, liegt mitten in der Wildnis, aber... es wird auch eine Herausforderung für mich sein.«

»Ja«, meinte Kate, »das stimmt schon. Aber –« Sie ahnte, worauf er hinauswollte, und hielt den Atem an. »Mister Tempest, ich sollte jetzt nach unten gehen. Ich –«

»Bitte lassen Sie mich aussprechen«, bat Rick. Er blickte auf das junge Mädchen hinunter, und seine blauen Augen strahlten erwartungsvoll. »Es gibt eine Alternative. Ich könnte auch eine Farm in der Nähe von Windsor oder Richmond kaufen, die nicht so weit abgelegen in der Wildnis liegt. Aber –«

»Aber, Sie würden lieber die Herausforderung annehmen, das neue Land jenseits der Blue Mountains zu bestellen, oder?« fragte Kate. Als sie sah, wie leidenschaftlich er sie anschaute, fing ihr Herz wild zu schlagen an. Sie dachte, daß es zu früh sei, irgendeine Entscheidung für die Zukunft zu fällen.

»Ich würde diese Herausforderung nur dann annehmen, wenn Sie mir dabei zur Seite stehen würden«, sagte Rick. Er ergriff ihre Hände und zog sie an sich. Es schien ihm ganz egal zu sein, wer sie beobachtete. »Miss O'Malley... Kate, ich würde mich geehrt fühlen, wenn Sie meine Frau würden. Natürlich nicht sofort«, fügte er hinzu, als hätte er ihre Gedanken erraten. »Sie brauchen sicher Zeit, genau wie ich. Im Augenblick besitze ich noch kein Heim, das ich Ihnen anbieten könnte. Aber wenn Sie mir erlauben, Sie als meine Verlobte an Land zu bringen, dann wären Sie frei von der strengen Aufsicht der Frau des Captains, die es mir unmöglich gemacht hat, mich seit Kapstadt mit Ihnen auch nur zu unterhalten. Meine Schwester Abigail wird sehr viel Verständnis für Sie haben.«

Kate schaute zu Boden, errötete und blickte ihm dann in die

Augen. Sie verdankte Rick Tempest viel – so viel, daß sie nicht wußte, wie sie es jemals wiedergutmachen konnte. Ohne ihn wäre sie wie ihr Vater und die anderen Schiffbrüchigen im offenen Rettungsboot erfroren.

Es stimmte zwar, sie war nicht verliebt in ihn. Trotz allem, was passiert war, war er immer noch ein Fremder für sie, aber... Es war überhaupt keine Frage, daß er viele gute Eigenschaften hatte und großen Charme besaß. Und George De Lancey war aus ihrem Leben gegangen. Die Möglichkeit, jemals wieder von ihm zu hören, war verschwindend gering. Wahrscheinlich war er inzwischen verheiratet und führte ein neues Leben in England... oder er war im Krieg umgekommen.

Rick drückte ihre Hand. »Ich gebe Ihnen soviel Zeit, wie Sie brauchen, Kate«, versprach er zärtlich. »Wir wollen nichts überstürzen. Aber ich möchte das Recht haben, mich um Sie kümmern zu dürfen – mehr erwarte ich im Augenblick nicht. Und... liebste Kate, ich muß Ihnen sagen, daß ich mich in Sie verliebt habe! Ich denke den ganzen Tag lang an Sie und hoffe ständig darauf, Sie sehen zu können, wenn auch nur bei Ihrem täglichen Spaziergang an Deck mit Mrs. Jeffrey, was für mich natürlich frustrierend genug ist! Aber in meinen Träumen, Kate... ach, da geht es ganz anders zu. In meinen Träumen gehören Sie mir.«

Kate bemerkte, daß seine Hände zitterten, und wieder schlug ihr Herz schneller.

»Ich wäre stolz darauf, Ihnen anzugehören, Rick«, antwortete sie voller Überzeugung. »Und auch stolz darauf, Ihre Frau zu sein, wenn – wenn die Zeit dafür kommt.«

Auf dem offenen Deck konnte er nicht mehr tun, als ihre Hände zu küssen, und Kate fühlte eine Woge von Zärtlichkeit in sich aufsteigen. Als er sich gerade wieder aufrichtete, erschien Mrs. Jeffrey in der Ladeluke und rief ihr ärgerlich zu: »Miss O'Malley, Sie sollten schon längst unter Deck sein! Sie kennen doch die Befehle des Captains – kommen Sie sofort zu mir und halten Sie Mr. Tempest nicht länger von seinen Pflichten ab.«

Kate wurde blaß, aber Rick bot ihr den Arm an und führte sie in aller Ruhe zur Frau des Captains hinüber.

Er sagte lächelnd: »Miss O'Malley hat gerade eingewilligt, meine Frau zu werden, Mrs. Jeffrey. Mit Ihrer Erlaubnis werde *ich* sie zu ihrer Kabine begleiten. Und was meine Pflichten angeht, mein Dienst fängt erst in einer halben Stunde an. Ich bin sicher«, fügte er ruhig hinzu, »daß weder Sie noch Captain Jeffrey etwas dagegen haben werden, wenn ich meine Verlobte zum Abendessen in die Offiziersmesse einlade, damit ich unsere Verlobung in aller Form bekanntgeben kann.«

Mrs. Jeffrey starrte die beiden jungen Leute sprachlos an. Dann drehte sie sich um, raffte ihre Röcke zusammen und stieg so würdevoll wie möglich die steile Treppe zum unteren Deck hinunter. Unten angekommen, hatte sie ihre Haltung wiedergewonnen, drehte sich um und wünschte dem jungen Paar mit kühlen Worten viel Glück.

Als sie verschwunden war, atmete Rick erleichtert auf. »Die anderen werden wirklich mit uns sein«, sagte er ernsthaft. »Und, liebste Kate, ich muß dir sagen, daß ich dich sehr liebe!«

Er küßte sie sanft, umarmte sie zärtlich und ließ sie dann nach unten gehen. »Wir essen um halb neun Uhr zu Abend. Danach zeige ich dir Port Jackson und das Südkap, Kate, und du wirst zum ersten Mal die Lichter von Sydney in der Ferne schimmern sehen.«

Kate blickte ihm nach, als er sich entfernte, und zu ihrer eigenen Überraschung stiegen ihr Tränen in die Augen.

Neben allem, was er für sie getan hatte, hatte Rick Tempest ihr seine Liebe geschenkt. Sie hate ganz und gar nicht damit gerechnet. Bis vor ein paar Minuten hatte sie keine Ahnung von seinen Gefühlen gehabt. Aber... als sie in ihrer eigenen Kabine ankam, kniete sie nieder.

»Großer Gott«, flüsterte sie, »ich bitte dich inständig, laß mich ihn lieben und mich seiner Liebe würdig erweisen!«

Ohne daß sie das wollte, sah sie plötzlich George De Lanceys schönes Gesicht vor sich. Kate schloß die Augen und versuchte, dieses unwillkommene Bild zu vergessen.

Diese Liebe war vorbei, sagte sie sich. Ihre erste Liebe war eine Kinderliebe gewesen, und sie war jetzt kein Kind mehr. Sie war eine Frau – eine bettelarme junge Frau in einem fremden Land, und es war zu erwarten, daß ihr von den Engländern Feindseligkeit entgegenschlagen würde, da England bis vor kurzem noch mit Amerika Krieg geführt hatte. Hatte die abweisende Haltung der Jeffreys sie das nicht gelehrt? Es gab sicher viele Menschen, die so dachten, vielleicht auch der Gouverneur. Er hatte als Soldat in Amerika gekämpft, und die englische Armee mußte mehrere Niederlagen einstecken.

Kate bedeckte mit den Händen ihre tränengefüllten Augen. Es war eine kindliche Geste, und sie schämte sich. Aber Georges Gesicht verschwand dadurch wenigstens, und sie wiederholte ihr Gebet.

Kurz nachdem die *Kangaroo* in Sydney Cove vor Anker gegangen war, erhielt Rick zu seiner großen Überraschung den Befehl, an Land zu gehen.

Es war ihm recht, da er dadurch Gelegenheit hatte, seine Schwester Abigail früher zu besuchen, als er angenommen hatte, und nach der langen Trennung freute er sich darauf, sie wiederzusehen. Er war sicher, daß sie seine Verlobte mit offenen Armen in ihrem Haus aufnehmen würde. Und falls Abigail nicht in Sydney sein sollte, könnte Kate bei Frances und Jasper Spence oder vielleicht bei seiner jüngeren Schwester Lucy wohnen.

Er legte die kurze Strecke zum Regierungsgebäude zu Fuß zurück, um dort offiziell Meldung zu erstatten, daß sein Schiff angelegt hatte.

Der Sekretär des Gouverneurs, John Campbell, empfing ihn und schüttelte ihm freundlich die Hand.

»Willkommen in Sydney, Mr. Tempest. Seine Exzellenz wird sich freuen, Sie nach so langer Zeit endlich wiederzusehen. Wie ich gehört habe, läßt Captain Jeffreys Gesundheit zu wünschen übrig?«

»Ja, Sir. Er leidet unter der kühlen Witterung«, meinte Rick. »Er wird von seiner Frau begleitet, und sie werden dem Gouverneur ihre Aufwartung machen, sobald sich der Gesundheitszustand von Captain Jeffrey gebessert hat.«

»Er kann sich ruhig Zeit mit seinem Antrittsbesuch lassen«, meinte der Sekretär des Gouverneurs. »Der Gouverneur und seine Frau befinden sich auf einer Dienstreise in Parramatta und Windsor, und ich erwarte sie erst Ende der Woche zurück.« Er zuckte mit den Schultern und verzog sein schmales, ernstes Gesicht. »Der arme Gouverneur hat zur Zeit mit großen Schwierigkeiten zu kämpfen, Mr. Tempest, und ich leide darunter, daß ich ihm so wenig helfen kann. Er hat den sonntäglichen Appell für alle Sträflinge wieder eingeführt. Aber Marsden und Hannibal Macarthur, beide Friedensrichter in Parramatta, wehren sich mit allen Mitteln gegen diese Wiedereinführung und haben sich geweigert, den Appell in ihrem Distrikt durchzusetzen. Nicholas Bayly, Dr. Townson und selbst Sir John Jamieson sind in diesem Punkt auf ihrer Seite.«

»Großer Gott«, rief Rick aus. »Aber, warum denn nur? Appelle wurden unter Gouverneur King und Gouverneur Bligh immer durchgeführt!«

Campell seufzte. »Der Grund dagegen, den Pfarrer und Friedensrichter Samuel Marsden anführt, ist in hohem Maße lächerlich. Auf den Appell folgt, wie Sie sicher wissen, ein Gottesdienst, der für alle Sträflinge Pflicht ist. Laut Pfarrer Marsden nehmen die meisten Sträflinge in betrunkenem Zustand daran teil und plündern Häuser und Gärten auf dem Hin- und Rückweg aus! Und Bayly zufolge ist jede Anordnung von Übel, die Sträflinge in großer Zahl an einem Ort versammelt. Deshalb wehren sie sich gegen den Appell, der aber andererseits wichtig ist, um überhaupt feststellen zu können, ob und welche Sträflinge geflohen sind.«

»Fliehen denn viele?« fragte Rick.

»Viel zuviele«, antwortete der Sekretär düster. »Die Banden von Strauchdieben stellen ein großes Problem für den Gouverneur dar.«

John Campbell seufzte. Der Sekretär war ein hochgewachsener, schlanker Mann Anfang Vierzig, der aber sehr viel älter wirkte. Er war Buchhalter und Fachmann in Bankgeschäften, und der Gouverneur hatte ihn angestellt, weil er die Absicht hatte, eine Bank in der Kolonie zu gründen. Selbst damals, ganz am Anfang, hatte John Campbell zu den ergebensten Anhängern Macquaries gehört... Als Rick das angebotene Brandyglas entgegennahm, dachte er, daß die Amtspflichten doch sehr schwer auf John Campbell lasten mußten.

»Auf Ihre Gesundheit, Sir«, sagte er und hob sein Glas.

Campbell dankte. »Ich nehme an, daß Sie zurückgekommen sind, um sich hier als Farmer niederzulassen. Das hat mir jedenfalls Ihre Schwester, Mrs. Dawson, gesagt...«

Rick nickte. Er beantwortete höflich ein paar Fragen hinsichtlich seiner Pläne, trank dann das Glas aus und stand auf.

»Wissen Sie zufällig, ob meine Schwester in der Stadt ist, Sir?« fragte er. »Wenn sie nämlich hier ist, würde ich sie gerne gleich besuchen.«

Sekretär Campbell zog die Stirn kraus.

»Ich nehme an, daß sie noch hier ist, Mr. Tempest... ja, ich bin fast sicher. Und zwar in Mr. Jasper Spences Haus in der Pitt Street. Wissen Sie, wo die liegt, oder soll ich Ihnen beschreiben, wie Sie hinkommen?«

»Ich weiß, wo es ist. Vielen Dank, Sir.«

»Es ist ja auch noch nicht so lange her, seit Sie uns verlassen haben, oder?«

»Doch immerhin schon über fünf Jahre«, meinte Rick. »Ich bin am 12. Mai 1810 an Bord der *Porpoise* mit Admiral Bligh hier abgesegelt.«

»Auf der *Porpoise*?« fragte Campbell interessiert. »Ich habe lange Zeit nichts als Schlechtes über Gouverneur Bligh zu hören bekommen. Seine Feinde leben noch in der Kolonie und haben in der Zwischenzeit ein ansehnliches Vermögen angesammelt. Sie bezichtigen Bligh jedes denkbaren Vergehens, von Tyrannei bis Unterschlagung, und bis vor kurzem habe ich den Leuten alles geglaubt. Aber jetzt, seit sich dieselben Leute gegen *meinen* Gouverneur stellen, weiß ich, daß ihre Anschuldigungen falsch sind! Seine Exzellenz hat einen untadeligen Charakter, er ist eine Seele von Mensch und hat einen unbestechlichen Sinn für Gerechtigkeit. Er hat unendlich viel für die Kolonie geleistet... und das Los derjenigen erleichtert, die ihre Strafe verbüßt haben oder die begnadigt wurden. Statt darüber froh zu sein, wird ihm von mißgünstigen Menschen vorgeworfen, daß er die begnadigten Sträflinge vorzieht!«

Campbell trank den Brandy in einem Zug aus, und sein ernstes Gesicht wurde vor Ärger rot. »Sydney war ein wahrer Sündenpfuhl, bevor Seine Exzellenz sein Amt antrat, und die Stadt ist jetzt kaum wiederzuerkennen. Nach fünf Jahren Abwesenheit werden Sie bestimmt bemerken, was sich alles verändert hat, Mr. Tempest. Die Straßen sind sauber und in gutem Zustand, die Menschen gehen ihrem Beruf nach, überall werden solide Steinhäuser gebaut, wir haben einen sehr guten Architekten – ein junger Mann namens Francis Greenway, der als Sträfling hierherkam. Unter Major Joel hat er Baupläne für eine Anzahl von öffentlichen Gebäuden ausgearbeitet – ein Verwaltungsgebäude für die Marine, Kasernen für das Militär und ein neues Gefängnis. Ich bin davon überzeugt, daß Sydney in ein paar Jahren eine wahrhaft schöne Stadt sein wird.«

Wenn das britische Kolonialminsterium eine derartig großzügige Stadtplanung nicht aus finanziellen Erwägungen heraus vereiteln würde, dachte Rick ärgerlich – aber er unterließ es, den Sekretär des Gouverneurs zu unterbrechen. Eine Bank und ein Anbau an das Regierungsgebäude waren geplant, eine Festung, von der aus der Hafen verteidigt werden konnte, Kirchen, eine Markthalle im Westen von Sydney Cove und eine zweite für landwirtschaftliche Produkte vom Hawkesbury in Cockle Bay. Sogar ein Leuchtturm sollte am Südkap errichtet werden... Als er, von Sekretär Campbells begeisterten Schilderungen neugierig gemacht, schließlich die Pitt Street hinunterging, sah er, daß die Stadt sich in der Zwischenzeit sehr zu ihrem Vorteil verändert hatte.

Als er von der breiten Straße in eine blumengesäumte Toreinfahrt einbog, war ihm wieder alles vertraut, denn das Haus von Mr. Jasper Spence, einem reichen Kaufmann, war schon immer sehr beeindruckend gewesen. Rick erinnerte sich gern an den warmherzigen Empfang, der ihm jedesmal in dem Haus von Jasper Spence und seiner zweiten Frau, einer aus Irland stammenden begnadigten Sträflingsfrau namens Francis O'Riordan bereitet wurde.

Heute aber hing eine brütende Stille über dem Haus, und auch aus dem Garten tönte kein Laut. Rick blieb stehen und schaute sich um. Da er niemanden sah, ging er auf die Tür zu. Während seiner Abwesenheit war eine Terrasse angebaut worden und Stühle und Tische standen im Schatten einer Bambusmarkise.

Als er die Türglocke ziehen wollte, erblickte er am Ende der Terrasse eine kleine Gestalt. Sie schaute ihn unsicher an und lief dann, einen merkwürdig dumpfen Schrei ausstoßend, auf ihn zu.

»Du bist es, Dickon!« rief Rick erstaunt und streckte die Arme nach dem kleinen Jungen aus. »Du bist ja so groß geworden, daß ich dich kaum wiedererkannt habe!«

Abigails Sohn – sein Neffe, der seinen Namen trug – war noch nicht einmal drei Jahre alt gewesen, als er ihn zum letzten Mal gesehen hatte. Der Junge war taubstumm und als Kleinkind sehr schüchtern gewesen. Er hatte in einer eigenen Welt gelebt, und nur wenige Menschen hatten es vermocht, mit ihm Kontakt aufzunehmen. Aber jetzt wirkte er, dem Himmel sei Dank, beinahe aufgeschlossen, er war schlank und aufrecht gewachsen wie ein junger Baum.

»Deine Mutter...« Als Rick sich daran erinnerte, daß Dickon die Worte an seinen Lippen ablesen mußte, sprach er langsam und deutlich. »Ist sie zu Hause?«

Der Junge nickte, lief zum Haus und verschwand in der Tür. Kurz darauf kam Abigail die Treppe heruntergeeilt.

»Ach, Rick! Liebster Rick, wie schön, dich zu sehen! Wir haben zugeschaut, als dein Schiff im Hafen eingelaufen ist, aber wir hatten keine Ahnung, daß du so schnell an Land gehen dürftest. Ich war noch nicht mal ganz sicher, daß es dein Schiff war... jemand sagte, es sei die *Emu*. Du mußt mich ja für verrückt halten, aber ich... ach wirklich, ich bin so froh und dankbar, daß du hier bist!« Sie umarmte ihn, und Rick hielt sie gerührt in seinen Armen.

»Der Captain ist gesundheitlich nicht auf der Höhe, deshalb habe ich die Ankunft des Schiffes im Regierungsgebäude offiziell gemeldet. Und... ich habe eine Bitte an dich, liebe Abby.«

»Was du nur willst«, antwortete sie. »Du brauchst sie nur zu äußern. Aber... erzähl es mir beim Tee. Dickon, sag Kate, daß wir Tee trinken möchten, ja?« Der Junge nickte und lief davon. Abigail nahm Rick bei der Hand und führte ihn ins Wohnzimmer.

Sie sieht blaß und angespannt aus, dachte Rick, und es war so gar nicht typisch für sie, daß sie nicht neugierig auf seine Frage zu sein schien. Er hatte sich so darauf gefreut, ihr von Kate und seinen Heiratsplänen zu erzählen, aber... Er versuchte, seine Enttäuschung zu verbergen und nahm in dem Stuhl Platz, den sie ihm anbot.

Abby ist noch so schön wie früher, dachte er – vielleicht sogar noch schöner als vor ein paar Jahren, als sie noch ein junges Mädchen gewesen war. Die Mutterschaft hatte sie reifer werden lassen, und sanfte weibliche Formen rundeten jetzt ihren früher gertenschlanken Körper... Trotz allem sah sie nicht wohl aus, und sie war offensichtlich sehr angespannt.

»Hast du Sorgen, Abby?« fragte er seine Schwester.

»Ist es dir im Regierungsgebäude nicht erzählt worden?« rief Abigail aus. »Rick, die *Kelso* ist seit fast einem Monat überfällig!«

Rick erinnerte sich, daß die *Kelso* Jasper Spences Ostindienfahrer war, ein Handelsschiff, mit dem er und seine Frau einmal im Jahr nach Kalkutta fuhren.

Er schüttelte den Kopf, und Abigail fuhr unglücklich fort: »Der Captain eines holländischen Schiffes, das vor zwei Wochen hier eingelaufen ist, erzählte uns von einem schweren Hurrikan im Indischen Ozean. Mr. Lord – Simeon Lord – sagte Tim, daß wir alle Hoffnungen aufgeben müssen, wenn wir nicht bis Ende nächster Woche etwas über die *Kelso* erfahren. Und« – sie seufzte schwer – »Frances war mit ihrem Mann an Bord, und Lucy auch... sie war mitgefahren, weil sie glaubte, daß eine Schiffsreise ihrer Gesundheit guttun würde, Rick.«

Rick starrte seine Schwester entgeistert an.

»Lucy ist auch dabei? Großer Gott, das sind ja schlechte Nachrichten!«

»Ja«, antwortete Abigail leise. »Deshalb bin ich auch hier in diesem Haus und nicht in Upwey bei Tim. Meine Stieftöchter Julia und Dorothea gehen hier zur Schule. Sie haben während der Schulzeit immer bei Frances gewohnt, und ich... ich vertrete sie jetzt, bis sie zurückkommt, das heißt, *wenn* sie jemals zurückkommt... Ach Rick, ich bin so unglücklich! Frances ist – sie war eine so besondere Frau, für alle, die sie kannten, und Dickon hat sie geradezu angebetet. Ich finde den Gedanken unerträglich, daß sie tot sein könnte. Und die arme kleine Lucy auch. Sie fing gerade an, sich von dem grauenhaften Erlebnis zu erholen, bei dem eine Bande von Strauchdieben Yarramundie ausgeplündert und ihren Mann umgebracht hat. Aber jetzt dies! Ich –« Sie unterbrach sich, als sie Stimmen aus dem Gang hörte und hielt einen Finger warnend auf die Lippen. »Die Mädchen sind zurück. Sie wissen es noch nicht. Ich habe ihnen noch nichts gesagt. Ich will es ihnen erst dann sagen, wenn wir sicher sind, daß die *Kelso* verloren ist. Also sprich in ihrer Gegenwart kein Wort davon, ja?«

»Natürlich nicht«, versicherte Rick. Der kleine Dickon kam, gefolgt von Kate Lamerton, herein, die seit seiner Geburt sein Kindermädchen war.

»Kate wurde schon vor Dickons Geburt von Gouverneur Bligh begnadigt«, flüsterte Abigail hinter vorgehaltener Hand. »Sie hätte sich schon lange verheiraten können. Viele Männer haben ihr den Hof gemacht. Aber« – sie lächelte, als die heitere, dickliche Frau Hand in Hand mit Dickon den Raum verließ – »sie ist all diese Jahre bei Dickon geblieben, und ich danke Gott dafür, weil ich es ohne sie wohl nie geschafft hätte.«

»Dickon hat sich sehr gut entwickelt«, sagte Rick ernst. »Er sieht blendend aus, Abby, und scheint ein glücklicher Junge zu sein.«

»Ja, das ist er«, meinte Abigail bewegt. Tränen traten ihr in die Augen, und sie fügte leise hinzu: »Ich glaube, daß sein Vater ihn genauso geliebt hätte wie ich.«

Rick erinnerte sich, daß er den ersten Mann seiner Schwester nie kennengelernt hatte, und Abigail hatte ihm auch nicht viel von ihm erzählt...

Die Ankunft der beiden Dawson-Mädchen enthob ihn der Notwendigkeit, eine Antwort auf Abigails letzte Bemerkung zu finden. Die Mädchen stürmten lärmend ins Zimmer und schwiegen dann, als sie ihn sahen. Kate Lamerton hatte ihnen offenbar nicht gesagt, daß ihre Stiefmutter Besuch hatte.

»Erinnert ihr euch an meinen Bruder Rick?« fragte Abigail lächelnd. »Er ist gerade an Bord des Königlichen Schiffes *Kangaroo* hier angekommen. Das ist Julia, Rick, sie ist sechzehn und geht das letzte Jahr zur Schule. Und das ist Dorothea, die Dodie genannt wird, sie ist drei Jahre jünger als Julia.«

Rick fand, daß beide Mädchen sehr hübsch waren. Julia erholte sich schnell von dem Schreck seiner unerwarteten Gegenwart und fing an, charmant Konversation mit ihm zu machen. Dabei warf sie ihm so schmachtende Blicke zu, daß er sich im stillen darüber amüsierte. Dorothea servierte ihm Tee und Kuchen und sagte kaum ein Wort.

Rick überlegte, wie seine geliebte Kate wohl mit den beiden jungen Mädchen zurechtkommen würde. Dabei fiel ihm ein, daß er Abigail noch kein Wort von seiner Verlobung erzählt hatte.

»Meine liebe Abby«, begann er, nachdem Julia ihm über das letzte wichtige gesellschaftliche Ereignis, ein Pferderennen, berichtet hatte. »Ich hab' dir schon angekündigt, daß ich –«

»Daß du dir etwas von mir wünschst«, fiel ihm Abigail ins Wort. »Liebster Rick, in der Aufregung über deine Ankunft hab' ich völlig vergessen, dich danach zu fragen. Aber ich glaube, ich weiß es schon... Du willst der Marine den Rücken kehren und dich hier niederlassen, oder?«

»Ja, das hab' ich vor«, bestätigte Rick. »Aber ich habe auch die Absicht, mich zu verheiraten und –«

»Heiraten?« rief Abigail aus. »Ach, das find' ich ja wunderbar! Wer ist denn deine Auserwählte, Rick? Ist es ein Mädchen von hier? Ist es jemand, den wir kennen?«

Die beiden Dawson-Schwestern schauten ihn mit großen Augen an, und Rick lächelte ihnen zu. »Nein, ihr könnt sie nicht kennen. Sie heißt Kate O'Malley und ist noch an Bord der *Kangaroo*. Sie ist Amerikanerin und die einzige Überlebende eines Schiffsunglücks im Südatlantik. Wir haben sie aufgefischt, als sie halb erfroren in einem offenen Rettungsboot im Wasser trieb...« Abigail traten wieder die Tränen in die Augen, denn sie dachte an Lucy, Frances und Jasper Spence, und er drückte ihr die Hand. »Du magst sie bestimmt gern, Abby, und glaub mir, ich bin der glücklichste Mann unter der Sonne.«

»Da bin ich ganz sicher, Rick. Und... wir werden sie willkommen heißen, oder?« Abigail schaute die beiden jungen Mädchen fragend an. Dorothea nickte, und Julia sagte nach einem kurzen Zögern: »Natürlich ist sie uns willkommen... selbst wenn sie eine Amerikanerin ist.«

»Wann bringst du sie her?« fragte Abigail. »Schon heute oder erst morgen?«

»Morgen«, antwortete Rick. »Das heißt, wenn euch das recht ist.«

»Wir haben ein großes Haus, Rick. Es ist überhaupt keine Schwierigkeit, euch beide unterzubringen.«

»Ich kann das Schiff nicht verlassen, bis ich abgelöst werde. Und« – Rick lächelte strahlend – »da mein Nachfolger noch keine Ahnung davon hat, daß er ein Offizierspatent bekommt, kann das noch eine Zeitlang dauern. Der arme Kerl hat lange darauf warten müssen!«

Abigail stockte der Atem. »Sprichst du zufälligerweise von Justin Broome? Hat die Admiralität ihm endlich doch ein Offizierspatent zugedacht?«

»Ja – und er hat es auch wirklich verdient. Er –« Julia unterbrach ihn und sagte tadelnd: »Aber Justin Broome ist ein Sohn von ehemaligen Sträflingen!«

»Begnadigten Sträflingen, Julia«, verbesserte Abigail. »Und beide waren hochangesehen. Sein Vater diente unter Captain Flinders im Krieg gegen Frankreich.«

»Und Justin hat die Kammerzofe von Mrs. Macquarie geheiratet«, gab Julia störrisch zurück. »Und wenn der Gouverneur ihn irgendwann als Friedensrichter beruft, dann erwartest du von uns, daß wir ihn grüßen sollen, wenn wir ihm auf der Straße begegnen!« Sie streckte die Hand nach ihrer Schwester Dorothea aus. »Komm, Dodie, wir gehen in den Garten, bevor uns unsere Stiefmutter der Intoleranz bezichtigt!«

Dorothea wollte widersprechen, aber Abigail bedeutete den beiden Mädchen, das Zimmer zu verlassen. Als sie die Tür hinter sich geschlossen hatten, meinte sie unglücklich: »Ich fürchte, ich habe einen großen Fehler gemacht, als ich sie in Mrs. Jones Schule geschickt habe. Sie werden dort geradezu zur Intoleranz *erzogen*. Und aus eben dieser Befürchtung heraus habe ich sie von der letzten Schule genommen! Es ist nicht leicht, Stiefmutter von Mädchen in diesem Alter zu sein, Rick, und ich fürchte, ich mache viele Fehler. Alex entwickelt sich besser, aber er geht auch auf Mr. Fultons Schule in Windsor, und ich glaube, daß du dich daran erinnerst, daß Pfarrer Fulton ein ausgezeichneter Lehrer und ein guter Mensch ist. Und er sagt, daß er Dickon später in seine Schule aufnehmen will.«

Abigail schenkte ihrem Bruder Tee nach und nippte nachdenklich an ihrer eigenen Tasse.

»Du willst wirklich Farmer werden, Rick?«

»Ja«, bestätigte Rick. »Wenn Kate damit einverstanden ist. Und falls sie das nicht ist, dann mache ich es so wie Justin, kaufe ein kleines Frachtschiff und werde es für Charterfahrten anbieten. Er kann davon leben, also gibt es doch keinen Grund, warum mir das nicht auch gelingen sollte, oder?«

»Ist es Kate klar, welches Leben sie erwartet, wenn du dich hier als Farmer niederläßt?« fragte Abigail. »In diesem Jahr hatten wir eine furchtbare Dürrezeit, und Tim ist vor Sorgen fast verrückt geworden. Seine Pferdezucht geht sehr gut, Gott sei Dank, aber die Schafe und Rinder sind während der Dürrezeit in Upwey eingegangen. Der arme Tim arbeitet so hart! Der einzige Lichtblick im letzten Jahr war ein Weinberg, den er mit Erfolg angepflanzt hat, auf dem Spenceschen Besitz in Portland.«

Rick zog die Augenbrauen hoch. »Ist er jetzt auch Weinbauer geworden?«

Abigail lächelte. »Ja, das kann man so sagen. Hannibal MacArthur hat einen Weinberg von Mr. Schaffer gekauft, nachdem er Gouverneur Kings Tochter geheiratet hat, und er hat ihn mit sehr viel Erfolg bebaut. Dadurch kam Tim überhaupt erst auf die Idee. Großvater Spence wollte Geld investieren, und jetzt kommen die Dividenden. Tim ist sehr stolz auf seinen Erfolg. Er hat vierzig Arbeiter angestellt, hat eine eigene Weinpresse und eigene Keller gebaut, und es wäre gar nicht schlecht, wenn du seinem Beispiel folgen würdest, Rick.«

»Ich kann mir das nicht vorstellen – ich als Weinbauer, Abby. Ich möchte das Land jenseits der Blue Mountains bebauen.«

»Der Gouverneur hat das Land bislang noch nicht vergeben«, meinte Abigal. »Er sagt zwar, daß er das bald tun wird, aber ... es wird in jedem Fall ein sehr einsames Leben dort sein, besonders für eine junge Frau.«

»Ja, das weiß ich schon. Aber Kate wird das schon schaffen, sie ist ..., sie ist mutig! Ich bin ganz sicher, daß du mich verstehst, wenn du sie erst kennst.«

Abigail schaute ihren Bruder bewegt an. »Du bist sehr verliebt, oder?«

»Ja«, antwortete Rick. »Ich schätze und respektiere sie sehr.« Großer Gott, dachte er, als er sich an seinen ungeschickten Heiratsantrag erinnerte, er war wirklich der glücklichste Mann der Welt, weil Kate O'Malley sich einverstanden erklärt hatte, ihn zu heiraten!

»Wir werden sie Katie nennen«, sagte Abigail, »weil wir im Haus schon eine Kate haben. Glaubst du, es macht ihr etwas aus?«

»Sie hat mir erzählt, daß schon ihr Vater sie Katie genannt hat, und deshalb glaub' ich, daß ihr das ganz recht ist.« Rick schaute zum Fenster hinüber, das im Abendlicht rötlich aufleuchtete. »Ich muß zurück aufs Schiff, Abby. Aber ich bringe Kate – Katie – morgen um die Mittagszeit hierher, wenn dir das paßt. Sie hat kein Gepäck – alles ist bei dem Unglück verlorengegangen. Du kannst ihr doch bestimmt etwas leihen, oder?«

Abigail stand auf. »Aber natürlich, Rick. Julia auch – sie hat einen guten Geschmack –, und es gibt jetzt sehr schöne Stoffe in Sydney zu kaufen. Seide aus Indien und China, Musselin aus England, und ganz gute Wollstoffe aus der Fabrik hier, nur die Farben könnten schöner sein. Und –« Sie wurde plötzlich blaß. »Ach, ich wollte gerade sagen, daß Frances ihr beim Kleidernähen helfen kann, und dann erinnerte ich mich daran – aber Rick, ich bete darum, daß die *Kelso* doch noch zurückkommt!«

»Amen«, sagte Rick ernst. Er umarmte seine Schwester, und sie gingen zusammen zur Haustür.

»Ich muß dir noch so viel erzählen«, sagte sie. »Auch Unangenehmes – es gibt so viele Feindseligkeiten, Streitereien und häßliche Machtkämpfe hier in der Kolonie. Und ich fürchte, daß der Grund dafür die tolerante Haltung des Gouverneurs den begnadigten Sträflingen gegenüber ist.«

Ricks Mund wurde schmal. »Das habe ich in den wenigen Stunden, in denen ich hier bin, schon ein paarmal gehört«, sagte er. »Aber du bist doch hoffentlich auf der Seite des Gouverneurs, oder?«

»Gouverneur Macquarie ist ein guter, christlicher Mensch«, antwortete Abigail, ohne zu zögern. »Und er ist der beste Gouverneur, den diese Kolonie jemals gehabt hat. Tim und ich unterstützen ihn voll und ganz. Ich gebe zu, daß ich am Anfang meine Zweifel gehabt habe, als ich bei Banketten im Regierungsgebäude mit ehemaligen Sträflingen an einem Tisch sitzen mußte, aber dann begriff ich sehr bald, daß es unter ihnen gute und schlechte Menschen gibt – wie unter den freien Siedlern auch, die sich Besseres dünken. Und außerdem hab' ich viel von Frances gelernt... *sie* ist auch ein begnadigter Sträfling, das weißt du doch, oder? Und ich liebe sie so sehr, Rick! Und die arme Jenny Hawley auch – Justins Mutter. Tim war untröstlich, als er von ihrem Tod erfuhr.«

»Jenny Hawley ist tot?« fragte Rick überrascht.

»Ja, sie ist in diesem Frühjahr gestorben, in Bathurst, auf ihrer ersten Reise in das neuentdeckte Land jenseits der Blue Mountains. Justin ist dort Land zugesprochen worden und –«

»Wirklich? Ich dachte, es sei noch nicht für die Besiedlung freigegeben!«

»Justin war bei der Expedition dabei, die den Weg über die Blue Mountains gefunden hat«, sagte Abigail. »Deshalb hat der Gouverneur ihm achthundert Morgen am Lachlan River zugesprochen, ganz besonders fruchtbares Weideland.«

»Du willst mir doch nicht sagen, daß Justin vorhat, Farmer zu werden?«

Abigail lächelte ihren Bruder an. »Nein, er fährt immer noch zur See – mit der *Flinders*, die er selbst gebaut hat. Und was das Land betrifft, er hat mir erzählt, daß er einen Pächter oder einen Partner sucht, der es für ihn bewirtschaftet.« Sie stellte sich auf die Zehenspitzen, um ihrem Bruder einen Kuß zu geben. »Aber ich halte dich auf, und wir haben ja noch genug Zeit, über alles zu reden, oder? Wir haben so viel Zeit! Auf bald, mein lieber Rick, und ich freue mich sehr darauf, morgen deine Katie kennenzulernen.«

Rick küßte seiner Schwester die Hand und ging.

Im Garten saß der kleine Dickon und spielte und schien die Welt um sich herum vergessen zu haben. Er schaute nicht einmal auf. Aber die zwei Mädchen, die damit beschäftigt waren, ein Huhn in den Hühnerstall zurückzuscheuchen, sahen ihn und kamen über den gepflegten Rasen angelaufen.

»Gehst du zurück aufs Schiff?« wollte Julia wissen.

»Leider ja«, meinte Rick. »Aber ich bringe Miss O'Malley morgen mit.«

Dorothea klatschte vor Freude in die Hände, aber Julia sagte angriffslustig: »Wie schade, daß sie Kate heißt, stell dir doch nur mal vor, daß ich Kate Lamerton bitte, mir Tee zu bringen oder mir das Haar zu kämmen – ob dann *deine* Kate glaubt, daß ich sie meine? Wie soll ich sie denn ansprechen, Rick, damit so ein Mißverständnis gar nicht erst aufkommen kann?«

»Nenn sie Miss O'Malley«, antwortete Rick kühl. »Und ich wäre dir sehr dankbar, wenn du dich in ihrer Gegenwart gut benimmst, Julia. Und wenn wir schon mal dabei sind«, fügte er hinzu, »dann solltest du Onkel Richard zu mir sagen, bis ich dir die Erlaubnis gebe, mich Rick zu nennen.«

Er winkte Dickon und Dorothea zu und ging hinunter zum Landungssteg.

George De Lancey stand an Deck des Transportschiffes *Conway* und schaute schlechtgelaunt zu, wie das erste Ruderboot mit Sträflingen längsseits ging. Sie waren an Armen und Beinen gefesselt, und alle sahen trotzig und aufsässig aus, als sie nicht gerade freundlich von den Wärtern auf das Schiff getrieben wurden.

Der Captain der *Conway*, ein rotgesichtiger, zu dicker Mann, blieb neben George stehen und sagte voller Verachtung: »Ihre Mitpassagiere, Mr. De Lancey … verdammte irische Verräter und Rebellen, jeder einzelne! Ganz gefährliche Verbrecher, das hat mir der Gefängniswärter gestern abend gesagt, und wir müssen sie sehr gut bewachen.«

»Ach wirklich, Captain Barlow?« antwortete George kühl. Er konnte den Captain nicht ausstehen und bedauerte es, daß er in seiner Eile, England zu verlassen, an Bord des erstbesten Schiffes gegangen war, das Kurs auf Neusüdwales nahm.

Die *Conway* war ein großes Schiff, die Kabinen für die zahlenden Passagiere waren bequem eingerichtet, aber alles war verschmutzt und vernachlässigt. Die Offiziere waren arrogant und unfreundlich, die Besatzung faul und aufsässig.

George zog die Stirn kraus und hoffte, dadurch den Captain zum Schweigen zu bringen, aber Barlow fuhr fort: »Hundertzweiundsiebzig männliche Sträflinge, einer wie der andere ein Schwerverbrecher, und wie viele Wärter hab ich bekommen, um mit diesen Dreckskerlen fertig zu werden? Fünfundzwanzig und einen blutjungen Fähnrich, der mein Beiboot über ne Stunde lang am Kai warten ließ, weil er seinen Kram noch nich zusammen hatte! Ich bitte Sie, Mr. De Lancey, ist das ne Art, mich zu behandeln?«

»Aber so was haben Sie doch bestimmt auch auf anderen Reisen erlebt?« meinte George kühl. Er schickte sich an zu gehen, aber der Captain schloß sich ihm ungefragt an.

»Ich hab noch nie 'n Schiff voll Schwerverbrecher nach Botany Bay gebracht«, erklärte er. »Ich will, daß sie im Laderaum gefesselt bleiben.«

»Um Gottes willen, das ist hier doch kein Sklavenschiff! Das sind Weiße, Landsleute von Ihnen... Sie werden doch so menschlich sein, ihnen unter Deck die Ketten abzunehmen?«

»Das sind verdammte irische Rebellen, wie ich Ihnen schon gesagt hab«, knurrte der Captain der *Conway*. »Und ich hab *nich* vor, ihnen auch nur die geringste Chance zu geben, 'ne Meuterei anzuzetteln. Wenn sie sich anständig aufführen, dann werden sie gut behandelt, aber sonst nicht, Mr. De Lancey.«

Ohne ein Wort darauf zu antworten, ging George zur Reling hinüber.

Er schaute aufs Meer hinaus und dachte daran, was ihn wohl in Neusüdwales erwarten würde. Seine Zukunftsaussichten waren gar nicht schlecht. Das Kolonialministerium hatte die Kosten für seine Überfahrt übernommen und eine Vollmacht ausgestellt, daß er in dem neuentdeckten Land, das jetzt offiziell den Namen Australien trug, als Rechtsanwalt arbeiten durfte.

Mit Einwilligung des Gouverneurs würde er am Gerichtshof der Kolonie als Richter eine Anstellung finden, oder er konnte sich als Rechtsanwalt niederlassen, in jedem Fall aber wurde er eintausend Morgen Land zugesprochen bekommen.

Es war George klar, daß viele seiner Zukunftspläne von der Einstellung des Gouverneurs abhängen würden, und er hatte keine Ahnung, was General Lachlan Macquarie für ein Mann war. Er hatte gehört, daß ihn jeder, der ihn kannte, sehr schätzte, hatte aber nur mit einem Offizier gesprochen, der im selben Regiment mit ihm gedient hatte. Er hatte Lachlan Macquarie als einen aufrechten, moralischen Schotten schätzen gelernt, als einen zuverlässigen Arbeiter und tief religiösen Mann. Aber... er stammte aus den Highlands und würde bestimmt in seinen Amtsgeschäften keinerlei Opposition tolerieren. Der Mann hatte nachdenklich den Kopf geschüttelt und hinzugefügt: »Ich fürchte, daß Sie eines Tages Ihre Entscheidung bereuen könnten, daß Sie nach Neusüdwales ausgewandert sind, Mr. De Lancey...«

Als George an die Worte des Offiziers dachte, war ihm gar nicht wohl in seiner Haut. Aber es war zu spät, er konnte nicht mehr zurück. Anders wäre es gewesen, wenn William noch am Leben wäre und er zusammen mit seinem Bruder und dessen schöner Frau Magdalen ausgewandert wäre, wie sie es ursprünglich geplant hatten. Als altgedienter Soldat wäre William ganz nach dem Geschmack Gouverneur Macquaries gewesen, und Magdalen... Wer hätte sich dem Liebreiz Magdalen De Lanceys entziehen können, der trauernden Witwe seines Bruders?

Magdalen hatte ihn dazu überredet, sich im Kolonialministerium genau nach seinen Zukunftsaussichten in Australien zu erkundigen.

»Ich kann nie im Leben vergessen, George«, hatte sie ihm mehr als einmal gesagt, »wie sehr sich mein lieber William darauf gefreut hat, dorthin auszuwandern. Du mußt es jetzt einfach tun, obwohl weder er noch ich dich dorthin begleiten können...«

George seufzte traurig und schaute zu, wie die letzten Sträflinge wie Vieh an Deck getrieben wurden.

Eine Stunde später lichtete die *Conway* den Anker, setzte Segel und fuhr majestätisch auf das offene Meer hinaus.

Aus dem Laderaum heraus erschollen Klagelaute und Flüche von den fast zweihundert Iren, die gegen ihren Willen aus ihrer Heimat entführt wurden, in die nur wenige von ihnen zurückkehren würden.

Murdo war wütend. Als er in seiner Kabine ankam, legte er den Degen ab, der ihn auf der steilen Treppe behindert hatte, und warf sich der Länge nach auf seine Koje.

Die Rüge des Captains wegen seiner Verspätung hatte ihn tief getroffen, weil er sie vor den ihm unterstellten Soldaten geäußert hatte, und das unverschämte Grinsen Sergeant Holmes' hatte ihn verletzt. Holmes war der Typ eines altgedienten Soldaten, den er geradezu verabscheute. Bei den ihm Untergebenen achtete er auf äußerste Disziplin und nutzte selbst die kleinste Schwäche seiner Vorgesetzten aus, um ihnen das Leben schwerzumachen.

Und der Himmel wußte, daß ihm die Rolle, Fähnrich Michael Dean zu sein, schwer genug fiel, auch wenn der unverschämte Holmes ihm keine Steine in den Weg legte.

Er hatte allerdings von Anfang an Glück gehabt, das mußte er zugeben. Nachdem er in die Uniform des verstorbenen Fähnrichs Dean geschlüpft war, war er drei Wochen lang von einem belgischen Arzt gesundgepflegt worden, und er hatte sich dabei ganz in die neue Rolle eingelebt, die er spielen wollte. Selbst bei seiner Rückkehr nach England hatten sich keine größeren Probleme ergeben. Wegen seiner schweren Armverletzung kam er als Invalide in sein Heimatland zurück und war vom Dienst in seinem Regiment befreit worden, das sich immer noch in Frankreich befand.

Als erstes hatte er sich Zivilkleidung beschafft, sich ein Pferd geliehen, und war den kurzen Weg nach Bucks Oak geritten. Nick hatte sein Wort gehalten. Der Wirt von Alton Arms hatte, ohne Schwierigkeiten zu machen und Fragen zu stellen, seinen Anteil an den Raubüberfällen herausgerückt, den er für Murdo Maclaine hatte aufbewahren sollen. Er hatte ihm fünfundachtzig Goldstücke überreicht, und Murdo mußte nur eine Quittung unterschreiben. Der Wirt hatte ihm das beste Gastzimmer im Haus angeboten und ihm erzählt, daß sich der Bandenanführer Nick immer noch in Nordengland aufhielt, aber die Absicht hatte, bald in seine Heimat im Süden zurückzukehren.

Um ein Haar hätte sich Murdo dazu entschlossen, wieder zu Nick und seiner Bande zu stoßen, aber... die Tatsache, daß er das Offizierspatent Fähnrich Deans in seiner Tasche hatte und somit auch dieser Fähnrich Dean *war*, hielt ihn nach reiflichem Nachdenken davon ab. Er konnte das Offizierspatent für sehr viel Geld verkaufen. Und zusammen mit den Goldstücken, die in seiner Tasche klimperten, wäre er dann annähernd ein reicher Mann und könnte alles machen, wozu er Lust hätte... vielleicht sogar als freier Siedler nach Neusüdwales auswandern, statt in England zu bleiben, wo die Gefahr bestand, daß er irgendwann einmal erkannt und entlarvt würde.

Dieser Plan hatte ihn nicht mehr losgelassen und er war nach London gefahren, um ihn in die Tat umzusetzen und um den letzten Wunsch des toten Michael Dean zu erfüllen, nämlich Miss Amelia Archer am Haymarket Theater den Brief zu überreichen, den der sterbende Mann ihm anvertraut hatte.

Kurze Zeit später traf er in einer Kneipe einen Mann, der auch nach Neusüdwales auswandern wollte und der ihm dringend davon abriet, sein Offizierspatent zu verkaufen. Viel günstiger sei es für ihn, sich in das dort stationierte 46. Regiment versetzen zu lassen. Er hatte den Rat des Fremden beherzigt, und alle nötigen Formalitäten waren ohne jede Schwierigkeit über die Bühne gegangen... Murdo gähnte, rollte sich auf die Seite und schlief ein.

Es schien ihm, daß er schon nach wenigen Minuten von einem Steward geweckt wurde, der ihm mitteilte, daß das Essen in der Offiziersmesse serviert sei.

»Und falls Sie Alkohol zum Essen trinken wollen, Sir«, sagte der Mann, »ich habe eine ganz gute Auswahl zur Verfügung. Whisky, Brandy, Madeira und ein paar französische Weine. Es ist hier an Bord so üblich, daß die Passagiere am Anfang der Reise ihren Alkohol kaufen und bezahlen. Ich schreibe dann den Namen der Herrschaften auf die Flasche und verwahre sie für sie.«

Murdo setzte sich auf und rieb sich den Schlaf aus den Augen. Dann verhandelte er mit dem Steward und kaufte ihm ein paar Flaschen für einen sehr günstigen Preis ab. Die fleckige Jacke und die schlampige Erscheinung des Mannes gefielen ihm ganz und gar nicht. Aber er war sehr hilfsbereit, holte ihm ein frisches Hemd aus seinem Koffer und bot ihm an, ihm die Jacke zu bügeln. Er brachte ihm auch warmes Wasser zum Rasieren und Handtücher und zog sich dann zurück.

Als er mit der frisch gebügelten Jacke zurückkam, sagte er: »Abgesehen von Ihnen speist nur noch ein Passagier in der Offiziersmesse, Sir, ein Mr. De Lancey... meines Wissens Rechtsanwalt, aber er wirkt ganz so, als sei er in der Armee gewesen. Ich finde, er ist ein sehr angenehmer Mensch.«

Während er sich die Jacke zuknöpfte, fragte Murdo: »Und wer speist noch in der Offiziersmesse? Der Captain?«

Der Steward schüttelte seinen grauhaarigen Kopf. »Nein, Sir, Captain Barlow pflegt in seiner Kabine zu speisen. Aber der Maat, Mr. Fry, ißt dort und der Zweite Offizier, Mr. Lawrence –, ach ja, und der Schiffsarzt, Dr. Shea. Aber den werden Sie nicht oft zu Gesicht bekommen.«

»Warum denn das?«

»Das werden Sie schon von allein herausfinden«, antwortete der Steward und lächelte. »Äh... ich heiße Lewis. Wenn Sie irgend etwas brauchen, lassen Sie es mich nur wissen. Und es wäre schön, wenn Sie jetzt speisen wollten... ich habe Ihnen das Essen warmgehalten.«

Er ging voran, und Murdo betrat die Offiziersmesse direkt hinter ihm. Der Raum war verraucht, und die vier anwesenden Männer hatten ihre Mahlzeit offenbar schon beendet und saßen rauchend und trinkend an der kleinen Bar. Ein schlanker, kahlköpfiger Mann in einer fadenscheinigen blauen Uniform schaute ihn gleichgültig an. Sein Gesicht war hektisch rot gefleckt. Er beantwortete Murdos Gruß kaum, sondern hob sein Glas und trank es in einem Zug aus. Er schob es über den Tresen, um es nachfüllen zu lassen, und murmelte mehr vor sich hin, als daß er sich dem Neuankömmling vorstellte: »Ich bin der Schiffsarzt Barnabas Luther Shea.«

Die beiden anderen Männer, ganz offensichtlich die Schiffsoffiziere Fry und Lawrence, erhoben sich gleichzeitig.

»Sie sind ein bißchen spät dran, Mr. Dean«, meinte der ältere der beiden und lächelte. »Haben sicher ein Nickerchen gemacht, oder?« Er verabschiedete sich von dem anderen, einem bärtigen Riesen von einem Mann, und entschuldigte sich. »Ich habe Dienst, und Charlie hier will sich mal die Sträflinge anschaun. Aber keine Sorge – Ihr Essen ist Ihnen warmgehalten worden, und Sie haben ja noch viel Zeit, um sich alles anzusehen. Hier läuft Ihnen nichts weg! Ah ja... erlauben Sie mir, daß ich Ihnen unseren zweiten Passagier, Mr. De Lancey, vorstelle – das ist Fähnrich Dean, der die Wachsoldaten kommandiert.«

»Guten Abend, Dean«, sagte De Lancey höflich. »Erlauben

Sie mir, daß ich Ihnen einen Drink anbiete. Möchten Sie ein Glas guten Brandy aus Kapstadt?«

Murdo starrte ihn fassungslos an. Er brachte kein Wort heraus. Er hatte die Stimme sofort erkannt. Das knochige, gutgeschnittene Gesicht mit den dunklen Augen erkannte er ein paar Sekunden später. Es war der Offizier, dessen verletztes Pferd während des Sturmangriffs auf die Franzosen in Waterloo ihn unter sich begraben hatte. Großer Gott, was für ein böser Zufall war da im Spiel, daß er gerade jetzt diesen Mann traf, als er sich endlich in Sicherheit wiegte!

Auch De Lancey blickte ihn fragend und verwirrt an, und Murdo versuchte mit aller Kraft, seine Haltung wiederzugewinnen, bevor der Offizier ihm die entscheidende Frage stellen würde.

»Vielen Dank, Sir«, brachte er heraus. »Ein Glas Brandy wäre jetzt genau das richtige.«

Und dann wurde die unvermeidliche Frage gestellt.

»Haben wir uns nicht irgendwo schon einmal getroffen? Sie erinnern mich an jemanden..., aber Sie sind Fähnrich beim sechsundvierzigsten Regiment, wenn ich recht unterrichtet bin?«

»Jawohl, Sir«, bestätigte Murdo und fuhr sich mit der Zunge über die Lippen, die plötzlich trocken geworden waren. Der Steward reichte ihm ein großes, halbgefülltes Glas, und Murdo setzte es sofort an die Lippen und versuchte, sein Gesicht dahinter zu verbergen.

Dann sagte er wie nebenbei: »Ich wurde beim letzten Angriff der Franzosen verwundet.« Er zögerte, dachte fieberhaft nach und hörte im Geist plötzlich Fähnrich Deans schmerzverzerrte Stimme. »Ich war erst zwei Tage vorher aus England gekommen und mir wurde gleich die Fahne anvertraut. Fähnrich Leeke nahm sie mir ab, als ich verwundet wurde...«

Erst als er Mitleid in De Lanceys dunklen Augen sah, wurde ihm klar, daß er diese Worte laut ausgesprochen hatte.

»Es muß vielen jungen Männern so wie Ihnen ergangen sein«, sagte der Offizier leise. »Großer Gott, was für ein grauenhaftes Erlebnis! Aber Sie haben die Regimentsfahne getragen –, darauf können Sie doch stolz sein.«

»Ja, Sir«, stammelte Murdo. »Das – das bin ich auch. Ich...« Zu seiner großen Erleichterung berührte ihn der Steward am Arm.

»Ihr Essen, Mr. Dean! Ich kann es nicht länger aufwärmen. Es ist frischer Hammel, Sir, mit Bohnen und Kartoffeln... es wäre schade, wenn Sie es nicht essen würden.«

Murdo folgte ihm dankbar zum Messetisch, und obwohl ihm beim Anblick des fetttriefenden Fleisches fast übel wurde, zwang er sich zum essen.

Der Schiffsarzt richtete sich auf seinem Barhocker auf. Er rülpste, hob sein Glas und sagte halb belustigt: »Heilige Mutter Gottes, also haben wir zwei Helden von Waterloo an Bord! Meine Herren, ich erhebe mein Glas, denn mehr hab' ich nicht gelernt. Verdammt seien die Feinde des Königs, also auch diese Schurken von irischen Rebellen im Frachtraum!«

George De Lancey stand schweigend, aber unmißverständlich auf, drehte dem betrunkenen Kerl den Rücken zu und humpelte aus der Offiziersmesse.

Der Schiffsarzt stierte weiter vor sich hin, und Murdo schob seinen Teller beiseite. Nachdem er sicher war, daß De Lancey in seiner eigenen Kabine sein mußte, verließ auch er den Raum.

In dem schmalen Gang, der zu seiner Kabine führte, traf er Sergeant Holmes, der auf ihn wartete. Er richtete sich zwar auf, als er Murdo herankommen sah, stand aber nicht vorschriftsmäßig stramm.

»Die Sträflinge, das ist ein übles Pack, Sir«, meinte er von oben herab. »Aber ich hab' zwei Wachposten an jeder Ladeluke aufgestellt, und die Rebellen bleiben über Nacht gefesselt, für alle Fälle.« Bevor Murdo etwas erwidern konnte, fügte er hinzu: »Das geschieht auf Captain Barlows Anordnung, Sir.«

»Es besteht eigentlich kein Grund, ihnen unter Deck die Fesseln nicht abzunehmen«, meinte Murdo. Um ein Haar hätte es ihm passieren können, daß er die Schiffsreise wie diese unglückseligen Irländer in Ketten hinter sich hätte bringen müssen!

»Das müssen der Kapitän und der Schiffsarzt entscheiden, Mr. Dean«, antwortete Holmes steif. »Es ist sozusagen ihre Verantwortung – unsere ist es, Sir, sie zu bewachen und dafür zu sorgen, daß keiner dieser Schurken irgendeinen Unsinn anstellt oder sogar zu fliehen versucht. Und denen traue ich alles zu, wenn wir nicht ganz scharf aufpassen.«

Murdo versuchte gar nicht, seine Abneigung gegen diesen Mann zu verbergen. Der Sergeant schaute ihn verwirrt an, zögerte einen Augenblick und nahm dann Haltung an.

»Sie werden schon verstehen, was ich meine, Sir, wenn Sie die Leute mit eigenen Augen gesehen haben«, sagte er sarkastisch. »Ich wünsche Ihnen eine gute Nacht.«

Er ging, und Murdo blickte ihm gedankenvoll nach. Diese armen Teufel hatten unter Barlow und Holmes nichts zu lachen, und als er an das aufgedunsene Gesicht des Schiffsarztes dachte, wurde ihm klar, daß die irischen Rebellen eine schwere Zeit vor sich hatten.

Justin manövrierte die *Flinders* geschickt auf ihren Ankerplatz neben Robert Campbells Landungssteg im Westen von Sydney Cove. Er hatte Korn vom Hawkesbury und Post aus Newcastle und den Siedlungen am Hunter River an Bord; sein Matrose Cookie Barnes konnte den Postsack in Sydneys neues Postamt bringen, und das Korn konnte warten, bis jemand vom Regierungsladen es abholen lassen würde.

Der junge begnadigte Sträfling Elder ging nach vorn, um Cookie beim Reffen des Hauptsegels zu helfen, und Justin lächelte ihm zustimmend zu. Der Junge war noch nie zuvor zur See gefahren, aber er stellte sich geschickt an... viel geschickter als Winyara, der eine echte Landratte war.

»Cookie«, rief er, »das Segeltuch muß erst trocknen, bevor es aufbewahrt wird – zeig dem jungen Elder, wie wir das machen!«

Er freute sich darauf, möglichst bald an Land zu gehen, um seine junge Frau Jessica sehen zu können. Sie war im neunten Monat schwanger, und er hatte sie diesmal nur ungern verlassen, um an den Hawkesbury zu fahren. Die freundliche Kate Lamerton, eine erfahrene Hebamme, wollte sich während seiner Abwesenheit um seine Frau kümmern.

Cookie Barnes trat neben ihn und deutete auf ein Kriegsschiff, das auf der anderen Seite des Hafens vor Anker lag.

»Das Schiff liegt noch nicht lange da. Muß die *Emu* sein. Und die *Kelso* ist noch nich hier!«

»Das stimmt«, meinte Justin traurig und dachte an Frances Spence, die er seit seinen Kindertagen gekannt und geliebt hatte. »Ich frage Mr. Campbell, ob es Neuigkeiten von dem Schiff gibt.« Er richtete sein Fernrohr auf das Kriegsschiff und stieß einen Freudenschrei aus. »Das ist nicht die *Emu*, Cookie, es ist die *Kangaroo*, Rick Tempests Schiff! Du erinnerst dich doch an Lieutenant Tempest, Mrs. Abigail Dawsons Bruder, oder?«

»Aye, natürlich erinnere ich mich an ihn, Mr. Broome. Ham Sie mir nich erzählt, daß er sich hier als Siedler niederlassen will?«

»Es kann ja sein, daß er das inzwischen nicht mehr will«, antwortete Justin und senkte sein Fernglas. »Aber ich hoffe es doch. Und egal, was er vorhat, es ist schön, daß er zurück ist. Nun – ich geh' jetzt nach Hause zu Jessica und –«

Cookie unterbrach ihn.

»Ich glaub nich, daß Sie so bald an Land gehen können, Mr. Broome. Es sieht ganz so aus, als ob das Beiboot der *Kangaroo* in unsere Richtung hier fährt, und ein Offizier is an Bord.« Trotz seines Alters hatte Cookie Barnes sehr scharfe Augen, und als Justin sein Fernrohr auf das schnell herannahende Ruderboot einstellte, erkannte er, daß Cookie recht hatte – es war ein Offizier an Bord, der Rick Tempest zu sein schien.

»Könntest du –?« begann er, aber Cookie nahm ihm lächelnd das Wort aus dem Mund. »Natürlich kann ich Mrs. Broome ausrichten, daß Sie sich verspäten werden.«

Kurz darauf winkte Rick – größer und breitschultriger als Justin ihn in Erinnerung hatte – ihm freundlich zu.

Er kam an Bord der *Flinders* und salutierte zu Justins Erstaunen militärisch.

»Herzlichen Glückwunsch, Lieutenant Broome! Und darf ich Ihnen sagen, wie froh ich bin, Sie endlich wiederzusehen?«

»Das bin ich auch! Aber...« Justin starrte den Neuankömmling verblüfft an. »Aber aus welchem Grund die Glückwünsche, und warum reden Sie mich mit Lieutenant Broome an, Rick? Mir wurde in England das Offizierspatent verwehrt, das wissen Sie doch!«

»Aber Sie haben einflußreiche Freunde«, meinte Rick strahlend. »Zum einen Admiral Bligh und zum anderen Captain Pasco... und alles, was ich Ihnen sagen kann, ist, daß sich Ihr unterschriebenes und versiegeltes Offizierspatent wohlverwahrt an Bord der *Kangaroo* befindet. Und außerdem sind Sie an meiner Stelle zum Ersten Offizier auf dem Schiff ernannt worden.«

»Großer Gott im Himmel«, rief Justin aus und konnte es kaum glauben. »Ich weiß nicht, was ich sagen soll, Rick, ich bin sprachlos!«

»Wir wollen darauf anstoßen«, schlug Rick vor. Er hielt eine Flasche in die Höhe, die er mitgebracht hatte. Während Justin in seiner Kabine nach Gläsern suchte, schaute sich sein Gast um und bewunderte die Einrichtung.

»Das ist wirklich ein sehr hübsches kleines Schiff«, lobte Rick. »Haben Sie es am Ende selbst entworfen und gebaut?«

»Ja, das ist richtig. Aber ein paar Matrosen von der *Semarang* haben mir dabei geholfen.«

»Das haben Sie sehr gut gemacht, Justin«, meinte Rick. Als zwei Gläser auf dem Tisch standen, schenkte er Brandy ein. »Worauf sollen wir anstoßen?«

»Warum nicht auf die Zukunft?« schlug Justin vor. »Auf Ihre und auf meine!« Nachdem die beiden jungen Männer angestoßen und getrunken hatten, fragte Justin: »Haben Sie wirklich vor, der Marine den Rücken zu kehren und sich als Siedler hier niederzulassen, Rick?«

»Ja, das stimmt«, meinte Rick, ohne zu zögern. »Und zwar so bald wie möglich, das heißt, sobald Sie mich ersetzen können.« Er lächelte. »Ich habe auch vor, mich zu verheiraten, Justin – mit einer charmanten jungen Dame, die wir aus dem Südatlantik gerettet haben. Sie ist Amerikanerin und heißt Kate O'Malley. Im Augenblick wohnt sie bei meiner Schwester Abigail im Spenceschen Haus. Ich möchte, daß Sie sie so bald wie möglich kennenlernen.«

»Darauf freu' ich mich schon«, meinte Justin. Er hörte mit wachsendem Erstaunen Ricks Erzählung über den Untergang der unglücklichen *Providence* zu.

Danach erkundigte er sich nach dem Captain der *Kangaroo*.

»Nun, er ist nicht gerade der Captain, den ich mir freiwillig ausgesucht hätte«, antwortete Rick lakonisch. »Und, ganz unter uns gesagt, er macht einem den Dienst nicht immer leicht. Er hat seine Frau an Bord, und sie...«

»Wollen Sie damit sagen, daß er –«

»Das werden Sie am besten selbst herausfinden. Ich sage nicht mehr, als daß ich froh bin, wenn ich meinen Seesack packen kann. Wirklich, ich freue mich sehr darauf, Kate O'Malley zu heiraten und Farmer zu werden... je früher, desto besser.«

»Haben Sie sie schon um ein Stück Land bemüht?« fragte Justin.

Rick nickte, während er ihre Gläser nachfüllte. »Ja, das habe ich. Meine Schwester Abigail hat mir erzählt, daß Ihnen hundert Morgen fruchtbares Land jenseits der Blue Mountains zugesprochen worden sind und daß Sie einen Partner suchen. Könnten Sie sich vorstellen, daß ich dafür in Frage käme, Justin?«

»Ob ich mir das vorstellen könnte... großer Gott, das wäre ja das Beste, was passieren könnte!« antwortete Justin begeistert. »Zufälligerweise hat mein jüngerer Bruder Willie mir eben das nahegelegt. Ich wollte mit ihm als Partner zusammenarbeiten, aber er ist in Ulva voll ausgelastet, der Farm unserer Mutter am Nepean.«

»Ich bin aber kein Farmer, Justin«, erinnerte ihn Rick. »Genau wie Sie habe ich mein ganzes Leben auf See verbracht. Aber mit einem guten Vorarbeiter an der Seite würde ich es gern versuchen. Und ich habe sechshundert Pfund Bargeld, das ich für nötige Anschaffungen investieren könnte. Haben Sie schon Vieh gekauft?«

»Nein, noch nicht«, antwortete Justin. »Mir sind aus finanziellen Gründen im Augenblick noch die Hände gebunden. Es steht bis jetzt erst eine kleine Hütte auf meinem Land – ein befreundeter Eingeborenenjunge wohnt dort und paßt für mich auf und ich habe die Zusicherung, aus Bathurst zuverlässige Arbeiter zu bekommen, sobald ich mit dem Bau der Farmgebäude beginnen will. Das wäre kein Problem, denn Holz gibt es im Überfluß. Aber mein Land liegt wirklich sehr einsam. Ich finde, es wäre das Beste, wenn Sie es sich erst einmal anschauen, bevor Sie sich entscheiden, als Partner mit mir zusammenzuarbeiten.«

Rick erhob sein Glas und lächelte. »Justin, ich möchte du sagen dürfen. Wir kennen uns schon lange, und ich vertrau' dir voll und ganz. Ich möchte auf unsere Partnerschaft mit dir anstoßen.«

»Auf die *Möglichkeit* einer Partnerschaft«, meinte Justin vorsichtig. »Es kann gut sein, daß du keine Lust mehr dazu hast, wenn du erst einmal siehst, wie abgelegen das Land ist, Rick. Und frisch verheiratet bist du dann auch, und wer weiß, wie deine junge Frau die Einsamkeit erträgt!«

Als Rick ihm ein drittes Glas einschenkte, schüttelte er den Kopf. »Nein, vielen Dank, Rick. Ich muß jetzt schnell nach Hause zu meiner Frau, die in etwa einer Woche ihr erstes Kind erwartet.«

Rick gratulierte. »Wie wird deine Frau die Neuigkeit aufnehmen, daß du in der Königlichen Marine dienen wirst, Justin?«

Justin seufzte. »Das kann ich wirklich nicht sagen. Bei den Charterfahrten mit der *Flinders* bin ich mein eigener Herr – ich kann mir meine Zeit einteilen, und Sydney ist mein Heimathafen.«

»Das wird er auch für die *Kangaroo* sein, wenn es nach Captain Jeffrey geht«, antwortete Rick zynisch. »Als Lieutenant des Schiffes wirst du wahrscheinlich mehr von deiner Frau und deiner Familie haben, als wenn du Captain der *Flinders* bleibst. Die Jeffreys werden das gesellschaftliche Leben hier sehr genießen und keine Eile haben, wieder abzusegeln.« Er warf einen Blick auf seine Taschenuhr. »Ich muß jetzt gehen, Justin. Der Captain speist mit dem Gouverneur, und er erwartet von mir, daß ich dabei bin. Er erwartet auch *deinen* Antrittsbesuch. Weißt du schon, wann du kommst?«

»Noch heute, spätestens morgen. Aber« – Justin zog die Stirn in Falten – »ich brauche mindestens eine Woche, bevor ich den Dienst antreten und dich ablösen kann, Rick. Ich muß mich um die Zukunft meines Schiffes kümmern, und ich muß mir eine neue Marineuniform beschaffen. Und ich habe dir schon gesagt, daß meine Frau Jessica bald niederkommt, und daß ich ihr versprochen habe, bis zur Geburt bei ihr zu bleiben.«

»Ich bin sicher, daß das alles keine Schwierigkeit darstellt. Das

Schiff muß gründlich überholt werden, und was die Uniform betrifft, wenn ich mich als Siedler niederlasse, brauche ich ja keine mehr. Haben wir nicht in etwa die gleiche Größe?« Rick stand auf und klopfte Justin freundschaftlich auf die Schulter. »Ich würde gern die Vereinbarung hinsichtlich unserer Partnerschaft so bald wie möglich formulieren lassen... welchen Anwalt schlägst du vor?«

Justin lächelte. »George Crossley natürlich. Ich versuche, ihn in den nächsten Tagen zu erreichen. Aber, ich möchte wirklich, daß du nach Bathurst fährst und dir mein Land anschaust, bevor wir irgend etwas unterschreiben, Rick.«

»Das ist nicht nötig, verdammt noch mal! Ich hab' doch keinen Grund, deinen Worten zu mißtrauen, und Crossley kann sich um die finanzielle Seite kümmern.«

»Ja, aber –«

»Justin, ich will wirklich keine Zeit verlieren. Ich möchte heiraten, und das kann ich erst, wenn ich ein Haus für meine Kate habe und wenn meine Zukunft gesichert ist. Hör zu«, sagte Rick bittend. »Mach so schnell wie möglich einen Termin bei Crossley für ein gemeinsames Gespräch aus, dann kann er die notwendigen Punkte formulieren und zu Papier bringen, dann unterschreiben wir die Vereinbarung, und ich reite sofort anschließend nach Bathurst. Ich kann dort doch sofort anfangen, oder? Ich möchte möglichst bald das Haus bauen lassen.«

Justin lächelte über Ricks Ungeduld. »Ich versteh' gut, wie du dich fühlst, lieber Rick. Aber, wir können auch nur mit Wasser kochen, und glaube mir, wir müssen uns beide darum kümmern – oder mein Bruder William kann dir dabei helfen – bis es wirklich losgehen kann. Als erstes muß Bauholz geschlagen werden, und dafür brauchen wir zuverlässige Arbeiter. Und selbst wenn du damit einverstanden bist, in der Anfangszeit in einer einfachen Holzhütte zu wohnen, so müssen doch außer dem Farmhaus auch Hütten für die Arbeiter, Scheunen und Ställe gebaut werden, von den Weidezäunen und Pferdekoppeln einmal ganz abgesehen.«

»Du tust ja so, als ob es äußerst schwierig ist«, wandte Rick ein.

»Nein, das siehst du falsch. Ich weiß nur, was alles dazugehört«, gab Justin zurück. »Schau, wir unterschreiben diese Vereinbarung bei Rechtsanwalt Crossley noch in dieser Woche. Und dann siehst du dir mit Willie oder noch besser mit Tim Dawson das Land an.«

»Wo *ist* Willie jetzt?« fragte Rick und versuchte, seine Ungeduld zu zügeln. »Wo kann ich ihn finden?«

»Er ist in Ulva, am Nepean... also kurz gesagt Richtung Bathurst. Du kannst bestimmt bei ihm übernachten, bevor du dich auf den Weg über die Blue Mountains machst«, sagte Justin.

»Geht das wirklich?«

»Natürlich – ich schreibe ihm einen Brief, damit er weiß, daß du kommst. Und ich will dir noch etwas sagen, Rick –«

»Ja?«

»Willie ist noch ein sehr junger Mann, aber er ist schon ein erstklassiger Farmer, und was *er* nicht über Schafzucht weiß, das braucht man wirklich nicht zu wissen. Du kannst also seinem Ratschlag voll und ganz trauen. Er hat sich mein Land schon gründlich angesehen, er kann dir bestimmt mehr über die Möglichkeiten dort sagen als ich.«

»Gut, daß du mir das sagst«, meinte Rick. »Aber jetzt...« Er streckte seine Hand aus. »Jetzt muß ich zurück auf mein Schiff. Wir treffen uns morgen an Bord, wenn du Captain Jeffrey deinen Antrittsbesuch machst. Ich bin wirklich sehr froh über alles, was wir besprochen haben, Justin.«

»Das bin ich auch, Rick«, antwortete Justin und schüttelte Ricks Hand. Er sah, daß Cookie Barnes gerade vom Landungssteg zurück zur *Flinders* ruderte. Als er ankam, stellte er keine Fragen, und Justin beschloß, ihm auch nichts zu erzählen, bevor alle Entscheidungen getroffen waren.

»Es geht Mrs. Broome gut«, berichtete Cookie. »Als ich hinkam, waren ein paar Besucher da – diese Mrs. Lamerton und eine wirklich hübsche junge Dame, mit 'nem irischen Namen, den ich nich ganz verstanden hab.«

»O'Malley?« fragte Justin und erinnerte sich daran, wie glücklich Rick gewirkt hatte, als er ihm den Namen seiner Verlobten genannt hatte. »Miss Kate O'Malley?«

»Ja«, erinnerte sich Cookie. »Ich bin nich dageblieben, als ich sah, daß Ihre Frau Besuch hatte, aber ihr gehts gut, und ich richtete ihr aus, daß Sie so bald wie möglich kommen. Gehn Sie jetzt an Land, Mr. Broome?«

Justin nickte. »Elder kommt mit, um das Beiboot zurückzurudern. Und du übernimmst in meiner Abwesenheit die Verantwortung, Cookie.«

Als er zu Hause ankam, waren die Besucher schon gegangen. Jessica kam ihm durch den kleinen Vorgarten entgegen. Trotz des fortgeschrittenen Zustandes ihrer Schwangerschaft sah sie so strahlend und schön wie immer aus, und nachdem er sie umarmt hatte, ging Justin Hand in Hand mit ihr durch den Garten, in dem einheimische Blumen und englische Rosen um die Wette blühten.

»Hat Cookie dir erzählt, wer mich heute morgen mit Kate Lamerton besucht hat?« fragte sie, wartete Justins Antwort gar nicht erst ab und fuhr fort: »Die junge amerikanische Dame, die Rick Tempest heiraten wird, Miss Kate O'Malley ... sie wird Katie genannt, damit man sie nicht mit Kate Lamerton verwechselt. Rick Tempest hat ihr das Leben gerettet, als sie halb erfroren in einem Rettungsboot im Südatlantik trieb ...« Justin hörte sich zum zweiten Mal diese Geschichte an, die viel dramatischer klang als Ricks kurzer Bericht.

»Wie hat dir Miss O'Malley gefallen?» fragte er.

»Wirklich gut«, versicherte ihm Jessica. »Und ich bin sicher, daß sie meiner Herrin auch gefallen wird.« Sie nannte die Frau des Gouverneurs noch immer so. »Miss O'Malley und Mrs. Dawson sind heute zum Essen im Regierungsgebäude eingeladen, und ich glaube, daß der Captain von Ricks Schiff, Captain Jeffrey, und seine Frau auch dabeisein werden.«

Justin betrat mit Jessica ihr kleines, weiß getünchtes Haus und hörte seiner jungen Frau schweigend zu, während sie das Essen aufwärmte. Er würde ihr bald von seiner Ernennung zum Offizier der Königlichen Marine erzählen müssen und von seiner neuen Anstellung als Erster Offizier auf der *Kangaroo*. Denn die neue berufliche Situation würde ihr gemeinsames bisheriges Leben tiefgreifend verändern.

Aber ich kann auch bis morgen damit warten, dachte er. Als er sah, wie schwerfällig sich seine Frau bewegte, hoffte er, daß der Geburtstermin nicht mehr weit entfernt läge. Aber es konnte sein, daß sie sich verrechnet hatten. Es kam immer wieder vor, daß ein Kind Wochen später als geplant zur Welt kam, und dann würde er sein Versprechen nicht einhalten können, bis zur Geburt bei ihr zu bleiben.

Jessica servierte ihrem Mann stolz einen Schweinebraten, den sie nach einem Rezept von Mrs. Ovens, der Köchin des Gouverneurs, zubereitet hatte. Sie setzte sich neben Justin und schaute ihm beim Essen zu. Plötzlich errötete sie und fragte leise: »Justin, ist es dir eigentlich sehr wichtig, daß unser erstes Kind ein Sohn wird?«

»Großer Gott, nein!« rief Justin aus, schob seinen Teller zur Seite und streichelte zärtlich ihre Hände. »Meine liebe Jessica, wenn wir eine Tochter bekommen, dann bin ich genauso glücklich... das mußt du doch wissen, oder? Und unser erstes Kind wird ja nicht das letzte sein! Du hast doch selbst gesagt, daß ein Einzelkind sehr leicht verwöhnt wird.«

»Ja«, antwortete sie ernst.

»Nun, also besteht überhaupt kein Grund, daß du dir Sorgen machst, Liebste. Das einzige, was ich mir wünsche, ist, daß du keine großen Schmerzen hast und daß unser Kind kräftig und gesund zur Welt kommt... und das werden wir ja schon bald erfahren!«

»Vielleicht schneller, als du denkst.« Jessica stand auf und stellte sich neben ihren Mann. »Fühl mal«, sagte sie. »Unser Baby bewegt sich gerade, und ich glaube, daß es bald losgeht. Aber... du bleibst doch bestimmt bei mir, bis das Kind geboren ist, oder? Bitte, lieber Justin..., du hast es mir fest versprochen!«

»Ich bin bestimmt bei dir, meine Liebste«, sagte er leise. »Ganz egal, wie lange es dauert, ich bin bei dir, solange du mich brauchst.«

Jessica beugte sich über ihren Mann und küßte ihn, und er hielt ihre Hüften zärtlich umfangen.

Gouverneur Macquarie saß an seinem Schreibtisch, hielt einen Federhalter in der Hand und zog die Stirn in sorgenvolle Falten. Es war noch früh am Morgen. Er hatte die Angewohnheit, in der Morgendämmerung aufzustehen und nach einem bescheidenen Frühstück eine halbe Stunde mit seinem kleinen Sohn Lachlan zu spielen. Pünktlich um acht stand er dann all den Leuten zur Verfügung, die ihn sprechen wollten. An diesem Morgen waren es zu seiner Erleichterung nur wenige Menschen gewesen, und er würde ohne Unterbrechung bis halb ein Uhr mittags an seinem Schreibtisch arbeiten. Dann gab es ein Mittagessen für die Neuankömmlinge in der Kolonie, unter anderem für den Captain der *Kangaroo* mit seiner Frau und einem weiblichen Passagier. Elizabeth hatte auch George Molle mit seiner Frau eingeladen, was er bedauerlich fand, denn Molle – obwohl er sich nach außen hin recht loyal gab – gehörte, wie ihm sehr wohl bewußt war, zum Lager seiner Feinde, die seine Autorität in Frage stellten und unterminierten.

Er hatte zwar keinerlei Grund, George Molle wirklich zu fürchten. Als Offizier und Gentleman wußte er sich zu benehmen, und auch seine Opposition hielt sich in erträglichem Rahmen. Ganz anders als die der unverschämten, habgierigen und arroganten Bent-Brüder, die es in kurzer Zeit geschafft hatten, die Gerichtsbarkeit der Kolonie zum Erliegen zu bringen.

Der ältere der Bent-Brüder, Ellis, hatte seine Arbeit als Militärstaatsanwalt in den ersten Jahren sehr gut gemacht – der Arme sollte schwer erkrankt sein. Aber seit der Ankunft seines jüngeren Bruders, Jeffrey Hart Bent, hatte er sich vollkommen verändert, Vereinbarungen nicht eingehalten, die er getroffen hatte, Versprechen gebrochen, die er fest gegeben hatte, und mit seinem Bruder zusammen Privilegien gefordert, die weit über das übliche Maß hinausgingen... Lachlan Macquarie seufzte ärgerlich auf.

Der Gouverneur suchte in seinen Papieren und zog eine Ausgabe der *Gazette* heraus. Darin wurde Sydneys neues Krankenhaus überschwenglich gelobt... Er überflog den Artikel noch einmal. »...stabile Säulen, großzügige Veranden und Fenster, deren Größe und Anordnung sich ästhetisch befriedigend in die Proportionen des ganzen Gebäudes einfügen...«

Trotzdem hatte sich Jeffrey Bent geweigert, in diesem Gebäude Gericht zu halten, obwohl er sich ursprünglich damit einverstanden erklärt hatte. Jetzt beschwerte er sich plötzlich darüber, daß sich das Gerichtsgebäude und das Krankenhaus unter einem Dach befinden sollten.

Wirklich ausweglos schwierig war es aber erst geworden, als sich Jeffrey Bent weigerte, einem Gerichtsverfahren dann als Richter vorzusitzen, wenn ehemalige Sträflinge als Friedensrichter zugelassen wären. Durch diese Weigerung hatte seit über zehn Monaten kein Prozeß mehr stattfinden können.

Der Gouverneur seufzte wieder und zog die Stirn in Falten. Er hatte Lord Bathurst einen genauen Bericht über diesen unmöglichen Zustand gegeben und dringend darum gebeten, daß die beiden Bent-Brüder nach England zurückbeordert und zwei neue Richter an ihre Stelle berufen werden sollten. Aber, es würde fast ein Jahr vergehen, bevor die Antwort des Kolonialministeriums eintreffen konnte, und er hatte, um seine Bitte dringlich zu machen, auch noch seinen Rücktritt für den Fall angekündigt, daß die beiden Richter nicht aus der Kolonie entfernt würden.

In Wirklichkeit wollte er aber gar nicht zurücktreten, und Bathurst müßte das auch wissen. Es gab so viel zu tun, um die Zukunft der Kolonie sicherzustellen. Das neuentdeckte Land jenseits der Blue Mountains mußte besiedelt werden. Kirchen, Kasernen und Schulen mußten gebaut werden. Und hier in Sydney... Arbeit gab es mehr als genug. Das Regierungsgebäude mußte dringend renoviert werden, und... Macquarie runzelte die Stirn, als Kalk von der Decke auf seinen Schreibtisch herunterrieselte.

Lord Bathurst hatte es für nötig befunden, ihn in seinem letzten Brief daran zu erinnern, daß er der Gouverneur einer Strafkolonie sei. Nun, das stimmte natürlich, aber deshalb konnte er trotzdem den Posten nicht verlassen, bevor er nicht einige seiner Pläne verwirklicht hatte. Am meisten lag es ihm am Herzen, die Bevölkerung dahingehend zu erziehen, daß die ehemaligen Sträflinge als vollwertige Mitglieder der Gesellschaft anerkannt wurden – unter ihnen Frances Greenway, der begabte junge Architekt, dessen Häuser den Großstädten aller Welt zur Ehre gereicht hätten. Gott hatte ihn hierher geschickt, diesen merkwürdigen kleinen Mann, mit seinem großen Talent und seinen Träumen, diesen Mann, der Sydney zu einer wunderschönen Stadt machen würde, und andere Städte auch – Parramatte, Windsor, Liverpool und Newcastle...

Die arroganten Bents und in ihrem Kielwasser Leute wie Molle, Pfarrer Samuel Marsden und viele andere würden ihn nicht von hier vertreiben können, bevor er dieses Ziel der gesellschaftlichen Anerkennung aller einstmals gestrauchelten Menschen erreicht hätte.

Als er gerade einen Bericht an das Kolonialministerium versiegelte, hörte er ein leises Klopfen, und seine Frau kam herein. Elizabeth war jetzt siebenunddreißig Jahre alt, und sie waren seit genau acht Jahren verheiratet – sie hatten vor einer Woche ihren Hochzeitstag gefeiert. Als er sie anschaute, dachte Macquarie, wie gut sie doch aussieht. Sie sah noch jugendlich aus, was man von ihm, der fast zwanzig Jahre älter war, bestimmt nicht mehr sagen konnte. Er blickte sie liebevoll an.

»Was gibt es, Liebste?« fragte er. »Sind unsere Gäste schon angekommen?«

»Colonel Molle ist schon da«, sagte Elizabeth fast zaghaft. »Mrs. Molle kommt bald nach. Er ist etwas früher erschienen, weil er dir eine sehr unangenehme Nachricht überbringen muß, liebster Lachlan, und ich fürchte, es ist *wirklich* alles andere als erfreulich.«

Macquarie sprang auf. Das letzte, was er jetzt brauchen konnte, war eine schlechte Nachricht, aber... Er nahm sich zusammen und fragte so ruhig wie möglich: »Nun, um was handelt es sich denn, Elizabeth?«

»Ellis Bent ist tot«, antwortete Elizabeth traurig. »Er ist seit zwei oder drei Tagen bettlägerig gewesen, und die arme Eliza hat ihn dort gefunden... das heißt, er war schon tot, als sie mit einem Tablett ins Krankenzimmer kam. Und er war erst vierunddreißig Jahre alt! Es tut mir so leid, Lachlan. Hauptsächlich natürlich für Eliza und die Kinder, aber... es ist auch nicht gerade erfreulich für dich, oder?«

»Ja, das stimmt«, gab ihr Mann zu und erinnerte sich an das

Ultimatum, das er vor kurzem an Lord Bathurst abgeschickt hatte.

Aber Ellis war nicht das wirkliche Problem –, der eigentliche Störenfried war sein jüngerer Bruder Jeffrey, und die negative Entwicklung der Dinge war allein auf ihn zurückzuführen.

Der Gouverneur erinnerte sich daran, daß er mit Ellis Bent auf einem Schiff von England hierher gesegelt war. Zuerst war alles sehr harmonisch abgelaufen, ihre Frauen hatten sich verstanden, und die Probleme fingen erst an, als Jeffrey Bent vor einem guten Jahr nachgekommen war.

Und in dieser kurzen Zeit hatte es Jeffrey Hart Bent geschafft, das gesamte Rechtssystem der Kolonie gründlich durcheinanderzubringen und praktisch zu zerstören. Er hatte Gesetze gebrochen, Zivilrichter abgelehnt und bekämpft und sich das tiefe Mißtrauen und den Haß der meisten begnadigten Sträflinge der Kolonie zugezogen. Aber der Herr hatte in seinem unergründlichen Ratschluß Ellis zu sich gerufen…

»Colonel Molle wartet auf dich«, erinnerte Elizabeth mitfühlend. »Und er sagt, daß es sehr dringend ist, Lachlan.«

»In Ordnung, meine Liebe«, antwortete der Gouverneur gefaßt. »Sei so gut und bitte ihn hier herein. Aber… bitte laß das Essen servieren, sobald die anderen Gäste eingetroffen sind.«

Elizabeth küßte ihren Mann liebevoll auf die Wange.

»Aber natürlich«, versprach sie. »Sofort, wenn sie alle da sind.«

Es ist eine merkwürdig zusammengewürfelte Tischgesellschaft, dachte Katie O'Malley, als sie zwischen dem hochgewachsenen, ziemlich schweigsamen Sekretär des Gouverneurs und einem dicken rotgesichtigen Offizier Platz nahm, der ihr vorgestellt worden war, an dessen Namen sie sich aber nicht mehr erinnern konnte.

Der Gouverneur saß zwischen Captain Jeffrey und seiner Frau, Abigail Dawson saß rechts neben dem Captain, und ihr Mann Timothy – der gerade von seiner Farm am Hawkesbury nach Sydney zurückgekommen war – hatte seinen Platz neben Mrs. Jeffrey, die sich aber ausschließlich mit dem Gouverneur unterhielt. Vielleicht deshalb, dachte Katie zynisch, weil sie nicht sicher war, ob Timothy zu den respektablen Einwohnern der Kolonie gehörte oder ein begnadigter Sträfling war.

Die anfänglich gute Stimmung bei Tisch war mit einem Schlag dahin, als Katies rotgesichtiger Nachbar seinen Teller zurückschob und verkündete, daß es ihm unmöglich sei, etwas zu sich zu nehmen, und zwar wegen des Todesfalles, der sich so plötzlich ereignet habe.

»Diese Kolonie hat einen großen Verlust erlitten«, fuhr er fort. »Einige der an diesem Tisch Versammelten haben vielleicht nichts von der traurigen Nachricht gehört, die ich Seiner Exzellenz vor einer halben Stunde überbringen mußte. Unser Militärstaatsanwalt, Ellis Bent, ein junger Mann in der Blüte seines Lebens, hat heute das Zeitliche gesegnet und läßt eine Frau mit vier kleinen Kindern zurück, von denen das älteste noch nicht einmal zehn Jahre alt ist.«

Mrs. Jeffrey, der nie die richtigen Worte fehlten, schaute ihren Mann an und sagte dann langsam: »Wen die Götter lieben... Darf ich fragen, woran Ihr armer Freund gestorben ist, Colonel Molle?«

»Madam«, antwortete Colonel Molle bewegt, »Ellis Bent war nicht nur mein Freund. Er war der Freund aller respektablen Einwohner von Sydney. Und was seinen frühzeitigen Tod betrifft, der Unglückliche ist an Tuberkulose gestorben. Er ist bis zum Schluß seinen Pflichten nachgekommen, und meiner Ansicht nach ist das der wirkliche Grund für seinen frühen Tod.«

Nach einer kurzen Pause versuchte Mrs. Macquarie, das Tischgespräch auf ein anderes Thema zu lenken. Sie wandte sich an Captain Jeffrey: »Mrs. Dawson hat mir erzählt, daß Sie auf hoher See Schiffbrüchige gerettet haben, Captain... und daß wir dieser Tatsache die Anwesenheit eines unserer Gäste hier verdanken.« Sie lächelte zu Katie hinüber und fügte hinzu: »Aus diesem Grund sind Sie uns doppelt willkommen, Miss O'Malley.«

Nachdem der Captain für Katies Gefühl einen etwas zu übertriebenen Bericht über die abenteuerliche Rettung der einzigen Überlebenden gegeben hatte, sagte der Gouverneur: »Mit dieser gefährlichen Rettungsaktion haben Sie der Königlichen Marine alle Ehre erwiesen... Sagten Sie, daß die *Providence* ein englisches Handelsschiff war, das sich auf dem Weg hierher nach Neusüdwales befand?«

»Nein, Sir«, antwortete Captain Jeffrey. »Es war ein amerikanisches Schiff, und es gehörte Captain O'Malley, Miss O'Malleys Vater. Wir übergaben seine sterblichen Überreste –«

»Ein *amerikanisches* Handelsschiff, auf dem Weg in unsere Kolonie, Sir!« unterbrach Colonel Molle erregt, »mit Handelsgütern, die, wenn ich Sie recht verstanden habe, hier verkauft werden sollten?«

»Ja, das stimmt, Sir«, bestätigte Captain Jeffrey.

»Großer Gott, das kann doch nicht wahr sein!« schimpfte Molle. »Der Krieg ist kaum vorbei, in dem Tausende unserer Matrosen und Soldaten den Tod gefunden haben, und die verdammten Yankees schicken uns Handelsschiffe, als wäre nichts geschehen! Der Teufel soll sie holen, diese hartgesottenen Spitzbuben! Sie fallen uns in den Rücken, indem sie die französische Armee unterstützen, und im nächsten Augenblick wollen sie sich goldene Nasen verdienen, indem sie mit uns Geschäfte machen!«

»Ich glaube, Sir, daß Sie genug gesagt haben«, warnte der Gouverneur kühl. »Ich fürchte, Sie haben vergessen, daß Miss O'Malley zu Gast bei uns ist. Sie hat, weiß Gott, genug durchgemacht, und ich möchte ihr ersparen, daß sie solche häßlichen Bemerkungen über ihre Landsleute anhören muß. Ich bitte Sie, sich bei ihr zu entschuldigen.«

Molles ohnehin schon rotes Gesicht lief dunkelrot an. Er starrte Katie an, erklärte nach kurzem Überlegen, daß er ihre Anwesenheit völlig vergessen habe, und entschuldigte sich mit knappen Worten.

Timothy Dawson entgegnete kühl: »Sie haben scheinbar vergessen, Sir, daß die Amerikaner in den Jahren, in denen diese Kolonie von schweren Hungersnöten heimgesucht wurde, uns durch die Versorgung mit Lebensmitteln sehr geholfen haben. Die Vorgänger Seiner Exzellenz haben jedes amerikanische Handelsschiff wie ein Geschenk des Himmels willkommen geheißen, denn zu dieser Zeit brachten britische Schiffe nichts als immer neue Massen von halb verhungerten Sträflingen in diese Kolonie, was die schwierige Situation von damals nicht gerade erleichtert hat. Ich möchte Ihnen in Erinnerung rufen, daß wir denen sehr viel zu verdanken haben, die Sie die verdammen Yankees zu nennen belieben.«

Colonel Molle warf seine Serviette auf den Tisch, erhob sich und bedeutete seiner Frau, seinem Beispiel zu folgen.

»Erlauben Sie mir, Sir, mich zu verabschieden«, bat er den Gouverneur. »Und ich möchte es nicht versäumen, für Ihre Gastfreundschaft zu danken. Es war allerdings das letzte Mal, daß ich eine Einladung von Ihnen angenommen habe, da ich nicht bereit bin, mit solchen Personen an einem Tisch zu sitzen, die als Sträflinge hierhergekommen sind. Es ist für mich unmöglich, mit solchen Leuten gesellschaftlich zu verkehren, auch wenn sie in der Zwischenzeit noch so oft begnadigt worden sind. Und des weiteren muß ich Ihnen leider sagen, daß ich mich außerstande sehe, mich mit einem Feind meines Landes an einen Tisch zu setzen, selbst wenn es sich dabei um eine Frau handelt.«

Erhobenen Hauptes verließ er mit seiner Frau den Raum. Captain Sanderson zögerte, entschuldigte sich dann und folgte seinem Vorgesetzten. In der Tür drehte er sich um und sagte entschuldigend: »Der Colonel ist völlig außer sich. Mr. Bents plötzlicher Tod hat ihn sehr mitgenommen. Ich bitte Sie in seinem Namen um Entschuldigung.«

»Aber selbstverständlich, Captain Sanderson«, antwortete Gouverneur Macquarie höflich. »Ich versuche, diese unglückselige Geschichte zu vergessen.«

Nachdem sich die Tür hinter Sanderson geschlossen hatte, entstand eine kurze, angespannte Stille. Dann erhob sich Mrs. Macquarie, und die anderen Damen folgten ihrem Beispiel.

»Wir ziehen uns für den Tee ins Wohnzimmer zurück«, sagte sie, ging auf Katie zu und nahm sie bei der Hand. »Sie müssen uns für sehr unzivilisierte Leute halten, meine Liebe«, meinte sie entschuldigend. »Und vielleicht sind wir das auch von Zeit zu Zeit. Aber mein Mann ist ein sehr gerechter Mensch, und er versucht immer, unparteiisch zu sein, wie heftig er auch angegriffen wird.«

Als die Damen das Wohnzimmer betraten, bat sie ihre Gäste, es sich bequem zu machen und bot Katie einen Platz neben sich an. »Ich bitte Sie, Miss O'Malley, mir zu glauben, daß Sie in diesem Haus immer willkommen sein werden«, erklärte sie.

»Vielen Dank«, hauchte Katie schwach. Obwohl Mrs. Macquarie offensichtlich sehr freundlich und wohlmeinend war, wünschte sie sich doch, dieses Haus so schnell wie möglich verlassen zu können. Der unerwartete Ausbruch des Colonels hatte sie doch viel mehr mitgenommen, als ihr selbst bewußt war. Aber sie war wohlerzogen genug, um ruhig sitzen zu bleiben, während die Frau des Gouverneurs den Damen aus einer Silberkanne den Tee einschenkte.

Kurz darauf kamen die Herren mit dem Gouverneur ins Wohnzimmer, und alle verabschiedeten sich. Vom Regierungsgebäude war es nicht weit bis zum Spenceschen Haus in der Pitt Street, und sie gingen zu Fuß zurück. Timothy Dawson setzte ein Gesicht auf, als hätte er in eine Zitrone gebissen, aber seine Frau Abigail brachte ein Lächeln zustande und sagte: »Ich gestehe, daß mich die Atmosphäre von Sydney manchmal richtig krank macht. Ich kann euch gar nicht sagen, wie sehr mir der arme Gouverneur und seine Frau leid tun! Es ist unbegreiflich und unverzeihlich, was sich gewisse Leute in ihrem Haus an Unverschämtheiten herausnehmen.« Sie wandte sich an ihren Mann und fragte: »Tim – wir *können* Sydney doch noch nicht verlassen, oder? Ohne das geringste über die *Kelso* gehört zu haben? Ich habe gedacht –«

Timothy Dawson biß die Zähne aufeinander.

»Liebste Abby, es hat keinen Sinn, daß wir länger hierbleiben. Simeon Lord hat mir heute morgen gesagt, daß ihm der Captain eines gestern eingelaufenen Handelsschiffes etwas von einem Schiffswrack erzählt hat, mit größter Wahrscheinlichkeit war es die ehemalige *Kelso*. Es steht zwar nicht hundertprozentig fest, aber…« Er schüttelte resigniert den Kopf.

Katie sah, daß Abigail Tränen in die Augen traten. »Tim, heißt das, daß –?«

Timothy Dawson legte seiner Frau den Arm um die Schultern. »Das heißt, daß die *Kelso* mit allergrößter Wahrscheinlichkeit untergegangen ist«, sagte er traurig. »Deshalb besteht kein Grund, nicht mit mir nach Upwey zurückzufahren – du und die Mädchen und Katie. Dort könntet ihr saubere Luft atmen und euch von den verdammten Streitereien erholen.«

»Ja«, antwortete Abigail. »Ja, das ist wohl das beste.« Sie

tupfte sich die Augen mit einem Taschentuch trocken und fragte ihn dann ruhig, wie groß die Chance für die Überlebenden sei, Kupang zu erreichen.

Timothy schüttelte den Kopf. »Das Schiffsunglück hat sich zweihundert Meilen von Kupang entfernt ereignet, Abby. Ich fürchte, da besteht keine große Hoffnung.«

»Ich verstehe«, brachte Abigail heraus. »Dann können wir keine große Hoffnung mehr haben für... Lucy, meine arme kleine Schwester, und für Frances und Jasper. Es ist... ach, es bricht mir das Herz, Tim. Und ich...« Sie verbarg ihr Gesicht an seiner Schulter, und Katie, die sie nicht in ihrem Schmerz stören wollte, wandte sich ab und ging auf das Haus zu.

Der kleine Dickon kam ihnen entgegengelaufen und stieß die merkwürdigen hohen Töne aus, mit denen er seine Freude über die Rückkehr seiner Mutter auszudrücken pflegte. Er warf einen Ball in die Luft und hoffte offenbar, daß Abigail mit ihm spielen würde.

Katie streckte ihm ihre Hände entgegen.

»Dickon«, sagte sie und achtete darauf, deutlich zu sprechen, »*Ich* spiele Ball mit dir. Deine Mama ist... sie ist sehr müde, mein Lieber. Hast du Lust, ein bißchen mit mir zu spielen?«

Dickon zögerte, blickte sie etwas unsicher an und warf ihr dann den Ball zu. Als sie ihn gefangen hatte, gingen die beiden Hand in Hand auf die große Rasenfläche vor dem Haus, um zu spielen.

Um die Mittagszeit des nächsten Tages ruderte Justin von der *Flinders* zu der *Kangaroo* hinüber. Er war guter Stimmung. Jessica war glücklich über seine Beförderung zum Offizier der Königlichen Marine gewesen, und außerdem hatte er ein sehr positives Gespräch mit Rechtsanwalt George Crossley geführt.

Jetzt mußten Rick und er nur noch die Vereinbarung unterschreiben, die der Rechtsanwalt aufgesetzt hatte, und dann würde mit Gottes Hilfe eine gute, fruchtbare Zusammenarbeit zwischen ihnen entstehen.

Justin pfiff fröhlich vor sich hin, als er durch das Hafenbecken ruderte und das kleine Beiboot der *Flinders* längsseits des Königlichen Schiffes anlegte. Laute Stimmen vom Deck teilten ihm mit, daß Händler nicht an Bord kommen dürften.

Justin rief zurück: »Ist Ihr Captain an Bord?«

»Ja, Sir. Soll ich ihn von Ihrer Ankunft unterrichten?«

»Ja bitte. Ich heiße Broome.«

Justin wartete auf dem Achterdeck und schaute sich neugierig um.

»Sir...«, meldete der wachhabende Offizier. »Der Captain ist bereit, Sie zu empfangen. Wenn Sie mir bitte folgen wollen...«

Als Justin die Kabine des Captains betrat, empfing dieser ihn mit den Worten: »Mr. Broome, Sie haben bestimmt von Mr. Tempest gehört, daß die Admiralität in London mich damit beauftragt hat, Ihnen Ihr Offizierspatent zu überreichen.«

»Jawohl, Sir«, antwortete Justin. »Mr. Tempest hat mich davon informiert.«

Jeffrey gratulierte ihm mit keinem Wort. Er öffnete eine verschlossene Schublade in seinem Schreibtisch, nahm das Offizierspatent heraus und überreichte es ihm. Dann sagte er kühl: »Ich nehme an, daß Sie nicht am Krieg teilgenommen haben?«

»Das stimmt, Sir«, gestand Justin. Er wartete ab und bemerkte, daß sowohl der Captain als auch seine anwesende Frau ihn durchdringend musterten. Er war Mrs. Jeffrey nicht vorgestellt worden, aber sie fragte ihn von oben herab: »Und wo haben Sie die Kriegsjahre verbracht, Mr. Broome? Etwa hier?«

»Zum größten Teil, ja.«

»Natürlich, meines Wissens sind Sie ja hier geboren worden.« Sie sagte zwar nicht »von Eltern begnadigter Sträflinge«, aber es war ihrem reservierten Verhalten zu entnehmen, daß sie das dachte, und Justin errötete.

Captain Jeffrey räusperte sich und meinte: »Soviel ich weiß, sind Sie der Besitzer und Captain eines kleinen Handelsschiffes namens *Flinders?*«

»Ja, Sir, das stimmt. Das Schiff liegt dort drüben vor Anker.«

»Ich habe sie schon gesehen«, sagte der Captain. »Zweifellos ein geeignetes Schiff für diese Gewässer hier. Sie verchartern es, wenn ich recht informiert bin?« Als Justin nickte, fuhr er nachdenklich fort: »Ich habe nicht vor, Sie – äh – Sie einer profitablen Einnahmequelle zu berauben und Sie statt dessen an Bord dieses Schiffes zu beschäftigen, Mr. Broome.«

Justin hielt die Luft an. »Ich hatte geglaubt, ich soll Lieutenant Tempest ablösen, Sir, da er aus den Königlichen Diensten ausscheidet.«

»Ja, das stimmt.« Captain Jeffrey trank einen Schluck und schaute Justin nachdenklich an. »Ich habe Mr. Tempest gesagt, daß er seinen Dienst beenden kann, wann immer es ihm zeitlich paßt. Aber« – er hielt inne und beugte sich vor, um sein Glas nachzufüllen, »in Lieutenant Meredith habe ich einen sehr fähigen Zweiten Offizier, und ich habe ihn davon informiert, daß er während unseres Aufenthaltes hier in Sydney die Funktion des Ersten Offiziers übernehmen wird. Sie verstehen doch sicher, Mr. Broome, daß Sie Ihren Dienst hier nicht antreten können, wo jeder über Ihre Herkunft genau Bescheid weiß. Kurz gesagt, es wäre für Colonel Molle und seine Offiziere ein gesellschaftliches Ärgernis.«

Justin war so entsetzt, daß er kein Wort herausbrachte. Er hatte nicht erwartet, mit offenen Armen vom Captain der *Kangaroo* empfangen zu werden, aber... Der Zorn übermannte ihn, und er mußte sich mit aller Kraft zusammennehmen, um seine Haltung zu bewahren.

»Und außerdem«, warf Mrs. Jeffrey ein, »die Tatsache, daß Ihre Frau als Kammerzofe beim Gouverneur gearbeitet hat – großer Gott, Sie müssen doch einsehen, daß der Umgang mit Ihnen für unsereins einfach... nun... schwierig ist!«

»Was schlagen Sie dann in Anbetracht der Tatsache vor, daß die Admiralität mich zum Offizier ernannt hat? Soll ich bei halbem Gehalt an Land bleiben?« fragte Justin mühsam beherrscht.

Captain Jeffrey war auf diese Frage vorbereitet. »Ich habe mir das auch schon überlegt«, sagte er kurz, »und ich wollte Ihnen eben diese Lösung vorschlagen. Sie können wie bisher Ihrer beruflichen Tätigkeit nachgehen. Ich erlaube mir, der Admiralität einen ausführlichen Bericht über diese Angelegenheit zu schreiben und nehme an, daß Sie die Gründe für meine Entscheidung verstehen werden.«

»Dann werde ich nicht auf diesem Schiff meinen Dienst antreten dürfen?« fragte Justin. Er schob sein Offizierspatent in die Tasche und bemerkte, wie sehr seine Hand dabei zitterte.

»Jedenfalls nicht, solange das Schiff hier vor Anker liegt«, antwortete Jeffrey. »Ich werde Ihnen eine Nachricht zukommen lassen, wenn wir weitersegeln.« Er erhob sich, und da Justin nichts darauf antwortete, wurde sein Tonfall fast freundlich. »Ich bedaure die Angelegenheit sehr, Mr. Broome, glauben Sie mir. Ganz sicher sind Sie ein erfahrener und zuverlässiger Offizier. Unter – äh – anderen Umständen hätte ich mich glücklich geschätzt, Sie in meine Dienste zu nehmen.«

»Vielen Dank, Captain«, antwortete Justin kühl, verbeugte sich steif vor Mrs. Jeffrey und fügte hinzu: »Ich möchte mich jetzt gern verabschieden.«

An Bord der *Flinders* überreichte ihm Cookie Barnes einen Brief.

»Von Ihrer Heiligkeit«, meinte er, und benutzte den Spitznamen, den Pfarrer Samuel Marsden seit langem hatte. »Und ich kann mir auch schon denken, was er will.«

»Was denn?« fragte Justin. Er las den kurzen Brief, in dem ihn der Pfarrer nur bat, ihn möglichst bald in der Sakristei von St. Phillip aufzusuchen. »Was kann er nur von mir wollen?«

Cookie deutete zu dem Handelsschiff hinüber, das am vergangenen Abend am Landungssteg von Simeon Lord angelegt hatte.

»Das Schiff hat zwei Kannibalen aus Whangaroa an Bord. Maoris aus Neuseeland«, fügte er hinzu, als Justin ihn überrascht anblickte.

»Ja und?« fragte Justin. Im Laufe der Jahre hatte er gelernt, daß Cookie sehr wohl Nachrichten und Fakten von Gerüchten unterscheiden konnte. »Was soll das bedeuten?«

»Große Schwierigkeiten, Mr. Broome«, antwortete Cookie ernst. »Es scheint so, daß der Häuptling des Maori-Stammes, mit dem sich die Missionare gut verstanden, gestorben ist, und jetzt ist offenbar eine Stammesfehde ausgebrochen, und die Bibelleser stecken mitten drin und bangen um ihr Leben. Ich hab heut morgen Mr. Campbell getroffen, der hat's mir erzählt.«

»Das ist schlimm, Cookie«, sagte Justin. »Aber, was um alles in der Welt, will Mr. Marsden von mir?«

»Er will die *Flinders.* Mr. Campbell muß rausgelassen haben, daß Sie auf die *Kangaroo* gehen und daß die *Flinders* gechartert werden kann.« Cookie zuckte mit den Schultern. »Ich nehm an, daß er nach Whangaroa fahren will, um den Wilden das Beten beizubringen und ihnen das Morden zu verbieten.«

»Aber er hat doch sein eigenes Schiff – die *Active,* Cookie. Und außerdem –«

»Mr. Broome, die *Active* ist vor einer Woche nach Otaheite abgesegelt. Ham Sie das denn vergessen? Das Schiff legt erst auf dem Rückweg in Whangaroa an.«

Er hat recht, dachte Justin. Pfarrer Samuel Marsdens *Active* würde erst in acht oder neun Wochen Whangaroa erreichen. Und bis dahin wären die kriegerischen Maoris mit Samuel Marsdens Missionaren so verfahren wie mit der unglücklichen Mannschaft der *Boyds,* deren verkohlte Skelette am Strand gefunden worden waren.

»Ich mach mich auf den Weg zu Mr. Marsden, Cookie«, sagte Justin. »Vielen Dank für die Informationen.«

Als er auf dem Weg zur Kirche zu Hause vorbeischaute, steckte Kate Lamerton kurz ihren Kopf zur Schlafzimmertür heraus und teilte ihm mit, daß die Wehen eingesetzt hätten.

»Aber es dauert noch eine Weile, Mr. Broome«, meinte sie beruhigend. »Und Sie können auch nicht helfen. Sie können aber Dr. Redfern Bescheid sagen, daß es losgeht. Sagen Sie ihm, daß er noch vor Einbruch der Dunkelheit hier vorbeischauen soll.« Auf Justins Bitte, seine Frau sehen zu dürfen, schüttelte sie nur den Kopf. »Am besten überlassen Sie das alles mir. Eine von Mrs. Dawsons Hausmädchen kommt, um mir zu Hand zu gehn. Sie kann dann auch den Doktor holen, falls er doch eher gebraucht wird, als ich glaube.«

Sie zog die Tür hinter sich zu, und Justin sah nur einen Augenblick lang Jessicas schmales, blasses Gesicht bewegungslos in den Kissen liegen.

Er versuchte etwas zu essen, brachte aber keinen Bissen hinunter. Er lauschte angespannt, konnte aber nichts als ein leises Stöhnen aus dem Schlafzimmer hören. Schließlich schob er den Teller zur Seite und machte sich auf den Weg zu Dr. Redfern.

Er war weder zu Hause noch im Krankenhaus, und Justin fand ihn schließlich im Haus eines Patienten in der Clarence Street. Der erfahrene alte Arzt konnte ihn beruhigen. Er sagte ihm, daß eine Geburt bei einer gesunden Frau eine ganz natürliche Sache sei, daß es aber bei einer Erstgebärenden ziemlich lang dauern könne. Deshalb entschloß sich Justin, Pfarrer Marsden aufzusuchen. Da seine Dienste bei der Königlichen Marine nicht gefragt waren, mußte er seine *Flinders* wohl oder übel weiterhin verchartern – zur Not auch an den Pfarrer, der nicht gerade für seine Großzügigkeit bekannt war.

Vor der Kirche hatte sich eine kleine Gruppe gut gekleideter Leute versammelt, die angesehenen Einwohner von Sydney. Colonel Molle und seine Frau stiegen gerade aus einer Kutsche. Justin hatte völlig vergessen, daß der Begräbnisgottesdienst von Ellis Bent stattfinden sollte. Er wollte schon weitergehen, als er plötzlich seinen Namen rufen hörte und Rick Tempest auf sich zukommen sah.

»Justin – wart auf mich! Ich war schon bei dir zu Hause, und Kate Lamerton sagte mir, daß ich dich wahrscheinlich hier antreffen würde.« Er schaute seinen Freund mitfühlend an und fügte hinzu: »Ich kann dich übrigens beruhigen, mit Jessica ist alles in Ordnung!... Ich hatte ja keine Ahnung, daß du zu den Trauergästen von Mr. Bent gehören würdest.«

Justin erklärte ihm den Grund für seine Anwesenheit und fügte bitter hinzu: »Hast du Captain Jeffrey heute morgen schon gesprochen?«

Rick nickte. »Ja..., und er hat mir alles erzählt. Glaub mir, Justin, ich war noch nie in meinem Leben dermaßen wütend! Aber ich fürchte, daß wir gar nichts machen können... es ist ein Kreuz! Ich muß jetzt zum Beispiel dieser Beerdigung hier beiwohnen, obwohl ich den verstorbenen Mr. Bent kein einziges Mal gesehen habe. Komm doch mit, Justin. Dann kannst du gleich nach dem Gottesdienst Pfarrer Marsden fragen, was er von dir möchte.«

Justin zögerte, aber Rick ließ nicht locker. »Los, wir müssen in der Kirche sein, bevor der Gouverneur ankommt!«

»In Ordnung«, meinte Justin schließlich, obwohl es ihm gar nicht recht war, während der Geburt seines ersten Kindes einem

Trauergottesdienst beizuwohnen.

Pfarrer Marsden nahm die Gelegenheit wahr und prangerte während der Rede mit üblen Worten die liberale Politik des Gouverneurs an. Justin war darüber so empört, daß er direkt nach Beendigung des Gottesdienstes nach Hause ging. Sollte der Pfarrer sehen, wo er ein Schiff herbekam! *Sein* eigenes jedenfalls würde er ihm nicht zur Verfügung stellen! Er mußte sich noch drei qualvolle Stunden lang gedulden, bis Dr. Redfern endlich aus dem Schlafzimmer trat und ihm zu der Geburt eines gesunden Sohnes gratulierte.

»Es ist ein kräftiger kleiner Bursche«, sagte er und lächelte, als schrilles Babygeschrei aus dem Nebenzimmer seine Worte bestätigte. »Kate Lamerton wäscht und wickelt den Kleinen gerade.«

»Und Jessica?« fragte Justin ängstlich. »Wie geht es Jessica, Sir?«

»Sie ist ziemlich erschöpft, Justin – es war schon eine anstrengende Geburt –, aber sonst ist alles in Ordnung. Sie können Ihre Frau und Ihren Sohn bald sehen.«

Die beiden Männer stießen auf das Wohlergehen von Mutter und Kind an, und gleich darauf erhob der Arzt sein Glas zum zweitenmal und sagte grimmig: »Auf daß es allen Feinden des Königs schlecht ergehen möge, Lieutenant Broome! Und auf das Wohlergehen unseres Gouverneurs! Er hat es zur Zeit nicht gerade leicht.«

Kate Lamerton kam herein, als Justin dem Arzt gerade erzählte, wie unverschämt Pfarrer Marsden während der Predigt über den Gouverneur hergezogen war.

»Da ist er«, sagte sie stolz. »Das ist Ihr Sohn, Mr. Broome. Und seine Mutter wartet auf Sie.« Sie legte Justin das kleine Bündel in die Arme und sagte strahlend: »Sie können jetzt zu Ihrer Frau!«

Justin betrat glücklich und dankbar das Schlafzimmer, und die Hebamme schloß leise die Tür hinter ihm. Jessica lag mit geschlossenen Augen im Bett, streckte aber gleich die Arme nach ihrem Mann und ihrem Kind aus. »Ist er nicht bildschön?« flüsterte sie und lächelte Justin glücklich an. »Sollen wir ihn nach meinem Bruder Murdoch nennen?«

»Aber selbstverständlich, Liebste«, sagte Justin, und es war ihm bewußt, daß er seiner Frau nichts in der Welt hätte abschlagen können. Er küßte ihr erschöpftes Gesicht. »Ich finde, das ist ein sehr schöner Name, und unser kleiner Junge sieht dir sehr ähnlich! Jessica India, ich liebe dich! Ich danke Gott, daß alles gutgegangen ist – für dich und für unseren Kleinen!«

Ihr fielen fast die Augen zu, und sie sagte leise: »Justin... kannst du eine Zeitlang hierbleiben? Glaubst du, daß Captain Jeffrey Verständnis dafür hat?«

»Ganz bestimmt, meine Liebste«, antwortete Justin. Er zögerte und wußte nicht, ob er ihr die Wahrheit sagen sollte und sah dann zu seiner Erleichterung, daß sie eingeschlafen war.

Marsden sollte gefälligst zum Teufel gehen. Er würde ihm die *Flinders* auf keinen Fall überlassen... Sollte er doch zum Gouverneur gehen und ihn um die *Kangaroo* bitten, wenn es ihm so wichtig war, seinen Missionaren in Whangaroa beizustehen. Wenn das Leben von britischen Staatsbürgern in Gefahr war, würde der Gouverneur ihm das Schiff trotz seiner berechtigten Abneigung gegen ihn zur Verfügung stellen.

Schon am nächsten Tag brachte ihm ein Bote die schriftliche Aufforderung vom Captain der *Kangaroo,* sich sofort zum Dienst an Bord zu melden. Justin fluchte leise vor sich hin. Auf Anordnung des Gouverneurs sollte das Schiff sofort den Anker lichten und nach Neuseeland auslaufen, um das Leben der Missionare zu retten. Selbst die nötigen Überholungsarbeiten wurden abgebrochen und auf einen späteren Zeitpunkt verschoben.

Lucy erwachte aus einer tiefen Ohnmacht, öffnete die Augen und schloß sie gleich wieder, weil die Sonne sie blendete. Sie spürte, daß sie auf den harten Deckplanken eines Schiffes lag... Aber sie hatte keine Ahnung, um welches Schiff es sich handelte.

Es war bestimmt nicht die *Kelso* – das wußte sie ganz genau. Mit Entsetzen fiel ihr ein, wie die *Kelso* in einem tropischen Unwetter auf ein Korallenriff aufgelaufen, innerhalb weniger Stunden voll Wasser gelaufen und immer tiefer gesunken war.

Außer sich vor Angst und Entsetzen hatte sie sich in ihre Koje gelegt und abgewartet, bis das Wasser über den Fußboden ihrer Kabine lief und langsam immer höher stieg. Frances war gekommen, hatte sie an Deck gezerrt.

Und das, erinnerte sich Lucy unglücklich, war das letzte Mal gewesen, daß sie Frances gesehen hatte…

Sie und der Maat Jonas Burdock, der sie bei Tagesanbruch gezwungen hatte, über Bord zu springen. Acht oder neun Matrosen hatten mit ihnen das Land erreicht, drei von ihnen waren während des Orkans verletzt worden. Alle, die noch gehen konnten, machten sich mit Jonas auf die Suche nach einer menschlichen Behausung, wo sie Hilfe zu finden hofften, aber sie waren nicht zurückgekehrt, und Lucy hatte gewartet, gebetet und schließlich alle Hoffnung aufgegeben, als die drei verletzten Matrosen einer nach dem anderen eines qualvollen Todes starben.

Ich habe auch auf meinen Tod gewartet, dachte Lucy und öffnete die Augen, um sich zu vergewissern, daß sie sich wirklich an Bord eines Schiffes befand und nicht einer Ausgeburt ihrer Phantasie aufgesessen war. Aber es stimmte. Es war ein Fischerboot oder ein kleines Handelsschiff, sehr viel kleiner als die *Kelso*.

Das Deck starrte vor Schmutz und stank nach Fisch… sie versuchte sich aufzusetzen, und als die Decke verrutschte, sah sie, daß sie nur ein paar Fetzen am Leib trug. Sie hatte Angst, beobachtet zu werden, legte sich eilig wieder hin und zog sich die Decke über den Leib.

Aber jemand mußte sie doch gesehen haben, denn ein dunkelgesichtiger Mann tauchte auf und kniete sich neben ihr hin. Er sagte etwas in einer Sprache, die sie nicht verstand, aber er sprach freundlich auf sie ein.

»Wer sind Sie?« fragte sie leise.

Der Mann lächelte sie an und schüttelte den Kopf. Nachdem er sie einen Augenblick genau betrachtet hatte, sprang er auf und verschwand und kam kurz darauf mit einer ausgehöhlten Kokosnuß wieder, die er ihr an die Lippen hielt.

Lucy trank durstig und dankte im stillen ihrem Schöpfer für

die glückliche Rettung. Der Fremde lächelte sie an, klopfte ihr mit seiner schmalen braunen Hand auf die Schulter, wandte sich dann ab und rief etwas in seiner eigenen Sprache, von der sie wie zuvor kein Wort verstehen konnte. Zwei weitere braunhäutige Männer tauchten auf, stellten sich neben ihn, und alle drei schauten schweigend und freundlich auf sie herunter.

Dann erschien Jonas Burdock an Deck und kam langsam heran. Er sah sehr krank aus. Seine Augen leuchteten fiebrig, und seine Wangen waren eingefallen und rot gefleckt.

»Fieber«, sagte er, setzte sich nieder und lehnte sich an einen Pfosten. Er war offensichtlich zu schwach, um sich aufrecht zu halten. »Aber den anderen gehts noch schlechter als mir. Sie liegen im Laderaum.« Er deutete zur Ladeluke hinüber. »Is nich viel Platz da unten – deshalb liegen Sie hier. Is auch besser an der frischen Luft als in dem stickigen Raum. Ich freu mich, daß es Ihnen besser geht, Mrs. Cahill.«

»Vielen Dank, Jonas«, antwortete Lucy. »Haben Sie diese Fischer dazu überreden können, uns zu helfen?«

»Ja«, bestätigte Jonas. »Ich wußte ja nich, ob Sie überhaupt noch am Leben sind, Mrs. Cahill, aber ich hielt es für meine Pflicht, das zu überprüfen.«

»Die Männer – die verletzten Männer, was ist… die waren doch tot, oder?«

Er nickte ernst. »Ja, alle drei waren mausetot. Und ein paar Leichen sind an die Küste angeschwemmt worden. Der Fischer Ong und seine Leute haben mir geholfen, sie zu begraben.«

»Wer war es?« fragte Lucy voller Angst.

Der Maat vermied es, sie anzusehen. »Es war nich leicht, sie zu erkennen… Aber an der Kleidung konnte ich ganz sicher Mrs. Spence und Captain Oliver identifizieren. Die beiden hab ich persönlich begraben. Die anderen… nun, die Namen würden Ihnen sowieso nichts sagen, Mrs. Cahill.«

»Nein«, sagte Lucy leise. Ihr Kopf dröhnte, und trotz des ruhigen Meeres hatte sie das Gefühl, sich übergeben zu müssen. Jonas Burdock bemerkte, wie schlecht es ihr ging, und er bat den dunkelhäutigen Mann, der ihr zu trinken gegeben hatte, die Kokosnuß noch einmal für sie zu füllen.

»Sie können diese Sprache sprechen?« fragte Lucy überrascht.

»Ja. Wir sind häufig in Batavia und Kupang vor Anker gegangen, und da hab ich ein bißchen Holländisch gelernt. Die Eingeborenen sprechens zwar nicht, aber sie verstehn ein paar Brokken, und deshalb kann ich mich mit ihnen verständigen.« Der Eingeborene kam mit der Kokosnußschale zurück, und Jonas nahm sie ihm ab. Er legte seinen Arm um Lucys Schultern, richtete sie auf und hielt ihr die Schale vorsichtig an die Lippen. »Nicht zuviel auf einmal«, warnte er, »in dem geschwächten Zustand, in dem Sie sind, is das nich gut!«

Sein Arm fühlte sich glühend heiß an, und sie erinnerte sich daran, daß er ihr gesagt hatte, daß er und die anderen Männer hohes Fieber hätten. »Trinken Sie den Rest«, sagte sie und reichte ihm die Kokosschale. »Ich hab' genug.« Als er durstig trank, fragte sie: »Jonas, wohin werden wir gebracht? Wissen Sie das?«

»Nach Kupang, Mrs. Cahill. Wir kommen irgendwann morgen dort an... wahrscheinlich gegen Abend. Und« – er zögerte und schaute sie unsicher an – »ich will Sie ja nich ängstigen, Sie sind grad erst aus der Ohnmacht erwacht, aber wir müssen ihnen was zahlen. Ich mußte Hassim Ong das fest versprechen. Er verliert ja auch mehr als ne Woche durch uns.«

Lucy blickte ihn verzweifelt an. Sie hatte nichts als ihr nacktes Leben gerettet.

»Hatte Mr. Spence nicht... wie heißt das noch mal? Pfandbriefe?«

»Vielleicht... Aber es ist alles mit dem Schiff untergegangen.« Wieder zögerte der junge Maat, und dann sagte er, als ob er innerlich zu einer Enscheidung gekommen wäre: »Ich bin noch mal zu dem Wrack hingeschwommen, um zu schauen, ob es was zu retten gibt. Aber ich hab nichts gefunden, außer dem da...« Aus der Tasche seiner zerfetzten Hose zog er eine samtbezogene Schatulle und hielt sie ihr hin. Sie war durch das Salzwasser ziemlich mitgenommen, und das Schloß war aufgebrochen, aber Lucy erkannte sie sofort. Sie hatte sie in Frances Spences Kabine gesehen. Sie streckte die Hand aus, um die Schatulle in Empfang zu nehmen.

»Passen Sie auf«, warnte Jonas sie. »Lassen Sie keinen von Hassims Männern reinschaun!« Er bedeutete Lucy, das Kästchen zu öffnen. »Ein einziger von diesen Steinen reicht, um alles zu bezahlen. Die Fischer werden überglücklich sein!«

»Steine?« wiederholte Lucy und verstand gar nichts mehr.

»Seien Sie vorsichtig, Mrs. Cahill. Es sind ungefaßte Steine, und die Schatulle ist nicht mehr ganz heil.«

Lucy hob mit zitternden Händen den Deckel, und als sie sah, was darin lag, hielt sie vor Überraschung und Freude die Luft an. Rubine, Smaragde und Amethyste, atemberaubend groß und schön. Mit Ausnahme einer Rubinkette und zweier Ringe waren die Steine ungefaßt, aber alle waren fachmännisch geschliffen.

Lucy flüsterte: »Das muß ja eine – eine Riesensumme wert sein!«

»Ja, das können Sie wohl glauben, Mrs. Cahill.«

»Aber warum – warum hat Mrs. Spence diese wunderbaren Steine weder getragen noch sie jemandem gezeigt?« fragte Lucy. »In Kalkutta gibt es Hunderte von ausgezeichneten Goldschmieden. Und sie fuhr doch regelmäßig dort hin.«

»Können Sie sich das nicht denken, Mrs. Cahill?«

»Nein«, antwortete Lucy. »Nein, ich hab keine Ahnung, was der Grund sein könnte.«

Sie fühlte sich merkwürdig schwindlig und war unfähig, einen klaren Gedanken zu fassen, aber... Es *hatte* einen Skandal gegeben, der mit Jasper Spences Namen verbunden gewesen war, und sie erinnerte sich daran, gehört zu haben, daß er die Ostindiengesellschaft nicht gerade aus freien Stücken verlassen hatte. Und das wiederum konnte erklären, warum Frances die wertvollen Steine in der Schatulle versteckt hatte... sie niemandem gezeigt und nicht davon gesprochen hatte.

Jonas streckte die Hand nach dem Schmuckkästchen aus. »Ich glaub, ich paß am besten auf die Steine auf.«

Lucy hielt die Schatulle fest. »Sie gehören doch nicht Ihnen! Sie haben kein Recht darauf, Jonas.«

»Das hab ich nicht?« fragte er und lächelte. »Ich hab sie gerettet, Mrs. Cahill... und ich hätt Sie Ihnen doch gar nicht zeigen brauchen, oder? Ich hätt nur meinen großen Mund halten müssen, und Sie hätten nie was davon erfahren.«

Er hatte recht, das mußte Lucy zugeben. Nach kurzem Zögern reichte sie ihm die Schatulle.

»Wo haben Sie sie denn gefunden?« fragte sie.

Jonas schaute sie ernsthaft an. »Im Kleid von der toten Mrs. Spence, wenn Sie es ganz genau wissen wollen. Ich hab nicht danach gesucht, das brauchen Sie nich zu glauben.« Er steckte das wertvolle Schmuckkästchen in seine Hosentasche zurück, wandte sich aber nicht zum Gehen, wie Lucy gehofft hatte. »Ich find, wir müssen miteinander reden, Mrs. Cahill.«

»Reden?« Plötzlich fürchtete sich Lucy vor ihm, ohne daß sie es hätte erklären können. Es stimmte zwar, daß sie ihn während der Reise oft genug gesehen hatte, aber sie wußte sehr wenig von ihm, außer daß er der Sohn vom alten Jed Burdock war und für fünf oder sechs Jahre in Jasper Spences Diensten gestanden hatte.

Er beobachtete sie unauffällig, und sie fand ihn zwar schlecht erzogen und ungebildet, aber sehr männlich. Natürlich verdankte sie ihm sehr viel –, sie verdankte ihm ihr Leben.

»Was möchten Sie denn«, fragte sie flüsternd, »was möchten Sie denn mit mir besprechen?«

»Da gibt's 'ne ganze Menge. Zum Beispiel, was Sie und mich betrifft.«

»Sie und mich?«

»Ja. Wir müssen auf jeden Fall zusammenbleiben, wenn wir nach Kupang kommen. Ich glaub, daß es alles viel einfacher ist, wenn wir den Holländern sagen, daß Sie meine Frau sind.«

»Aber die anderen wissen doch, daß das nicht stimmt«, widersprach Lucy aufgebracht.

»Die halten den Mund, wenn ich das von ihnen verlange.« Jonas schob ihre Bedenken beiseite. Er schaute sie begehrlich an, und sie wich zurück, als er mit sanfter Stimme hinzufügte: »Ich hab Sie immer sehr gut leiden können, vom ersten Moment an, als Sie an Bord der *Kelso* gekommen sind. Und Sie habens gewußt, trotz Ihrer vornehmen Herkunft, oder?«

Lucy antwortete nicht, und er fuhr fort: »Dadurch, daß wir die Edelsteine von Mrs. Spence haben, brauchen wir uns um unsere Zukunft keine Sorgen mehr zu machen. Kupang is bloß ein vom Fieber heimgesuchter Außenposten mit einer kleinen Garnison, aber ich geh nach Batavia, ein paar von diesen Rubinen verkaufen und ein seetüchtiges Schiff dafür anschaffen. Wir segeln damit nach China, kaufen eine Ladung Tee und Seide und können damit in Sydney ein Vermögen verdienen.«

»Es werden uns aber bestimmt unangenehme Fragen gestellt werden«, wandte Lucy ein. Sie versuchte sich aufzusetzen und war überrascht über ihre eigene Schwäche.

Jonas legte ihr den Arm um die Schultern, um ihr zu helfen. »Das stimmt«, gab er zu. »Aber wir können uns die Antworten ja schon zurechtlegen.« Er tat so, als wolle er ihr die Decke fester um die Schultern legen, schlüpfte dabei aber mit seiner Hand darunter und liebkoste ihre Brüste. »Ich hab mir schon allerlei ausgedacht, aber ich fühl mich furchtbar schwach, und Ongs Leute beobachten uns. Aber warten Sie nur, bis wir an Land sind und ich dieses verdammte Fieber los bin!«

Bevor sie ein Wort sagen konnte, ließ er sie los, hockte sich auf seine Fersen und lächelte sie freundlich an. »Bitte lassen Sie mich jetzt allein. Ich bin zu müde, um mich noch weiter mit Ihnen zu unterhalten«, bat sie ihn.

Jonas erhob sich widerwillig. »In Ordnung, Mrs. Cahill... Lucy. Aber vergessen Sie nich, was ich Ihnen gesagt hab!«

Sobald sie am Kai in Kupang angelegt hatten, schickte Hassim Ong einen seiner Männer los, um die holländischen Zollbeamten von der Anwesenheit und der Nationalität seiner Passagiere zu informieren. Jonas kam schwankend an Deck und sah aus wie der Schatten seiner selbst.

»Das Fieber«, keuchte er und ließ sich an Lucys Seite nieder. »Es bringt mich noch um, verdammt noch mal!« Sie rückte von ihm weg, und er verzog ärgerlich sein Gesicht. Er warf ihr ein Kleid zu, das einmal Frances gehört hatte. »Es ist gut, wenn wir anständig aussehen, Lucy«, meinte er, »sonst denken die Holländer noch, daß wir geflohene Sträflinge sind. Und vergessen Sie nich – wenn sie uns befragen... Sie sind meine Frau. Sie sind Mrs. Jonas Burdock.«

Aber die Holländer fragten überhaupt nichts. Nach einer längeren Unterhaltung mit Hassim Ong erklärte ihnen einer der Männer in halbwegs passablem Englisch, daß er Zollbeamter sei. Der Gouverneur war scheinbar in Batavia. Während seiner Abwesenheit wurde er vom Kommandeur der Garnison vertreten, der die Überlebenden der Schiffskatastrophe am nächsten Tag besuchen würde. In der Zwischenzeit würden sie ins Krankenhaus gebracht und dort versorgt werden.

Lucy schlief fast die ganze Zeit, und am nächsten Mittag fühlte sie sich schon nicht mehr so geschwächt.

Lucy wartete mit wachsender Ungeduld auf die Ankunft des Kommandeurs, aber zuerst kam der Arzt, ein hagerer, bärtiger kleiner Mann, dessen Englisch fast so schlecht war wie das des Zollbeamten. Aber er war hilfsbereit und freundlich, und seine Untersuchung war schon nach wenigen Minuten abgeschlossen.

»Ein paar Tage Ruhe, und Sie sind wieder völlig in Ordnung«, meinte er. »Sie haben Glück gehabt. Viel mehr Glück als die armen Matrosen! Zwei sind wirklich sehr krank. Einer wird es wohl kaum überleben.«

Lucys Herz setzte einen Schlag lang aus. Welcher von den Matrosen würde wohl sterben? Wenn es Jonas war, dann brauchte sie nichts mehr zu befürchten, vorausgesetzt, sie könnte die Kasette mit den Edelsteinen an sich bringen.

»Der Kommandeur – Major Jos Van Buren – sucht Sie bald auf!« sagte der kleine Doktor, verbeugte sich höflich und verabschiedete sich.

Major Van Buren erschien erst spät am Abend, als Lucy schon die Hoffnung aufgegeben hatte, ihn noch zu sehen. Er war einer der bestaussehendsten Männer, denen sie jemals in ihrem Leben begegnet war. Er war hochgewachsen und blond, Anfang Dreißig, und sowohl seine Manieren als auch seine Englischkenntnisse ließen nichts zu wünschen übrig.

Er begrüßte sie mit einem formvollendeten Handkuß, und als er ihr einen Stuhl zurechtschob, sah sie, daß seine intelligenten blauen Augen bewundernd aufleuchteten.

»Also hat der alte Dr. Reisner recht gehabt!« rief er aus. »Sie sind – Sie sind wirklich wunderschön, Madam! Ich fühle mich geehrt, Ihre Bekanntschaft machen zu dürfen.«

Lucy machte seine unverhohlene Bewunderung verlegen, sie errötete und wußte nichts zu sagen. Aber als er sie über den Untergang der *Kelso* befragte, wurde sie ihrer Verlegenheit Herr und berichtete ihm ausführlich über die letzten Stunden des Schiffes. Er bezeichnete es als ein Wunder, daß sie die Schiffskatastrophe überlebt hatte, und dankte Gott dafür.

»Er hat wirklich seine Hand über Sie gehalten, und ich bin überglücklich, daß Sie ausgerechnet hier in Kupang gelandet sind. Ich werde alles in meiner Macht Stehende tun, um Ihnen den Aufenthalt hier so angenehm wie möglich zu gestalten. Mein Haus steht Ihnen zur Verfügung, bis Sie Ihre Reise nach Port Jackson fortsetzen können. Ihr Mann ist mir natürlich ebenso willkommen, sobald der Doktor ihn als geheilt entläßt.«

Lucy erblaßte. Also hatte Jonas seine Drohung wahrgemacht, dachte sie verbittert. Trotz seines schweren Fiebers hatte er behauptet, ihr Mann zu sein... Sie atmete schwer und sagte: »Ich habe keinen Mann, Major Van Buren. Ich heiße Lucy Cahill, und ich bin Witwe. Ich –«

»Ach!« unterbrach er sie ungestüm, sah erst verwirrt und dann ärgerlich aus. »Ich hatte mich schon über diese Mesalliance gewundert! Aber...« Der Major wartete Lucys Antwort nicht ab. Er stand auf, ging zur Tür und erteilte einen Befehl. Als er zurückkam, lächelte er. »Aber, warum um alles in der Welt, hat der Kerl – er heißt Burdock, oder? – mich angelogen? Ist er ein geflohener Sträfling? Rechnet er damit, daß Sie ihn schützen werden?«

Sein Blick richtete sich freundlich auf sie, dann beugte er sich zu ihr herüber und nahm eine ihrer Hände. »Liebe Mrs. Cahill, vielleicht fühlen Sie sich in seiner Schuld, weil er Ihnen das Leben gerettet hat?«

»Ich... ja, ja, das stimmt, Sir.« Lucy wich seinem forschenden Blick aus. »Ohne ihn hätte ich mein Leben verloren, Major Van Buren. Deshalb verdanke ich ihm wirklich sehr viel, aber ich...« Sie konnte nicht weitersprechen und kämpfte gegen ihre Tränen an.

»Beruhigen Sie sich, ich bitte Sie! Wir werden diese Angelegenheit so gerecht wie möglich zu lösen versuchen. *Ist* er ein geflohener Sträfling? Sie können es mir ganz im Vertrauen sagen.«

Lucy schüttelte den Kopf und kämpfte gegen die Tränen an. »Nein. Er war Maat auf der *Kelso.* Er –«

Es klopfte. Zwei Soldaten brachten Jonas herein, und Major Van Buren bedeutete ihnen, sich zurückzuziehen.

Lucy bemerkte, daß das Fieber ihn sehr verändert hatte. Seine Wangen waren stark gerötet und eingefallen, seine Augen blutunterlaufen, und er zitterte am ganzen Körper. Sie verspürte Mitleid mit ihm, als ihn der holländische Kommandeur anfuhr:

»Diese Dame ist nicht Ihre Frau! Sie haben mich angelogen, Mr. Burdock!«

Wenn er seine Behauptung zurückgenommen hätte, hätte sie vielleicht nichts weiter gegen ihn unternommen, aber Jonas bestand darauf, daß Lucy seine Frau sei, und sie wandte sich wütend an ihn: »Sagen Sie doch die Wahrheit, Jonas – um Ihrer selbst willen, nicht für mich! Ich kann Ihnen nicht helfen, wenn Sie weiterhin so lügen. Ich –«

»*Sie mir* helfen?« antwortete Jonas bitter. »Warum eigentlich? Um Gottes und Christi willen, was hab ich denn Böses getan?«

Sie ließ ihren Tränen freien Lauf, verbarg ihr Gesicht in den Händen und brachte schluchzend heraus: »Dieser Mann ist ein Dieb, Major Van Buren. Er hat mir meine – meine Juwelen gestohlen! Er hat sie bei sich – in einer samtbezogenen Schatulle.«

Der Kommandeur befahl den Soldaten, Jonas zu durchsuchen. Gleich darauf wurde die Schatulle auf den Schreibtisch gelegt. Der Major traute seinen Augen nicht, als er das Kästchen öffnete und den Inhalt sah.

»Jetzt ist ja alles aufgeklärt«, meinte er. »Sie haben nichts mehr zu befürchten, Mrs. Cahill.« Er schloß die Schatulle und reichte sie Lucy. »Ich werde sofort veranlassen, daß Sie in mein Haus gebracht werden.« Die Soldaten packten den Gefangenen und zerrten ihn zur Tür. Er schaute sich um und spuckte voller Verachtung in Richtung von Lucy.

»Ich hoffe«, krächzte er haßerfüllt, »daß das Gewissen Sie Ihr Leben lang quälen wird, Mrs. Cahill.«

Die Soldaten führten ihn ab, und als die Tür ins Schloß fiel, war nur noch Lucys Schluchzen zu vernehmen.

Major Van Buren half ihr zuvorkommend beim Aufstehen. »Kommen Sie mit«, sagte er leise. »Ich lasse Sie in mein Haus bringen, Mrs. Cahill. Sie haben von diesem Schurken nichts mehr zu befürchten.«

»Aber was geschieht mit ihm?« fragte Lucy zitternd. »Bitte – er hat mir doch immerhin das Leben gerettet. Ich möchte nicht, daß er... daß er eine schwere Strafe bekommt.«

»Gott wird ihn strafen«, antwortete Van Buren ernst.

Er bot ihr seinen Arm an, den Lucy nach kurzem Zögern nahm, und sie fühlte, wie sich seine Hand wieder um ihre schloß.

Justin war seit langem der Ansicht, daß Pfarrer Samuel Marsden ein scheinheiliger Heuchler war, der seine Mitmenschen – und ganz besonders jene, die als Gefangene nach Sydney gekommen waren – nach strengen moralischen Maßstäben beurteilte, die für ihn selbst nicht zu gelten schienen.

Unter den Matrosen ging das Gerücht um, daß der Pfarrer gewinnbringende Handelsgeschäfte mit Neuseeland unterhielt, unter anderem auch mit Waffen... In der Vergangenheit hatte der Pfarrer von der Kanzel herab die Alkoholschmuggler immer wieder verdammt, wahrscheinlich nur deshalb, weil sie noch größere Profite machten als er. Als Friedensrichter fällte er harte Urteile, und die Anzahl der von ihm verordneten Stockschläge war ungewöhnlich hoch. Aber von seiner Kanzel predigte er Mitleid und brüderliche Liebe.

Trotzdem mußte Justin lächeln, als er auf die gebeugten Köpfe der dreihundert Maorikrieger schaute, die friedlich Samuel Marsdens christlicher Botschaft lauschten, obwohl sie kaum ein Wort Englisch verstanden.

Ihr Respekt vor dem eifernden Prediger grenzte an Anbetung. Als die *Kangaroo* vierundzwanzig Stunden vorher in Whangaroa angelegt hatte, hatten sich die Stämme der Häuptlinge Hinaki, Hongi und Korokoro in voller Kriegsbemalung gegenübergestanden, ausgerechnet auf der Wiese neben der Missionsstation, und die Missionare mit ihren Familien wären im Ernstfall die ersten Opfer gewesen... und ein Leckerbissen für die Sieger nach dem Kampf.

Aber Marsden hatte keine Sekunde lang gezögert. Er war an Land gegangen, hatte nichts als die Bibel bei sich gehabt und Captain Jeffreys Angebot, ihm bewaffneten Begleitschutz mitzugeben, ausgeschlagen.

»Sie kennen mich, Captain«, hatte er erklärt. »Häuptling Hongi fährt auf meine Vermittlung hin bald nach England. Korokoro kam mit dem inzwischen ermordeten Ruatara nach Sydney, und meine Frau und ich pflegten den armen jungen Mann, als er während seines Besuches in der Kolonie krank wurde. Die Leute *vertrauen* mir, und ich vertraue ihnen, glauben Sie mir, es sind die anständigsten Wilden, die ich jemals getroffen habe. Ich brauche Ihren Begleitschutz nicht.«

Und tatsächlich hatten ihn die Bewohner von Whangaroa freudig begrüßt und aufgenommen, und ihr Willkommensgruß »*tematenga!*« war bis zum Schiff hin zu hören gewesen.

Und jetzt hielt er einen Gottesdienst für alle drei Stämme ab. Ein Missionar namens Kendall übersetzte seine Worte mit leiser Stimme, die sich merkwürdig von Marsdens leidenschaftlicher, lauter Stimme abhob.

Alle drei Häuptlinge waren seltsam herausgeputzt. Sie trugen alte Militäruniformen, die sie irgendwann einmal von den Offizieren geschenkt bekommen hatten. Dazu trugen sie Federhüte und britische Degen.

Es war ein ganz außergewöhnlicher Anblick, und Captain Jeffrey, den reine Neugierde an Land getrieben hatte, stand staunend da und beobachtete die Szenerie.

»Das ist einfach unglaublich, Mr. Broome«, flüsterte er Justin zu. »Und wenn ich es nicht mit meinen eigenen Augen gesehen hätte, dann würde ich es nicht glauben.« Er schaute sich um und schüttelte den Kopf. »Und das hier ist der Strand, an dem die Mannschaft der *Boyds* von den Kannibalen getötet und... verzehrt wurde?«

»So ist es, Sir«, bestätigte Justin.

»Mr. Marsden ist wirklich ein sehr bemerkenswerter Mann«, meinte Jeffrey. »Ich gebe zu, ich hatte erwartet, daß er seine Missionare und deren Familien sofort an Bord der *Kangaroo* nehmen würde. Aber jetzt dies hier... vielleicht hätte ich beim Gottesdienst erscheinen sollen?« fragte der Captain.

»Das wäre nicht sehr klug gewesen, Sir«, entgegnete Justin. »Mr. Marsden war es sehr wichtig, so friedlich wie möglich vorzugehen, und bis jetzt hat sein Plan ja durchaus Erfolg gezeigt. Aber den Maoris werden kaum die in Stellung gebrachten Bordkanonen entgangen sein, und –«

»Das war eine notwendige Vorsichtsmaßnahme«, unterbrach Jeffrey irritiert. »Da es aber nicht nötig zu sein scheint, bitte ich Sie, mit meinem Boot zurück zum Schiff zu fahren und den Befehl aufheben zu lassen. Und ich werde mich nach dem Gottesdienst in aller Form mit den Häuptlingen bekannt machen.«

»Aye, aye, Sir«, sagte Justin. »Wollen Sie allein hingehen, Sir?«

Captain Jeffrey zögerte und zog die Stirn in Falten. Dann blickte er zum Beiboot hinüber, in dem der junge Offiziersanwärter Harris abwartend saß. Jeffreys Gesichtsausdruck entspannte sich, und er sagte: »Ich nehme den jungen Harris mit. Er kann sich sicher nützlich machen. Bitten Sie ihn, daß er mir meine Pistole bringen soll, und... holen Sie mich in ein paar Stunden wieder ab, Mr. Broome.«

Justin tat, wie ihm befohlen war. Während der Bootsfahrt zum Schiff hinüber hörte er Lärm von der Küste herüberdringen. Als er sich erschrocken umdrehte, sah er, daß sich die Maorikrieger zu einem wilden Kriegstanz versammelt hatten.

Justin hoffte, daß Captain Jeffrey Ruhe bewahren würde. Die vereinzelten *»Te Matenga!«*-Rufe gingen in dem wilden Geschrei unter und verstummten schließlich ganz.

An Bord der *Kangaroo* zog sich Justin bald in seine Kajüte zurück, um ein paar Stunden zu schlafen. Er hatte Nachtwache gehabt, war früh morgens mit dem Captain an Land gefahren und konnte sich jetzt vor Müdigkeit kaum mehr auf den Beinen halten. Aber nachdem er, wie es ihm schien, erst ein paar Minuten geschlafen hatte, wurde er unsanft wachgerüttelt. Der Maat Silas Crabbe beugte sich über ihn, und hinter ihm sah er das weiße, angstvolle Gesicht von Offiziersanwärter Harris. Justin setzte sich auf und fragte alarmiert: »Was ist los? Ist der Captain in Schwierigkeiten?«

Harris nickte unglücklich und begann, ihm stammelnd und zusammenhanglos Bericht zu erstatten. Justin unterbrach ihn: »Alles der Reihe nach, mein Junge. Sie sind mit dem Captain zur Missionsstation gegangen, dort wollte er die Häuptlinge treffen, oder?«

»Ja, Sir, das stimmt. Mr. Kendall stellte ihn den Häuptlingen vor, und sie waren sehr freundlich. Hongi spricht etwas Englisch, und er lud den Captain ein, in sein Dorf zu kommen. Wir gingen hin, Sir – es liegt ziemlich weit entfernt. Die Hütte des Häuptlings stand im Mittelpunkt des Dorfes, und es war – ach, es war ganz wunderbar.«

Er fing an, das Dorf zu beschreiben, aber Justin unterbrach ihn. »Ich möchte wissen, was passiert ist, Mr. Harris, und was mit dem Captain los ist!«

»Ja, Sir. Entschuldigen Sie, Sir. Wir gingen in Häuptling Hongis Hütte – der Captain war sehr neugierig darauf, wie sie eingerichtet war. Und dort – dort stand ein Pfosten direkt an der Eingangstür, mit einem – einem aufgespießten menschlichen Kopf. Hongi sah, wie der Captain den Kopf entsetzt anstarrte, und er nahm ihn von dem Pfosten ab und wollte ihn ihm schenken. Dabei strahlte er über sein ganzes Gesicht, Sir, als ob dieser Kopf das schönste Geschenk überhaupt wäre. Der Captain streckte abwehrend die Hände aus und nahm das Geschenk nicht an, und Hongi sagte... ach, es war entsetzlich, Sir.«

»Was war entsetzlich?« fragte Justin.

Harris schluckte. »Er sagte, daß es der Kopf von Captain Jones sei, Sir – ein Engländer, der Captain eines Walfängers namens *Eliza.* Soweit ich verstehen konnte – sein Englisch war nicht sehr gut – befehligte Captain Jones einen Überfall auf sein Dorf. Und dabei wurde er auch getötet – von Hongi selbst, wie er stolz berichtete, Sir. Und er fing an, sich den Bauch zu reiben und zu lachen. Nun, das war wirklich deutlich genug, und der Captain geriet außer sich. Er wurde knallrot im Gesicht, Sir, zog seine Pistole und... Er schoß Hongi den Schrumpfkopf aus der Hand! Danach war die Hölle los. Hongis Krieger überwältigten den Captain und fesselten ihn, und Hongi beauftragte mich, Ihnen auszurichten, daß der Captain – daß er getötet würde, Sir, es sei denn, Sie zahlen das geforderte Lösegeld.«

Verdammt noch mal, dachte Justin, das ist ja alles sehr viel schlimmer, als er am Anfang angenommen hatte. Jeffrey mußte ja verrückt gewesen sein, sich so aufzuführen. Er fragte: »Was verlangt Hongi?«

Harris antwortete nervös: »Er möchte Musketen, Sir. Und so eine Pistole, wie der Captain sie hat. Er will alles vor Sonnenuntergang haben – zehn Musketen, Pulver und Munition. Der Captain gab mir den Schlüssel zum Waffenschrank, den ich Ihnen übergeben soll. Hier ist er, Sir.«

Also erwartete Jeffrey, daß er freigekauft wird... Justin dachte und überlegte, wie er diese gefährliche Situation meistern könnte.

»Ich will sofort mit Mr. Kendall reden«, sagte er. »Und Sie, Sie verschwinden am besten in Ihrer Hängematte. Ich habe im Augenblick nichts mehr für Sie zu tun.«

Kendall, ein schlanker, gelehrt aussehender junger Mann, wartete auf dem Achterdeck. Als Justin herankam, sagte er sofort: »Ich kenne Häuptling Hongi persönlich, Mr. Broome, und ich weiß genau, daß er keine leeren Drohungen ausspricht.«

»Dann raten Sie uns also, ihm die Musketen zu geben, die er haben will?«

»Wenn Sie Ihren Captain lebend wiedersehen wollen, dann ist das die einzige Möglichkeit. Ansonsten gibt es nur noch die gewaltsame Lösung des Konflikts, und dazu kann ich Ihnen beim besten Willen nicht raten. Die Situation ist verfahren genug, und es würde sehr hohe Verluste geben, wenn Sie versuchen, Captain Jeffrey gewaltsam zu befreien. Er wäre der erste, der sterben würde, und Mr. Marsden –«

»Wo *ist* Mr. Marsden?« fragte Justin.

Kendall seufzte. »Er ist nach Rangihoura gefahren, um Roatas Leuten einen Besuch abzustatten. Das Dorf liegt zehn Meilen von hier entfernt, und er ist mit dem Boot hingefahren, mit Mr. King und Mr. Hall. Er übernachtet dort, und ich fürchte, daß es unmöglich ist, ihn hierher zurückzurufen – rechtzeitig, meine ich.« Er betonte die letzten Worte ausdrücklich.

Die Sonne würde in etwa drei Stunden untergehen, und der junge Harris hatte gesagt, daß Häuptling Hongis Dorf ziemlich weit entfernt liege.

»Kennen Sie das Dorf, Mr. Kendall?«

»Ja, Sir. Ich kann Sie dort hinführen. Es dauert ungefähr eineinhalb Stunden. Aber wir sollten sofort aufbrechen... Es wäre nicht ratsam, auf dem Rückweg von der Dunkelheit überrascht zu werden.«

»Ich verstehe.« Dann fiel ihm etwas ein, und er fragte: »Wird der Häuptling die Musketen sofort ausprobieren?«

Kendall lächelte wissend. »Wenn Sie etwa vorhaben, ihm unbrauchbare Musketen anzudrehen, Mr. Broome, dann kann ich Sie nur bitten, das nicht zu tun. Wenn Hongi die Musketen nicht heute abend noch ausprobiert, dann bestimmt morgen früh, und es würde unser Verhältnis zu allen Stämmen trüben, wenn er sich von uns hereingelegt fühlte. Die Maoris haben einen hohen Ehrenkodex und halten ihr Wort, und sie erwarten von uns, daß wir genauso ehrlich mit ihnen umgehen.«

Es wurde Justin klar, daß er keine Wahl hatte, da er unmöglich einen Captain der britischen Königlichen Kriegsmarine den Kannibalen überlassen konnte. Als er Silas Crabbe die Erlaubnis erteilte, den Waffenschrank zu öffnen, überlegte er, ob an dem Gerücht wohl etwas dran sei, daß Pfarrer Marsden Waffenhandel betrieben habe. Wenn es stimmte, wenn er also verschiedene Stämme mit Waffen versorgt hatte, dann war Häuptling Hongis Wunsch nach Musketen mehr als verständlich...

»Wie viele Männer soll ich mitnehmen?« fragte er Kendall. Der Missionar schüttelte den Kopf.

»Keinen, Mr. Broome, wenn Sie auf meinen Rat hören wollen.«

»Und wenn ich das nicht tue? Wir zwei können unmöglich zehn Musketen tragen!«

Kendall zuckte mit den Schultern. »Dann höchstens zwei Männer, die unbewaffnet sind. Und ich werde die Munition tragen.«

»In Ordnung«, stimmte Justin zu.

Nach knapp anderthalb Stunden Fußmarsch erreichten sie über einen schmalen, aber gut sichtbaren Pfad, der in vielen Windungen einen bewaldeten Hügel hinaufführte, das kleine Eingeborenendorf.

Als die ersten Hütten in Sicht kamen, traten zwei schwerbewaffnete Krieger mit tätowierten Armen und Gesichtern aus dem Wald und verstellten ihnen den Weg. Sie waren zwar höflich, wirkten aber sehr ernst und angespannt.

Kendall sprach mit ihnen. Sie untersuchten die Musketen und die Munition genauestens. Als sie sich schließlich versichert hatten, daß alles dem entsprach, wie ihr Häuptling es verlangt hatte, bedeuteten sie den vier Männern, ihnen ins Dorf zu folgen.

Dort hatte sich eine Gruppe von Eingeborenen versammelt, die sie schweigend und neugierig betrachteten. Kendall flüsterte: »Hongi erwartet uns schon, Mr. Broome.«

Hongi bereitete ihnen einen königlichen Empfang. Sein stabiles Holzhaus war viel größer als die Hütten, die in einem großen Kreis errichtet waren. Die Säulen und Dachbalken waren reich mit Schnitzwerk verziert, und im Innern war es angenehm kühl.

Der Häuptling hatte seine scharlachrote Militäruniform angezogen, die er während des Gottesdienstes getragen hatte, und ein bunter Umhang aus Vogelfedern hüllte seine muskulöse Gestalt ein. In seinem Gürtel steckte eine Axt aus grünem Stein.

Seine dunklen Augen leuchteten auf, als er die Musketen sah. Er befragte die beiden alten Krieger, und als die zwei ihm Auskunft erteilten, wandte er sich an Kendall und sprach ihn in seiner Muttersprache an.

»Er fragt, ob Sie die Pistole mitgebracht haben«, übersetzte Kendall. »Ich sagte ihm, daß Sie sie bei sich haben, aber er möchte sie sehen.«

»Aber selbstverständlich«, antwortete Justin. »Ich zeige sie ihm – sobald ich Captain Jeffrey gesehen und mich mit eigenen Augen davon überzeugt habe, daß ihm kein Leid geschehen ist.«

Häuptling Hongi verstand offenbar besser Englisch, als er zugab, denn er schimpfte schon wütend drauflos, bevor ihm der Missionar Justins Antwort übersetzt hatte.

»Er sagt«, erklärte Kendall, »daß er ein Ehrenmann sei und natürlich sein Wort gehalten habe. Da die Sonne noch nicht untergegangen ist, ist dem Captain nichts passiert. Sie dürfen ihn sehen, wenn Sie ihm die Pistole zeigen. Wenn ich Sie wäre, Mr. Broome«, fügte er leise hinzu, »dann würde ich tun, was er von Ihnen verlangt. Seine Krieger stehen draußen und warten nur auf seinen Befehl, um anzugreifen. Und wenn ich Sie richtig verstanden habe, ist es Ihre Absicht, einen Kampf zu verhindern und nicht, einen zu provozieren. In dieser Hinsicht hat sich Ihr Captain schuldig gemacht. Sein unüberlegtes Handeln stellt unsere ganze Missionsarbeit hier in Frage und kann uns alle das Leben kosten, wenn wir nicht Hongis Bedingungen erfüllen.«

Er hatte recht, das sah Justin ein. Es war jetzt wirklich keine Zeit für eine tollkühne Befreiungsaktion. Er zog die Pistole aus seinem Gürtel und reichte sie dem Häuptling. Hongi musterte sie genau, verglich sie dann mit einer anderen – es war die von Captain Jeffrey. Dann wandte er sich an Kendall und fragte ihn etwas.

»Der Häuptling möchte wissen, ob die Pistole geladen ist, Mr. Broome.«

Justin schüttelte den Kopf. »Sagen Sie ihm bitte, daß auch ich ein Mann bin, der sein Wort hält. Ich bin mit friedlichen Absichten hierhergekommen, und weder ich noch meine Männer sind bewaffnet. Bitten Sie den Häuptling, daß ich Captain Jeffrey sehen und sprechen kann, bevor wir weiter miteinander verhandeln.«

Kendall nickte ihm zustimmend zu und übersetzte seine Worte. Dann flüsterte er ihm auf Englisch zu: »Der Captain wird hergebracht. Und was immer auch passieren mag, bewahren Sie Ruhe! Die Eingeborenen haben ihre eigenen Gesetze und Gebräuche, und Captain Jeffrey – ob das nun absichtlich oder unabsichtlich geschehen ist – hat eines ihrer Tabus gebrochen.«

»Was meinen Sie damit?« fragte Justin und war sich bewußt, daß die beiden Matrosen ängstlich lauschten, obwohl sie kein Wort sagten.

»Das heißt, daß die Geister ihn mit dem Tode bestrafen werden –, wenn nicht gleich, so doch bald.« Der Missionar seufzte. »Die christliche Botschaft hat bis jetzt erst teilweise Eingang hier gefunden, Mr. Broome.« Er drückte Justins Arm. »Jetzt wird der Captain gebracht... und denken Sie daran, bleiben Sie, um Gottes willen, ruhig!«

Aber trotz dieser Warnung war es für Justin außerordentlich schwer, die Ruhe zu bewahren. Zwei alte Krieger kamen herein und hatten einen Balken geschultert, an dem Captain Jeffrey an Armen und Beinen gefesselt hing. Als sie ihre Last unsanft zu Füßen von Häuptling Hongi abluden, dachte Justin unglücklich, daß das die schlimmste Erniedrigung für den Captain der *Kangaroo* sein mußte.

Jeffreys Augen waren blutunterlaufen, aber er beherrschte sich und schwieg. Kendall verhandelte mit Hongi. Der Häuptling schüttelte immer wieder den Kopf, und Justin hatte das Gefühl, daß es das beste sei, auf all seine Bedingungen einzugehen.

»Wir müssen ihm die Musketen und die Pistole geben«, sagte Kendall, »dann begleiten uns zwei Krieger zurück zur Missionsstation. Erst dort werden sie den Captain freilassen, allerdings nur unter der Bedingung, daß er nie wieder hierherkommt.«

Der Rückweg zog sich in die Länge. Alle waren angespannt und sehr müde. Die Krieger trugen Jeffrey, der noch immer gefesselt am Balken hing, und verschwendeten keinen Gedanken an seine Würde.

An der Missionsstation angekommen, ließen sie ihre Last achtlos zu Boden fallen und verschwanden wortlos in der Dämmerung. Justin schnitt Captain Jeffrey von den Fesseln los und entfernte den Knebel aus seinem Mund. Der Captain war so außer sich, daß er zunächst kein Wort herausbrachte. Aber er trank durstig von dem Wasser, das Kendall ihm brachte, und die Matrosen trugen ihm zum Boot. Justin blieb mit Kendall etwas zurück und sagte leise: »Ich kann Ihnen gar nicht genug danken, Mr. Kendall! Ohne Sie hätten wir das bestimmt nicht geschafft, den Captain lebend zu befreien... und ich bin noch nicht mal sicher, ob wir selbst heil zurückgekommen wären. Ich stehe tief in Ihrer Schuld, Sir.«

Der Missionar antwortete abwehrend: »Sie schulden mir überhaupt nichts, Mr. Broome. Außer vielleicht...« Er unterbrach sich und schaute zum Beiboot der *Kangaroo* hinüber, in dem der Captain gerade Platz genommen hatte. »Ich fürchte, er wird sehr wütend sein, wenn er sich erst etwas erholt hat, und das ist verständlich. Aber wenn er auf Rache sinnt, wenn er einen bewaffneten Überfall auf Hongis Stamm plant, dann wäre das das Schlimmste, was passieren könnte. Ich bitte Sie, ihn mit all Ihrer Überzeugungskraft davon abzuhalten. Denn damit wäre unsere Arbeit hier gescheitert, viele Menschen müßten sterben, sowohl Ihre Leute als auch Hongis. Und Sie könnten sogar Ihr Schiff verlieren, denn die anderen Stämme würden im Ernstfall zu Hongi halten. Es stehen ihnen genügend Kanus zur Verfügung, und es sind tapfere Krieger, wie Sie sich denken können.« Er zuckte mit den Schultern. »Selbst unsere Frauen und Kinder würden den Kampf nicht überleben!«

Justin nickte. »Ich verstehe, Mr. Kendall, und ich werde alles tun, was in meiner Macht steht, damit nichts dergleichen passieren wird.« Er wußte, daß es nicht leicht sein würde, Jeffrey von einer Racheaktion abzuhalten, aber... Er streckte seine Hand aus. »Ich gebe Ihnen mein Wort. Und wie Häuptling Hongi bin auch ich jemand, der zu seinem Versprechen steht.«

»Mr. Marsden wird mit Gottes Hilfe im Lauf des morgigen Tages zurückkommen«, sagte Kendall. »Er hat vor, mit Ihnen nach Sydney zurückzufahren, und ich rate Ihnen, sofort nach seiner Rückkehr den Anker zu lichten.«

Am nächsten Morgen brach der Sturm los, ganz wie Justin angenommen hatte. Er wurde zum Captain gerufen, der immer noch sehr schwach in seiner Koje lag, aber vor Wut schäumte. »Sie wissen ganz genau, was gestern passiert ist, Mr. Broome«, schrie Jeffrey ihn an. »Diese verdammten Wilden haben die Marine Seiner Königlichen Majestät und mich auf das Gröblichste beleidigt. Das können wir nicht einfach so hinnehmen. Ich wünsche, daß Häuptling Hongi gefangengenommen und sofort an Bord dieses Schiffes gebracht wird, wo ich ihn persönlich aburteilen und hängen lassen werde.« Als Justin etwas entgegnen wollte, fuhr er ihn wütend an: »Halten Sie den Mund, Sir, verdammt noch mal! Ich erteile hier die Befehle.«

»Selbstverständlich werde ich Ihren Befehlen Folge leisten, Sir«, sagte er. »Aber ich bitte Sie, mich vorher noch anzuhören.« Bevor Jeffrey ihm das Wort verbieten konnte, brachte er all die Argumente hervor, die Kendall erläutert hatte.

Der Captain unterbrach ihn und entgegnete kühl: »Ich kann auf solche Erwägungen keine Rücksicht nehmen, wenn Seine Majestät der König in meiner Person beleidigt worden ist. Sie sind ein verdammter Kolonialist, Mr. Broome, und haben offenbar kein Gefühl dafür, wie schwer diese Beleidigung tatsächlich ist.« Er hielt einen Augenblick inne, sah Justin haßerfüllt an und fuhr dann fort: »Sie führen meinen Befehl aus und verhaften Häuptling Hongi, oder Sie werden vors Kriegsgericht gestellt. Wofür entscheiden Sie sich, Mr. Broome?«

Justin verbeugte sich. Das würde das Ende seiner kaum begonnenen Marinelaufbahn bedeuten, darüber war er sich im klaren. Das Wichtigste war jetzt, Zeit zu gewinnen und darauf zu hoffen, daß Samuel Marsden zurückkommen würde, bevor es zu spät war. Da Mrs. Jeffrey in Sydney zurückgeblieben war, würde es allein an ihm sein, den Captain umzustimmen. Und er hatte den großen Vorteil, daß er Zivilist war. Jeffrey konnte *ihm* nicht mit dem Kriegsgericht drohen...

»Sir, ich lasse die Soldaten antreten«, sagte er und verließ den Captain, ohne auf Jeffreys Antwort zu warten.

Meredith war auf Wache. Justin befahl ihm, beide Wachen antreten zu lassen. Er nahm sich viel Zeit, um geeignete Soldaten auszusuchen. Dann schickte er Offiziersanwärter Harris an Land, der Missionar Kendall etwas ausrichten sollte.

»Sagen Sie ihm, daß er unbedingt auf unsere Boote warten soll, Mr. Harris. Und daß es ungeheuer wichtig ist, daß Mr. Marsden sofort nach seiner Rückkehr an Bord der *Kangaroo* kommt. Er wird schon wissen, warum. Beeilen Sie sich!«

Harris schien den Ernst der Lage zu begreifen und verschwand, ohne eine Frage zu stellen.

Kendall wartete mit dem jungen Harris schon am Strand. Seinem ernsten Gesichtsausdruck konnte Justin entnehmen, daß er begriffen hatte, worum es ging. Er sagte unglücklich: »Mr. Marsden ist noch nicht zurück. Ich habe ihm ein Kanu entgegengeschickt.«

»Dann können wir nur hoffen, daß er bald kommt«, antwortete Justin.

»Haben Sie vor, Hongis Dorf anzugreifen, Mr. Broome? Haben Sie mir nicht Ihr Wort gegeben, daß das nicht geschehen würde?« Justin hatte diesen Vorwurf schon erwartet, und er unterdrückte einen Seufzer.

»Ich werde mein Wort halten, Mr. Kendall. Aber ich brauche Ihre Hilfe. Können Sie an der Stelle, an der Mr. Marsden gestern gepredigt hat, einen Gottesdienst abhalten?«

»Für Ihre Matrosen?« Der Missionar starrte ihn ungläubig an. »Um Gottes willen – warum denn das?«

»Um Zeit zu gewinnen. Und um von den wahren Plänen des Captains abzulenken. Denn ich nehme doch an, daß wir beobachtet werden, oder?«

Jetzt verstand Kendall, was Justin vorhatte. Er nickte. »Ja – Sie werden ganz sicher beobachtet. Ich... ich brauche eine halbe Stunde zur Vorbereitung, dann kann ich die Messe lesen.«

Zu Justins großer Erleichterung kam Samuel Marsden noch während des Gottesdienstes zurück. Als er die bewaffneten Matrosen sah, begriff er sofort, worum es ging und fuhr zur *Kangaroo* weiter. Schon eine halbe Stunde später überbrachte Offiziersanwärter Harris einen neuen Befehl von Captain Jeffrey. Die Matrosen sollten sofort zurück an Bord kommen, das Schiff würde mit der nächsten Flut den Anker lichten und sich auf den Weg nach Port Jackson machen.

Als Justin an Bord der *Kangaroo* kam, wartete Lieutenant Meredith schon auf ihn und sagte triumphierend: »Sie sind auf Befehl des Captains verhaftet, Mr. Broome. Ich bin beauftragt, Sie davon zu informieren, daß Sie sich bis zu unserer Ankunft in Sydney in Ihrer Kabine aufhalten müssen. Der Captain beabsichtigt, Sie vor das Kriegsgericht zu stellen.«

In Sydney Cove flatterten bunte Fahnen an den Masten, als die *Kangaroo*, nachdem sie die üblichen Salutschüsse abgefeuert hatte, in der Abenddämmerung in den Hafen einlief.

Justin verbrachte gerade die eine Stunde an der frischen Luft an Deck, die ihm vom Captain erlaubt worden war, und er erkannte das Kriegsschiff *Emu*, das jetzt endlich von Hobart zurückgekommen war, und konnte an einem großen Dreimaster den Namen *Barden, London* entziffern.

Das Regierungsgebäude war hell erleuchtet, und bunte Lampions hingen in den Bäumen und Büschen des Gartens.

»Was, zum Teufel, ist denn los?« rief Meredith aus und vergaß die Zurückhaltung, die er Justin gegenüber seit dessen Verhaftung an den Tag legte. »Glauben Sie, daß ich den Captain informieren soll?«

Justin zuckte mit den Schultern. »Vielleicht ist es besser, wenn *wir* wissen, was da eigentlich los ist«, meinte er. »Und es wäre auch, glaub ich, ganz gut, wenn Sie Vorbereitungen träfen, um das Schiff zu beflaggen, Mr. Meredith, so daß es schnell geht, wenn der Captain seinen Befehl erteilt.«

»Ja«, sagte Meredith. »Das ist eine gute Idee.« Er erteilte die entsprechenden Befehle und kam dann zu Justin zurück. »Aber wie, zum Teufel, sollen wir herausfinden, was im Hafen los ist? Vielleicht sollte ich ein Boot zur *Emu* hinüberschicken?«

»Das ist, glaube ich, gar nicht nötig. Es fährt ein Boot von Robert Campbells Landesteg auf die *Emu* zu.« Justin deutete zur Küste hinüber.

Als das Boot in Rufweite kam, rief er hinüber: »Was wird in

Sydney gefeiert?«

»Ein großer Sieg über Napoleon in Waterloo!« Der Lieutenant der *Emu* hatte offenbar mit den gastfreundlichen Campbells schon gefeiert, denn er war ganz außer sich und stieß immer wieder begeisterte Hochrufe aus. »Die *Barden* hat die Neuigkeit überbracht, und Sydney ist *en fète,* meine Lieben! Beflaggt euer Schiff, aber 'n bißchen schnell!«

Als Antwort auf die gute Nachricht brachen die Matrosen der *Kangaroo* in wilde Begeisterung aus und vergaßen ihre eiserne Disziplin.

»Ich denke«, meinte Justin, »daß Sie jetzt dem Captain Meldung erstatten sollten, Mr. Meredith, damit er den Befehl erteilen kann, das Schiff zu beflaggen.«

»Aye, aye«, sagte Meredith und fügte dann hinzu: »Aber Sie stehen immer noch unter Arrest, Mr. Broome, und Ihre Stunde an Deck ist um. Seien Sie so gut und kehren Sie in Ihre Kabine zurück!«

Auf den Weg zur Kabine dachte Justin an Jessica. Sie hatte sicher beobachtet, daß ein Schiff eingelaufen war – oder jemand hatte es ihr erzählt – und sie würde sich ängstigen, wenn er nicht bald an Land käme. Wie so oft dachte er auch an seinen kleinen Sohn, und er freute sich darauf, ihn endlich wiederzusehen... Justin ging in seine Koje zurück.

Laute Befehle und die Geschäftigkeit an Deck sagten ihm, daß Meredith den Befehl des Captains ausführte, das Schiff zu beflaggen. Er hörte, wie ein Boot längsseits anlegte und erriet, daß Mrs. Jeffrey endlich wieder an Bord käme – eine Annahme, die kurz darauf durch ihre unverwechselbare schrille Stimme bestätigt wurde.

Der alte Schiffskoch Billy Onslow brachte ihm etwas zu essen, und Justin fragte ihn, was vom Deck aus zu sehen sei.

»Sieht aus, als ob ganz Sydney ein riesiges Fest feiert, Mr. Broome«, antwortete der alte Mann. »Aber wir haben nix davon, zum Teufel noch mal. Der Captain gibt uns keinen Landgang, und Mr. Meredith hat's uns grinsend gesagt! Und es hat auch keine extra Ration Rum gegeben!«

Justin verzehrte sein Essen ohne jeden Appetit. Diese Maßnahmen würden schwerlich zu Captain Jeffreys Beliebtheit beitragen... Er schob den Teller zur Seite.

»Entschuldigung, Sir«, fragte Billy Onslow, »aber wo ist Waterloo? Da wurde doch die große Schlacht geschlagen, oder?«

»Ja, ich glaub, so heißt der Ort, Billy. Aber ich fürchte, ich weiß es ebensowenig wie du«, sagte Justin und zog die Stirn kraus. »Aber sonst is alles in Ordnung, Sir?« fragte der Koch aufmerksam und ging mit dem Tablett zur Tür.

»Ja – Sie brauchen sich keine Sorgen zu machen, Onslow. Sie haben sich sehr um mich gekümmmert.«

Der alte Billy Onslow grinste. »S gibt eben solche Offiziere und solche«, meinte er nachdenklich. »Vor manchen hab ich Respekt und vor anderen nich. Sie und Mr. Tempest, Sie beide sind sehr gute Seeleute. Sie können ein Schiff führen und wissen, wie man mit der Mannschaft umgeht. Aber, es gibt auch andere, Sir, die das alles nich könnten, und –«

»Ich glaube, Sie sind jetzt besser still, Billy«, warnte Justin, »obwohl es mir gutgetan hat, was Sie eben gesagt haben. Aber jetzt gehen Sie bitte zurück in Ihre Kombüse. Und falls morgen Landgang ist, könnten Sie so freundlich sein und meiner Frau etwas ausrichten?«

»Aber gern, Sir«, meinte Onslow. »Falls Sie dann überhaupt noch hier sind.«

Kurz darauf betrat unerwarteterweise Offiziersanwärter Harris Justins Kabine. Er teilte ihm mit, daß der Captain ihn sofort zu sehen wünsche. Der junge Mann wirkte atemlos und irgendwie aufgeregt, und Justin fragte ihn: »Was ist los, Mr. Harris. Haben Sie Landgang erhalten?«

Harris schüttelte den Kopf. »Nein, Sir, das nicht. Aber der Captain hat mich zum Fähnrich befördert!«

»Ja, das ist aber eine Überraschung! Herzlichen Glückwunsch, Fähnrich Harris!« Justin freute sich wirklich. Harris war ein guter Mann, der diese Beförderung wirklich verdient hatte. »Sollen Sie mich zum Captain begleiten, Mr. Harris?«

»Nein, Sir«, antwortete Harris. »Captain Jeffrey und seine Frau sind zu einem Empfang beim Gouverneur eingeladen, um den Sieg über Frankreich zu feiern.«

»Ich verstehe, vielen Dank, Sie können gehen.«

»Aye, aye, Sir.« Justin machte sich gedankenvoll auf den Weg zum Captain der *Kangaroo.* Harris war dabei gewesen, als Captain Jeffrey von Häuptling Hongi gefesselt und verschleppt worden war, und wenn der junge Mann dieses Erlebnis schildern würde, sähe sein Bericht sicher anders aus als der von Captain Jeffrey. Daher... Harris war mindestens ein halbes Jahr vor der Zeit zum Fähnrich befördert worden – und ihm selbst war unmißverständlich klargemacht worden, daß er über die Geschehnisse in Whangaroa Stillschweigen zu bewahren habe. Warum nur? fragte sich Justin. *Warum?*

Vielleicht steckte Mrs. Jeffrey dahinter? Sie war die Tochter eines Admirals und sehr darauf bedacht, die Karriere ihres Mannes zu unterstützen, und... hatte nicht Rick angedeutet, daß Jeffrey sehr auf seine Frau hörte? Würde auch ihm irgend etwas angeboten, um ihn zum Schweigen zu verpflichten... Würde er vielleicht sogar als freier Mann dieses Schiff verlassen können, ohne befürchten zu müssen, vor das Kriegsgericht gestellt zu werden? Wenn das so wäre, dann... Großer Gott, er würde ein solches Angebot selbstverständlich annehmen!

Justin straffte sich und klopfte an die Kabinentür. Wie beim ersten Gespräch mit dem Captain war auch diesmal Mrs. Jeffrey anwesend. Sie trug ein elegantes Abendkleid, und der Captain, der während der Rückfahrt von Neuseeland das Bett nicht verlassen hatte, hatte seine Galauniform angelegt. Er sah blaß und mitgenommen aus, schien sich aber von dem Erlebnis mit Häuptling Hongi erholt zu haben.

»Ach, Mr. Broome, ich habe Sie rufen lassen, weil ich noch etwas mit Ihnen besprechen möchte. Ich habe nicht viel Zeit, Mrs. Jeffrey und ich sind beim Gouverneur eingeladen, um den Sieg von Waterloo zu feiern. Aber..., es betrifft Ihren Kriegsgerichtsprozeß. Ihnen ist doch sicher klar, daß er nicht hier in der Kolonie stattfinden kann, oder?«

Justin starrte ihn überrascht an. Aber es stimmte, Kriegsgerichtsprozesse fanden seit jeher ausschließlich im Heimatland, in England, statt, eine Tatsache, an die er nicht mehr gedacht hatte und die ihm ganz und gar nicht gelegen kam.

Er sagte stockend: »Sir, erlauben Sie mir eine Bemerkung. Sie haben mich unter Arrest stellen lassen, ohne mir den Grund dafür anzugeben. Wollen Sie mir sagen, was Sie mir vorwerfen?«

»Ach, zum Teufel, Mr. Broome!« antwortete der Captain nervös. »Ich kann ein halbes Dutzend Gründe angeben! Ungehorsam, Feigheit vor dem Feind –« Mrs. Jeffrey unterbrach ihren Mann. »Mr. Broome, es ist wirklich unnötig, diese unerfreuliche Geschichte noch einmal aufzuwärmen. Es ist nun einmal geschehen, und Captain Jeffrey hat Sie herkommen lassen, um Ihnen mitzuteilen, daß er die Anklage gegen Sie zurückziehen will, stimmt es, mein Lieber?« Ihr Mann nickte mit ärgerlichem Gesichtsausdruck.

»Ja, ja – das wollte ich Ihnen mitteilen. Und ich habe mich einzig und allein deshalb zu diesem Schritt entschlossen, weil ich von einem hier in der Kolonie geborenen Mann einfach nicht die Disziplin wie von einem Engländer erwarten kann. Die Lords haben einen Fehler gemacht, Ihnen ein Offizierspatent zu geben, Mr. Broome, das habe ich gleich bei unserem ersten Gespräch gesagt.«

»Das haben Sie, Sir«, sagte Justin und versuchte, sich seine Empörung nicht anmerken zu lassen. Captain Jeffrey erhob sich und starrte Justin an. »Also, vorausgesetzt Sie bewahren Stillschweigen über diese unglückselige Geschichte in Whangaroa, Mr. Broome, dann ziehe ich meine Anklage gegen Sie zurück, und Sie sind ab sofort wieder ein freier Mann. Sind Sie mit meiner Entscheidung einverstanden?«

Justin nahm Haltung an und erklärte: »Jawohl, Sir, ich bin mit allem einverstanden.«

Mrs. Jeffrey flüsterte ihrem Mann etwas zu, was er nicht verstehen konnte, und der Captain sagte kühl: »Geben Sie mir noch Ihr Wort, daß Sie diese ganze – äh – Angelegenheit streng vertraulich behandeln, Mr. Broome.«

»Das kann ich Ihnen leicht versprechen, Captain Jeffrey«, versicherte ihm Justin. »Ich möchte diese unangenehme Geschichte selbst so schnell wie möglich vergessen. Darf ich das Schiff jetzt verlassen, Sir?«

»Aber selbstverständlich«, meinte Captain Jeffrey erleichtert. »Mr. Harris wird Sie nach Sydney bringen, wenn er mich und meine Frau dort abgesetzt hat.« Er nickte Justin kurz zu, wandte sich zu seiner Frau um und bot ihr seinen Arm an. »Komm jetzt, meine Liebe. Wir sind schon spät dran!«

Justin ging in seine Kabine und packte seine Sachen zusammen. Dann verabschiedete er sich von dem alten Billy Onslow und danke ihm noch einmal für alles. Danach ging er zu Silas Crabbe, der auf Wache war.

»Also läßt er Sie gehen, Mr. Broome«, sagte Crabbe trocken, nachdem Justin ihm die Geschiche kurz erzählt hatte. »Er hatte auch keine andere Wahl, oder? Aber ich bedaure, daß Sie gehen, das ist wirklich wahr. Ohne Sie und Mr. Tempest, wissen Sie...« Er zuckte mit den Schultern. »Aber, vielleicht bleiben wir ja 'ne Zeitlang hier.«

»Jedenfalls sind Sie mir immer willkommen, Mr. Crabbe«, sagte Justin.

Sie schüttelten sich freundschaftlich die Hand, und Justin wurde an Land gerudert.

In seinem kleinen Haus brannte Licht, aber Kate Lamerton öffnete ihm die Tür.

»Mrs. Broome is im Regierungsgebäude«, sagte sie lächelnd, als sie sein enttäuschtes Gesicht sah. »Aber machen Sie sich keine Sorgen, Mr. Broome. Sie erwartet Sie dort, war allerdings nich sicher, wann Sie ankommen würden. Ihre Exzellenz hatte um ihre Hilfe bei den Vorbereitungen für den Empfang gebeten – es geht dort heut abend hoch her, das haben Sie sicher vom Hafen aus schon gesehen. Ein Feuerwerk soll steigen, Freudenfeuer werden angezündet, und jeder, der einen Namen hier hat, is dort heut abend eingeladen. Und ich, ich pass derweil auf Ihren Sohn auf. Er is ein kräftiger kleiner Kerl und schläft jetzt fest in seiner Wiege, und der kleine Dickon liegt in Ihrem Bett, weil Miss Abigail und Miss Katie und Mr. Tempest auch im Regierungsgebäude eingeladen sind. Möchten Sie 'nen Blick auf die zwei Kleinen werfen, bevor Sie gehen, Mr. Broome?«

»Ja«, sagte Justin, nachdem er seine Enttäuschung überwunden hatte. »Und ich muß mich ein bißchen zurechtmachen, wenn ich zu Jessica ins Regierungsgebäude gehen soll.« Captain Jeffrey und seine Frau würden alles andere als begeistert sein, ihn in dieser Umgebung wiederzutreffen. Aber wenn Jessica dort war, dann... Er klopfte Kate auf die Schultern. »Sie brauchen nichts zu befürchten, Mrs. Lamerton, ich wecke die Kleinen nicht auf.«

Kate folgte ihm ins Schlafzimmer und stellte sich neben ihn, als

Justin sich über seinen schlafenden kleinen Sohn beugte, dessen Gesicht vom Schein der brennenden Kerze schwach erleuchtet wurde.

»Murdoch«, flüsterte er leise.

Kate lächelte. »Mrs. Broome nennt ihn aber ganz anders, Sir.«

»Wirklich? Auf den Namen hatten wir uns aber geeinigt, bevor ich wegfahren mußte. *Wie* nennt sie ihn denn?«

»Nun, Sir, er heißt natürlich Murdoch, aber seine Mutter nennt ihn Red. Und schauen Sie mal – Sie können sehen, warum.« Kate hielt die flackernde Kerze näher heran, und Justin sah einen Flaum von rotem Haar auf dem Kopf seines kleinen Sohnes. »Wie seine Großmutter«, flüsterte die Hebamme bewegt. »Wie Ihre Mutter, Mr. Broome. Wenn er auch sonst nach ihr schlägt, dann können Sie wirklich stolz auf ihn sein.«

Das bin ich ohnehin, dachte Justin und fühlte warme Zärtlichkeit in sich aufsteigen. Dann sagte er leise: »Kann ich mir ein sauberes Hemd aus dem Schrank holen, Mrs. Lamerton?«

»Das brauchen Sie nicht, Sir«, antwortete Kate. »Mr. Tempest hat seine Uniform für Sie dagelassen. Wir haben sie für Sie geändert, und Mrs. Broome hat sie auf einem Stuhl im Wohnzimmer zurechtgelegt, für alle Fälle. Ziehen Sie sich um, ich mach Ihnen etwas Wasser zum Rasieren heiß.«

Die Uniform paßte ihm, und der Wachposten am Eingangstor zum Regierungsgebäude salutierte militärisch. Zwei junge Offiziere aus Colonel Molles Regiment grüßten ihn freundlich, als er über den Rasen auf das Festzelt zuging, in dem das Buffet aufgebaut war. Justin war sich bewußt, daß sie ihn ohne die Uniform keines Blickes gewürdigt hätten. Instinktiv ging er den Honoratioren Sydneys aus dem Weg, von denen er wußte, daß sie mit seinesgleichen nichts zu tun haben wollten. Endlich entdeckte er Jessica, die hinter Mrs. Macquaries Stuhl stand. Er winkte ihr zu, um sie auf sich aufmerksam zu machen, aber bevor er sich einen Weg durch das Festzelt zu ihr hin bahnen konnte, mußte er stehenbleiben, weil der Gouverneur ein Hoch auf »unsere siegreiche Armee« ausbrachte.

Justin sah, wie seine Frau das Zelt durch den Hintereingang verließ, der zur Küche führte. Als er ihr folgen wollte, faßte ihn jemand am Arm. Er drehte sich um und stand einem hochgewachsenen, blonden Offizier gegenüber, der die prächtige Galauniform eines Kapitäns trug und ihn freundlich anlächelte.

»Mir war bis heute abend nicht klar, wie schwierig die Verhältnisse hier in Sydney sind«, sagte er. »Sind die verschiedenen Gesellschaftsschichten hier immer so schlecht aufeinander zu sprechen?«

Justin konnte ihn gleich gut leiden und lächelte ihn an. »Leider muß ich Ihre Frage mit Ja beantworten, Sir. Es hat vom ersten Tag an hier in der Kolonie diese verschiedenen Lager gegeben.«

Der Captain schaute Justin an und fragte: »Sie sind schon eine Zeitlang hier. Sie sind nicht von der *Kangaroo?*«

»Ich bin hier geboren, Sir«, antwortete Justin und errötete. »Aber ich war Erster Offizier auf der *Kangaroo*, bis heute abend. Aber jetzt bin ich –«

»Ach! Jetzt sind Sie beurlaubt, wenn ich Sie recht verstehe.« Der Captain streckte seine Hand aus. »Jetzt weiß ich, wer Sie sind – Sie sind Lieutenant Broome, oder? Lieutenant Justin Broome? Ich bin James Forster, der Captain der *Emu.* Ich habe schon viel von Ihnen gehört, Mr. Broome.«

»Wirklich, Sir?« Justin schüttelte ihm die Hand, schaute ihn aber abwartend an. Forster mußte sich mit Captain Jeffrey unterhalten haben, und Jeffrey, dachte er unglücklich, hatte sicher kein gutes Haar an ihm gelassen. Obwohl... Er errötete noch tiefer und fragte: »Darf ich wissen, von wem, Sir?«

»Aber selbstverständlich. Seine Exzellenz der Gouverneur hat mir sehr viel Gutes von Ihnen erzählt und mir gesagt, daß Sie unter seinem persönlichen Schutz stehen. Aber...« Er schaute Justin mit seinen blauen Augen forschend an. »Captain Jeffrey berichtete mir, daß er Sie nicht länger auf seinem Schiff beschäftigen will. Können Sie mir den Grund dafür verraten, Mr. Broome?« James Forster lächelte ihn freundlich an, so daß sich Justin in der Nähe dieses Mannes wohl fühlte – trotz der schwierigen Frage. Forster fügte hinzu: »Ich habe allen Grund, Ihnen diese Frage zu stellen, und wenn ich Sie nicht zufällig heute abend getroffen hätte, dann hätte ich Sie zu Hause aufgesucht. Hängt die Entscheidung Ihres Captains mit der Tatsache zusammen, daß Sie hier geboren worden sind und daß Ihre Eltern begnadigte Sträflinge waren?«

»Zum Teil ja, Sir.« Justin bemühte sich, die Frage ehrlich zu beantworten. »Aber nur zum Teil, fürchte ich. Als wir in Whangaroa waren, habe ich einen Befehl nicht ausgeführt, den Captain Jeffrey mir erteilt hat. Es tut mir außerordentlich leid, Sir, aber mehr kann ich zu diesem Thema nicht sagen.«

»Sie können nicht mehr dazu sagen? Aber, um Gottes willen, warum denn?« Als Justin schwieg, fuhr der Captain in kühlerem Tonfall fort: »Befehlsverweigerung ist in der Königlichen Marine ein schweres Vergehen, das wissen Sie doch bestimmt? Captain Jeffrey hätte Ihnen einen Kriegsgerichtsprozeß anhängen können!«

»Ja, Sir, das hätte er tun können«, stimmte Justin zu.

»Aber er verzichtet freiwillig darauf?«

»Ja, Sir.« Justin war jetzt auf der Hut, und er war verwundert über Captain Forsters Interesse an seinem Fall. Er sagte: »Sir, darf ich Sie daran erinnern, daß dies hier keine dienstliche Besprechung ist. Ich bitte Sie, Sir, Captain Jeffrey persönlich zu fragen, warum er mich nicht mehr weiter beschäftigen will.«

Zu seiner Überraschung lachte Captain Forster hell auf. »Verdammt noch mal, Broome. Ich *habe* ihn das längst gefragt! Er sagte mir, daß Sie ein sehr fähiger Marineoffizier sind, ein erstklassiger Navigator, aber eben nicht in der englischen Tradition erzogen wurden und daß er annimmt, daß Sie deshalb gewisse Probleme haben, sich unterzuordnen. Er schiebt das auch auf die Tatsache, daß Sie der Captain Ihres eigenen Handelsschiffes sind, und – einen Moment, bitte!«

Forster winkte einen Diener heran, der ihnen die Gläser nachfüllte, und dann fuhr er fort, als ob es keine Unterbrechung gegeben hätte: »Genau das hat mir Captain Jeffrey über Sie erzählt, als er mich überreden wollte, meinen Ersten Offizier gegen Sie auszutauschen. Da er älter ist als ich, kann ich ihm diese Bitte nicht ohne weiteres abschlagen..., aber trotzdem sagte ich ihm, daß ich mich erst mit Ihnen unterhalten wolle, bevor ich zustimme. Auf der *Emu* herrscht strenge Disziplin, Mr. Broome, und ein Erster Offizier, der ihm erteilte Befehle nicht oder mangelhaft ausführt, würde die allgemeine Disziplin natürlich untergraben. Sagen Sie mir wahrheitsgemäß – neigen Sie zu Aufsässigkeit?«

Justin zögerte, und der Captain der *Emu* erklärte leise: »Dieses Gespräch bleibt natürlich ganz unter uns. Ich möchte Ihre ehrliche Antwort auf meine Frage haben, und ich verspreche Ihnen, daß niemand davon erfahren wird.«

»Dann kann ich Ihnen wahrheitsgemäß erklären, Sir, daß ich nicht zur Aufsässigkeit neige«, entgegnete Justin ernst. »Darauf kann ich Ihnen mein Wort geben.«

»Und ich neige dazu, Ihnen Glauben zu schenken. Aber können Sie mir nicht im Vertrauen sagen, warum Sie Captain Jeffreys Befehl in..., wie heißt es noch mal, in Whangaroa nicht befolgt haben?«

Justin seufzte. Er überlegte sich seine Worte genau und antwortete schließlich: »Weil ich befürchtete, daß die Ausführung dieses Befehls zu unnötigem Blutvergießen führen würde, Sir.«

»Ich danke Ihnen, Mr. Broome«, sagte der Captain. Wieder schaute er Justin forschend an. »Nun, ich werde mir den Tausch, den Captain Jeffrey vorgeschlagen hat, gründlich durch den Kopf gehen lassen. Ich sehe auch Vorteile darin – Ihre Fähigkeiten und die Kenntnisse der hiesigen Gewässer könnten mir sehr viel nützen. Ich nehme an, daß wir in absehbarer Zeit wieder nach Hobart fahren werden. Seine Exzellenz macht sich wegen der dort herrschenden Zustände Sorgen, besonders wegen der Schäden, die die Strauchdiebe anrichten. Er möchte, daß ein zuverlässiger Offizier das Kommando über die dortige Garnison übernimmt, ein gewisser Captain Hawley, wenn ich den Namen recht verstanden habe – ein ehemaliger Marineinfanterist. Kennen Sie ihn zufälligerweise?«

Justin lächelte. »Ich kenne ihn sogar sehr gut. Captain Hawley ist mein Stiefvater.«

»Ja, was für ein Zufall! Nun, aber das spricht wieder für Sie, Mr. Broome. Gehe ich richtig in der Annahme, daß Sie abfahrtbereit wären, sobald Seine Exzellenz mir den Auftrag gibt, nach Hobart zu segeln?«

Justin sah, daß Jessica auf ihn zukam, und versagte es sich, den Captain der *Emu* um Bedenkzeit zu bitten. »Sir«, antwortete er kurz, »ich warte Ihre Entscheidung ab.«

»Ich werde sie Ihnen morgen oder übermorgen mitteilen«, versprach Forster. »Kennen Sie den derzeitigen stellvertretenden

Gouverneur von Tasmanien, Major Davey?«

»Ich habe einiges über ihn gehört«, sagte Justin vorsichtig, »aber –«

»Und bestimmt nichts, was sehr für ihn spricht, oder? Nun, Mr. Broome« – Er unterbrach sich und lächelte, als er Jessica herankommen sah. »Ist das Ihre Frau, Mr. Broome?«

»Ja, Sir.« Justin machte sie miteinander bekannt und war stolz darauf, wie schön Jessica aussah.

Justin lächelte und küßte ihr die Hand. Als sie ihm sagte, wie gut ihm seine Uniform stünde, entschied er, daß er ihr nicht gleich erzählen würde, wie nahe er daran gewesen war, sein Offizierspatent zu verlieren. Und wenn der Kommandeur der *Emu* ihn in seine Dienste nehmen würde, dann würde er ihr überhaupt kein Wort von dieser unglücklichen Geschichte erzählen müssen.

»Hast du unseren Kleinen gesehen?« fragte Jessica.

»Ja, natürlich. Er sieht ja süß aus..., und der Name paßt so gut zu ihm!«

»Ach, du meinst – weil ich ihn ›Red‹ nenne? Ich... ja, der Name scheint gut zu passen. Aber er muß noch getauft werden, Justin. Ich habe damit nur auf deine Rückkehr gewartet.« Jessica blickte zu ihrem Mann auf, und sie strahlte vor Freude. »Mrs. Macquarie möchte zu seiner Taufe ein Fest für ihn ausrichten, und sie... Ach Justin, sie möchte seine Taufpatin sein. Das ist eine große Ehre, und ich...«

»Du hast dich damit einverstanden erklärt, nehme ich an?« fragte Justin lächelnd.

»Nein, ich sagte, daß ich deine Rückkehr abwarten wolle. Aber ich... Justin, es ist wirklich eine große Ehre, und –«

Justin legte den Arm um die Schultern seiner Frau und wünschte sich, daß sie in diesem Augenblick allein wären.

»Meine Liebste«, flüsterte er zärtlich, »ich weiß, daß es eine große Ehre ist, und ich bin sehr stolz darauf. Begleitest du mich zu Seiner Exzellenz, damit ich mich bedanken kann? Und dann möchte ich mit Rick Tempest und Andrew und meiner kleinen Schwester sprechen. Hast du etwas von Rick gehört?«

»Er möchte dringend unser Land besichtigen«, berichtete Jessica. »Und mit den Bauarbeiten beginnen.« Sie löste sich aus seiner Umarmung und reichte ihm die Hand. »Er möchte unbedingt heiraten, aber erst, wenn er ein Haus für seine Katie gebaut hat.«

Sie führte ihn zu Mrs. Macquarie. Major Antill und seine Frau standen bei ihr, und Justin war enttäuscht, als er sah, daß sich auch Captain Jeffrey mit seiner Frau zu der kleinen Gruppe gesellte. Er wollte stehenbleiben, aber Jessica schien nichts von der unangenehmen Situation zu bemerken. Die Frau des Gouverneurs hatte sie immer wie eine Tochter und nicht wie eine Kammerzofe behandelt, und Jessica dachte keinen Augenblick daran, daß die Gegenwart ihres Mannes in Uniform ein Ärgernis für die anderen darstellen könnte.

Captain Jeffrey blickte ihn mißbilligend an, seine Frau tat so, als sähe sie ihn überhaupt nicht, und Colonel Molle wandte ihm den Rücken zu.

Justin blieb stehen. Er ließ Jessicas Hand los und verbeugte sich steif. Gerade als er sich abwenden wollte, kam der Gouverneur auf ihn zu.

»Ach Justin, mein Lieber!« begrüßte er ihn freundlich. Er legte eine Hand auf Justins Arm, führte ihn zu einem der Tische und meinte liebenswürdig: »Wir wollen uns ein wenig unterhalten! Ich bin ganz begierig darauf, Ihren Bericht über Mr. Marsdens Erlebnisse in Whangaroa zu hören. Ihr Captain konnte mir nicht viele Einzelheiten berichten, da er nicht an Land gegangen ist. Also...« Er winkte einen Diener heran, und als der Mann ihm und Justin schottischen Whisky einschenkte, schaute Captain Jeffrey ärgerlich zu ihnen herüber.

Justin zögerte einen Augenblick und sagte dann so laut, daß Jeffrey es einfach hören mußte: »Es ging dem Captain nicht gut, deshalb hatte er es vorgezogen, auf dem Schiff zu bleiben. Ich werde Ihnen alles berichten, Sir. Aber..., da gibt es einfach nicht viel zu erzählen.«

Der Sträflingstransporter *Conway* kämpfte sich durch die rauhe See, als Murdo plötzlich zum Captain gerufen wurde. Es war schon nach Mitternacht, und er hatte tief geschlafen. Er erwachte, als Sergeant Holmes ihn hart an den Schultern schüttelte.

»Zum Teufel mit Ihnen, Sergeant!« rief er verärgert aus. »Was wollen Sie zu dieser nachtschlafenden Stunde von mir?«

»Ich will nichts von Ihnen, Sir«, antwortete der Sergeant, »Captain Barlow will Sie unbedingt sprechen! Machen Sie 'n bißchen, Mr. Dean, denn es is 'ne dringende Angelegenheit. Eine Meuterei is aufgedeckt!«

Murdo fluchte leise, stieg aber aus seiner Koje und zog sich zitternd vor Kälte an. Es war eiskalt in diesen südlichen Breiten, selbst unter Deck konnte man der Kälte nicht entgehen.

»Captain Barlow hat schon dutzendmal behauptet, daß die Gefangenen eine Meuterei planen, Sergeant!« sagte Murdo schlecht gelaunt, »aber jedesmal haben sich seine Befürchtungen als grundlos herausgestellt.«

»Aber nicht dieses Mal, Sir«, entgegnete Sergeant Holmes. »Dieses Mal ist es wirklich Ernst – einer der Gefangenen hat den Captain gewarnt. Ich hab die Wachen verstärken lassen.«

Murdo dachte, daß es eigentlich ein Wunder sei, daß die armen Teufel von Gefangenen bis jetzt noch nicht versucht hatten, das Schiff in ihre Gewalt zu bringen. Die hundertsiebzig Männer waren wie Tiere in dem dunklen, faulig stinkenden Laderaum eingepfercht, kamen kaum jemals an die frische Luft und wurden nur unzureichend ernährt.

George De Lancey hatte schon gleich zu Beginn der Reise seinen Protest angemeldet und bessere Bedingungen für die Gefangenen gefordert, aber Barlow hatte sich davon überhaupt nicht beeindrucken lassen. Als einziges hatte er angeordnet, daß der Laderaum vor der Einfahrt nach Rio ausgeräuchert wurde, aber nur aus Angst vor den Hafenzollbeamten. Die beiden Männer sprachen schon seit Monaten kein Wort mehr miteinander, und dadurch war die Atmosphäre in der Offiziersmesse immer angespannt. Der Maat Henry Fry hatte sich auf die Seite De

Lanceys geschlagen, wagte es aber nicht, das zuzugeben, und die anderen Schiffsoffiziere waren einhellig gegen ihn eingestellt.

Und er selbst... Murdo seufzte und ärgerte sich über seine Feigheit, die ihn zu neutralem Verhalten zwang. Ihm war klar, daß er sofort in den stinkenden Frachtraum zu den Sträflingen geworfen würde, wenn der Captain herausfände, wer er wirklich war und was er getan hatte!

Als er den Gürtel zuschnallte, warf Murdo Sergeant Holmes einen unsicheren Blick zu. Er befürchtete, daß der Sergeant schon seit langer Zeit sein Doppelspiel durchschaute. Er schien ihn ständig zu beobachten, stellte häufig seine Autorität in Frage und führte seine Befehle so nachlässig aus, daß Murdo ihm eigentlich schon des öfteren Befehlsverweigerung hätte vorwerfen müssen...

Homes hatte eigenmächtig Posten aufgestellt, bevor er ihm einen Bericht über die Lage erstattet hatte. Wenn Captain Barlow ihn nicht hätte persönlich sprechen wollen, hätte ihn der Sergeant wahrscheinlich überhaupt nicht geweckt, in der Hoffnung, daß er auf diese Weise Barlows Kritik auf sich ziehen würde.

»Wo ist der Captain?« fragte Murdo scharf. »An Deck oder in seiner Kabine?«

»In seiner Kabine. Ich habe den Mann zu ihm gebracht, der die Meuterei aufgedeckt hat. Er –«

Murdo unterbrach ihn. »In Ordnung – ich möchte nicht die ganze Geschichte hören, Sergeant. Wie heißt er?«

Sergeant Holmes richtete sich auf und sah gekränkt aus. »MacBride, Sir – Peter MacBride. Er ist beim Captain, und –«

Murdo unterbrach ihn wieder und sagte: »Dann wollen wir zu ihm gehen.«

Die beiden Wachposten, die links und rechts von Captain Barlows Kajüte aufgestellt waren, salutierten, und Holmes klopfte an die Tür.

»Sergeant Holmes, Sir, und Mr. Dean«, sagte er laut.

»Und keine Minute zu früh«, antwortete Captain Barlow ärgerlich. Er stopfte gerade ein Flanellnachthemd in seine Hose, schaute Murdo kurz an und sagte anklagend: »Dank der Aufmerksamkeit Ihres Sergeants konne der Plan einer Meuterei gerade noch rechtzeitig aufgedeckt werden, die uns alle das Leben hätte kosten können.« Er deutete auf den Gefangenen. »Dieser Mann hat sein Leben aufs Spiel gesetzt, um uns zu warnen, aber wie ich Sie kenne, werden Sie trotzdem behaupten, daß es sich wieder einmal um einen falschen Alarm handelt.«

»Ich gebe zu, daß ich nichts davon gewußt habe«, sagte Murdo. »Aber da die Wachen bewaffnet und die Ladeluken geschlossen sind, kann ich mir beim besten Willen auch jetzt nicht vorstellen, wie die gefesselten und unbewaffneten Gefangenen das Schiff in ihre Gewalt bekommen sollten... Sie –«

Der Captain wurde rot im Gesicht und unterbrach ihn: »Diese Schweine *sind* bewaffnet, Mr. Dean! Erzählen Sie es ihm, MacBride, berichten Sie diesem gutgläubigen Offizier, was Sie mir erzählt haben!«

Der Sträfling richtete sich auf. Er war ein dürrer, verschlagen aussehender Mann unbestimmten Alters, der offenbar seit langem keinen Gebrauch von der Möglichkeit gemacht hatte, sich nach der täglichen Freistunde an Deck zu waschen.

»Es is 'ne gottverdammte Tatsache, Euer Gnaden«, bestätigte er. »Wie ich dem Sergeant schon gesagt hab, sind ziemlich viele der Männer bewaffnet. Sie haben Bretter aus den Kojen rausgerissen und Schlagstöcke draus gemacht. Und der Priester, Pater Joseph, hat sogar 'ne Pistole. Er hat sie zwar versteckt, aber ich hab sie mit meinen eigenen Augen gesehn...«

Murdo hörte sich diese Geschichte überaus skeptisch an.

»Und wie wollen sie ausbrechen?« fragte er kühl. »Haben sie Ihnen das erzählt?«

MacBride schüttelte den Kopf.

»Ich wurde nie von denen ins Vertrauen gezogen. Aber ich hab gesehn, wie oft sie die Köpfe zusammengesteckt und miteinander geflüstert haben. Seamus Burke und der, der Mr. Fitzroy genannt wird, und der Priester – das sind die Anführer. Heilige Mutter Gottes, Sie müssen mir glauben! Es is die reine Wahrheit!«

»Ich glaube Ihnen jedes Wort«, sagte Sergeant Holmes laut und wandte sich an Murdo: »Sie sind ja nicht so oft wie ich im Laderaum, während die Essensration ausgeteilt wird, aber ich hab schon seit Tagen den Eindruck, daß da nichts Gutes ausgeheckt wird.« Er wandte sich an den Captain. »Ich bin fest davon überzeugt, daß sie das Schiff in ihre Gewalt bringen wollen, sobald Land in Sicht ist. Und das wird doch sehr bald sein, oder, Sir?«

»Ja, wir erreichen wohl in den nächsten vierundzwanzig Stunden die Südspitze von Tasmanien«, bestätigte Barlow. »Also, Mr. Dean, Sie und Ihre verdammten Rotröcke müssen Tag und Nacht auf das Schlimmste gefaßt sein, verstanden? Kein Herumlungern in der Koje mehr, weil diese verdammten irischen Rebellen jetzt jederzeit losschlagen können, wenn die These von Sergeant Holmes stimmt.«

»Ich kenne meine Pflicht, Sir«, antwortete Murdo steif.

»Das will ich hoffen, Sir«, brummte der Captain der *Conway*. Er wandte sich an den Zweiten Maat und ordnete an: »Wir werden den Halunken eine Lehre erteilen. Wir werden ihnen unmißverständlich zu verstehen geben, daß sie uns nicht so einfach hinters Licht führen können. Lassen Sie morgen früh als erstes die gesamte Mannschaft antreten und einer Auspeitschung beiwohnen, wie es auf Königlichen Schiffen Brauch ist.«

»Aye, aye, Sir«. Er fuhr sich nervös mit der Zunge über die Lippen. »Aber..., darf ich fragen, wen Sie bestrafen lassen wollen, Sir?«

»Sie Vollidiot!« rief Barlow aus. »Nehmen Sie doch Ihr bißchen Grips zusammen, einen der Anführer selbstverständlich – und zwar den Priester, wie heißt er noch? Pater Joseph, stimmts? Nun, wenn MacBride recht hat, hat er eine Pistole bei sich versteckt. Gehen Sie mit Fähnrich Dean und ein paar Rotröcken in den Laderaum und *finden* Sie diese Pistole. Dann bringen Sie Pater Joseph zu mir, und ich werde seine Auspeitschung veranlassen. Das wird den Meuterern erstmal den Wind aus den Segeln nehmen.«

Als Murdo etwas entgegnen wollte, unterbrach ihn Holmes: »Überlassen Sie das mir, Captain Barlow. Wenn Mr. Lawrence mich als Zeuge begleitet und MacBride mir zeigt, wo der Priester schläft, dann kann ich den Auftrag ohne jede Schwierigkeit erledigen. Ich werde darauf achten, Sir, daß –«

MacBride schrie vor Entsetzen auf. »Heilige Mutter Gottes, Sergeant, Sie haben mir doch versprochen, daß ich nich mehr in den Frachtraum zurück muß, wenn ich Ihnen alles erzähl!« Er fiel auf die Knie und zitterte am ganzen Körper. Als Holmes nicht antwortete und ihm nur einen geringschätzigen Blick zuwarf, wandte er sich an den Captain: »Lassen Sie Gnade walten! Ich bin ein toter Mann, wenn ich zurück in den Frachtraum muß! Ich mach alles, was Sie von mir verlangen, aber schicken Sie mich nich in den Frachtraum zurück!«

Captain Barlow zucke mit den Schultern. »Sergeant, können Sie den Priester auch ohne diesen verdammten Spitzbuben hier finden?« fragte er. Holmes nickte zuversichtlich, und der Captain meinte verächtlich: »Nun gut – dann schaffen Sie ihn weg, Mr. Lawrence. Geben Sie ihm irgendeine Arbeit, aber so, daß er Tag und Nacht unter Beobachtung steht!«

Wieder versuchte Murdo zu protestieren, aber Barlow unterbrach ihn ärgerlich.

»Ich bin der Captain dieses Schiffes, Fähnrich Dean, vergessen Sie das nicht! Und ich werde diesen Banditen eine Lektion erteilen, die sie nicht so schnell vergessen werden.«

»Aber, Captain, wenn Sie den Priester auspeitschen lassen, führt das unweigerlich zu einem Aufstand!« wandte Murdo verzweifelt ein. »Bestrafen Sie, wenn es sein muß, irgendeinen anderen, aber nicht den Priester, Sir. Denn –«

»Sind *Sie* am Ende ein Baptist, Mister?« herrschte Barlow ihn an.

Bevor Murdo darauf etwas erwidern konnte, fuhr der Captain fort: »Was immer Sie auch sein mögen, Sie werden meinen Befehlen Folge leisten! Ab mit Ihnen in den Frachtraum, damit Sie Ihrem Sergeant bei der Aktion zur Seite stehen können. Ich möchte, daß diese verdammte Pistole sofort und vor Zeugen gefunden wird und daß der Priester vor mir erscheint, verstanden? Und wenn die Iren auch nur den geringsten Widerstand leisten, dann geben Sie Ihren Soldaten den Befehl, das Feuer auf sie zu eröffnen. Ist das klar, Mister, oder muß ich Ihnen meinen Befehl schriftlich geben?«

»Das ist nicht nötig, Sir«, antwortete Murdo steif. »Ich habe Ihren Befehl verstanden.«

Er wußte, daß es keinen Sinn hatte zu versuchen, den Captain umzustimmen. Während der langen Schiffsreise hatte der Kommandant der *Conway* Tag für Tag damit gerechnet, daß die Gefangenen sein Schiff in ihre Gewalt bringen würden. Er hatte keinen Hehl daraus gemacht und alles unternommen, um das zu verhindern. Aber jetzt... Murdo stand auf und verließ die Kabine.

Jetzt kam es ihm so vor, als ob Captain Barlow es geradezu darauf angelegt hatte, daß die Gefangenen einen solchen Versuch unternahmen. Und wenn sie in ihrer äußersten Not tatsächlich den tollkühnen Versuch machten, das Schiff in ihre Gewalt zu bringen, dann würde er gnadenlos zuschlagen. Das Leben der irischen Rebellen war ihm keinen Pfennig wert, das war Murdo schon lange klar, aber er setzte auch das Leben der Soldaten aufs Spiel, die seine Befehle ausführen mußten.

Murdo würde auf alle Fälle mit in den Frachtraum gehen, um Sergeant Holmes sadistische Pläne von Anfang an durchkreuzen zu können... denn er führte sicher etwas im Schilde. Daran zweifelte Murdo keinen Augenblick. Holmes stand abwartend an Deck, grinste ihm entgegen und genoß ganz offensichtlich die Situation, die er heraufbeschworen hatte. Verdammt noch mal, dachte Murdo, warum war er so blind gewesen? Nicht Captain Barlow provozierte eine Meuterei... Sergeant Holmes steckte dahinter!

Als ob er Murdos Verdacht bestätigen wollte, sagte Holmes: »Sie brauchen sich keine Mühe zu machen, Mr. Dean. Mr. Lawrence und ich können den Befehl des Captains ohne weiteres allein ausführen. Wir brauchen nicht mehr als zehn Minuten dafür, und der Frachtraum ist nicht der richtige Ort für einen Mann, der eine so feine Nase und so schwache Nerven hat wie Sie.«

Murdo mußte sich beschämt eingestehen, daß er den Frachtraum so selten wie nur möglich betrat. Er haßte den Gestank dort unten, den Anblick der gefesselten Gefangenen, und er war sich stets dessen bewußt, daß er die Reise um ein Haar selbst als Gefangener hätte machen müssen.

Murdo richtete sich auf und sagte ärgerlich: »Ich komme mit, Sergeant, da Captain Barlow das befohlen hat. Er möchte Zeugen für die Durchsuchung des Priesters haben.«

Holmes zog verwundert seine Augenbrauen hoch, zuckte aber mit den Schultern und schwieg. Nachdem Lawrence zu ihnen gestoßen war, gingen sie los. Während er den Schlüssel in das

Schloß steckte, sagte Holmes: »Der Priester hat eine Koje für sich allein – es ist die dritte oder vierte von links, wenn ich mich recht entsinne. Wenn wir die Sache schnell hinter uns bringen, kann uns nicht viel passieren!«

Er wandte sich an Lawrence und ignorierte Murdo völlig, der sich wünschte, daß er George De Lancey hätte wecken können. Aber jetzt war es zu spät, und De Lancey war Zivilist, der noch weniger Autorität als er selber hatte. Er war zwar Rechtsanwalt, aber... Das schwere Schloß sprang auf, und Lawrence ging als erster mit der Laterne in der Hand in den düsteren Frachtraum hinein.

Die Gefangenen erwachten, richteten sich auf und stießen leise Verwünschungen und Flüche aus. Sergeant Holmes ignorierte sie und ging direkt zu der Koje, in der der Priester schlief. Pater Joseph war ein junger Mann. Er war schmal und blaß, sein Schädel war rasiert, und er hatte eine Narbe quer über die Wange. Er lag zusammengekrümmt unter der dünnen Decke. Als der Sergeant ihn an den Schultern packte und schüttelte, richtete er sich auf und fragte: »Was wollen Sie von mir, Sir? Wenn jemand meinen Beistand braucht, dann komm ich gerne mit. Sie brauchen keine Gewalt anzuwenden. Ich kenne meine Pflicht, selbst hier an diesem grauenhaften Ort, und –«

Holmes und Lawrence sagten kein Wort und fingen an, die Koje des Priesters zu durchsuchen. Es dauerte nicht lange, bis Holmes in der verfaulenden Strohmatratze das fand, was er suchte.

»Da haben wir's ja!« rief er aus. »Eine Pistole – dieser Spitzbube von Priester hat eine Pistole! Haben Sie die vom lieben Gott?«

Er reichte Murdo die Pistole und grinste hämisch. »Sie sind Zeuge, Mister – das ist doch eine Pistole, oder?«

Es war eine uralte Duellpistole, und sie war so rostig, daß sie mit Sicherheit nicht mehr funktioniert hätte. Obwohl Lawrence und Holmes sich die größte Mühe gaben, fanden sie weder Kugeln noch Schießpulver im Besitz des jungen Priesters. Und obwohl die ganze Geschichte mehr als grotesk war, mußte Murdo zugeben, daß eine Pistole im Besitz des Priesters gefunden worden war, die der Mann Gottes versteckt gehalten hatte.

Ohne seinen Befehl abzuwarten, packte Holmes den jungen Priester am Kragen seines verschlissenen schwarzen Mantels und drängte ihn in Richtung der Ladeluke.

Die Gefangenen, die im düsteren Licht der Laterne den Vorfall beobachteten, forderten ärgerlich, den Priester unbehelligt zu lassen, und dann war der Teufel los. Die irischen Rebellen schrien durcheinander und rasselten mit den Ketten, als ob es um ihr Leben ginge. Aber als sie sahen, daß die Musketen der Wachposten schußbereit auf sie gerichtet waren, sanken sie in ohnmächtigem Schweigen auf ihre Lager zurück.

Ebenso verzweifelt wie sie wohnte Murdo dem kurzen Verhör des Priesters durch den Captain bei, bezeugte notgedrungen, daß die Pistole tatsächlich bei ihm gefunden worden war und hörte entsetzt, daß der Priester zu fünfzig Peitschenhieben verurteilt wurde.

Die brutale Strafe wurde am nächsten Morgen in Gegenwart der Schiffsmannschaft und zwanzig Gefangener ausgeführt, die gefesselt und unter Bewachung der Bestrafung beiwohnen mußten.

Als der Priester ohnmächtig zusammengesunken an Deck lag, warnte Captain Barlow die Gefangenen, daß dies nur der Anfang sei und daß sie mit schwereren Strafen zu rechnen hätten, falls die Wachposten auch nur die geringsten Anzeichen von Meuterei im Frachtraum wahrnähmen.

Katie O'Malley zügelte auf halber Höhe eines waldigen Hügels ihr Pferd, schaute sich nach Rachel Broome um, die direkt hinter ihr ritt, und schlug vor: »Sollen wir hier eine kurze Pause machen, damit die Pferde sich etwas ausruhen können?«

»Sie sind aber nicht müde«, antwortete Rachel überrascht. »Und William sagt, daß die Aussicht von der Hügelkuppe oben noch viel schöner ist.«

»Gut«, entgegnete Katie. Ihr Stolz erlaubte es ihr nicht, zuzugeben, daß sie erschöpft war und sich beim besten Willen nicht vorstellen konnte, sich in dieser Einsamkeit jemals zu Hause fühlen zu können.

Sie war das pulsierende, laute Stadtleben gewöhnt. Und die Reise von Ford Emu am Nepean hierher war... Katie dachte schaudernd daran zurück. Seit dem Untergang des Schiffes ihres Vaters hatte sie keine solche Angst mehr gespürt.

Der schmale, steinige Weg hatte in steilen Serpentinen über Pässe geführt, sie war streckenweise minutenlang mit geschlossenen Augen geritten, weil ihr schwindlig wurde, wenn sie in die tiefen Schluchten schauen mußte, über die schmale, schwankende Holzbrücken führten.

Die Reise hatte sechs Tage gedauert. Jeden Abend hatte die kleine Expedition eine Stunde vor Sonnenuntergang haltgemacht und in Hütten übernachtet, die die Straßenarbeiter zurückgelassen hatten.

Katie hatte die Abende und Nächte genossen, obwohl sie kalt und manchmal auch regnerisch gewesen waren. Rick hatte sich liebevoll um sie gekümmert, hatte dafür gesorgt, daß sie trockene Kleider bekam und sie in warme Decken gehüllt. Immer wieder hatte er ihr gesagt, wie sehr er sie liebe, immer wieder hatte er ihr erzählt, daß es in der ganzen Kolonie keine schönere Gegend gäbe als die, in der ihr Haus gebaut werden sollte.

»Wenn es fertig ist«, hatte er geschwärmt, »und wenn die Tiere erst einmal hergetrieben worden sind, dann können wir heiraten, meine Liebste, und ich bringe dich als meine Frau hierher zurück.«

Gestern nun hatte Katie Pengallon gesehen, den Ort, an dem Rick und Justin die Farm bauen wollten. Die Landschaft war sehr schön, ein kleines Flüßchen schlängelte sich durch hügeliges Weideland, und in der Ferne waren die Gipfel der Blue Mountains zu sehen, die fast so blau waren wie der Himmel, der sich darüber wölbte.

Aber Pengallon lag völlig abgeschieden und einsam. Keine menschliche Behausung weit und breit. Und bis der Gouverneur entschied, die neuentdeckte Gegend für die Besiedlung freizugeben, würde es auch so einsam bleiben... Katie zitterte.

»Hier sind wir!« sagte Rachel, und Katie zwang sich zu einem Lächeln. Sie atmete erleichtert auf, stieg ab und trat zu Rachel. »Schau mal! Für diese herrliche Aussicht hat sich der Ritt doch gelohnt, oder?«

Vielleicht stimmt das, dachte Katie und blickte in die Richtung, in die Rachel deutete... Sie mochte Rachel gern. Das Mädchen war noch nicht sechzehn Jahre alt, es war sehr hübsch, intelligent und gut erzogen und hatte sich ihr gegenüber von Anfang an freundlich und hilfsbereit verhalten – ganz anders als Abigails Stieftochter Julia, die sie immer wieder mit Anspielungen auf ihre amerikanische Staatsbürgerschaft und auf den gerade beendeten englisch-amerikanischen Krieg quälte.

»Schau mal«, rief Rachel. »Da drüben liegt Pengallon, Katie... Ach, wie ich dich beneide! Es wird ein richtiges Paradies, wenn das Haus, die Scheunen und die Ställe erst einmal gebaut sind. Ich hoffe, daß William mich mitnimmt, wenn die Tiere hergetrieben werden... Ich kann mir schon genau vorstellen, wie es aussieht, wenn hier überall Schafe grasen und Rick seine erste Ernte einbringt.«

»Können wir die Pferde anbinden und uns ein Weilchen setzen?« fragte Katie. Und sie fügte hinzu: »Die Pferde sind ja vielleicht nicht müde, aber ich bin sehr erschöpft. Und steif... ich bin nämlich das Reiten nicht gewöhnt.«

Rachel schaute sie mitfühlend an. »Aber natürlich können wir uns ausruhn«, sagte sie freundlich. »Es tut mir leid, ich wußte nicht, daß du ein bißchen Schwierigkeiten mit dem Reiten hast. Du hättest es mir sagen sollen!« Sie band die Pferde an einem Baum fest, setzte sich im Schneidersitz neben Katie, zog zwei Äpfel aus ihrer Rocktasche und bot Katie einen an.

»Die sind aus dem Obstgarten meiner Mutter in Ulva. Ich habe sie für die Pferde mitgenommen, aber –. Die haben ja mehr als genug Gras hier, und die Äpfel schmecken gut... beiß mal rein!«

»Vielen Dank.« Katie starrte unglücklich dorthin, wo bald ihr zukünftiges Heim sein würde. Im Augenblick stand dort nur eine kleine Holzhütte, in der der Eingeborenenjunge Winyara wohnte, den Justin Broome beauftragt hatte, das Anwesen zu bewachen. Sie versuchte sich vorzustellen, wie es aussehen würde, wenn die Farm erst einmal fertiggestellt sein würde, aber ihre Einbildungskraft ließ sie im Stich... Als sie an das schöne Haus in Ulva dachte, in dem William und Rachel wohnten, fragte sie unsicher: »Wie, glaubst du, daß es wird – ich meine unser Haus?«

»Nun...« Rachel zögerte, weil sie ihre Freundin nicht enttäuschen wollte. »Ich glaube – am Anfang reichen ja zwei Zimmer aus. Es wird ein Holzhaus auf einem Steinfundament. Ihr müßt euch auf das Baumaterial beschränken, das es hier gibt. Aber in ein paar Jahren wird es bestimmt besser, Katie...« Sie plauderte fröhlich weiter drauflos, aber Katie wurde es immer schwerer ums Herz.

Sie hatte die Wochen auf der Dawsonschen Farm in Upwey sehr genossen. Sie fragte sich unglücklich, warum, um alles in der Welt, Rick hier in die Wildnis ziehen wollte, wo doch Farmen in Parramatta, Windsor und Richmond zum Verkauf angeboten wurden. Sie hatte sogar von ein paar Farmen ganz in der Nähe von Sydney gehört.

So schöne Farmen wie zum Beispiel Long Wrekin, mit gemütlich eingerichteten Räumen, mit Veranden und Glasfenstern und vor allen Dingen mit Nachbarn in der Nähe.

Aber Rick war so sehr begeistert. Er sprach so hoffnungsvoll von der Zukunft – ihrer gemeinsamen Zukunft – und erwartete, daß sie seine Begeisterung teilte. Und die Broomes, ganz besonders William, waren genauso optimistisch wie er... Katie fühlte, wie ihr Tränen in die Augen stiegen.

Rachel spürte, wie traurig Katie war, und fragte mitfühlend: »Hast du denn immer in einer Stadt gelebt? Dann ist dir das Landleben doch sicher sehr fremd?«

Katie wischte die Tränen fort und antwortete: »Ja, ich habe immer in Boston gelebt. Ich bin nie woanders gewesen, bis ich mit meinem Vater auf der *Providence* losgesegelt bin... ich wollte Boston nie verlassen, aber er bat mich, ihn zu begleiten. Boston ist eine herrliche Stadt, Rachel, du kannst dir nicht vorstellen, wie schön es dort ist.«

»Erzähl mir von Boston«, bat Rachel freundlich.

Und als Katie ihr die Stadt mit ihren Baudenkmälern, den belebten, lauten Straßen, den schönen Wohnvierteln und Parks und den großen Hafen beschrieb, durch den die Stadt überhaupt erst ihre Bedeutung gewonnen hatte, schloß sie die Augen und vergaß alles um sich herum...

Nach einiger Zeit fragte Rachel: »Sollen wir weiterreiten? Bei Sonnenuntergang kommen die Männer zurück, und sie haben bestimmt großen Hunger, nachdem sie den ganzen Tag lang Bäume geschlagen haben. Ich hoffe, daß sie etwas gejagt haben. Sonst müssen wir uns mit den paar Fischen begnügen, die Winyara heute morgen gefangen hat.«

Katie stieg steif aufs Pferd und spürte dabei wieder einmal, wie schwer sie ein Leben in der Wildnis ertrug, an das sich Rachel und die anderen ohne jede Schwierigkeit anzupassen verstanden.

Als sie an den Fluß kamen, sagte Rachel plötzlich: »Die Aussicht, hier in der Wildnis zu leben, wenn du Rick heiratest, macht dir Angst, oder?«

Katie zögerte, aber dann antwortete sie ehrlich: »Ja, das stimmt, Rachel. Ich habe entsetzliche Angst davor. Diese Einsamkeit hier, der Gedanke, völlig von anderen Menschen abgeschnitten zu sein...« Sie versuchte, ihre Gefühle auszudrücken, aber es gelang ihr nicht. »Ich kann es dir nicht erklären, und... ich hatte ja selbst keine Ahnung, was ich empfinden würde. Ich wußte allerdings auch nicht, was auf mich zukommen würde. Und Rick freut sich so sehr darauf, er kann es kaum erwarten, und... ich verdanke ihm so viel. Ich... Er hat mir das Leben gerettet, das weißt du ja.«

»Ja«, sagte Rachel. »Ich weiß es – Abigail hat es mir erzählt.« Während sie das sagte, klang ihre Stimme merkwürdig kühl, und ohne daß Katie den Grund dafür verstand, schien ihre freundliche Verbundenheit plötzlich einen Riß bekommen zu haben.

Sie sagte eilig: »Weißt du, ich werde mich schon an das Leben hier gewöhnen. Ich habe mir vorgenommen, alles zu tun, was Rick von mir erwartet. Ich –«

Rachel unterbrach sie. »Du solltest Rick nicht heiraten, wenn du ihn nicht liebst – du tust es nur aus Dankbarkeit, weil er dir das Leben gerettet hat! Und wenn du dich so vor der Einsamkeit fürchtest..., dann heirate ihn nicht, Katie. Ich flehe dich an!«

Katie starrte ihre Freundin nur wortlos an. Als sie weiter den Fluß entlangritten, sagte Rachel wieder ganz ruhig: »Die Männer sind bald zurück. Warum gehst du ihnen nicht entgegen? Ich nehme dein Pferd. Du und Rick, ihr habt ja in der letzten Zeit nicht viel Gelegenheit gehabt, miteinander zu reden, oder? William und die Sträflinge können das Holz nach Hause bringen, und ich fange schon an zu kochen.«

Sie trabte mit den beiden Pferden davon, und Katie blieb verwirrt zurück. In der Ferne hörte sie Stimmen – Rachel hatte also recht gehabt, die Männer kamen schon zurück, waren aber noch nicht zu sehen, da der Wald bis dicht an die Uferböschung reichte.

Aber hatte Rachel auch mit ihrer Einschätzung ihrer Gefühle Rick gegenüber recht gehabt? Hatte sie aus Dankbarkeit und nicht aus Liebe seinem Heiratsantrag zugestimmt? Sie war sich über ihre eigenen Gefühle nicht mehr im klaren, und Tränen traten ihr in die Augen. Die Sonne versank hinter den Bergen. Katie beugte sich vor, schöpfte mit den Händen Wasser und wusch sich das Gesicht. Mit dem Wasser schwappten ihr ein paar kleine Steinchen in die Hände. Als sie sie zurück in den Fluß werfen wollte, sah sie, daß sie stark glänzten, was vielleicht durch die Reflektion des Sonnenlichts hervorgerufen wurde.

Sie trocknete sie neugierig an ihrem Rock ab und betrachtete sie genauer. Die Steinchen glänzten in einem merkwürdigen eigenen Glanz. Sie war davon so fasziniert, daß sie nicht hörte, wie Rick herankam und erst aufblickte, als er die steinige Uferböschung zu ihr herunterrutschte.

»Wir sind gut vorangekommen«, berichtete er zufrieden und küßte sie auf die Wange. »Wir haben heute schon fast die Hälfte des Bauholzes geschlagen. Rachel sagte, daß du hier bist. Was hast du denn da in der Hand, meine Liebe? Eine Überraschung für mich? Doch sicher keinen Fisch?«

»Nein, keinen Fisch.« Katie lachte, schaute ihren Verlobten an und wurde sich wieder seiner starken männlichen Ausstrahlung bewußt. »Aber es könnte... es könnte Gold sein, Rick!«

Ricks Augen weiteten sich vor Überraschung. »Wo hast du die gefunden? Im Fluß?«

»Ja.«

»Ist das Gold, Rick?«

»Wenn es Gold ist, dann haben wir keine Sorgen mehr, meine Liebste«, antwortete Rick lächelnd. »Aber, ganz egal, was es ist«

– er nahm Katie die glitzernden Steinchen aus der Hand und steckte sie in die Hosentasche, »ich lasse sie in Sydney untersuchen, aber mach dir keine zu großen Hoffnungen, damit du nicht enttäuscht bist. Nichts fällt einem im Leben in den Schoß.« Er stand auf und streckte die Arme nach ihr aus. »Meine liebste Katie, glaubst du, daß es dir möglich sein wird, hier mit mir zu leben? Denn, ehrlich gesagt, ich wäre ohne dich nicht in der Lage. Sag es mir, Liebste... es hängt nur von dir ab.«

Katie zögerte einen Augenblick lang und barg dann ihren Kopf an seiner Brust. Sie *würde* die Herausforderung annehmen, Rick zuliebe würde sie ihre Ängste überwinden. Was sie jetzt fühlte, das war mehr als Dankbarkeit, und die kleinen glitzernden Steine waren bestimmt ein gutes Zeichen. Sie blickte zu ihm auf, und er küßte sie.

»Lieber Rick, wenn wir zusammen sind, dann fühle ich mich so geborgen. Und ich werde lernen, diese Einsamkeit hier zu ertragen – ich versprech es dir!«

Rick fühlte sich sehr glücklich. »Wenn du das glaubst, Katie«, flüsterte er, »wenn du das wirklich glaubst... dann laß uns doch gleich heiraten, sobald wir wieder in Sydney sind. Es dauert vielleicht noch zwei oder drei Monate, bis das Haus hier steht und die Tiere hergetrieben sind, aber... Ich glaube nicht, daß ich noch zwei bis drei Monate auf unsere Hochzeit warten kann!«

»Ganz wie du willst«, entgegnete Katie leise. »Aber ich möchte vorher noch ein paar Wochen in Ulva sein. Rachel hat mir angeboten, mir alles beizubringen, was die Frau eines Farmers können muß. Und ich weiß, daß ich von vielen Dingen überhaupt keine Ahnung habe!«

»Das macht nichts«, antwortete Rick zuversichtlich. »Das wirst du alles lernen, wenn du erst meine Frau bist.«

Justin war auf Wache, als in der Nähe der Küste von Tasmanien das Königliche Kriegsschiff *Emu* einen Ostindienfahrer sichtete. Es war der Sträflingstransporter *Conway* auf der Fahrt nach Port Jackson, und Justin schickte einen Fähnrich zu Captain Forster, um ihm Meldung darüber zu erstatten.

Als Justin und der Captain nebeneinander an der Reling standen und mit Ferngläsern das vorbeifahrende Schiff beobachteten, entdeckten sie mit Entsetzen Gehängte am Ladekran. »Die *Conway* scheint geradezu versessen darauf, uns auszuweichen. Ich kann mir die Gehängten nur so erklären, daß eine Meuterei an Bord stattgefunden hat. Soll ich beidrehen lassen und Kontakt mit dem Schiff aufnehmen?« fragte Justin.

Forster schüttelte den Kopf. »Wahrscheinlich hat das Schiff in Hobart vor Anker gelegen, und dort werden wir dann alles erfahren, was uns interessiert. Sagten Sie nicht, daß ein Freund von Ihnen dort lebt? Ein Journalist?«

»Ja, Sir – er heißt Damien Hayes. Er kam als Korrespondent des Londoner *Chronicle* in die Kolonie, aber ich glaube, daß er vor einem Jahr in Hobart eine eigene Wochenzeitung gegründet hat. Tatsächlich hat er« – Justin lächelte – »meiner Frau den Hof gemacht, bevor ich auf diese gute Idee kam.«

Captain Forster setzte sein Fernglas ab und schob es in die Brusttasche. »Zweifellos wird Mr. Hayes als Journalist alles über die *Conway* wissen. Wir laden ihn zum Abendessen an Bord ein. Meuterei auf hoher See ist eine verdammt schwerwiegende Angelegenheit... und ein Captain hängt nur im äußersten Notfall Männer, ob es sich nun um Sträflinge handelt oder nicht.«

Justin wunderte sich über das Interesse Forsters an diesem Fall und blickte den Captain an. »Natürlich kann ich Damien Hayes einladen«, stimmte er zu, »aber der Captain der *Conway* hat doch sicher dem stellvertretenden Gouverneur einen genauen Bericht gegeben?«

Forster lachte auf. »Großer Gott, Justin, haben Sie denn vergessen, was für ein Mensch der stellvertretende Gouverneur ist?«

»Major Davey, Sir?«

»Dieser Kerl ist doch nie nüchtern! Alles, was man ihm erzählt, geht doch in ein Ohr rein und zum anderen wieder raus.« Forster ließ sich hinreißen, bittere Worte über den derzeitigen stellvertretenden Gouverneur von Hobart zu äußern, unterbrach sich dann selbst und zwang sich zu einem Lächeln. »Vielleicht habe ich Vorurteile, aber wir werden es ja sehn. Die Einwohner von Hobart nennen ihn den verrückten Tom – und das ist noch nicht einmal der schlimmste seiner Spitznamen. Unter uns gesagt, Justin, ich beneide Ihren Stiefvater nicht im geringsten um seinen neuen Posten.«

»Worum beneiden Sie mich nicht, Captain Forster?« Andrew Hawley kam über das Achterdeck heran und gesellte sich zu ihnen. Justin dachte bewundernd, daß man ihm sein Alter kaum anmerkte.

Justin lächelte seinen Stiefvater an und salutierte. »Mein Captain glaubt, daß es kein leichter Job für dich sein wird, unter Davey die zweite Geige zu spielen«, sagte er, als Forster keine Anstalten machte, das Wort an ihn zu richten.

»Komme ich ungelegen?« fragte Andrew. »Denn, wenn das so ist –«

»Nein, ganz und gar nicht, Sir«, versicherte ihm James Forster. »Obwohl ich natürlich meine Zunge im Zaum hätte halten müssen! Aber da ich mit Ihrem Stiefsohn so offen gesprochen habe, will ich das Ihnen gegenüber auch tun und wiederhole, daß der derzeitige stellvertretende Gouverneur alles andere als ein Segen für Tasmanien ist.«

Andrew zuckte mit den Schultern und entgegnete: »Er wurde entgegen der Empfehlung Gouverneur Macquaries vom Kolonialministerium berufen... und Macquarie versucht unermüdlich, seine Ablösung zu bewirken.« Er zögerte und fuhr dann fort: »Das alles ist natürlich streng vertraulich. Ich soll Major Geils ablösen, gegen den Anklage wegen Korruption in mehreren Fällen erhoben worden ist. Er soll in Sydney eingesetzt werden, wo seine Aktivitäten besser überwacht werden können. Als Kommandeur der in Hobart stationierten Garnison habe ich von Gouverneur Macquarie den Auftrag bekommen, Major Davey weitgehend kaltzustellen, bis Colonel Sorrell, der vom Kolonialministerium als Nachfolger Daveys ernannt worden ist, hier endlich eintrifft.«

»Aber trotzdem beneide ich Sie nicht um Ihren Posten«, meinte James Forster nachdenklich und schüttelte den Kopf. »Davey ist ein äußerst unangenehmer Bursche, ganz abgesehen von seiner ständigen Betrunkenheit. Er bildet sich viel drauf ein, zu den Offizieren der ersten Flotte Gouverneur Phillips gehört zu haben. Und seine Patentlösung für praktisch alle Probleme mit den Eingeborenen und den Kriminellen ist der bewaffnete, gnadenlose militärische Einsatz! Und ich wette« – er lachte bitter auf – »daß er mich als erstes fragen wird, ob ich ihn mit meinen Soldaten bei einem unbedingt nötigen militärischen Vergeltungsschlag unterstützen werde. Ich würde mich sehr wundern, wenn das nicht so sein würde –.«

Im ersten Morgenlicht des folgenden Tages lief die *Emu* in den Derwent ein und ging zwei Stunden später im Hafen von Hobart vor Anker.

Die Stadt hatte sich seit ihrer Gründung 1804 unter Colonel Collins sehr erweitert. Aber Justin fand, als er vom Achterdeck aus hinüberschaute, daß Hobart trotz der atemberaubenden Landschaft und des großangelegten Hafens merkwürdig primitiv wirkte.

Captain Forster kam an Deck und meinte: »Am besten bringen wir unseren Besuch bei dem stellvertretenden Gouverneur gleich hinter uns, obwohl ich fürchte, daß wir ihn suchen müssen, da er sich nur selten im Regierungsgebäude aufhält.«

Der bevorstehende Abschied von seinem Stiefvater würde Justin nicht leichtfallen.

Wie erwartet wußte im Regierungsgebäude niemand, wo der stellvertretende Gouverneur zu finden sei. Schließlich erfuhren sie, daß er oft in Petchys Kneipe saß. Als sie das Lokal betraten, hielt Major Thomas Davey inmitten einer Runde von etwa einem Dutzend Trunkenbolden Hof. Von ihnen kannte Justin nur Pfarrer Robert Knopwood, der mit gröhlender Stimme einen Gassenhauer aus dem Hafenviertel von Portsmouth sang.

Major Davey stutzte beim Anblick der unerwarteten Ankömmlinge, erkannte Captain Forster aber gleich und hieß ihn willkommen.

»Also sind Sie zurück, Forster! Nun, kommen Sie her, Mann, kommen Sie her – wir halten nicht viel von steifen Zeremonien, das wissen Sie ja. Was zu trinken für diesen Herrn, Petchy. Sie kennen doch den Captain?«

Der Gastwirt verbeugte sich, doch bevor er etwas zu trinken holen konnte, schüttelte James Forster den Kopf.

»Ich bin nur vorbeigekommen, um Ihnen die Ankunft meines Schiffes zu melden, Major Davey, und um Ihnen Captain Hawley vorzustellen. Seine Exzellenz, Gouverneur Macquarie, hat ihn zum Kommandeur Ihrer Garnison ernannt, er wird Major Geils ablösen.«

»Geils ist schon weg«, grunzte Davey. »Er ist mit der *Conway* gestern oder vorgestern abgesegelt.« Er starrte Andrew herausfordernd an und meinte dann: »Ach, ein richtiger Soldat, wie ich sehe – ein Offizier vom alten Schrot und Korn! Und – äh... das Schiff ist doch das Königliche Kriegsschiff *Emu*, stimmt's?«

»Jawohl, Sir«, bestätigte Forster kühl.

»Ausgezeichnet, ausgezeichnet!« rief Davey aus. »Dann kann ich endlich mal den Wilden eine Lehre erteilen, die sie nicht so schnell vergessen werden, und den verdammten Strauchdieben auch. Der Gouverneur scheint endlich begriffen zu haben, mit was für Schwierigkeiten ich hier zu kämpfen habe. Hat mir endlich die lang ersehnte Verstärkung geschickt!«

Captain Forster tauschte einen Blick mit Andrew und schüttelte dann wieder den Kopf. »Ich habe Ihnen keine Verstärkung gebracht, Sir. Meine Befehle lauten ausschließlich, Captain Hawley hierherzubringen und dann so bald wie möglich mit der Post und Major Geils nach Sydney zurückzukehren. Und da Sie sagen, daß er schon losgefahren ist, kann ich –«

Davey unterbrach ihn fluchend. »Gehen Sie doch zur Hölle, Forster! Wieviel verdammte Soldaten haben Sie denn auf Ihrem Schiff? Über hundert, stimmt's? Nun, Sie können mir doch fünfzig zur Verfügung stellen, oder? Dieser Offizier – wie heißt er doch – Hawley kann das Kommando übernehmen. Es wird nur drei oder vier Tage dauern... So lange können Sie doch warten!«

»Ich fürchte nicht, Major«, antwortete James Forster entschieden. Pfarrer Knopwood wollte etwas einwerfen, besann sich aber dann eines Besseren. Er verbeugte sich steif und verließ eilig das Lokal. Nach kurzem Zögern folgten andere Saufkumpane Daveys seinem Beispiel.

»Ihr laßt mich hier allein zurück?« rief Davey ihnen nach. »Zum Teufel mit euch... Ihr seid doch die, die hier das Land besitzen. Ihr seid die, die angekrochen kommen, wenn die Wilden wieder mal eure Farmen überfallen haben! Ihr seid diejenigen, die sich ständig darüber beklagen, daß euch Tiere gestohlen und Scheunen niedergebrannt werden... wenn nicht von den Eingeborenen, dann von den flüchtigen Sträflingen, den verdammten Halunken! Aber, was kann ich denn schon machen, wenn ich nicht genug Soldaten habe? Wenn der Gouverneur meine Hilferufe ignoriert und mir einen Offizier schickt – einen einzigen gottverdammten Offizier –, wenn ich ihn um eine Kompanie bitte?« Er stierte Andrew an und wurde vor Ärger und Wut dunkelrot im Gesicht. »Nun, Captain Hawley, was haben Sie dazu zu sagen?«

Justin stand neben Andrew und merkte, wie angespannt er war. Aber er nahm sich eisern zusammen und antwortete ruhig: »Es entspricht nicht der Politik Seiner Exzellenz, die Eingeborenen über einen Kamm zu scheren und einfach abzuschlachten, Sir. Er hat im Gegenteil ein Programm entwickelt, das vorsieht, ihnen eine Schulausbildung angedeihen zu lassen und sie in die Gemeinschaft einzugliedern. Er –«

»Das klappt hier bestimmt nicht, Sir«, polterte Major Davey. »Hier in Tasmanien haben wir es mit Wilden zu tun – es sind durch die Bank Diebe und Mörder. Die einzige Sprache, die sie verstehen, ist die blanke Gewalt, aber...« Plötzlich schien er der Diskussion überdrüssig zu sein und sackte in sich zusammen. »Noch was zu trinken, Petchy«, rief er und verabschiedete die Besucher mit einer müden Handbewegung, als Captain Forster Andrews Aussage bekräftigen wollte.

Als sie das Lokal verließen, konnte Forster seinen Ärger kaum zurückhalten. »Nun, Hawley«, begann er, »jetzt haben Sie gesehen, was für ein Mensch dieser Trunkenbold ist. Jetzt verstehen Sie sicher, warum ich sagte, daß ich Sie nicht beneide! Der Kerl ist doch völlig untragbar! Er muß hier verschwinden, bevor die ganze Kolonie vor die Hunde geht!« Mit diesen Worten ging er eilig davon.

»Ich glaube, es ist das beste«, sagte Andrew grimmig, »daß ich sofort meine Aufgaben in Angriff nehme, Justin. Ich gehe zur

Kaserne und werde mir alles ganz genau ansehen – vor allem die mir unterstellten Offiziere. Entschuldige mich bitte bei Captain Forster. Wir sehen uns ja noch einmal, bevor ihr absegelt.«

James Forster hatte sich beruhigt, als Justin ihn einholte. »Davey hat auffallend wenig über die *Conway* gesagt, Justin, eigentlich nichts, außer der Tatsache, daß Captain Hawleys Vorgänger auf dem Schiff nach Sydney fährt. Er hat mit keinem einzigen Wort eine Meuterei erwähnt. Ich hatte eigentlich vor, ihn danach zu fragen, aber« – er zuckte mit den Schultern, »er hat wahrscheinlich alles vergessen, wie er überhaupt das meiste vergißt. Ich schlage vor, daß wir zu Ihrem Journalisten gehen, vielleicht kann der uns mehr erzählen.«

Das Büro des *Chronicle* befand sich in einem Steingebäude in der Liverpool Street, in dem der Besitzer der Zeitung auch zu wohnen schien. Eine altmodische Druckmaschine nahm fast den ganzen Raum ein. Eine hübsche, gut gekleidete junge Frau begrüßte sie und schüttelte bedauernd den Kopf, als die Gäste nach Damien Hayes fragten.

»Es tut mir leid, meine Herren, aber mein Mann ist nicht zu Hause. Er sieht sich eine Farm an, die von den Eingeborenen überfallen worden ist, um darüber einen Bericht zu schreiben. Ich erwarte ihn am späten Nachmittag zurück. Aber... ich kann ihm etwas ausrichten, wenn Sie das wünschen.« Sie blickte die beiden Marineoffiziere offen an und lächelte. »Ich nehme an, daß Sie Freunde von Damien sind?«

»Ja, ich kenne ihn gut aus Sydney«, antwortete Justin und lächelte sie an. Es scheint Damien gutzugehen, dachte er. Er hatte eine hübsche, intelligente junge Frau und besaß eine eigene Zeitung.

Als ob sie seine Gedanken erraten hätte, errötete sie und erzählte, daß sie erst seit drei Wochen verheiratet waren.

Forster gratulierte ihr, warf einen Blick auf seine Taschenuhr und runzelte die Stirn. »Ich muß mich entschuldigen, aber wir dürfen keine Zeit mehr verlieren. Es gibt noch viel zu tun, da wir morgen früh absegeln wollen. Aber, ich möchte dennoch mit Ihrem Mann sprechen, falls das möglich ist. Können Sie ihn bitten, mit uns an Bord der *Emu* zu Abend zu essen, falls er noch rechtzeitig zurückkommt?«

»Aber selbstverständlich, Sir«, versprach Mrs. Hayes. »Ich richte es ihm aus, sobald er nach Hause kommt.«

Kurz nach Einbruch der Dunkelheit erschien Damien Hayes in einem eleganten grünen Anzug auf der *Emu*. Während des Essens berichtete er freimütig über die schlimmen Zustände, die seit der Amtszeit Daveys in Hobart herrschten. »Sie können sich das Ausmaß der hier herrschenden Korruption gar nicht ausmalen, Captain Forster! Und der stellvertretende Gouverneur mischt kräftig mit! Ich sage Ihnen, Sir, er ist nicht nur privat unzuverlässig, er ist auch dafür verantwortlich, daß Alkohol illegal in Hobart eingeführt wird, indem er einfach so tut, als ob er von nichts eine Ahnung hat. Sie können aber sicher sein, daß er sich dabei nicht unbedeutend bereichert. Der letzte Sträflingstransport, die *Conway*, löschte ihre gesamte Fracht hier, und ich kann Ihnen nur sagen, daß es zwei ganze Nächte dauerte, bis der Alkohol im Schutz der Dunkelheit an Land gebracht worden war.«

Captain Forster zog die Augenbrauen hoch und sagte: »Ach ja, die *Conway*, Mr. Hayes... Haben Sie etwas von einer Meuterei gehört?«

»Eine Meuterei?« fragte Damien überrascht. »Nein, Sir, kein Sterbenswort. Nur ein Arzt wurde an Bord gerufen, der einen Matrosen ins Krankenhaus bringen ließ. Ich habe nur gehört, daß der Mann kurz darauf an irgendeiner Virusinfektion starb und daß das Schiff deshalb unter Quarantäne gesetzt wurde. Niemand durfte an Land gehen, und nachdem die Ladung gelöscht war, lag die *Conway* noch ein paar Tage wie ausgestorben vor Anker... sonst fällt mir nichts dazu ein.« Der junge Journalist schwieg, und Justin gratulierte ihm zu seiner hübschen jungen Frau. Damien strahlte ihn an.

»Ich bin der glücklichste Mensch in ganz Hobart«, sagte er leise. »Meine liebe Sarah ist ein Schatz... an die vielleicht nur noch die Frau heranreicht, die du mir weggenommen hast, Justin! Bitte richte Jessica ganz herzliche Grüße von mir aus!«

»Mit größtem Vergnügen«, antwortete Justin. Als der Steward den Tisch abräumte, sprachen sie über gemeinsame Freunde in Sydney. Captain Forster bot Portwein und Zigarren an und schaltete sich nicht ins Gespräch ein, bis Damien Neuigkeiten erwähnte, die ihn kürzlich aus England erreicht hatten.

»Mein guter Freund und Mentor, Mr. Deighton vom Londoner *Chronicle*, schrieb mir in seinem letzten Brief, daß Mr. Macarthur die Erlaubnis des Kolonialministeriums einholen will, um wieder zurück nach Sydney kommen zu können. Und Mr. Deighton ist der Ansicht, daß Lord Bathurst geneigt ist, diese Erlaubnis zu erteilen.«

»Macarthur?« fragte James Forster erregt. »Der berüchtigte John Macarthur, von dem die unglaublichsten Geschichten erzählt werden? War das nicht der Drahtzieher der Rumkorps-Rebellion und der, der Admiral Blighs Sturz betrieben hat?«

»Genau der, Sir.«

»Und Lord Bathurst erlaubt ihm, in die Kolonie zurückzukehren? Ich glaube, daß dieser Gentleman hier nicht willkommen ist! Besonders Gouverneur Macquarie wird alles andere als froh darüber sein!«

»Seine Exzellenz wird wahrscheinlich gar nicht gefragt«, entgegnete Damien. »Colonel Johnstone, dessen Prozeß ich in England beigewohnt habe, wurde in dem Verfahren gegen das Rumkorps zum Sündenbock gemacht. Als Zivilist kann Mr. Macarthur nur hier in der Kolonie vor Gericht gestellt werden, deshalb ist er in England in Sicherheit. Aber seine Frau und der größte Teil seiner Familie sind hier, und außerdem sein gesamter Besitz... Da kann es einen nicht wundern, wenn er zurückkommen möchte. Und obwohl der bedauernswerte Johnstone schuldig gesprochen und unehrenhaft aus der Armee entlassen wurde, durfte er hierher zurückkehren, nicht wahr Justin?«

»Ja«, antwortete Justin. »Und er kam als einfacher Mann zurück. Aber er führt jetzt ein ehrenhaftes Leben und sorgt in Annandale rührend für seine Frau und seine Söhne, und der Gouverneur ist mit ihm gut befreundet.« Als Forster ihm noch ein Glas Portwein anbot, schüttelte er den Kopf. »Meine Wache fängt in einer halben Stunde an, Sir. Und wenn Sie im Morgengrauen absegeln wollen –«

»Das will ich ganz bestimmt!« sagte Forster. Er zündete sich eine Zigarre an und sagte: »Ich fühle mich hier nicht wohl. Als säße ich auf einem Pulverfaß, das der betrunkene Davey jederzeit in die Luft gehen lassen könnte. Wir können Sie das hier aushalten, Mr. Hayes?« Damien lächelte. »Indem ich mit allen Kräften die Korruption bekämpfe und auf Major Daveys Ablösung hoffe. Wenn ich meinem Freund, Mr. Deighton, Glauben schenken kann, wird Colonel Sorrell in absehbarer Zeit seinen Posten übernehmen. Haben Sie davon schon etwas gehört?«

Justin schaute zu Captain Forster hinüber. Er erinnerte sich daran, daß Andrew vertraulich von Colonel Sorrells Berufung gesprochen hatte, aber... Er sah, wie James Forster mit dem Kopf schüttelte.

»Wir haben Gerüchte gehört, Mr. Hayes. Und« – er lächelte Justin an – »Sie werden in Captain Hawley, dem neuen Kommandeur der Garnison, einen aufrechten und loyalen Kampfgefährten haben. Gouverneur Macquarie vertraut ihm, und ich nehme an, daß sich die Zustände hier bald bessern werden.«

»Gott sei Dank!« rief Damien aus. Er leerte sein Glas und stand auf. »Es ist Zeit, daß ich gehe, Captain Forster, sonst macht meine Frau sich Sorgen.«

Justin brachte seinen Freund bis zur Reling und schüttelte ihm herzlich die Hand, bevor Hayes in das wartende Ruderboot stieg.

»Und vergiß nicht, Justin, richte deiner bezaubernden Jessica meine besten Grüße aus.«

Innerhalb weniger Minuten war das Boot in der Dunkelheit verschwunden, und Justin trat seine Wache an. Zu seiner Überraschung gesellte sich Captain Forster kurz darauf zu ihm.

»Lassen Sie uns etwas spazierengehen«, schlug er vor. »Ihr Freund Hayes hat mir viel Stoff zum Nachdenken gegeben.«

»Wirklich, Sir?« fragte Justin interessiert. Er konnte James Forster gut leiden, und die beiden Männer hatten sich auf der Grundlage von Respekt und Vertrauen richtig miteinander angefreundet. Im Gegensatz zu dem arroganten Jeffrey war Forster ein guter Captain, der seine Leute streng und gerecht behandelte.

»Sie wissen wahrscheinlich nicht«, begann James Forster, als sie das Achterdeck überquerten, »daß ich Rick Tempests Beispiel folgen und mich als Siedler hier in der Kolonie niederlassen wollte. Aber..., nach allem, was ich in der letzten Zeit gesehen und gehört habe, ist es das letzte, was ich tun werde. Ich bewundere Gouverneur Macquarie sehr, aber ich fürchte, daß er sich nicht mehr lange hier halten kann. Er hat viele Feinde, Justin, und die werden nicht ruhen, bis sie ihn ruiniert haben.«

»Aber er hat auch viele Freunde, Sir«, gab Justin zurück, »mehr Freunde als Feinde!«

»Ja, aber das sind Freunde ohne Macht und Einfluß, Freunde, die eigentlich nichts als arme Teufel sind – nämlich begnadigte Sträflinge.«

»Aber es gibt in der Kolonie mehr und mehr von ihnen«, sagte Justin.

»Das weiß ich –, und das sind auch zweifellos die Leute, von denen das zukünftige Wohlergehen der Kolonie abhängt. Die anderen, ich meine damit viele der freien Siedler, sind hauptsächlich daran interessiert, sich selbst soviel wie möglich in die eigene Tasche zu wirtschaften, ganz egal mit welchen Mitteln. Macquarie ist für diese Leute ein zu ehrlicher Mann, Justin. Denken Sie doch nur an die Bents –, denken Sie an Molle und seine Offiziere. Vergegenwärtigen Sie sich, was sie ihm schon alles angetan haben. Und was sie hinter seinem Rücken für diffamierende Briefe an das Kolonialministerium schreiben! Denken Sie daran, wie es dem armen Admiral Bligh ergangen ist... Zum Teufel noch mal, Sie waren doch hier, als er abgesetzt worden ist, oder?«

»Ja, ich war hier, Sir. Aber...« Er atmete tief ein, und sah wieder in seiner Vorstellung die rotberockten Rumkorps-Offiziere mit aufgestellten Bajonetten auf das Regierungsgebäude zumarschieren.

Plötzlich schoß ihm ein Gedanke durch den Kopf, und er fragte: »Sie wollen doch nicht sagen, daß Colonel Molles Regiment eine Rebellion plant? Denn dann –«

»Nein. Aber es gibt andere Wege, um dasselbe Ziel zu erreichen, fürchte ich.« James Forster schaute über das im Mondlicht silbern schimmernde Wasser des Hafens hinweg, fuhr sich nachdenklich über die Stirn und sagte dann nach einer kurzen Pause: »Als wir in Rio waren, bekam ich ein Angebot von der brasilianischen Marine. Sie wollten mir das Kommando über einen Vierundsiebzigtonner geben, Justin, und das Angebot steht noch. Damals dachte ich nicht, daß ich jemals zusagen würde, weil ich vorhatte, mich hier anzusiedeln. Aber jetzt... Möchten Sie mit mir kommen?«

»Ich... Mit Ihnen kommen, Sir? Nach Brasilien?«

»Ja. Wir würden mit der *Emu* nach England fahren, und dann würden Sie mich als Erster Offizier nach Rio begleiten. Ich kann mir die Offiziere aussuchen, und es dienen viele Engländer unter portugiesischer Flagge. Die meisten von ihnen sind wirklich gute Leute.«

Justin wußte, daß es ein großzügiges Angebot war, auf das er stolz sein konnte. Er hatte es nicht erwartet – als er sich bedanken wollte, winkte Forster ab.

»Die Bezahlung ist ausgezeichnet, und Sie bekämen eine Kabine für Ihre Frau und Ihr Kind, die mit uns nach England segeln könnten.« Forster berichtete Justin über die Details. »Verdammt noch mal, in ein bis zwei Jahren könnten Sie, genau wie ich, das Kommando über einen Vierundsiebzigtonner bekommen, und dann stünde Ihrer Karriere als Admiral nichts mehr im Wege!«

»Ja, Sir«, meinte Justin etwas kleinlaut.

»Aber bevor Sie sich entscheiden, Justin«, fuhr der Captain der *Emu* fort, »muß ich Sie davon in Kenntnis setzen, daß es für Sie eine Alternative gibt... Nämlich das Kommando über das hier in der Kolonie gebaute Schiff *Elizabeth*. Gouverneur Macquarie hat sowohl Captain Jeffrey als auch mir gegenüber diese Möglichkeit erwähnt. Jeffrey war unentschlossen, und ich kannte Sie damals noch nicht. Ich sagte dem Gouverneur, daß ich ihm bei unserer Rückkehr nach Sydney über Ihre Fähigkeiten Auskunft erteilen würde. Jeffrey möchte das Schiff einem seiner Offiziere anvertrauen – ich glaube er heißt Meredith –, aber ich bin sicher, daß Gouverneur Macquarie es lieber Ihnen übergeben würde.«

»Ich... ich weiß nicht, was ich dazu sagen soll, Sir. Allen Ernstes, ich...«

Justin schwieg überwältigt.

In seinen kühnsten Träumen hatte er nie daran gedacht, jemals Kommandant der *Elizabeth* zu werden! Wenn Captain Forster das Kommando über dieses Schiff auch als eine berufliche Sackgasse bezeichnete, so betrachtete er dies doch mit ganz anderen Augen. Denn hier war seine Heimat, in diesem Land, das Gouverneur Macquarie jetzt offiziell Australien nannte.

Justin seufzte. Ihm waren Ländereien jenseits der Blue Mountains zugesprochen worden, ihm und Rick Tempest. Wenn er jemals nicht mehr zur See fahren wollte, konnte er sich dort als Farmer niederlassen, auf dem fruchtbaren Weideland, an dessen Existenz seine Mutter ein Leben lang geglaubt hatte ... und das er selbst mit entdeckt hatte. Wahrscheinlich war Rick im Augenblick dort, mit seiner zukünftigen Frau, um ihr die Gegend zu zeigen, und William und Rachel waren mitgereist.

Und diese Pläne würden auch mit ihm zu tun haben ... Justin wandte sich seinem Captain zu, und die Entscheidung fiel ihm plötzlich gar nicht so schwer.

»Es ist sehr freundlich von Ihnen und ehrenhaft für mich, Sir, daß Sie mir anbieten, Sie als Erster Offizier nach Brasilien zu begleiten. Ich bin Ihnen dafür sehr dankbar, und ich kenne keinen Captain, unter dem ich lieber dienen würde als unter Ihnen, glauben Sie mir. Aber ich –«

»Aber Ihre Eltern sind als Sträflinge hierhergekommen?« meinte James Forster freundlich. »Oder richtiger gesagt, Sie sind Australier? Nun gut, Lieutenant Broome, ich verstehe das schon. Die Kolonie braucht solche Männer wie Sie, um jene zu bekämpfen, die drauf und dran sind, sie aus persönlicher Raffgier zu zerstören.« Er lächelte und klopfte Justin freundschaftlich auf die Schulter. »Ich bedaure Ihre Entscheidung zwar, aber ich werde alles tun, um Ihnen das Kommando über die *Elizabeth* zu verschaffen. Nun« – er unterdrückte ein Gähnen – »ich glaube, ich muß etwas schlafen. Bitte lassen Sie mich zur gewohnten Stunde wecken.«

»Aye, aye, Sir. Und glauben Sie mir, daß ich Ihnen immer dankbar sein werde.«

»Ich kann Captain Jeffrey nicht besonders gut leiden«, gab Forster zu. »Und ich halte auch nicht sehr viel von dem jungen Meredith – und ehrlich gesagt, glaube ich auch nicht, daß der Gouverneur sehr viel von ihm hält! Ich glaube, Sie können sicher sein, daß Ihnen das Kommando über die *Elizabeth* zugesprochen wird, Justin. Gute Nacht.«

Rick Tempest ging eilig den kurzen Weg vom Haus seiner Schwester in der Pitt Street zum Regierungsgebäude, denn er wollte pünktlich zu seiner Verabredung mit dem Gouverneur erscheinen.

In seiner Tasche waren die kleinen Steinchen, die Katie im Macquarie gefunden hatte, und außerdem der größere Goldklumpen, den er ein paar Schritte stromabwärts aus dem Fluß geborgen hatte. Er war so groß wie eine Walnuß, und allmählich glaubte er daran, daß es sich bei dem Fund um echtes Gold handelte. Er hatte den kleinen Klumpen niemandem gezeigt, nicht einmal Katie, um keine falschen Hoffnungen in ihr zu erwecken.

Als er an der Tür des Regierungsgebäudes ankam, nahm er seinen Hut ab und klopfte. Ein Diener ließ ihn ein und führte ihn in das Büro von John Campbell.

»Ach Sie sind es, Tempest!« sagte der Sekretär. »Ich bin nicht sicher, daß Seine Exzellenz Sie empfangen kann, aber... Ich teile ihm auf alle Fälle mit, daß Sie hier sind. Ist es dringend?«

»Es ist wichtig, Mr. Campbell. Und ich habe außerdem eine Verabredung mit dem Gouverneur, Sir.«

»Ja, ja, das weiß ich. Aber –« Campbell wischte sich die Stirn ab und zögerte. Dann fuhr er leise fort: »Es hat sich ein unglücklicher Unfall ereignet. Als Mrs. Macquarie heute nachmittag eine Kutschenfahrt unternahm, lief ein Kind in die Pferde. Der Kutscher konnte nichts mehr machen – das arme Kind war sofort tot. Wie Sie sich vorstellen können, ist das Gouverneursehepaar sehr unglücklich darüber... Mrs. Macquarie ist auf ihrem Zimmer und weint. Ich... das heißt, ich kann Ihnen wirklich nicht sagen, ob Seine Exzellenz Sie empfangen wird. Ich werde ihn fragen... Aber setzen Sie sich doch bitte.«

Rick ließ sich in dem Stuhl nieder, den der Sekretär des Gouverneurs ihm angeboten hatte, und war unschlüssig, was er tun sollte. Er konnte sich gut vorstellen, wie unglücklich jetzt Mrs. Macquarie sein mußte. Sie war eine freundliche und weichherzige Frau, die Kinder liebte, und die Tatsache, daß sie indirekt am Tode eines Kindes beteiligt gewesen war, machte ihr sicher sehr zu schaffen. Bestimmt traf sie keinerlei Schuld, denn sie hatte die Kutsche nicht selbst gefahren, aber... Er machte sich darauf gefaßt, daß der Gouverneur ihn jetzt nicht empfangen würde.

Einerseits wäre das sogar ganz wünschenswert, denn seine Hochzeit mit Katie sollte in wenigen Tagen stattfinden, und deshalb konnte er nicht sofort nach Pengallon fahren. Aber er würde so bald wie möglich – und wenn möglich mit Justin – dorthin zurückkehren, um sich über die Möglichkeiten klarzuwerden, die ihr gemeinsames Land bot. Bedeutende Goldfunde im Macquarie würden sie der Notwendigkeit entheben, das Land zu bebauen und Tiere zu züchten, und... verdammt noch mal, sie würden im Handumdrehen wohlhabende Männer sein!

Wenn der Gouverneur ihn jetzt nicht empfing, würde er die kleinen Steinchen dem Silberschmied Hensall zeigen, der als einziger Mann in Sydney fähig war, die Funde fachmännisch zu beurteilen. Der Mann sollte zwar ein ziemlich übler Bursche sein, aber er war eben der einzige Fachmann auf diesem Gebiet. Es wäre in jedem Fall klug, dem Gouverneur erst dann darüber zu berichten, wenn feststünde, daß es sich bei den Funden um echtes Gold handelte.

John Campbell kam zurück und sagte unglücklich: »Es tut mir leid, aber Seine Exzellenz läßt sich entschuldigen. Er kann Sie jetzt unmöglich empfangen. Ich –«

»Das macht gar nichts aus, Mr. Campbell«, meinte Rick. »Ich verstehe doch sehr gut, daß es jetzt nicht der geeignete Augenblick für einen Besuch ist.«

»Ich kann Ihnen einen neuen Termin geben, wenn Sie das möchten, Mr. Tempest. Aber« – Campbells Miene hellte sich auf – »wenn ich recht unterrichtet bin, dann sind Sie morgen abend zum Essen eingeladen, oder? Mit Ihrer Schwester, Mrs. Dawson, und mit Miss O'Malley?«

»Ja, das stimmt, Sir«, bestätigte Rick.

»Könnten Sie nicht dann mit dem Gouverneur besprechen, was Sie auf dem Herzen haben?«

»Das ist eine gute Idee, Sir, vielen Dank.«

»Ich danke *Ihnen*, Mr. Tempest.« Campbell kramte schon wieder in den Papieren auf seinem Schreibtisch, und Rick verabschiedete sich und ging.

Er traf Hensall in seiner Werkstatt an. Es war ein kleiner, schlitzäugiger Mann unbestimmten Alters, der den unerwarteten Besucher mißtrauisch beäugte und sich gleich unter dem Vorwand einer wichtigen Verabredung davonmachen wollte. Als Rick ihm aber sagte, daß er ihn gut bezahlen würde, erklärte er sich schnell einverstanden, den erwünschten Rat zu erteilen und die Sache als streng vertraulich zu behandeln.

Er arbeitete gewissenhaft, und obwohl er sich darüber beklagte, daß die Steinchen zu klein seien, widerstand Rick der Versuchung, ihm den größeren Goldklumpen zu zeigen. Hensall war trotzdem neugierig, und Rick merkte ihm an, daß er ums Leben gern gewußt hätte, wo er die Steinchen gefunden hatte.

»Jawohl, es ist Gold, Sir«, sagte Hensall schließlich, stellte die Waage in den Schrank zurück und schaute Rick forschend an. »Aber die Steine sind so klein, daß ich weiter nicht viel dazu sagen kann. Und da Sie mir nicht verraten, wo Sie sie gefunden haben, kann ich auch keine Vermutung äußern, wie groß die Chance sein dürfte, dort mehr zu finden. Vielleicht ja, vielleicht nein... Aber es ist auf jeden Fall gutes Gold.« Nachdem er die vereinbarte Summe ausbezahlt bekommen hatte, grinste er und meinte vielsagend: »Gut, daß Sie mich in ehrlichem englischen Geld bezahlen, Sir!«

Auf dem Rückweg in die Pitt Street wünschte sich Rick, daß er mit jemandem über das erfreuliche Ergebnis reden könnte. Aber er merkte gleich, daß seine Gegenwart im Haus unerwünscht war... Es waren ausschließlich Frauen da, und alle waren vollauf mit dem Zuschneiden und Nähen von Katies Hochzeitskleid beschäftigt.

Abigail war mit Julia und Dorothea gekommen. Rachel Broome war von Ulva angereist und wollte bis nach der Hochzeit in Sydney bleiben. Und Jessica war mit ihrem kleinen Sohn am Morgen angekommen – sie und Kate Lamerton halfen der Näherin dabei, das Kleid zu entwerfen und fertigzustellen.

»Wir haben dich nicht so bald zurückerwartet, Rick«, sagte Julia verärgert, als er sie im Flur traf. »Und du weißt doch bestimmt, daß es ein schlechtes Vorzeichen ist, wenn der Bräutigam das Kleid seiner Braut vor dem Hochzeitstag zu sehen bekommt.«

Rick ging in den Garten, wo Dickon mit seinem Ball spielte. Er streckte die Hände nach dem Jungen aus und sagte so deutlich wie möglich: »Wir sind im Haus nicht gefragt, Dickon. Komm, wir spielen zusammen!« Aber er war nicht bei der Sache, und der Ball fiel zwischen den Rosenbüschen zu Boden. Als er sich aufrichtete, sah er Katies zartes Gesicht in einem der Fenster im ersten Stockwerk. Sie bemerkte ihn nicht, und er wandte den Blick schnell ab, als er sich an Julias Worte erinnerte. Aber ihr Bild ließ ihn nicht los, denn sie hatte so schön und begehrenswert ausgesehen.

Großer Gott, dachte Rick, wie glücklich muß ich mich schätzen, Katies Liebe gewonnen zu haben, sie zur Frau zu bekommen! Er liebte sie so tief und leidenschaftlich – und auch so eifersüchtig – daß die wenigen Tage, die er noch warten mußte, ihm endlos erschienen. Aber... Dickon kam angerannt, faßte ihn an der Hand und deutete aufgeregt zum Hafen hin.

Mit großer Freude sah Rick, daß dort die *Emu* vor Anker ging. »Das hast du gut gemacht, Dickon!« rief er aus. »Aber wie konntest du wissen, daß ich auf dieses Schiff so dringend warte?«

Er umarmte den kleinen Jungen und machte ihm klar, daß er sofort an Bord der *Emu* müsse. Er fuhr mit dem Boot des Hafenmeisters hinüber und fand Justin wie erwartet auf dem Achterdeck.

»Du hast es aber eilig, Rick«, begrüßte ihn der alte Freund. »Ich hoffe doch, daß du mir keine schlechten Nachrichten bringst?«

»Ganz im Gegenteil! Aber ich muß dringend mit dir sprechen, Justin. Aber im Augenblick ist das im Haus von meiner Schwester unmöglich... Das Hochzeitskleid meiner Braut wird gerade genäht, es wimmelte nur so von geschäftigen Frauen, unter ihnen ist auch deine Jessica.«

»Dann können wir uns ja in meiner Kabine unterhalten.« Justin rief seinen Leuten ein paar Befehle zu, deutete dann auf die Ladeluke und sagte lächelnd: »Nach Ihnen, Mr. Tempest!«

In der Abgeschiedenheit von Justins Kabine konnte Rick seinem Freund endlich davon erzählen, was für ihn eine große Freude, zugleich aber auch eine Verantwortung und Belastung darstellte. Er legte den Goldklumpen und die kleinen gelb schimmernden Steinchen auf den Tisch.

»Und es besteht kein Zweifel, daß es sich um echtes Gold handelt?« fragte Justin, nachdem er Ricks Bericht angehört hatte.

»Es ist Gold«, versicherte ihm Rick. Er berichtete, was Hensall gesagt hatte, und fügte nach einer kurzen Pause hinzu: »Den Goldklumpen allerdings habe ich ihm nicht gezeigt, ich hatte nicht genug Vertrauen zu ihm.«

Justin nickte zustimmend. »Hast du irgend jemandem sonst davon erzählt? Hast du dem Gouverneur schon davon berichtet?«

Rick schüttelte den Kopf. »Es war mir nicht möglich, Gouverneur Macquarie zu sehen, obwohl ich heute nachmittag bei ihm war. Er konnte mich nicht empfangen.«

Justin zog die Stirn in Falten. »Ich glaube, wir sollten niemandem etwas davon sagen, auch dem Gouverneur nicht, bis wir uns eine Vorstellung von der Größe des dortigen Goldvorkommens gemacht haben. Ich hoffe, wir können uns dadurch eine Menge Ärger ersparen – du weißt ja, daß es hier in der Kolonie von Verbrechern nur so wimmelt!«

Rick verstand, was Justin meinte. »Das hab ich mir auch schon gedacht«, gestand er. »Deshalb hatte ich es auch so eilig, mit dir zu sprechen – ich wollte dir vorschlagen, daß wir so bald wie möglich nach Pengallon fahren, nur wir zwei, und die ganze Angelegenheit genau untersuchen. Das schlimme ist nur, daß ich von Geologie sehr wenig Ahnung habe. Und du?«

Justin zuckte mit den Schultern. »Ich habe einiges von den Wissenschaftlern der *Investigator* gelernt, aber das ist schon lange her, und ich habe vieles in der Zwischenzeit wieder vergessen. Aber ich glaube, daß wir trotzdem in der Lage sein werden, das Gold im Macquarie zu finden, wenn es dort welches gibt. Wann können wir aufbrechen?«

»Unsere Hochzeit ist am Dienstag«, sagte Rick errötend. »Und ich habe zugestimmt, mit Katie eine Woche auf der Farm des verstorbenen Mr. Spence in Portland zu verbringen – sie möchte gern besser reiten lernen. Ich... nun, ich möchte gern die ganze Woche lang dort bleiben.«

»Das verstehe ich gut! Aber danach – Katie wird doch hier in Sydney bleiben, oder?«

Rick zögerte. Er wollte sich nur ungern von Katie trennen, aber er wußte, daß sie nicht ein zweites Mal in die Wildnis reisen würde. Er hatte für ein halbes Jahr ein Haus in Sydney gemietet, für die Zeit, die er brauchte, um die Farm in Pengallon herrichten zu lassen. Er blickte Justin an und sagte: »Katie versteht das bestimmt – schließlich hat sie das Gold entdeckt. Wir fahren so bald wie möglich, ja?«

»Einverstanden, Rick. Und wir sprechen mit niemandem über das Gold! Ich hoffe doch, daß Hensall schweigt?«

»Selbst wenn er es nicht tut, kann das keinen großen Schaden anrichten. Er hat nicht die leiseste Ahnung von dem Fundort des Goldes.« Justin reichte ihm den kleinen Klumpen und die Steinchen, und die beiden Männer lächelten sich an, als Rick sie vorsichtig zurück in seine Brusttasche steckte. »Du bist natürlich zu meiner Hochzeit eingeladen«, sagte er. »Jessica weiß es natürlich schon. Aus diplomatischen Gründen habe ich Captain Jeffrey und seine Frau auch eingeladen, und ich hoffe doch sehr, daß dich das nicht am Erscheinen hindern wird!«

»Aber natürlich nicht, ich gebe dir mein Wort«, lachte Justin amüsiert. »Ich lasse den Bootsführer rufen, damit du an Land gerudert werden kannst!«

Rick schaute zu Robert Campbells Schiffswerft hinüber. Die *Elizabeth* lag noch im Trockendock, würde aber bald fertig sein. Einen Augenblick lang fühlte Rick Neid in sich aufsteigen. Seit er zwölf Jahre alt gewesen war, war die See sein Leben gewesen, und er hatte schon mehr als einmal seine Entscheidung bedauert, diesem Leben den Rücken gekehrt zu haben. Als er in das kleine Ruderboot stieg und sich hinsetzte, dachte er, daß er die Entscheidung ja aus freien Stücken gefällt hatte und daß er jetzt dazu stehen müsse. Er war Siedler und würde in wenigen Tagen die Frau heiraten, die er liebte, mit ihr eine Familie gründen, und vielleicht viel Gold finden und ein reicher Mann werden... Er hatte wirklich keinen Grund, jemanden zu beneiden.

Vor ihnen lag der Sträflingstransporter *Conway* vor Anker, und der Bootsführer sagte aufgeregt: »Sir, vor ein paar Stunden ist der Captain verhaftet und ins Gefängnis gebracht worden.«

»Wirklich?« fragte Rick uninteressiert. Es war leider wirklich nicht das erste Mal, daß ein Captain angeklagt wurde, seine unfreiwilligen Passagiere schlecht behandelt zu haben, und es war bestimmt auch nicht das letzte Mal. Das Ruderboot legte am Landungssteg des Regierungsgebäudes an, und Rick sprang an Land. Als er gerade am Regierungsgebäude vorüberging, trat eine hochgewachsene Gestalt heraus. Der Mann hob die Hand, und Rick blieb stehen, als er sah, daß es sich um einen Fremden handelte. Er war gut gekleidet und wirkte wie ein Soldat in Zivil.

»Kann ich Ihnen behilflich sein, Sir?« fragte Rick höflich.

»Das können Sie ganz bestimmt, Sir«, antwortete der Fremde. Er verbeugte sich. »Ich bin erst vor kurzem in Sydney angekommen – ich bin George De Lancey und war Passagier auf der *Conway*. Und Sie sind sicher Marineoffizier?« Er deutete zu dem Boot, das sich auf dem Rückweg zur *Emu* befand. »Ich hoffe, daß Sie hier kein Fremder sind, und daß ich Sie nach dem Weg fragen kann!«

Rick stellte sich vor. »Ich gehöre zwar nicht mehr zur Königlichen Marine, aber ich kenne mich hier tatsächlich gut aus, Sir. Wo möchten Sie hin?«

De Lancey lächelte. Rick fand den Mann vom ersten Augenblick an sehr sympathisch. »Ich bin zum Abendessen in der Offiziersmesse des sechsundvierzigsten Regiments eingeladen, Mr. Tempest, und zwar von – äh – von Colonel Molle, der meines Wissens das Regiment befehligt. Ich wäre Ihnen sehr dankbar, wenn Sie mir sagen würden, wohin ich mich wenden muß. Das Regierungsgebäude habe ich ohne Schwierigkeiten gefunden, aber jetzt habe ich keine Ahnung, in welche Richtung ich gehen soll. Ist es weit bis zur Offiziersmesse?«

»Es ist nur ein Katzensprung, Mr. De Lancey. Ich werde Sie begleiten.«

An der Ecke des Paradeplatzes verabschiedeten sich die beiden Männer voneinander und äußerten beide den Wunsch, sich bald wiederzusehen. In der Pitt Street hatte sich in der Zwischenzeit nichts geändert, niemand nahm ihn zur Kenntnis, und seine Anwesenheit schien die Frauen eher zu stören. Er aß allein im Speisezimmer und legte sich früh schlafen.

Katie empfand ein Gefühl der Hochstimmung, als sie an Ricks Seite den Empfangsraum im Regierungsgebäude betrat. Als sie darauf warteten, den Gouverneur und seine Frau begrüßen zu dürfen, gesellten sich andere Gäste zu ihnen und beglückwünschten sie zu ihrer bevorstehenden Hochzeit.

Selbst Captain Jeffrey und seine Frau, deren Abreise aus der Kolonie kurz bevorstand, wünschten ihnen Glück, und Mrs. Jeffrey ging sogar so weit, ihr einen Kuß auf die Wange zu drükken, was Katie höflich über sich ergehen ließ.

»Captain Jeffrey und ich fühlen uns sehr erleichtert«, sagte sie überschwenglich, »daß unsere kleine Waise hier nicht nur eine Heimat, sondern auch einen Mann gefunden hat. Wirklich, ich glaube, ich habe an dem glücklichen Ausgang einen kleinen Anteil, Miss O'Malley!«

Im Gegensatz dazu war Mrs. Macquaries Begrüßung warmherzig und freundlich. Sie schüttelte Rick die Hand, gratulierte ihm und strahlte dabei Katie an. Der Gouverneur war in ein Gespräch mit einem hochgewachsenen, dunkelhaarigen und gut gekleideten Mann vertieft, der den ankommenden Gästen den Rücken zuwandte. Und als die beiden Männer sich weiter unterhielten, faßte Mrs. Macquarie ihren Mann am Arm.

»Lieber Lachlan«, erinnerte sie ihn mit sanfter Stimme. »Miss O'Malley und Mr. Tempest sind angekommen, und in ein paar Tagen werden wir bei ihrer Hochzeit dabei sein. Ich bin ganz sicher, daß Mr. De Lancey Miss O'Malley vorgestellt werden möchte, da er aus demselben Land stammt wie sie.«

Einen Augenblick, bevor George De Lancey sie anblickte, hörte Katie seinen Namen, aber trotzdem war der Schock, ihn hier unerwartet wiederzusehen, so groß, daß es ihr den Atem verschlug. Er hatte sich verändert, das sah sie auf den ersten Blick. Er sah älter und auch selbstsicherer aus – er war nicht mehr der leichtsinnige junge Jurastudent, an den sie sich erinnerte, sondern ein Mann mit silbergrauen Schläfen und tief eingegrabenen Falten auf seiner braungebrannten Stirn. Im Gegensatz zu damals trug er jetzt auch einen Schnurrbart, und all diese Veränderungen bewirkten, daß er ihr irgendwie fremd, fast wie eine

Vision oder wie ein Geist erschien.

Katie gewann ihre Haltung zurück, drückte seine Hand und lächelte und vermochte es sogar, ein paar Begrüßungsworte zu murmeln. Aber als sie in seine Augen blickte, fing ihr Herz wild zu schlagen an, und sie spürte, wie sie blaß wurde und befürchtete, daß Rick etwas bemerken würde.

Aber Rick streckte seine Hand aus, und die beiden Männer begrüßten sich freundschaftlich bei ihren Namen.

»Es scheint unnötig zu sein, daß ich Sie einander vorstelle«, bemerkte der Gouverneur überrascht. »Sie kennen einander schon, oder? Siehst du, liebe Elizabeth, Mr. De Lancey fühlt sich hier schon ganz zu Hause. Die Welt ist klein, nicht wahr, De Lancey? Kennen Sie Richard Tempest und seine Verlobte schon von Amerika her?«

»Mr. Tempest war so freundlich, mir gestern abend den Weg zu zeigen«, antwortete George De Lancey. »Und Miss O'Malley und ich sind alte Freunde, Sir, aus meiner Studentenzeit. Wir stammen beide aus Boston.«

Seine Worte klangen, als wären sie nur gute Freunde gewesen, und Katie war dankbar dafür, denn dadurch wurde die ganze Situation für sie erträglicher. Aber die stumme Frage stand immer noch in seinen Augen und strafte seinen beiläufigen Tonfall Lügen, und sie wußte genau, daß er nicht vergessen hatte, was sie einander früher bedeutet hatten, so wie auch sie es nicht vergessen hatte, trotz der inzwischen vergangenen Jahre.

Als das Essen serviert wurde und sie sich an dem langen, von Kerzen erleuchteten Tisch niederließen, saß Katie zwischen Rick und ihm.

»Was in aller Welt«, fragte George, als ob die Frage ihm sehr schwerfiele, »was in aller Welt hat dich hierher verschlagen, Katie?«

Sie begann ihm zu erzählen, aber Captain Jeffrey, seine Frage überhörend, schnitt ihr das Wort ab.

»Mein Schiff, Sir, brachte sie hierher – die *Kangaroo*. Miss O'Malley war die einzige Überlebende der *Providence*, die in einem Sturm im Südatlantik unterging.«

Ricks Hand fand die ihre und drückte sie ruhig, als Jeffrey kühl fortfuhr: »Wir haben richtig gehandelt, Mr. De Lancey.

Miss O'Malleys Vater diente in der amerikanischen Flotte – und, Gott weiß, Sir, ich war als Kriegsgefangener bei den Amerikanern und all ihren teuflischen Behandlungen ausgesetzt, ich hätte keinen Grund gehabt, ihnen zu helfen. Nichtsdestotrotz, Sir –«

»Captain Jeffrey!« unterbrach der Gouverneur mit kalter Stimme, die keine Widerrede duldete. »Sie unterliegen einem Mißverständnis. Mr. De Lancey diente in unserer Armee bei verschiedenen Unternehmungen und war an dem glorreichen Sieg von Waterloo beteiligt. Sein Bruder, Sir William De Lancey, war der Stabschef des Grafen und Generalquartiermeisters und ließ sein Leben bei Waterloo. Keine Familie diente dem König mit mehr Überzeugung. Ich kann Ihnen versichern, daß das auch für die Konflikte mit den amerikanischen Siedlern gilt. Ich hoffe, Sie werden sich nicht zu gut dafür sein, Sir, Mr. De Lancey für die Beleidigung, die Ihre Worte ihm zugefügt haben, um Entschuldigung zu bitten.«

Captain Jeffrey starrte ihn an, und sein Gesicht verlor zunehmen an Farbe. »Verdammt!« stieß er zwischen den Zähnen hervor. »Ich hatte keine Ahnung. Ich dachte, daß Mr. De Lancey ein Amerikaner wäre, ich... Zum Teufel, Sir, niemand hat mir je etwas anderes erzählt. Ich – äh – Sie haben meine Entschuldigung, Sir, natürlich! Wie Seine Exzellenz schon sagte, ist es ein Mißverständnis, für das ich Sie um Nachsicht bitte.«

Als das Abendessen schließlich beendet war, marschierten die mit Kilts gekleideten, schottischen Dudelsackpfeifer herein. »Katie, um Gottes willen – ich muß mit dir sprechen! Bitte Katie – gibt es hier irgendwo einen Platz, wo wir allein sein können, wenigstens für ein paar Minuten?« flüsterte George Katie zu.

Katie erinnerte sich an einen Garten, in dem sie vielleicht für eine Weile ungestört miteinander reden konnten. Auf der Rückseite des Hauses befand sich ein kleiner Park mit einem Sommerpavillon, nicht weit von den Ställen. Leise erklärte sie George den Weg dorthin.

»Ich werde dort sein, Katie«, antwortete er. »Und ich werde auf dich warten.«

»Ich kann es nicht versprechen, George«, begann Katie. »Aber ich werde es versuchen. Ich –« Mrs. Macquarie erhob sich und bedeutete den anwesenden Damen, ihr zu folgen. Der Gouverneur blieb im Kreis der Herren mit Portwein und Zigarren zurück.

Ein glücklicher Zufall kam ihr zu Hilfe. Kaffee wurde auf der Veranda serviert, und Mrs. Jeffrey, die ausrief, daß die Hitze sie umbringen würde, führte eine Gruppe der Damen in den Garten hinaus an. Katie folgte mit einem Dutzend anderer in diskretem Abstand, und sie hoffte, daß niemand ihr Verschwinden bemerken würde. Sie betrat den Pavillon, und nach wenigen Minuten trat George De Lancey von hinten aus dem Schatten zu ihr.

»Ist es wahr«, fragte er unvermittelt, »daß du hier bist, um Richard Tempest am – am Dienstag zu heiraten? Also in drei Tagen?«

»Ja«, gestand Katie mit zitternder Stimme. »Ja, es ist wahr.«

»Er rettete dein Leben, wenn man den Worten des unerträglichen Kerls Jeffrey glauben darf?«

»Ja. Die meisten Männer – hätten mich dem sicheren Tod überantwortet. Mein Vater und die anderen Männer waren in dem Rettungsboot bereits erfroren, und mir wäre es genauso ergangen, wenn Rick mich nicht gerettet hätte. *Er* kümmerte sich um mich, nicht Mrs. Jeffrey. Ich schulde ihm alles. George, ich –«

»Willst du ihn deswegen heiraten, Katie?« fragte George.

»Nein, George«, erwiderte sie. »Ich empfinde viel für ihn. Ich –« Plötzlich fühlte sie, wie sich Georges Arme um sie legten, und mit sanfter Gewalt drückte er sie an sich. Mit einem Male war sie sich wieder der Anziehung bewußt, die er immer schon auf sie ausgeübt hatte. Sie versuchte verzweifelt, die Erinnerung an ihre frühere Leidenschaft aus ihrem Gedächtnis zu streichen und ihre Liebe als jugendliche Liebelei abzutun, aber ihre Bemühungen waren vergebens.

»Du bist fortgegangen«, erinnerte sie ihn. »Ich wußte nicht einmal, ob du überhaupt am Leben bist. Oh, ich weiß, es war schwierig, während des Krieges zu schreiben, aber andere haben es getan, George – aber ich erhielt kein einziges Lebenszeichen von dir.«

»Ja, ich weiß, Katie. Aber du hattest immer einen Platz in meinem Herzen. Ich habe so oft an dich gedacht, aber schon geglaubt, dich verloren zu haben. Ich –«

»Du hast mich verloren«, entgegnete Katie bitter. »Ich werde Rick Tempest heiraten.«

»Heirate ihn nicht – um Himmels willen, Katie, ich bitte dich! Meine Liebste, wir haben uns wiedergefunden, was mir wie ein Wunder erscheint.« Georges Arme schlossen sich fester um sie, und seine Lippen fanden die ihren. Katie wollte ihm nicht nachgeben, aber die Berührung seiner Hände machte all ihren Widerstand zunichte. Sein Kuß erweckte Gefühle, die sie schon lange totgeglaubt hatte.

»Bitte«, flüsterte sie und wandte sich ab, »laß mich gehen. Ich bin mit Rick verlobt. Ich habe ihm mein Versprechen gegeben. Ich kann – ich kann ihn nicht betrügen. Du hast kein Recht, mich in Versuchung zu bringen!«

George gab sie frei, hielt aber ihre Hand fest in der seinen und zwang sie so, ihn anzusehen.

»Katie, glaubst du an das Schicksal, an eine Fügung? Was sonst hätte mich hierherführen können, drei Tage vor deiner Hochzeit? Meine Entscheidung, herzukommen, war eine Fügung. Ich war so müde, der Krieg, ich – oh, Katie, sei doch nicht – verdammt noch mal – aus Dankbarkeit, die du für Rick Tempest fühlst, blind für die Wahrheit! Wir lieben uns, siehst du das nicht – wir haben uns immer geliebt!«

Katie dachte verzweifelt, daß Georges Worte vielleicht die Wahrheit seien, aber ihr Verstand erlaubte solche Gedanken nicht. Sie schüttelte ihren Kopf und blickte George De Lancey durch einen Schleier aus Tränen an.

»Ich habe gute Neuigkeiten«, fuhr er nach einer Weile fort. »Der Gouverneur wird mich zum Magistrat ernennen, und er hat mir eine Anstellung als Staatsanwalt anstelle eines Mannes angeboten, der dieser Arbeit nicht in vollem Umfang gerecht wird. Und was kann dir Rick Tempest schon bieten? Nach seinen eigenen Worten heute abend hat er vor, dich mit in die Wildnis zu nehmen, um irgendwo Schafe zu züchten. Um Gottes willen, Katie, ist es das, was du dir von einer Zukunft erträumt hast? Wenn du ihn lieben würdest, könnte ich es verstehen, aber da es nicht so ist, Liebling, machst du uns alle drei unglücklich!«

Wieder fühlte Katie einen inneren Zwang, ihm nachzugeben,

aber dann schüttelte sie ihren Kopf. »Nein – nein, ich kann jetzt nichts mehr ändern, und ich liebe Rick wirklich. Ich – es ist nicht nur Dankbarkeit. Vielleicht war es das am Anfang, aber nicht mehr jetzt – jetzt ist es anders. O George, bitte versuche doch zu verstehen. Ich liebe ihn zu sehr, um – um ihn zu erniedrigen.«

»Und du liebst ihn auch genug, um mit der Wildnis und den Schafen leben zu können?« fragte George scharf. »Kannst du mir das ehrlich sagen?«

Katie begann zu zittern. Er hatte ihre Zweifel gespürt, er hatte gewußt, daß es dies war, was sie befürchtet hatte, und sie konnte ihm nicht ehrlich auf seine Frage antworten, weil – weil sie es selbst nicht wußte. Die Tatsache, daß er so unerwartet zurückgekommen und wieder in ihr Leben getreten war, hatte sehr viel zu der Unsicherheit beigetragen, die sie seit ihrem Besuch in Pengallon fühlte. Aber sie zweifelte an sich selbst, nicht an Rick.

George nahm sie wieder in seine Arme, aber sie entwand sich ihm.

»Wir müssen zu den anderen zurückgehen. Man wird unsere Abwesenheit bemerkt haben. Sie –« Ein plötzliches Geräusch erschreckte sie. George hatte es ebenfalls gehört, denn er flüsterte: »Hast du etwas gehört?«

Dann hörten sie das Geräusch eines knackenden Zweiges. Sie vernahmen Schritte und sahen für einen kurzen Augenblick etwas Weißes, das sich aus dem Schatten bewegte und schnell wieder in die Dunkelheit verschwand. Jemand lief hastig über den Rasen zurück zum Haus und blieb im Schutz der Bäume unerkannt. Eine Frau, dachte Katie, eine Frau in einem weißen Kleid, die diesen geheimen Treffpunkt durch Zufall entdeckt hatte und die, wer immer sie war, wahrscheinlich den größten Teil des Gespräches belauscht hatte. Katie sah George De Lancey verwirrt an.

»Nein, laufe nicht davon. Wir gehen zusammen zum Haus zurück. Wir haben nichts zu verbergen. Wir *sind* alte Freunde –.« George nahm ihren Arm und hakte sich bei ihr ein.

»Derjenige, der uns belauscht hat, hat sowieso nur deine Liebeserklärung für den Mann, den du heiraten wirst, gehört«, fugte er mit bitterem Unterton zu. »Hast Du noch immer vor, Rick Tempest zu heiraten?«

»Ja. Ja, ich werde ihn heiraten«, antwortete sie mit fester Stimme.

»Und nichts kann dich von deinem Vorhaben abbringen? Bedenke, Liebling, bedenke, was das bedeutet. Ich liebe dich noch immer, Katie!«

Katie fühlte, wie ihr die Tränen in die Augen traten, aber sie entgegnete mit einem klaren, unbeirrbaren: »Nein – nein, ich werde mein Vorhaben nicht ändern, George.«

»Nun – aber ich wünschte, es wäre anders.«

Sie gingen zurück zum Haus, trafen auf die anderen und waren froh, daß niemand besondere Notiz von ihnen nahm. Rick stand auf der Veranda, in ein Gespräch mit Mrs. Macquarie vertieft. Er erhob sich sofort und kam lächelnd an Katies Seite. George ließ ihren Arm los, verbeugte sich, verließ die beiden, und Rick sagte: »Ich habe von Mrs. Macquaries Unfall mit der Kutsche gehört, Katie. Sie ist sehr tapfer, aber der Tod des Kindes geht ihr sehr nahe. Es wird eine Verhandlung geben, und ich denke, daß sie vorhat, deinen Freund De Lancey zu fragen, ob er sie vertritt. Es ist Zeit, daß wir uns auf den Weg machen, meine Süße.« Damit brachte er sie abrupt wieder zurück in die Gegenwart. Katie verabschiedete sich höflich vom Gouverneur und seiner Frau.

»Ich freue mich auf Ihre Hochzeit«, sagte Mrs. Macquarie und schloß Rick mit in ihr warmes und freundliches Lächeln ein.

»Die Ehe ist ein Sakrament, Miss O'Malley, und ich wünsche Ihnen Glück und viel Freude für die Zukunft. Sie sind, da bin ich sicher, ein ideales Paar und besitzen beide jenen wagemutigen Pioniergeist, den dieses Land so dringend braucht. Ich hoffe jedoch« – sie wandte sich an Rick – »daß Sie der Gesellschaft in Sydney Ihre Braut nicht zu lange vorenthalten, wenn Sie sich jenseits der Blue Mountains niederlassen.«

»Es wird immer nur für ein paar Monate sein, Madam«, versicherte Rick. »Es wird eine Weile dauern, ein passendes Heim in Pengallon zu finden.« Er verbeugte sich vor dem Gouverneur, schob seinen Arm unter den von Katie, und dann gingen sie gemeinsam durch die Halle. »Gott weiß, wie sehr ich darum bete, daß wir Freude und Glück finden werden, wenn wir verheiratet sind, mein Liebster«, flüsterte sie.

Katie erinnerte sich drei Tage später an dieses Gebet, als sie an

Timothy Dawsons Arm durch das Kirchenschiff von St. Philip schritt und Rick neben ihr Platz nahm, seine Hand die ihre suchte, und sie, verborgen durch die weiten Falten des Brautkleides, sanft ergriff.

Der Gottesdienst begann, und die Worte der jahrhundertealten Gebete fanden ein Echo in Katies Herzen. Rick steckte ihr den Ring an den Finger, Pfarrer Cowper vereinigte ihre Hände, und sie hörte seine Worte, mit denen er sie für Mann und Frau erklärte. Als sie dann nebeneinander knieten, nahm sie die Worte des Kaplans nicht mehr wahr. Katie sprach ihr eigenes stilles Gebet aus der Tiefe ihres Herzens.

»Bitte, lieber Gott, laß mich die Frau sein, die mein Mann verdient. Laß ihn Freude und Glück durch mich finden, solange ich lebe. Gib mir dir Kraft, o Herr, daß ich ihm alles geben kann, was er von mir erhofft.«

Murdo fühlte sich sichtlich unwohl in einer der seitlichen Kirchenbänke im hinteren Teil der Kirche. Er war in Uniform, kaum wahrnehmbar unter all den anderen Offizieren des 46. Regiments, die der Hochzeit beiwohnten, aber vor allem war er nervös.

Während der Gerichtshof noch tagte, war er an Bord der *Conway* mit anderen Zeugen zurückgeblieben und hatte nur zweimal die Gelegenheit ergriffen, an Land zu gehen. Das erste Mal hatte er Captain Sanderson aufgesucht, den Adjutanten des 46. Regiments, um ihm Bericht zu erstatten.

Beim zweiten Mal hatte er vergeblich mehrere Stunden lang versucht, die genaueren Umstände über den Verbleib seiner Schwester Jessica zu erkunden. Es war reiner Zufall, daß er auf dem Rückweg von der Überführung der überlebenden Sträflinge der *Conway* nach Parramatta, den weißhaarigen Silas Crabbe von der *Kangaroo* in einer Taverne in der George Street getroffen hatte. Murdos Gesicht verfinsterte sich, als er sich daran erinnerte, wie er im Verlauf eines Gespräches mit dem alten weißhaarigen Mann alles herausgefunden hatte, was er wissen wollte, ohne eine einzige Frage gestellt zu haben, die seine Verbindung mit Jessica verraten hätte. Die Täuschung war perfekt.

Der alte Crabbe war leicht betrunken und daher sehr redselig. Er hatte frei und offen gesprochen, mit Bewunderung für Justin Broome, der, wie es schien, Jessicas Ehemann und der erste hier geborene Sohn ehemaliger begnadigter Sträflinge war. Ihm war sogar eine Stellung in der Königlichen Marine angeboten worden. Ohne viel Überredungskunst anwenden zu müssen, hatte Silas Crabbe nicht nur die genaue Lage von Lieutenant Broomes Haus beschrieben, er hatte Murdo sogar bis vor die Haustür geführt, in der Annahme, daß der Neuling die Besitzer besuchen wollte.

Crabbe hatte auch die Hochzeit erwähnt und ihm versichert, daß die Gesellschaft von Sydney daran teilnehmen würde. »Eine große Sache, Sir, da kann ich Ihnen mein Wort für geben. Die hohen Herrn werden alle da sein, der Gouverneur natürlich und alle von der Königlichen Marine. Mr. Tempest kam hierher als Erster Lieutenant der *Kangaroo*, und wissen Sie, er is es doch gewesen, der die junge amerikanische Lady gerettet hat, die er jetzt heiraten wird.«

Es folgte die Geschichte der Rettung, die er bis ins kleinste Detail erzählte. Dann fügte der Alte von der *Kangaroo* hinzu: »Lieutenant Broome und Mrs. Broome werden in der Kirche sein, Sir, da können Se Gift drauf nehmen. Alle werden da sein!«

Er hatte nicht übertrieben, wie sich herausstellte, als Murdo die überfüllte Kirche betrat. Er erkannte Jessica sofort, sechs Jahre hatten sie kaum verändert, obwohl sie reifer schien und ein Gefühl der Sicherheit ausstrahlte, was Murdo sehr erstaunte. Sie war wunderschön. Das schlanke, dunkelhaarige Mädchen, an das er sich erinnerte, hatte sich zu einer blühenden jungen Frau entfaltet, einer Frau, die nicht mehr in panischer Furcht vor ihrem Stiefvater zu Boden sinken würde, sollte er jetzt plötzlich wieder auftauchen.

Die Offiziere, die neben ihm saßen, erhoben sich, und Murdo folgte ihrem Beispiel. Er hoffte, jemanden, den er kannte, wiederzuerkennen. Er wußte, daß das 78. Regiment die Kolonie verlassen hatte, um nach Indien zu gehen, und vermutlich waren seine Mutter, sein Stiefvater und die beiden kleinen Mädchen mit dem Regiment mitgegangen. Ein Offizier, der die Uniform des 78. Regiments trug und direkt hinter dem Gouverneur schritt, erweckte jedoch seine Aufmerksamkeit.

Antill, dachte er mit Genugtuung – Lieutenant Henry Antill. Er war so gut zu seiner Mutter, Jessie und ihm selbst gewesen, nachdem ihr leiblicher Vater gestorben war. Er war jetzt Major im Stab des Gouverneurs, mit einer gutaussehenden jungen Dame an seiner Seite. Er hatte seinen Weg auch gemacht. Sie hatten sich nicht mehr gesehen – o Gott, seit mindestens sechs oder sieben Jahren, und es war unwahrscheinlich, daß Antill ihn noch erkennen würde. Instinktiv hielt sich Murdo zurück, als sich die ihn umgebenden Offiziere in Richtung Tür bewegten.

Sie betraten die Straße und sahen, wie die Kutsche des Gouverneurs, gefolgt von den Dragonern, davonrollte.

»Da gehen sie hin, um die beste Gastfreundschaft, die Sydney zu bieten hat, zu genießen – leider ohne uns«, bemerkte sein Nachbar. »Und, verdammt noch mal, bei den Alkoholpreisen hier kann ich mir nicht einmal leisten, auf die Gesundheit der Braut zu trinken!«

»Warum nicht?« fragte Murdo überrascht. »Sie sind doch sicher zum Empfang eingeladen?«

Der Mann blickte ihn bedauernd an. »Wahrscheinlich sind Sie gerade erst angekommen, deshalb kennen Sie sich nicht aus mit den – äh – mit den Regimentsregeln. An Bord des Transportschiffes, bevor wir hierherkamen, haben die Offiziere des Regimentes eine Resolution verabschiedet, daß sie sich für die Dauer ihres Aufenthaltes in den Kolonien nicht mit den Sträflingen oder mit Freigelassenen einlassen dürfen. Das bedeutet, egal wie man es dreht, daß die Gesellschaft von Sydney uns verschlossen bleibt. Wir müssen sogar Einladungen für Abendgesellschaften ablehnen, weil die meisten Gäste Seiner Exzellenz verdammte Freiheitskämpfer sind.«

Murdo starrte ihn unglaubig an. »Meinen Sie damit, daß wir nicht an dem Empfang teilnehmen dürfen? Aber, um Himmels willen, der Bräutigam ist doch Offizier der Marine, oder etwa nicht?«

»Nein, nein – Tempest nicht«, antwortete der Lieutenant.

»Auch zu den Dawsons, die den Empfang geben, dürfen wir nicht gehen –. Mr. Dawson ist einer der reichsten Landbesitzer in der Kolonie. Es wird eine feine Sache werden, glaube ich. Leider wird die Hälfte der Gäste Unberührbare sein, Dr. D'Arcy Wentworth eingeschlossen. Auch der Gouverneur wird natürlich da sein. Colonel Molle hat uns befohlen, in der Kirche zu erscheinen, und das war alles. Ich muß zugeben, daß ich ziemlich hin und her gerissen bin. Eine von Mr. Dawsons Töchtern ist – nun, sie ist, wie soll ich sagen, gewissermaßen ein Objekt meiner Absichten. Julia Dawson – ich nehme an, daß Sie sie gesehen haben? Sie war eine der Brautjungfern, und sie ist atemberaubend schön! Aber«, – er zuckte resignierend mit den Schultern – »die Ehre des Regimentes verlangt nun einmal Opfer. Daher werde ich nun ganz brav in die Offiziersmesse zurückgehen. Kommen Sie mit mir? Ich werde Sie vorstellen, wenn Sie wollen, und wir könnten zusammen mit einem Glas Brandy unseren Kummer ertränken.«

Murdo zögerte. Er hatte vorgehabt, zu dem Empfang zu gehen, um sich Jessica zu erkennen zu geben. Aber in Hinblick auf Colonel Molles Befehl dachte er nun, daß dies nicht besonders klug wäre. Vor allem nicht in Uniform.

»Vielen Dank«, sagte er. »Das paßt mir ausgezeichnet.«

Sein neuer Bekannter, John Bullivant, stellte ihn den anderen vor, die in der Messe anwesend waren. Er trank genießerisch seinen Brandy, während er sich wieder über den Preis beschwerte.

»Die den importiert haben«, meinte er, »wußten schon, wie sie ihren Gewinn damit machen konnten. Sie charterten Schiffe, importierten das Zeug für zehn Schillinge pro Faß und verkauften es in den Kolonien mit dreihundert Prozent Gewinn. Und uns wird das verboten! Der Gouverneur hat Steuern auf jeden Tropfen, der hierhergebracht wird, gelegt.«

Vor allem war man verärgert über die Profitgier und den Wohlstand der Kaufleute von Sydney und das drastisch eingeschränkte gesellschaftliche Leben. Ein Captain namens Sanderson hatte einen Gast mitgebracht, den er als Captain John Piper vorstellte, der früher zum Neusüdwales-Korps gehört hatte und jetzt im Hafenzollamt arbeiten wollte.

Piper, ein gutaussehender, selbstsicherer Mann von ungefähr

vierzig Jahren, verkündete mit offensichtlichem Vergnügen, daß sein Freund, John Macarthur, endlich die Erlaubnis des Kolonialministeriums erhalten habe, in die Kolonie zurückkehren zu dürfen. Aber diese Ankündigung erregte bei den anwesenden Offizieren kein großes Aufsehen, da sie die Bedeutung dieser Neuigkeit nicht einschätzen konnten. Dann drehte sich das Gespräch um ein Haus, das Captain Sanderson bauen lassen wollte.

Murdo interessierte sich nicht mehr dafür, und er überlegte sich gerade eine Ausrede, um gehen zu können, als Captain Piper sagte: »Es gibt nur einen einzigen Mann in der Kolonie, der Ihr Haus bauen kann, Sanderson. Es ist der Bursche, der die Pläne für mein Landhaus in Eliza Point entworfen hat – er heißt Francis Greenway. Der Mann ist ein Genie.«

»Der Mann ist ein gottverdammter begnadigter Sträfling!« rief Sanderson aus.

»Er ist der Architekt der Regierung«, antwortete Piper. Sein gebräuntes Gesicht nahm einen bösartigen Ausdruck an, und er fügte hinzu: »Sie brauchen Greenway ja nicht zum Essen einzuladen. Empfangen Sie ihn einfach in Ihrem Büro, geben Sie ihm Ihre Anweisungen und handeln Sie ein Honorar mit ihm aus. Aber vergessen Sie nicht, zuerst muß er *mein* Haus fertigbauen, bevor er für Sie arbeiten darf!«

Sanderson sah verstimmt aus, sagte aber nichts mehr, und Murdo war froh, als das Essen endlich beendet war. Er ging zu Sanderson, um die Erlaubnis einzuholen, sich zurückziehen zu dürfen und um ihn zu fragen, wo er wohnen könne. Sanderson starrte ihn an und fragte: »Wer sind Sie – sind Sie vielleicht Dean? Ach ja, jetzt erinnere ich mich, daß Sie auf der *Conway* hierhergekommen sind. Nun, die Messe ist nicht der geeignete Ort, um sich über Wohnungsfragen zu unterhalten. Kommen Sie in einer halben Stunde in mein Büro. Ich habe Befehle für Sie.«

Gerade als er gehen wollte, wandte sich Captain Piper an ihn.

»Dean ... Die *Conway*? Waren Sie nicht als Zeuge vor Gericht geladen, Mr. Dean? Sie und ein Mann namens De Lancey?«

»Richtig, Sir«, bestätigte Murdo. Da Sanderson ihn weiterhin anstarrte, verbeugte er sich und wollte gehen, aber Piper hielt ihn zurück.

»Nicht so schnell, mein junger Freund! Ich möchte Sie etwas

über Mr. De Lancey fragen. Sie waren doch monatelang mit ihm auf demselben Schiff, also kennen Sie ihn sicher gut? Irgend jemand hat mir gesagt, daß Sie sogar zusammen in Waterloo waren.«

Er stellte Murdo ein paar Fragen über den Verlauf der Schlacht und über De Lanceys militärische Karriere, und Murdo beantwortete sie so kurz wie möglich. Er wollte nichts wie weg, aber der ehemalige Rumkorps-Offizier gab sich nicht so schnell zufrieden. Er befragte ihn genau über De Lanceys Berufsausbildung, die er nur in groben Zügen beschreiben konnte. Dann wandte sich Piper an Sanderson: »Jeffrey Bent ist völlig außer sich, Ned. Er ist davon überzeugt, daß der Gouverneur De Lancey zum Richter berufen und ihn absetzen will. Oder daß er zum Militärstaatsanwalt berufen wird, bis das Kolonialministerium einen neuen herschickt... Aber egal was passieren wird, es würde das Ende der Karriere von Richter Bent bedeuten. Es würde ihm nichts anderes übrigbleiben, als die Kolonie zu verlassen.«

Captain Sanderson wurde vor Ärger rot. »Sie können gehen, Dean«, schnarrte er. »Warten Sie auf mich in meinem Büro.« Dann sagte er leise zu Piper: »Um Gottes willen, John, sprechen Sie doch nicht von solchen Gerüchten! Sie können ein Riesenunheil damit anrichten, das müßten Sie doch wissen!«

Es dauerte fast eine Stunde, bis sich Sanderson seiner erinnerte und im Büro auftauchte. Er kramte wortlos in seinen Papieren und schaute Murdo dann ärgerlich an.

»Es schickt sich in diesem Regiment nicht«, sagte er ernst, »daß man sich militärischer Glanztaten in der Messe rühmt – und ganz besonders schickt es sich nicht für einen verdammten kleinen Fähnrich, wie Sie einer sind. Aber Sie werden keine Gelegenheit haben, Ihr schlechtes Betragen zu wiederholen. Hier sind die Befehle für Sie. Sie werden in die Garnison von Bathurst versetzt, und Sie werden mit zwanzig Männern Fähnrich Critchley dort ablösen. Er wird Ihnen sagen, welche Pflichten Sie dort zu erfüllen haben, aber *ich* sage Ihnen hiermit, daß Ihre wichtigste Aufgabe darin besteht, die Straße zu bewachen. Friedliche Reisende werden immer wieder von geflohenen Sträflingen überfallen und ausgeraubt, und es wird Ihre Hauptaufgabe sein, diesem Treiben ein Ende zu setzen. Verstehen Sie?«

»Ich... nun, Sir«, begann Murdo unsicher. »Aber, ich... Sir, ich habe doch nur Captain Pipers Fragen beantwortet. Es war keineswegs meine Absicht, meine Taten herauszustreichen oder –«

Sanderson winkte ab und fuhr fort: »Sie werden gleich morgen früh mit dem Ochsenwagen aufbrechen, auf dem die Post und die Vorräte für die Garnison in Bathurst transportiert werden, und auf dem Weg werden Sie in der Regierungsfarm am Nepean weitere Vorräte aufnehmen. Und Sie brauchen ein Pferd. Ich kann zufälligerweise eines entbehren – Sie können es für vierzig Pfund haben, wenn Sie wollen.« Er machte eine Pause und zog die Stirn kraus. »Mr. Dean, können Sie mir diese vierzig Pfund gleich zahlen, oder soll ich Sie Ihnen in Rechnung stellen lassen?«

Murdo war über seine Versetzung nach Bathurst alles andere als erfreut, aber er war bemüht, sich nichts anmerken zu lassen. Er hatte in Parramatta eine schöne junge Stute von einem der dort stationierten Offiziere erstanden, und zwar für zehn Pfund weniger, als die Schindmähre kosten sollte, die Sanderson ganz offensichtlich loswerden wollte.

Er nahm Haltung an und antwortete: »Vielen Dank, Sir, aber ich habe bereits ein Pferd.«

Captain Sanderson sah enttäuscht aus, zuckte aber nur mit den Schultern und meinte: »Gut. Noch eines möchte ich Ihnen sagen. Sie werden nach Bathurst versetzt – an einen ziemlich einsamen Außenposten – und es gibt auch einen Grund dafür. Colonel Molle hat mir gesagt, daß ich Ihnen reinen Wein einschenken soll. Ihr Verhalten auf der Überfahrt und Ihre Zeugenaussage gegen den Captain der *Conway* hat nicht gerade zur – wie soll ich es sagen? – zur Ehre des Regiments beigetragen, Mr. Dean. Colonel Molle möchte Sie wissen lassen, daß Sie damit sein Mißfallen erregt haben, und ich möchte Ihnen sagen, daß Ihre Zukunft in diesem Regiment von Ihrem Verhalten hier abhängt. Ist das klar? Sie können gehen, Mr. Dean.«

Murdo wollte um eine Erklärung bitten, unterließ es aber dann doch. Er sollte früh am nächsten Morgen nach Bathurst aufbrechen, und... Er seufzte. Es blieben ihm nur noch wenige Stunden, um seine Schwester zu besuchen und Reisevorbereitungen zu treffen.

Er salutierte und verließ den Raum.

Eine Stunde später stand er in der Nähe des Broomeschen Hauses und wußte immer noch nicht, ob er sich seiner Schwester zu erkennen geben sollte oder nicht. Jessie würde ihn bestimmt nicht verraten, aber... Murdo fühlte, wie Angst sich seiner bemächtigte. Ihren Mann, Justin Broome, konnte er absolut nicht einschätzen. Er stammte von ehemaligen Sträflingen ab und war jetzt ein Offizier der Königlichen Marine, und es konnte sehr gut sein, daß er aus diesem Grund besonders pflichtbewußt war. Er bedauerte zutiefst, daß er Jessica nicht allein angetroffen hatte, aber jetzt hatte er keine Wahl mehr. Er mußte morgen früh aufbrechen, es mußte also jetzt geschehen, oder überhaupt nicht mehr.

Als er sich endlich ein Herz gefaßt hatte und auf die Haustür zuging, hörte Murdo Stimmen und konnte sich gerade noch in einen kleinen Weg flüchten, der neben dem Haus von der Straße abzweigte. Er hatte Glück... Jessica kam am Arm ihres Mannes heran, und hinter ihnen gingen zwei junge Fähnriche. Er hörte Justin lachend sagen: »Ich begleite diese zwei angetrunkenen Bürschchen zum Schiff zurück, Liebste, es ist besser, wenn der Captain sie gar nicht erst zu sehen bekommt. Ist alles in Ordnung? Kate bringt Red zurück, bevor es dunkel wird und – ich komme morgen früh zurück, bevor wir absegeln.«

Murdo sah, wie er seine Frau küßte, und dann ging er mit den beiden Fähnrichen lachend die Straße hinunter. Jessica schloß die Haustür auf und winkte ihnen noch einmal zu. Murdo wartete mit klopfendem Herzen, bis sie außer Hörweite waren, und ging dann auf das Haus zu. Jessica blickte ihm mit fragend hochgezogenen Augenbrauen entgegen.

Als er nichts sagte, fragte sie lächelnd: »Sind Sie gerade erst hier angekommen? Wollen Sie vielleicht nach dem Weg fragen, Sir?«

»Nein«, antwortete Murdo und schüttelte den Kopf. Sein Mund war so trocken, daß er kaum ein Wort herausbrachte. Er fragte mit rauher Stimme: »Kennst du mich nicht mehr, Jessie?«

Sie blickte ihm verwirrt ins Gesicht. »Ich glaube nicht, wer sind Sie, Sir?«

»Murdo, Jessie, ich bin dein Bruder Murdo, ich... Bitte, darf ich reinkommen? Es ist lange her, ich weiß es, aber ich...«

Jessica erblaßte und starrte ihn ungläubig an.

»Murdo – Sie *können* ja gar nicht Murdo sein! Mein – mein Bruder ist tot. Er... er ist gehängt worden, weil er eine Postkutsche ausgeraubt hat... vor über drei Jahren. Sie –«

»Es war im Juni 1813, und ich wurde im letzten Augenblick zu lebenslänglicher Verbannung begnadigt.«

Seine Worte überzeugten sie zwar, aber alles kam ihr noch so unwirklich vor wie im Traum. Sie kramte in einem Holzkästchen, zog einen vergilbten Zeitungsausschnitt heraus und reichte ihn Murdo. Er sah auf den ersten Blick, daß es der Bericht über seinen Prozeß war.

> Mr. Justice Devereux sprach das Todesurteil über Richard John Farmer, Septimus Todd und Murdoch Henry Maclaine aus, und es wird aller Voraussicht nach am Dienstag nächster Woche im Gefängnis von Winchester vollstreckt.

Murdo zitterte, als er an Sep Todd und Ricky Farmer dachte, gute alte Freunde und Kumpel – die armen Teufel waren nicht begnadigt worden.

»Woher hast du diesen Zeitungsausschnitt?« fragte er heiser.

»Duncan Campbell hat ihn mir gegeben«, antwortete Jessica. »Und zwar, bevor er mit seinem Regiment nach Kalkutta eingeschifft wurde.«

»Dann hat er sich also nicht geändert«, meinte Murdo bitter.

»Nein«, antwortete Jessica, »er hat sich nicht geändert, aber«, fügte sie hinzu, »ich hab mir zum Schluß nichts mehr von ihm gefallen lassen. Ich hab ihn mit einem Messer bedroht, und er hat mich nie mehr geschlagen.«

»Und Mama – hat er Mama besser behandelt?«

Sie schüttelte traurig den Kopf. »Mama ist auf der Überfahrt hierher gestorben, Murdoch. Ich habe sie nicht wiedergesehen, und Duncan Campbell hat sich bald nach seiner Ankunft hier wieder verheiratet. Mit einer guten, anständigen Frau – unsere beiden kleinen Schwestern hängen sehr an ihr, und alle sind mit dem Regiment nach Indien gefahren.«

Sie erzählte ihm alles, was sie vom Tod ihrer Mutter wußte, von den zwei kleinen Halbschwestern und von ihrer Stiefmutter, und berichtete ihm dann, wie sie der Tyrannei des Stiefvaters entkommen war und sich allein an Bord des Schiffes versteckt hatte, auf dem auch die Frau des Gouverneurs die Reise in die Kolonie unternahm.

»Major Antill hat mir geholfen«, berichtete sie weiter. »Er ist hier, Murdoch, und befehligt eine Brigade.«

»Das weiß ich – ich habe ihn bei der Hochzeit erkannt.« Murdo lächelte. »Er hat sich nicht verändert.«

»Dann warst du also da – du warst heute morgen in der Kirche?« rief Jessica aus. »Ach Murdo, warum hast du dich mir nicht schon dort zu erkennen gegeben? Warum bist du nicht zum Empfang gekommen? Ich bin verheiratet, und mein Mann Justin – Justin Broome, er war der Trauzeuge... Aber er mußte auf sein Schiff zurück, und –«

»Ich weiß, ich habe in der Nähe eures Hauses gewartet, bis er gegangen war.« Er zuckte mit den Schultern. »Ich wußte nicht, was für einen Empfang er mir bereiten würde, Jessie. Es schien mir am klügsten, dich erst einmal allein zu sprechen.«

Jessica schwieg, und als er ihr schönes, ausdrucksvolles Gesicht betrachtete, wußte er genau, woran sie dachte. Es war verständlich, daß sie ihm gegenüber ein gewisses Mißtrauen hegte, und ihre nächsten Worte bestätigten das auch.

»Murdo, dein Todesurteil wurde zum Glück in lebenslängliche Verbannung umgewandelt. Aber...« Sie atmete schwer und deutete auf seine Uniform. »Wie kommt es, daß du jetzt Offizier in Colonel Molles Regiment bist?«

Murdo zögerte. Selbst seiner Schwester Jessica gegenüber wagte er nicht, die volle Wahrheit zu sagen, wagte nicht zuzugeben, daß er ein entflohener Sträfling war, der kein Recht hatte, die Uniform zu tragen. Die halbe Wahrheit mußte genügen, und er hoffte inständig, daß sie ihm seine Geschichte glauben würde.

»Ich bin freiwillig zum Militär gegangen, Jessie«, begann er. »Es war kurz bevor Napoleon von Elba floh, und der Duke von Wellington brauchte Männer. Die Soldaten stellten nicht viele Fragen, aber ich mußte zur Sicherheit doch meinen Namen ändern. Ich heiße jetzt Michael Dean und erhielt mein Offizierspatent nach der Schlacht von Waterloo.« Er fügte eilig hinzu, damit seine Schwester keine Zeit hatte, über seine Worte nachzudenken: »Ich bin hierhergekommen, um dich zu suchen, Jessie. Und ich hoffte, daß Mama auch noch am Leben sei.«

»Dann warst du also in Waterloo dabei – du hast in der berühmten Schlacht mitgekämpft?« Jessica schaute ihren Bruder mit glänzenden Augen an und glaubte ihm jedes Wort.

»Nach meiner Verletzung wurde ich von Zivilisten in Brüssel gesund gepflegt, Jessie. Ein belgischer Chirurg hat mir das Leben gerettet.«

»Aber wie konntest du nur glauben, daß Justin – daß mein Mann dich nicht willkommen heißen würde?« fragte Jessica vorwurfsvoll. »Justin und ich freuen uns, dich endlich wiedergefunden zu haben. Wir –«

»Aber nicht als dein Bruder, Jessie«, antwortete Murdo schnell. »Ich kann nicht zugeben, daß ich dein Bruder bin. Das Gerichtsurteil gegen mich ist nie aufgehoben worden, das heißt, wenn sie mich erwischen, muß ich den Rest meiner Strafe noch absitzen. Und die hiesigen Behörden müßten mich verhaften, wenn herauskäme, wer ich wirklich bin.«

Es klopfte an der Tür, und Jessica sprang auf. »Das ist sicher Kate Lamerton, Murdo«, sagte sie, »die meinen Sohn zurückbringt. Sie hat auf ihn aufgepaßt, während wir auf der Hochzeit von Rick waren.«

»Einen Augenblick!« Murdo packte seine Schwester am Arm. »Jessie, ich muß morgen in aller Herrgottsfrühe nach Bathurst aufbrechen. Deshalb ist es vielleicht besser, wenn ich gleich jetzt gehe... nun, bevor du dir meinetwegen eine Lüge ausdenken mußt. Du könntest ja sagen, daß –«

»Ich weiß schon, was ich sagen muß, Murdo«, sagte sie in leicht vorwurfsvollem Tonfall. »Ich weiß auch, was ich dir versprochen habe. Bitte, bleib.«

Sie machte sich frei, ging zur Tür und kam ein paar Augenblicke später mit einem etwa einjährigen kleinen Kind auf dem Arm zurück. Hinter ihr erschien eine grauhaarige Frau, nach ihrer dunklen Kleidung zu schließen die Hausangestellte. Aber ob sie das nun war oder nicht, die beiden waren ganz offensichtlich befreundet, und Murdo wartete angespannt darauf, mit welchen Worten Jessica ihn vorstellen würde.

Nach kurzem Zögern sagte sie: »Liebe Kate, das hier ist mein Vetter, Fähnrich Michael Dean, der vor kurzem auf der *Conway* hier angekommen ist. Und das ist Mrs. Lamerton, Michael, wir nennen sie alle nur Kate. Und das hier ist mein kleiner Sohn, Murdoch, den wir nach – nach meinem leider verstorbenen Bruder Murdoch Maclaine genannt haben. Aber –« Sie lächelte ihn an und nahm dem kleinen Jungen die wollene Mütze ab. »Wir nennen ihn Red, weil er genauso schöne rote Haare hat wie seine Großmutter. Schade, daß du sie nicht mehr kennenlernen kannst, Michael – sie war eine wunderbare Frau. Aber du wirst Justin kennenlernen, meinen Mann, wenn du in Bathurst bist. Er hat Land am Macquarie zugesprochen bekommen, und er reist sofort dorthin, wenn die *Emu* sich auf die Rückreise nach England macht.«

Sie lächelte ihren Bruder an und legte ihm ihren kleinen Sohn in den Arm.

Murdo schnürte es den Hals zu, und er küßte seinen kleinen Namensvetter auf das lockige rote Haar. Einen Augenblick lang wußte er nichts zu sagen. Dann stammelte er: »Ich... ich danke dir, Jessie, daß du mich nicht vergessen hast. Ich –«

Justin und Rick hielten sich schon seit zehn Tagen in Pengallon auf, und jeden Tag sanken ihre Hoffnungen mehr auf den Nullpunkt. Mit improvisierten Geräten und Werkzeugen hatten sie versucht, Gold aus dem Flußsand zu waschen, hatten aber nur sehr wenig Erfolg damit gehabt. Ein paar wenige winzige glitzernde Steinchen waren alles, was sie gefunden hatten.

Rick stieß sich den Fuß an einem Stein und fluchte verärgert. Es war ihm sehr schwergefallen, Katie zu verlassen – er war ja erst seit sechs Wochen mit ihr verheiratet – und sie war auch enttäuscht gewesen, aber er hatte keine andere Wahl gehabt.

Sein Freund und Partner hatte eine große Enttäuschung erlebt, als ihm mitgeteilt wurde, daß er nicht das Kommando über die *Elizabeth* erhalten würde. Captain Jeffrey hatte auf seinem Recht als dienstältester Marineoffizier bestanden und kurz vor seiner Abfahrt nach England Lieutenant Meredith zum Captain der *Elizabeth* ernannt. Als Grund dafür hatte er die Tatsache angegeben, daß Merediths Tochter einen von Colonel Molles Offizieren heiraten und in der Kolonie bleiben wollte.

Dieser Grund hatte Justin zwar nicht eingeleuchtet, aber der Gouverneur hatte ihn akzeptiert, und Justin dachte nun daran, James Forster, den Captain der *Emu*, doch nach Südamerika zu begleiten. Rick hatte gehofft, wenigstens so viel Gold in Pengallon zu finden, um Justin dazu zu bewegen, hierzubleiben. Die arme Jessica war alles andere als begeistert von der Idee, nach Rio de Janeiro zu ziehen, ob ihr Mann nun Erster Offizier eines brasilianischen Kriegsschiffes werden würde oder nicht... Und Katie würde Jessica sehr vermissen. Sie – endlich fand er Justin, der über ihm im steilen Flußufer herumkletterte.

Er rief: »Justin – wie geht's?«

Justin schaute zu ihm herunter und stellte den Sack mit Sand ab, den er zusammengescharrt hatte. An seinem Gesichtsausdruck erkannte Rick, daß er nicht daran glaubte, im Sand der steilen Uferböschung etwas Erfolgversprechendes gefunden zu haben.

Justin rief zurück: »Ich glaub, daß wir am ehesten im Flußsand was finden.«

»Aber eigentlich glaubst du überhaupt nicht mehr daran?« antwortete Rick. »Willst du die Suche aufgeben?« Plötzlich fühlte sich Rick sehr müde und vermochte nicht, seinen Ärger zu verbergen. Was würde Katie denken, wenn ihr alle Hoffnungen versagt würden, die er auch noch genährt hatte! »Du hast es wohl eilig, nach Rio zu gehen und deinen Dienst bei Forster anzutreten, verdammt noch mal!«

Justin zog überrascht die Augenbrauen hoch. »Nein, überhaupt nicht«, antwortete er mit ruhiger Stimme. »Du solltest mich doch besser kennen. Und um ehrlich zu sein, Rick, ich bin gar nicht so traurig darüber, daß wir kein Gold finden. Die ganze Gegend hier ist wunderbares Weideland, und es wäre bestimmt unmöglich, hier Schafzucht zu betreiben, wenn Horden von goldgierigen flüchtigen Sträflingen hier nach Gold suchen würden. Wir befinden uns hier in einer Strafkolonie, vergiß das nicht, und der Gouverneur hat gesagt –«

»Das hab ich nicht vergessen«, unterbrach ihn Rick ärgerlich. Er kletterte zu Justin hinauf, warf sich auf den steinigen Boden und verscheuchte die lästigen Fliegen.

Justin fuhr mit ruhiger Stimme fort: »Denk mal daran, was passiert wäre, wenn wir hier wirklich Gold gefunden hätten. Das hätte den Gouverneur in eine entsetzliche Zwickmühle gebracht!«

»Willst du damit sagen, daß er darauf bestanden hätte, diesen Fund geheimzuhalten und das Land weiterhin an verträumte Farmer zu verteilen, damit sie ihre verdammten Schafe darauf weiden lassen können?«

»Ja«, antwortete Justin. »Genau das meine ich. Denn ich kenne Gouverneur Macquarie als einen Mann mit sehr festen Grundsätzen, jedenfalls was die Zukunft hier in dieser Kolonie betrifft. Sein ganzes Sinnen und Trachten geht dahin, daß wir so bald wie möglich Selbstversorger werden, und fast genauso wichtig ist es, daß die ehemaligen Sträflinge als Farmer und Landarbeiter in die Gesellschaft integriert werden.« Er lächelte. »Man kann Gold schließlich nicht essen, Rick.«

»Aber man kann Nahrungsmittel damit kaufen, Justin«, entgegnete Rick.

»Und auf der Suche danach in der ganzen Kolonie dem Chaos Tür und Tor öffnen! Kein Mensch würde mehr etwas anderes tun, als Gold zu waschen, verstehst du das denn nicht? Sträflinge würden in Horden ausbrechen, Siedler würden ihre Farmen verlassen und Matrosen ihre Schiffe. Und wie sollte man sie auch daran hindern – mit nur einem Regiment und nur einem Königlichen Kriegsschiff?« Justin legte Rick beruhigend die Hand auf den Arm. »Ich habe in den letzten Tagen viel darüber nachgedacht und, ehrlich gesagt, bin ich nicht traurig, wenn wir kein Gold hier finden, Rick. Es ist wirklich besser so.«

»Zum Teufel mit dir, Justin, du bist mir ja ein ganz Schlauer. Du haust ja hier sowieso ab, oder? Du hast doch einen feinen Posten als Erster Offizier auf der *Emu!*«

Justin schüttelte den Kopf. »Auch darüber habe ich sehr viel nachgedacht«, sagte er leise. »Und ich habe mich entschlossen, mein Offizierspatent zu verkaufen und hierzubleiben. Ich besitze ja noch immer die *Flinders.«* Er zuckte mit den Schultern – »Jessica möchte hierbleiben.«

Rick schwieg und bemühte sich, diese Neuigkeit zu verarbeiten. Aber er war immer noch erregt und einfach noch nicht in der Lage, die Hoffnungen so schnell zu begraben, die er gehegt hatte. »Ich kann die Suche noch nicht aufgeben«, sagte er. »Und, verdammt noch mal, wenn ich hier Gold finde, dann kann mich niemand daran hindern, es auch zu nehmen!«

»Macquarie kann das schon«, erinnerte ihn Justin.

»Dann erzähle ich eben niemandem davon«, schimpfte Rick. Er sprang auf und deutete in Richtung auf die Farm. Das Wohnhaus und die Scheunen waren fast fertiggestellt, nur die Dächer fehlten noch.

»Du kannst die Sache ja mir überlassen. Fahr doch zurück nach Sydney und kümmere dich um deine verdammte *Flinders* – und verkauf dein Offizierspatent, wenn dir danach ist! Aber schick die Arbeiter noch nicht hierher zurück, weil ich nicht so schnell wie du aufgebe, nach Gold zu suchen.«

Schon einen Augenblick später bedauerte er seine Worte. Justin hatte ihm keinerlei Grund gegeben, ärgerlich auf ihn zu sein, aber bevor er sich entschuldigen konnte, stand Justin auf und sagte ruhig: »In Ordnung. Aber ich hole meine Muskete und versuche, noch vor Einbruch der Dunkelheit ein Känguruh zu schießen. Ich laß dir meine Spitzhacke da. Verzeih mir, wenn ich dir ungefragt einen Rat gebe, aber ich glaube, daß du einen großen Fehler machst, eine so schöne Frau wie Katie so lange allein zu lassen.«

Allein gelassen fluchte Rick noch eine Zeitlang wüst vor sich hin, dann nahm er die Spitzhacke, rutschte die Uferböschung hinunter und schimpfte laut, als ihm die Hacke ins Wasser fiel.

Warum, um alles in der Welt, hatte ihn Justin davor gewarnt, Katie in Sydney allein zu lassen? Sie war doch seine Frau, und sie liebte ihn! Als er im Wasser nach der Spitzhacke suchte, erinnerte er sich wieder an die ersten Wochen seiner Ehe mit Katie O'Malley.

Und plötzlich war seine Wut wie verflogen. Ich bin der glücklichste Mensch der Welt, sagte er sich nicht zum ersten Mal, seit sich Katie für ihn entschieden hatte. Für sie wollte er Gold in dieser gottverlassenen Gegend finden... nicht für sich. Und sie würde es verstehen, daß er hierblieb, um ihr ein Haus zu bauen wie das von Portland Place, mit einem ebenso schönen Schlafzimmer wie das von Henrietta Dawson, was Justin auch darüber denken mochte. Ausgerechnet Justin, der seine Frau Wochen und Monate lang allein ließ, wenn er zur See fuhr! Rick preßte die Lippen ärgerlich aufeinander.

Als er sich endlich wieder gefangen hatte, fing er an, die lehmige Uferböschung aufzuhacken. Er arbeitete so lange, bis ihm die Arme schmerzten, räumte mit bloßen Händen den Lehm zwischen den Gesteinsbrocken weg und verlor jegliches Zeitgefühl.

Als die Sonne unterging, wurde seine Suche so plötzlich und unerwartet belohnt, daß er seinen eigenen Augen nicht trauen wollte. Halb eingebettet in Lehm lag ein großer Goldklumpen, der in den letzten Sonnenstrahlen sanft aufleuchtete; größer als seine Faust, und als er ihn vorsichtig hochhob, hätte er nichts über seinen Wert und sein Gewicht sagen können. Unter dem größeren lagen noch zwei kleinere Goldklumpen, und Ricks Hände zitterten, als er sie aus dem Lehm herausscharrte.

Ich habe recht gehabt, dachte er selbstzufrieden – es *gab* Gold hier, und er würde auch noch mehr finden. Er packte die drei Klumpen in sein Taschentuch ein und schob sie in seine schmutzige, nasse Hosentasche. Einem Impuls folgend wollte er Justin von dem Fund berichten, aber dann überlegte er es sich anders. Justin – verdammt noch mal, er hatte doch seine Meinung zu der Goldsucherei klar genug ausgedrückt! Er hatte darauf bestanden, daß der Gouverneur davon informiert werden müsse, und darüber hinaus vorhergesagt, daß Macquarie seine ganze Autorität einsetzen würde, um den Goldfund geheimzuhalten und die Gegend, wie geplant, ausschließlich landwirtschaftlich zu nutzen.

Justin von seinem Fund zu berichten würde also gleichbedeutend sein, Macquarie davon wissen zu lassen und alle Rechte an den Funden aus der Hand zu geben!

Rick blieb atemlos auf der Höhe eines Hügels stehen. Von

dort aus konnte er nicht nur die Farmgebäude, sondern auch den Fluß und die weite Grasebene überblicken. Es wurde dunkel, aber er erkannte deutlich Justin und den Eingeborenen Winyara. Sie hockten beide an einem frisch angefachten Feuer, und Justin, dessen Jagd offenbar erfolgreich verlaufen war, war damit beschäftigt, ein junges Känguruh zu häuten.

Als Rick gerade weitergehen wollte, entdeckte er auf der gegenüberliegenden Seite des Flusses eine Gruppe von Männern, die sich in Richtung auf Pengallon einen Weg durch ein kleines Wäldchen bahnten. Er zählte acht Männer und vier beladene Pferde und erinnerte sich daran, daß George Evans vor drei Wochen aufgebrochen war, um die Gegend für seinen Vorgesetzten John Oxley zu erforschen.

Die kleine Expedition befand sich offenbar gerade auf dem Rückweg. Sie waren, nach Ricks Schätzung, etwa sechs bis sieben Meilen entfernt, und da es jetzt schnell dunkel wurde, würden sie sicher bald ein Nachtlager aufschlagen... Auf alle Fälle waren sie viel zu weit entfernt, um den Rauch von Justins Feuerstelle bemerken zu können.

Rick atmete erleichtert auf. Es war eine Sache, seinen Fund vor Justin geheimzuhalten, aber es würde sehr viel schwieriger sein zu schweigen, wenn der neugierige Evans anfing, hartnäckig Fragen zu stellen. Er und Justin waren befreundet. Sie hatten gemeinsam an Expeditionen teilgenommen und auch vor zwei Jahren beim Straßenbau von Emu Ford nach Bathurst gearbeitet. Justin würde, ehrlich wie er war, keinen Augenblick lang zögern, den wahren Grund für ihre Anwesenheit preiszugeben, wenn Evans ihn danach befragte. Und George Evans war ein leidenschaftlicher Geologe. Wenn Justin ihm von den kleinen Goldfunden berichtete, dann würde ihn bestimmt nichts mehr zurückhalten.

Irgendwie mußte Rick verhindern, daß die beiden Männer zusammentrafen. Vielleicht indem er Justin überredete, nach Sydney zurückzukehren, bevor Evans und seine Leute den Fluß überquerten. Er wartete, um zu sehen, ob der Landvermesser mit seinen Leuten den Schutz der kleinen Baumgruppe verlassen würde, und als das nicht der Fall war, eilte er zufrieden im letzten Tageslicht auf die Farm zu.

Der appetitliche Geruch nach gebratenem Fleisch stach ihm in die Nase, und Justin, der ihm seinen Wutanfall nicht nachzutragen schien, sagte gut gelaunt: »Wir haben ein schönes junges Känguruh geschossen. Setz dich hin und ruh dich aus, Rick – das Essen ist bald fertig. Winyara holt Wasser für unseren Tee. Ich nehme an, daß du kein Glück gehabt hast?«

Rick schüttelte den Kopf, spürte sein schlechtes Gewissen und entschloß sich, nichts zu sagen. Justin meinte tröstend: »Nun, was hat sich schon geändert, mein Lieber? Eigentlich doch gar nichts. Du bringst Katie hierher und ihr züchtet zusammen Schafe, so wie ihr es ursprünglich vorhattet, und bald werdet ihr auch Nachbarn haben. John Campbell erzählte mir, daß schon fünf freien Siedlern Land hier in der Gegend zugesprochen worden ist, allesamt sind es Leute, die hier geboren worden sind. Es soll auch Weizen hier angebaut werden, und –« Er unterbrach sich und fragte leise: »Was war das? Hast du auch etwas gehört?«

»Nein«, entgegnete Rick unsicher. »Ich glaube nicht. Ich –«

Winyara trat aus der Dunkelheit auf sie zu und stieß eine leise Warnung in seiner eigenen Sprache aus. Rick verstand kein Wort und fragte ungeduldig: »Was ist los? Was hat er gesagt?«

»Er sagt, daß Männer auf dem Weg hierher sind, sechs oder sieben«, antwortete Justin. »Und er sagt, daß sie bewaffnet sind.« Er sprang auf und griff nach seiner Muskete. »Wir gehen besser in Deckung, bis wir sehen, wer sie sind.«

»Es ist wahrscheinlich George Evans mit seinen Leuten«, sagte Rick und ärgerte sich sofort über sich selbst. »Vielleicht –«

»Was heißt das, George Evans Leute?« fragte Justin scharf. »Hast du sie gesehn?«

»Ja, vor ein paar Minuten von der Hügelkuppe aus. Sie waren etwa sechs Meilen von hier entfernt, auf der anderen Seite des Flusses. Es waren acht Männer und vier Pferde. Aber, um Gottes willen, Justin –«

»Diese Männer haben aber keine Pferde«, antwortete Justin. »Und Winyara sagt, daß sie sich so leise bewegten, als ob sie nicht gehört werden wollten.« Er sprach mit dem Eingeborenen und Winyara nickte. »Er hat Evans und seine Leute auch gesehen, Rick. Die sind aber noch weit weg. Ist deine Flinte im Haus?«

Rick sprang auf und rief: »Ja, ich hol sie. Aber du glaubst doch nicht im Ernst, daß diese Männer etwas Böses im Schild führen?«

»Das ist gar nicht so unwahrscheinlich«, antwortete Justin ernst. »Wenn sich das mit dem Gold rumgesprochen hat, wenn der Silberschmied zum Beispiel seinen Mund doch nicht gehalten hat, dann müssen wir uns auf alles gefaßt machen. Oder es sind flüchtige Sträflinge, die glauben, daß sie bei uns was zum Essen ergattern können. Und wenn das so ist, dann muß ich sie leider enttäuschen.« Er grinste, nahm den Spieß mit dem darauf gespießten Känguruh vom Feuer und ging auf das Haus zu. Er flüsterte Winyara etwas zu, und der junge Mann verschwand in der Dunkelheit. In dem kleinen, ungedeckten Haus lud und entsicherte Rick seine Flinte und trat dann neben Justin, der an einem der Fenster Posten bezog. Sie warteten angespannt und starrten in die Dunkelheit hinaus, aber kein Laut war zu hören. Der Mond ging auf und warf sein silbernes Licht über das Land, aber trotzdem konnten sie nichts Ungewöhnliches entdecken.

Justin ging zur Tür und lauschte in die Nacht hinaus, dann schüttelte er den Kopf und flüsterte: »Nichts zu hören. Das Feuer brennt immer noch. Wenn die Männer etwas Böses im Schild führen, dann kommen sie hier herum« – er deutete zum rückwärtigen Fenster – »weil sie sich da besser anschleichen können.«

»*Wenn* überhaupt jemand kommt«, antwortete Rick ärgerlich. Seine Kleidung war durchnäßt, und er war müde. »Justin, woher sollen wir denn sicher sein, daß sich uns überhaupt jemand nähert?«

»Winyara irrt sich nicht«, antwortete Justin überzeugt. »Er hat mir erzählt, daß vor zwei Tagen Männer aus Bathurst hier in die Gegend gekommen sind und daß sie sich in den Bergen westlich von hier versteckt gehalten haben. Er glaubt, daß sie uns beobachtet haben.«

»Aber er *weiß* es doch nicht, Justin. Er –«

»Du wärst überrascht, wenn du wüßtest, was diese Eingeborenen hier herausfinden, ganz einfach, indem sie Fährten lesen, die wir kaum sehen können. Jedenfalls«, fügte er abschließend hinzu, »niemand, der sich hier zu Recht aufhält, würde sich zwei Tage lang in den Bergen verstecken. Deshalb müssen es flüchtige Sträflinge sein.«

»Nun«, meinte Rick, »ob es nun Sträflinge sind oder nicht, ich kann jedenfalls nichts von ihnen entdecken. Vielleicht haben sie sich in die Berge zurückgezogen! Und ich sterbe vor Hunger. Können wir nicht wenigstens das Känguruh braten, bevor das Feuer ausgeht? Wir hören die Leute doch, wenn sie herankommen, und wir sind beide bewaffnet!«

»Die bestimmt auch«, antwortete Justin. »Und es sind ein halbes Dutzend Männer. Laß uns noch eine halbe Stunde abwarten. Es kann sein, daß sie darauf warten, daß wir uns schlafenlegen – also verhalten wir uns am besten ganz still!«

Rick wartete mit wachsendem Unmut ab. Die Kälte und der nagende Hunger machten ihm zu schaffen, und er hatte das Gefühl, es nicht mehr länger aushalten zu können. Seine Begeisterung über den Goldfund war geschwunden, und er spürte nur noch Ungeduld. Er fragte sich, wie er Justin dazu bewegen könnte, nach Sydney zurückzufahren, bevor George Evans mit seinen Leuten hier auftauchte. Aber jetzt würde er bestimmt hierbleiben wollen, um Evans nach seinen neuen Entdeckungen zu befragen... Und er würde ihm bestimmt von ihrer eigenen Suche nach Gold erzählen. Selbst wenn er die Meinung vertrete, daß sich die Suche nach Gold nicht lohnen würde, wäre George Evans Neugier erweckt, und... Evans war bekannt dafür, ein gründlicher Mensch zu sein, der nie schnell aufgab.

Rick trat vom Fenster zurück und rieb sich die Arme.

»Jetzt haben wir schon mehr als eine halbe Stunde gewartet, Justin«, sagte er leise. »Wir haben nicht das Geringste gehört. Ich nehme an, wir sind einer Ausgeburt von Winyaras Phantasie aufgesessen, oder die Leute haben sich wirklich wieder in die Berge zurückgezogen. Ich brate das Fleisch fertig – verdammt noch mal, wir haben seit heute morgen nichts mehr gegessen.«

Justin sagte nichts, sondern folgte ihm schweigend bis zur Tür. Rick schulterte seine Flinte und ging steif zum halb erloschenen Feuer hinüber. Als er Zweige auflegte, trat plötzlich ein Mann hinter einer der Scheunen hervor.

Als Rick die auf ihn gerichtete Waffe sah, warf er sich zu Boden. Kurz darauf krachte ein Schuß, und Geschosse sausten über seinen Kopf hinweg. Er spürte nicht, daß er getroffen worden war, erst als er aufspringen wollte, merkte er entsetzt, daß das unmöglich war.

Es folgte ein Kugelhagel aus verschiedenen Richtungen. Er hörte einen lauten Schmerzensschrei und sah, wie ein Mann sich den Bauch hielt und zu Boden stürzte. Dann war Justin bei ihm, griff nach seiner Flinte, feuerte sie ab und zog ihn einen Augenblick später hoch.

»Ich... kann nicht... gehen!« keuchte Rick. »Ich –« Er hustete, und Blut rann ihm aus dem Mund. Justin hob ihn sich über die Schultern und lief auf das Haus zu. Rick hörte, wie überall Geschosse einschlugen, und wie jemand hinter ihnen herrannte.

Dann hatten sie das Innere des Hauses erreicht, Justin schlug die Tür zu, setzte Rick ab und lud seine Flinte. Draußen wurden Stimmen laut. Jemand versuchte, die Tür einzutreten, sie gab aber zum Glück nicht nach. Justin zielte und schoß aus dem Fenster, und wieder ertönte ein lauter Schmerzensschrei.

»Wenigstens zwei von diesen Kerlen fassen keine Flinte mehr an«, rief Justin atemlos aus. Seine Stimme schien von weit her zu kommen. Rick versuchte sich aufzurichten, aber er hatte kein Gefühl in den Beinen. Schließlich schaffte er es, in eine geschützte Ecke zu kriechen.

Er spuckte Blut. Was war er für ein leichtsinniger Dummkopf gewesen, das Haus zu verlassen! Er hörte, wie Justin wieder feuerte, und wandte sich unter großen Schmerzen zu ihm um. Rick sah, wie Justin zur Seite sprang, und in derselben Sekunde krachte ein Schrothagel durch das Fenster.

Dann hörte er laute Rufe, die vom Fluß herüberdrangen. Großer Gott, griffen jetzt noch weitere geflohene Sträflinge an? Rick zog sich mühsam am Fenster hoch und schaute hinaus.

Mit großer Erleichterung erkannte er, wie Winyara gebeugt auf das Haus zulief. Es folgten zwei Männer, die Pferde führten, ein dritter saß auf und... Rick ließ sich unendlich erleichtert zu Boden fallen.

»Justin«, rief er mit rauher Stimme, »es ist Evans – Evans und seine Leute! Und Winyara.«

»Die kommen keinen Moment zu früh«, antwortete Justin. »Aber ich fürchte, daß die Spitzbuben schon geflohen sind, als wäre der Teufel hinter ihnen her. Sie haben ihre beiden Verwundeten zurückgelassen.«

Er lehnte seine Flinte an die Wand, kniete neben Rick nieder und fragte mitfühlend: »Wie geht's dir denn? Hast du große Schmerzen?«

»Nein – überhaupt keine Schmerzen, ich –« Rick starrte ihn an und entsetzliche Angst übermannte ihn. »Ich weiß nicht, wo ich getroffen worden bin. Wahrscheinlich im Rücken, aber ich – Justin, ich habe kein Gefühl in meinen Beinen! Und ich kann nicht aufstehn.«

Justin schob vorsichtig einen Arm unter Ricks Schultern und richtete ihn auf. »Du hast recht, du bist in den Rücken getroffen worden. Die Schweine haben mit Schrot auf uns geschossen, verdammt noch mal! Sie sind – ach, da kommt Evans. Bleib ganz ruhig liegen, Rick, ich will erst mal mit ihm sprechen.«

Großer Gott im Himmel, dachte er entsetzt, vielleicht bin ich gelähmt und kann nie wieder gehen... Er tastete nach seiner Hüfte und preßte die Goldklumpen in seiner Hosentasche mit aller Kraft an seinen Leib... Aber er fühlte überhaupt nichts. Dann ließ er sich zurückfallen und betete leise: »Nicht das... Großer Gott, nicht das! Hab Gnade mit mir, ich bitte dich, Himmlischer Vater...«

George Evans und Justin sprachen in der offenen Tür leise miteinander, und Rick verstand nur Bruchstücke.

»... Wahrscheinlich eine Rückgratverletzung... Er muß so schnell wie möglich nach Bathurst gebracht werden...«

»Die Straße ist aber sehr schlecht, Justin, und die Reise wird tagelang dauern. Glauben Sie, er ist kräftig genug, um das auszuhalten?«

Rick hielt gespannt die Luft an und wartete auf Justins Antwort. Er war sehr erleichtert, als er seinen Freund sagen hörte: »Er ist sehr kräftig, George. Aber wir müssen ihn so schnell wie möglich ins Krankenhaus bringen.«

»Sollen wir seine Angehörigen benachrichtigen?« fragte George Evans. »Ich fahre gleich morgen früh nach Sydney zurück, um dem Gouverneur einen genauen Bericht über unsere Forschungsreise zu erstatten. Ich könnte –«

Justin unterbrach ihn: »Nein, er ist erst seit ein paar Wochen verheiratet. Wir warten besser noch ab. Dem Gouverneur können Sie natürlich einen genauen Bericht abstatten, aber bitte seiner Familie und seiner Frau noch nicht. Ich schicke sofort jemanden nach Sydney, wenn wir genauer wissen, was er eigentlich hat.«

Rick sank zufrieden zurück. Auf diese Weise würden Katie große Sorgen erspart, und wenn er erst einmal in den Händen eines guten Arztes wäre, dann würde er bald wieder gesund werden. Und... Seine Hand schloß sich um die Goldklumpen in seiner Tasche. Justin hatte George Evans kein Wort von ihrer Suche erzählt, und Evans würde schon in wenigen Stunden nach Sydney aufbrechen.

Justin hatte das Geheimnis also bewahrt, und sobald er wieder gesund wäre, würde er das Gold außerhalb der Kolonie verkaufen. Der alte Silas Crabbe würde bald mit der *Emu* nach England zurückfahren, und er war absolut zuverlässig...

Er hörte, wie Evans sagte: »Warum diese Spitzbuben euch wohl angegriffen haben? Was meinen Sie?«

»Wir hatten ein Känguruh geschossen und waren gerade dabei, es zu braten. Hier in der Wildnis gibt es für Flüchtlinge nicht gerade viel zu essen, oder?«

Rick schloß die Augen und schickte ein Dankgebet zum Himmel.

Nachdem Justin es seinem Freund auf einem Stapel aus Dekken bequem gemacht hatte, brachte er ihm Tee und ein paar Scheiben Fleisch. Zu seiner eigenen Überraschung hatte er guten Appetit und genoß die Mahlzeit sehr.

Kurz nach Tagesanbruch wurde er auf ein Pferd gebunden, und Justin bereitete den Aufbruch nach Bathurst vor. Evans war schon ein paar Stunden vorher losgeritten.

Zu seiner Überraschung erhielt George De Lancey eine Einladung zum Abendessen im Hause des Militärstaatsanwaltes, in dem Jeffrey Hart Bent mit seiner verwitweten Schwägerin immer noch wohnte. Der Einladung war die Bitte hinzugefügt, eine Stunde früher als die anderen Gäste zu erscheinen. Der abgesetzte Richter schrieb, daß er ihn in einer streng vertraulichen Sache um Rat fragen wolle. George nahm die Einladung nach kurzem Zögern an.

Sein bisheriger Umgang mit Jeffrey Bent und den anderen Richtern war, gelinde gesagt, unbefriedigend gewesen. Bent war arrogant und unhöflich aufgetreten, und die einzige Entschuldigung dafür war seine unsichere Position, die durch die Ankunft eines Mannes plötzlich in Frage gestellt worden war, der eine ebenso gute juristische Ausbildung in England genossen hatte wie er selbst. Die Mitteilung seiner Entlassung durch das Kolonialministerium hatte erst ein paar Wochen später die Kolonie erreicht, und Lord Barhurst hatte in dem Schreiben den Gouverneur davon informiert, daß die beiden höchsten Richter ersetzt werden sollten. Mr. John Wylde, ein erfahrener Rechtsanwalt, sollte der Nachfolger von Jeffrey Bents inzwischen verstorbenem Bruder im Amt des Militärstaatsanwaltes werden, und ein Mr. Barron Field sollte Bent in seinem Amt als Oberster Richter der Kolonie ablösen.

Da er seit fast zwei Jahren die Funktionsfähigkeit des Gerichtes systematisch untergraben hatte, konnte sich Jeffrey Bent über seine Entlassung nicht beschweren. Wenn Gouverneur Macquarie die entsprechende Machtbefugnis besessen hätte, wäre er schon sehr viel früher entlassen worden. Macquarie hatte George De Lancey angeboten, das Richteramt bis zum Eintreffen des offiziellen Nachfolgers zu übernehmen, aber er hatte dieses Angebot ausgeschlagen.

Vielleicht... George lächelte nachdenklich, als er den Brief noch einmal las, der der Einladung zum Abendessen beigelegt war. Wenn Katie Rick Tempest nicht geheiratet hätte, hätte er das Angebot des Gouverneurs wahrscheinlich angenommen. Aber, da das Mädchen, das er liebte, jetzt Mrs. Tempest hieß, hatte er keine große Lust dazu verspürt. Er hätte sich Jeffrey Bents Feindschaft zugezogen, und es war bestimmt besser für ihn, wenn er sich gar nicht erst in die Machtkämpfe verwickeln ließ, die das Leben in der Kolonie so schwierig machten. Bents jahrelange Feindschaft mit dem Gouverneur, die so offen ausgetragen wurde, hatte ihn sehr erschreckt, und... George faltete den Brief zusammen und steckte ihn in seine Tasche.

Es war natürlich fast unmöglich, neutral zu bleiben, und seine Sympathie gehörte dem Gouverneur, für den er großen Respekt empfand.

George erhob sich und ging im Zimmer auf und ab. Er hatte sich in der Macquarie Street ein Haus gemietet, hatte sich seine Kanzlei im Erdgeschoß eingerichtet und wohnte oben im ersten Stock. Seine Kanzlei ging immerhin schon so gut, daß er sich einen jungen Büroangestellten, eine Kutsche und zwei Pferde leisten konnte. Seit Jeffrey Bent gemerkt hatte, daß er ihn nicht offen bekämpfte, schickte er ihm Klienten aus der »respektablen Oberschicht unserer Gesellschaft«.

Und am Anfang war er darüber froh gewesen. Das unerwartete Zusammentreffen mit Katie im Regierungsgebäude hatte ihn sehr unsicher gemacht. Danach hatte er jede Gelegenheit ergriffen, um sich in Arbeit zu vergraben, und obwohl der Oberste Gerichtshof geschlossen war, hatten die Friedensrichter alle Hände voll zu tun, da unter den Mitgliedern der Oberschicht Sydneys ständig Zwistigkeiten ausbrachen. Er hatte sowohl in Parramatta als auch in Sydney gegen die harten Urteile von Friedensrichtern wie Pfarrer Samuel Marsden und Hannibal Macarthur gekämpft.

Es klingelte an der Tür, und sein Bürogehilfe Rodney Akeroyd kündigte den unerwarteten Besuch von William Moore an – einem Rechtsanwalt, dem der Gouverneur aus verschiedenen Gründen die Ausübung seines Berufes untersagt hatte. Er bat ihn ohne große Vorrede, eine Bittschrift zu unterschreiben.

»Sie soll an Mr. Grey Bennet geschickt werden, der sie dem Parlament vorlegen wird«, erklärte Moore. »Wie Sie sehen, Mr. De Lancey, hat bereits eine stattliche Anzahl der angesehensten Bürger unserer Stadt unterschrieben, und Richter Bent – äh – meinte, daß Sie auch Ihre Unterschrift daruntersetzen würden. Sie brauchen sich nicht die Mühe zu machen, alles zu lesen«, fügte er hinzu, als George das Dokument auseinanderfaltete. »Es ist ein Hilferuf, ein Schrei nach Gerechtigkeit. Wir haben all die zum Himmel schreienden Ungerechtigkeiten, die sich der Gouverneur in letzter Zeit hat zuschulden kommen lassen, aufgeführt. Allen Beschuldigungen wurde gründlich nachgegangen, und die meisten Ungerechtigkeiten können von Zeugen beschworen werden.«

Selbst beim oberflächlichen Überfliegen der Bittschrift bemerkte George, wie viele verschiedene Klagen und Beschuldigungen vorlagen. Alle zielten darauf ab, der Regierung in der Heimat klarzumachen, daß Macquarie die Kolonie tyrannisch regierte, sich nach Gutdünken über das Gesetz hinwegsetzte und all diejenigen brutal bestrafte, die sich seiner Autorität widersetzten.

William Moore reagierte wütend und ausfallend, als George sich weigerte, die Bittschrift zu unterschreiben. Er bezeichnete sie als eine üble Verdrehung der Wahrheit und empfahl, sie nicht nach England abzuschicken.

Auch Jeffrey Bent war sehr verärgert. Eine Zeitlang brach der junge Richter jeden Kontakt mit ihm ab. Die »respektablen« Klienten blieben aus, er erhielt keine Einladungen zum Abendessen mehr, und George war sicher, daß die Bittschrift inzwischen auf dem Weg nach England war. Der Gouverneur erfuhr zwar davon, unternahm aber keinen Versuch, das Dokument abzufangen, sondern gab und sich damit zufrieden, einen ausführlichen Report an Lord Bathurst zu schreiben, von dem er naiverweise annahm, daß er seine Glaubwürdigkeit wiederherstellen würde.

Jedermann glaubte, daß Bent und die Witwe seines Bruders Sydney so bald wie möglich verlassen würden, aber statt dessen blieben sie und gaben vor, geschäftliche Angelegenheiten regeln und auf eine Pension warten zu müssen, die Eliza Bent erwartete.

Unangenehmerweise näherte sich Jeffrey Bent George wieder an. Er schickte ihm nicht nur wieder Klienten, sondern kam auch persönlich in seine Kanzlei, um ihn über die erwartete Pension seiner Schwägerin zu befragen und über seine eigenen Forderungen, die er sowohl gegen die heimatliche wie auch gegen die Kolonialregierung erhob.

Er war sehr höflich gewesen, hatte ihn wegen seiner Rechtskenntnisse gelobt und schien vergessen zu haben, daß es zwischen ihnen Differenzen gegeben hatte.

Und jetzt diese Einladung... George zog die Stirn in Falten. Er war erst ein einziges Mal zu Gast im Bentschen Haus gewesen, und er erinnerte sich genau daran, denn es war Katies Hochzeitstag gewesen. Er hatte Abwechslung gesucht und hätte mit dem Teufel persönlich zu Abend gespeist, dachte er zynisch. Aber…

Er warf einen Blick auf seine Taschenuhr. Es war Zeit zu gehen, wenn er zu Fuß hingehen und pünktlich dort sein wollte. Er rief den jungen Rodney Akeroyd herein und übergab ihm einen Stapel von Dokumenten, die er abschreiben sollte. Dann trat er auf die Straße hinaus.

Es war ein schöner, warmer Tag, ein angenehmer Wind wehte vom Hafen her, aber die Straße war überfüllt und staubig. George ging schnell auf der schattigen Seite entlang, als eine Kutsche herankam und eine Stimme ihn beim Namen rief.

»Mr. De Lancey – warten Sie! Können wir Sie mitnehmen?«

Es war eine weibliche Stimme, und als die Kutsche anhielt, erkannte er Julia Dawson und ihre Stiefmutter. Wie Eliza Bent sah auch Timothy Dawsons ältere Tochter ungewöhnlich gut aus, und er hatte ihr bei seiner Ankunft in Sydney vielleicht zuviel Aufmerksamkeit geschenkt.

Bei einem Ball des 46. Infanterieregiments, auf dem der Geburtstag von Colonel Molle gefeiert wurde, hatte er sie um einen Tanz gebeten, und sie hatte alle anderen Namen auf ihrer Tanzkarte ausgestrichen und den ganzen Abend nur mit ihm getanzt. Ihr Begleiter, ein einfacher Soldat namens Bullivant, war wütend gewesen, und ihre Stiefmutter, die charmante Abigail Dawson, war über ihr Verhalten genauso überrascht gewesen wie er selbst.

Das letzte, was ich will, ist ein ernsthaftes Verhältnis, dachte George ärgerlich, aber Julia stellte ihm richtiggehend nach, und die gute Gesellschaft von Sydney wartete neugierig darauf, daß sich eine Liebesgeschichte zwischen ihnen entwickeln würde.

»Mrs. Dawson – Miss Julia, guten Tag.« Ganz bewußt begrüßte er die beiden formell, küßte Abigail Dawson die Hand und verbeugte sich vor ihrer strahlenden Stieftochter. Aber Julia schien nichts zu bemerken, klopfte auf den Sitz neben sich und wiederholte ihre Einladung.

»Wir fahren zum Essen nach Hause«, fügte sie hinzu und schaute ihre Stiefmutter fragend an. »Wenn Sie nichts anderes vorhaben, Mr. De Lancey... Haben Sie vielleicht Lust, mit uns zu kommen?«

Abigail sagte nichts, schaute Julia aber mit mißbilligend hochgezogenen Augenbrauen an. George sagte eilig: »Vielen Dank, aber ich bin schon zum Essen eingeladen, Miss Dawson, und ich bin gerade auf dem Weg dorthin.«

Er trat zurück und erwartete, daß die Kutsche weiterfahren würde, aber Julia Dawson gab nicht so schnell auf. »Vielleicht«, lud sie liebenswürdig ein, »können wir Sie ein Stück mitnehmen? Wo essen Sie denn, Mr. De Lancey?«

George war von der Aufdringlichkeit des jungen Mädchens peinlich berührt, antwortete aber höflich: »Im Haus des verstorbenen Militärstaatsanwaltes, Miss Dawson. Aber ich versichere Ihnen, ich gehe gern zu Fuß.«

»In dieser Hitze?« meinte Julia. »Ach, Sir, das ist doch kein Vergnügen! Und das Haus liegt direkt an unserem Weg, oder, Abigail?«

»Ja«, gab Abigail zu. »Selbstverständlich. Also fahren Sie mit uns, und wir setzen Sie dort ab, Mr. De Lancey. Das macht uns wirklich keine Mühe.«

George bedankte sich und stieg in die Kutsche, da er fürchtete, daß eine Weigerung jetzt an Unhöflichkeit grenzen würde. Er tat sein Bestes, um die Damen gut zu unterhalten, während die Kutsche langsam über die staubige Straße rumpelte.

Hinter dem Park des Regierungsgebäudes wurde das Gedränge auf der Straße noch dichter, und viele Bewohner der Stadt eilten zum Hafen hinunter.

Der Kutscher konnte die Pferde nur mit Mühe halten.

»Es tut mir leid, Madam«, rief er Abigail zu, »aber es sind einfach zu viele Leute auf der Straße, ich kann nicht schneller fahren.«

»Was ist denn los?« fragte Abigail. »Fragen Sie doch jemanden, Thomas!«

Der Kutscher tat wie ihm geheißen. »Soweit ich verstehen konnte, ist ein Schiff im Hafen untergegangen. Ich glaub, es ist die *Elizabeth!*«

»Die *Elizabeth?* Aber die ist doch erst vor zwei Tagen vom Stapel gelassen worden.« Abigail war entsetzt. »Ich war dabei, als Mrs. Macquarie das Schiff getauft hat! Wie entsetzlich... Ich hoffe, daß das nicht stimmt.«

Als die Kutsche das Ende der Straße erreichte, von wo aus der Hafen zu sehen war, erkannte George auf einen Blick, daß die Leute recht gehabt hatten. Das Schiff lag schräg im Wasser, und ein halbes Dutzend Ruderboote bemühte sich, die Überlebenden zu retten.

Abigail sagte traurig: »Es hat jahrelang gedauert, dieses schöne Schiff zu bauen, und jetzt das! Die arme Mrs. Macquarie wird sehr traurig darüber sein – das Schiff wurde nach ihr benannt, wissen Sie – *Elizabeth Henrietta.* Ich werde sie sofort aufsuchen und sie zu trösten versuchen. Sie können doch sicher auch von hier aus zu Mr. Bents Haus gehen, oder, Mr. De Lancey? Es ist ja nur ein Steinwurf von hier, und bei diesen vielen Leuten auf der Straße sind Sie wahrscheinlich zu Fuß schneller dort als mit der Kutsche.«

»Ja, selbstverständlich, Mrs. Dawson.« George bedankte sich bei ihr und verabschiedete sich, und Julia schluchzte und versuchte nicht, ihn aufzuhalten.

Er traf Jeffrey Bent in seiner Kanzlei an. Er hatte vom Fenster aus die Rettungsmanöver im Hafen verfolgt und schimpfte bei Georges Ankunft über die Erbauer der *Elizabeth.*

»Die sind alle gleich, diese verdammten Kaufleute in der Kolonie. Einzig und allein am eigenen Profit interessiert, ist es ihnen vollkommen egal, was für eine Arbeit sie abliefern. Und Campbell muß in letzter Zeit in finanziellen Schwierigkeiten gesteckt haben. Er hat wahrscheinlich an allen Ecken beim Bau der *Elizabeth* gespart, und das ist dabei herausgekommen, deshalb ist sie schon nach ein paar Tagen gesunken.«

George erzählte, er habe erfahren, daß der Gouverneur die verspätete Ankunft des Baumaterials aus England indirekt für das Unglück verantwortlich machte, weil dadurch die Schiffsbauer ihr Interesse an der *Elizabeth* verloren hätten.

»Aber das ist noch lange keine Entschuldigung für schlechte Arbeit!« antwortete Bent ärgerlich. »Die meisten Matrosen sollen gerettet worden sein, aber es wird behauptet, daß die junge Mrs. Meredith noch nicht gefunden worden ist. Ich bete zu Gott, daß das nicht stimmt! Ich erlebe jeden Tag, wie sehr meine arme Schwägerin unter dem Tod meines Bruders leidet. Aber zum Glück hatten die Merediths noch keine Kinder. Mrs. Bent hat fünf Kinder, das älteste ist erst acht Jahre alt, und das jüngste wurde nach dem Tod meines Bruders geboren! Er hat sich im Dienst um die Kolonie aufgerieben, und trotzdem scheint der Gouverneur nicht bereit zu sein, seiner Witwe eine Pension zu zahlen.«

George blickte den mageren, blassen Mann an, den er nicht sonderlich sympathisch fand. Jeffrey Bent war noch jung, höchstens Anfang Dreißig, aber er hatte eine unangenehm pedantische Art. Dem abgesetzten Richter fehlte es offenkundig an Würde, obwohl er alles daransetzte, würdevoll zu erscheinen.

Er richtete sich auf, zog die Stirn bedeutungsvoll in Falten und sagte: »Ich habe Sie aber aus einem ganz anderen Grund eingeladen. Unter den herrschenden Umständen kann ich leider nicht persönlich das Problem angehen. Es ist eine ernste Angelegenheit, Sir, das versichere ich Ihnen.« Er hob ein Bündel zusammengerollter Papiere von seinem Schreibtisch und fuhr bedeutungsvoll fort: »Sie haben sicher von den Spottliedern gehört, die hierzulande oft gegen persönliche Feinde verfaßt werden. Lieder, durch die die Ehre und Integrität von anständigen Leuten durch den Schmutz gezogen werden. Sie –«

»Ja, natürlich habe ich schon davon gehört«, antwortete George und versuchte, den Redefluß Bents zu unterbrechen. »Aber ich habe nicht geglaubt, daß –«

»Daß Sie jemals damit etwas zu tun haben könnten, De Lancey?« fragte Jeffrey Bent ungeduldig und hielt ihm die Papiere hin. »Normalerweise braucht man sich auch darum nicht zu kümmern – es lohnt sich eigentlich gar nicht, über diese Lieder nachzudenken. Aber dieses Machwerk hier ist eine bösartige Attacke auf Colonel Molles Ehre. Jemand muß es verfaßt haben, der eine gute Erziehung genossen und Griechisch und Latein gelernt hat.«

Nachdem George De Lancey das Spottlied gelesen hatte, das sich über den unloyalen, nur auf seinen eigenen Vorteil bedachten Colonel Molle lustig machte, fragte Bent gespannt: »Nun? Das ist doch wirklich die Höhe, oder? Wie Sie sich vorstellen können, ist Colonel Molle deswegen sehr verärgert, der alles in seiner Macht Stehende tun wird, den anonymen Verfasser ausfindig zu machen und zu bestrafen.«

»Hat er einen Verdacht, wer das Lied verfaßt haben könnte?«

»Einen *Verdacht* schon«, antwortete Bent und verstaute die Papierrolle schnell in einer Schublade, so als könne er ihren Anblick nicht länger ertragen. »Zuerst vermutete er, daß einer seiner jungen Offiziere der Übeltäter gewesen sein könnte. Aber alle bestritten es überzeugend und waren mit einer gründlichen Durchsuchung ihrer Zimmer einverstanden. Auf die älteren Offiziere fällt keinerlei Verdacht, Colonel Molle kann sich ihrer bedingungslosen Loyalität seit Jahren sicher sein. Sie haben eine Belohnung von zweihundert Pfund ausgesetzt – und das ist nicht wenig, De Lancey, die derjenige erhalten wird, durch dessen Mithilfe der Autor dieses üblen, ehrenrührigen Spottliedes gefaßt wird.«

Bent starrte George mit seinen dunklen, unruhigen Augen an und wartete auf eine Reaktion. George räusperte sich und sagte: »Und was, glauben Sie, kann ich in dieser Sache für Sie tun? Wie Sie wissen, bin ich erst seit kurzem hier und kenne kaum jemanden. Ich habe nicht die leiseste Ahnung, wer das Spottlied geschrieben haben könnte. Selbst wenn der Urheber bekannt wäre, was will der Colonel gegen ihn unternehmen, will er ihn verklagen?«

»Aber selbstverständlich!« rief Bent ärgerlich aus. »Verdammt nochmal, Sir, aus eben diesem Grund hab ich Sie eingeladen. Durch meine derzeitige unglückliche berufliche Position kann ich rechtlich dem Colonel nicht zur Seite stehen. Er möchte, daß *Sie* das übernehmen.«

George starrte ihn an. »Mein ernstgemeinter Rat wäre aber der, Sir, daß Colonel Molle den Autor des Spottliedes *nicht* verklagen sollte. Es wäre ungeheuer schwierig, die Ehrenrührigkeit des Liedes zu beweisen, und selbst wenn ihm das gelänge, würde das öffentliche Interesse an diesem delikaten Prozeß ihm mehr schaden als nutzen. Meiner Meinung nach wäre es das beste, das Spottlied nicht ernst zu nehmen. Wenn er das täte, dann wäre es bald vergessen.«

»Zum Teufel noch mal, De Lancey, Sie wissen doch ganz genau, daß Molles Ansehen dadurch schwer geschädigt wird! Das

Lied bezichtigt ihn der Heuchelei und der Hinterhältigkeit dem Gouverneur gegenüber!«

»Wir wissen ja beide, daß er nicht gerade ein Freund des Gouverneurs ist, Bent«, antwortete George.

Bent schwieg eine Zeitlang, stand dann auf und ging im Zimmer hin und her. »Ich persönlich habe einen Verdacht, De Lancey. Und zwar denke ich an einen jungen Mann, der vor kurzem sein Offizierspatent verkauft hat und trotz seiner guten Erziehung mit begnadigten Sträflingen Verkehr pflegt, als wären sie seinesgleichen. Er hat sich sogar mit dem Sohn von begnadigten Sträflingen zusammengetan, um sich jenseits der Blue Montains als Farmer und Schafzüchter niederzulassen. Sie wissen bestimmt, wen ich meine.«

George schüttelte den Kopf und tat so, als habe er die deutliche Anspielung nicht verstanden. »Nein«, entgegnete er, »ich habe keine Ahnung, auf wen Sie anspielen, Sir.«

»Aber ich bitte Sie, Sir! Er ist doch nun wirklich niemand, den *Sie* sehr respektieren müßten! Ich spreche von Richard Tempest, Sir.«

George dachte fieberhaft nach. Warum um alles in der Welt sollte Bent annehmen, daß er einen Grund hätte, Rick Tempest nicht zu mögen? Warum glaubte er, die Autorschaft an dem Spottlied Katies Ehemann anhängen zu können? Einzig und allein aus dem Grund, weil dieser einen Tag, nachdem das Spottlied an die Tür der Offiziersmesse genagelt worden war, aus Sydney verschwunden war? Das war doch lächerlich! Als er sich dazu äußern wollte, winkte Bent ab.

»Sydney ist nicht der Ort, an dem Geheimnisse lange gewahrt werden können, De Lancey. Es ist allgemein bekannt, daß Sie früher mit der schönen Mrs. Tempest befreundet waren, und – äh – es wird allerlei darüber geredet. Und das trotz Ihres Versuches, uns hinters Licht zu führen, indem Sie der kleinen... wie heißt sie noch mal? Der kleinen Julia Dawson den Hof machen. Nein, warten Sie ab –«, er protestierte, als George ärgerlich aufsprang. »Ich habe noch nicht alles gesagt, mein Freund. Ich –«

»Ich glaube, Sie haben mehr als genug gesagt, Sir«, entgegnete George kühl.

Aber er erinnerte sich daran, daß sein Gespräch mit Katie ein paar Tage vor der Hochzeit belauscht worden war...

Jeffrey Bent lächelte. »Mir scheint, Sie könnten meine Vermutungen über diesen Fall bestätigen oder zerstreuen. Und ich kann Ihnen garantieren, daß Colonel Molle Ihnen die zweihundert Pfund zukommen läßt, wenn Sie den Beweis erbringen, daß Rick Tempest der Verfasser des Spottliedes ist. Nun – was sagen Sie dazu, De Lancey? Ist das nicht ein anständiger Vorschlag?«

George machte Anstalten, sich zu entfernen. »Ihre Vorschläge sind vollkommen indiskutabel, Sir, und ich weise sie mit aller Entschiedenheit zurück. Ich kann Ihre Gastfreundschaft nicht länger in Anspruch nehmen, Mister Bent. Bitte richten Sie Ihrer Schwägerin aus, daß sie meine Abwesenheit beim Abendessen entschuldigen möge.«

Als er auf die Straße trat, zitterte er noch vor unterdrückter Wut. Es waren immer noch viele Menschen unterwegs. Er sagte sich, daß es sich nicht lohne, sich über einen Mann wie Bent aufzuregen. In diesem Augenblick fiel sein Blick auf einen goldblonden Haarschopf, und erschrocken erkannte er Katie.

Sie war allein unterwegs und ganz offensichtlich in Eile. Er hatte sie seit ihrer Hochzeit mit Rick Tempest nicht mehr gesehen, und nach Jeffrey Bents Anspielung auf ihre frühere Freundschaft wäre es vernünftig gewesen, jetzt nicht auf sie zuzugehen, aber... Er sah, wie sie stolperte und beinahe stürzte, und ohne weiter über die Folgen nachzudenken, eilte er auf sie zu.

»Was ist denn los, Katie?« fragte er, als er sah, daß sie weinte, und widerstand der Versuchung, sie in seine Arme zu nehmen. »Hat dir die Menschenmenge angst gemacht?«

Katie schüttelte den Kopf. »Nein – nein, es ist etwas anderes. Wenn ich gewußt hätte, daß so viele Menschen unterwegs sind, wäre ich einen anderen Weg gegangen.«

»Die *Elizabeth* ist untergegangen«, erklärte George. »Deshalb sind so viele Menschen auf den Beinen.«

Katie wischte sich die Tränen ab, und er spürte, wie sie zusammenzuckte. »Ich hab' gesehn, wie zwei – zwei Ertrunkene an Land gebracht wurden. Eine davon war Mrs. Meredith, George. Sie – die arme junge Frau, sie war noch nicht einmal so lange verheiratet wie ich, und sie ist ertrunken. Sie war anscheinend unten in ihrer Kajüte, als das Schiff auf die Seite kippte!«

George ergriff ihre Hand und streichelte sie sanft. »Ja, das hab ich auch gehört. Das ist entsetzlich. Aber wo wolltest du so eilig hin, Katie? Und warum warst du zu Fuß und allein unterwegs?«

»Ach!« Sie brach wieder in Tränen aus. »Zum – ich wollte zum Krankenhaus! Ein Soldat war bei mir und teilte mir mit, daß Rick verwundet sei und daß er in einem Wagen von Bathurst nach Sydney gebracht wird. Viel mehr konnte er mir nicht sagen. Er wußte nicht einmal, wie schwer Rick verletzt ist.«

»Und wann trifft er hier ein?« fragte George.

»Das wußte er auch nicht. Er – er sagte, daß ich zu Hause bleiben solle und daß ich benachrichtigt würde, sobald Rick hier ankommt. Aber ich... laß mich aussprechen, George. Ich mußte einfach ins Krankenhaus. Selbst wenn er noch nicht da ist, kann ich dort auf ihn warten.« Katie unterdrückte einen Seufzer, blickte zu ihm auf und versuchte tapfer zu lächeln. »Ich bin einfach losgelaufen, ohne nachzudenken.«

»Ich begleite dich zum Krankenhaus, Katie«, bot George seiner alten Freundin an. »Und dann warten wir zusammen auf Rick.«

Aber Rick war schon eingeliefert worden, und die Chirurgen bereiteten die Operation vor, um die Schrotkugeln aus seinem Rücken zu entfernen.

»Dr. Redfern kümmert sich um ihn. Aber ich glaube, Sie dürfen ihn sehen, Mrs. Tempest«, meinte ein junger Arzt.

Katie kam schon nach wenigen Minuten mit schneeweißem Gesicht zurück.

»Ich habe Justin gesehn«, flüsterte sie unglücklich, »seinen Partner, Justin Broome. Er – er bleibt bei Rick. Rick kann nicht gehen, George. Er hat kein Gefühl in den Beinen, er –« Sie schluchzte verzweifelt.

George legte einen Arm um ihre Schultern. »Erlaube mir, daß ich dich jetzt nach Hause bringe.«

»Nein«, protestierte Katie entschlossen. »Ich bleibe hier, bis – Ich – ich muß ganz einfach wissen, wie die Operation verlaufen ist. Ich möchte ihn so bald wie möglich sehen. Justin hat mir versprochen, daß er mich gleich benachrichtigt.«

Endlich betrat Justin Broome das Zimmer, in dem sie auf ihn warteten.

»Es geht ihm gut, Katie, und er möchte dich sehen«, sagte er, aber er blickte bei seinen Worten George ernst an. Als der Arzt sie zu Rick führte und Katie außer Hörweite war, flüsterte Justin: »Ein paar der großen Schrotkugeln können nicht herausoperiert werden – sie sitzen zu dicht an der Wirbelsäule. Redfern befürchtet, daß er nie wieder wird gehen können. Sie – Sie sind doch Mr. George De Lancey, oder? Ich bin Justin Broome. Ich kümmere mich um sie und bringe sie nach Hause. Meine Frau ist gut mit ihr befreundet, sie wird schon die richtigen Worte finden, um ihr die bittere Wahrheit zu sagen.«

Lieutenant Broome, Eure Exzellenz«, kündigte John Campbell, der Sekretär des Gouverneurs, an. Er trat lächelnd zur Seite und hielt Justin die Tür auf.

»Justin, mein lieber Junge!« Gouverneur Macquarie begrüßte ihn wie immer sehr herzlich. »Setzen Sie sich. Sie sind bestimmt gekommen, um mir zu sagen, daß die *Elizabeth Henrietta* wieder seetüchtig ist.«

Justin nahm Platz: »Ja, das Schiff ist jetzt einsatzbereit.«

»Gut!« meinte Macquarie. »Sind Sie zu einem Ergebnis gekommen, wie es zu dem tragischen Unfall kommen konnte?«

Justin hatte sehr genaue Vorstellungen, aber es erschien ihm nicht richtig, sie zum jetzigen Zeitpunkt zu äußern. Meredith hatte sein Kommando abgetreten und war auf der *Emu* nach England zurückgekehrt. Und was geschehen war, war geschehen. Merediths Fehlentscheidungen waren auf mangelnde Erfahrung zurückzuführen, er war unfähig gewesen, die offensichtlichen Fehler in der Bauweise des Schiffes zu erkennen.

»Ich bin dabei, Ihnen einen genauen Bericht zu schreiben, Sir«, sagte er vorsichtig.

Der Gouverneur gab sich damit zufrieden und antwortete: »Tun Sie, was immer Ihnen notwendig erscheint. Sie sind ja jetzt der Kommandeur der *Elizabeth*.«

Justin rutschte auf seinem Stuhl hin und her und überlegte, wie er den eigentlichen Grund seines Besuches zur Sprache bringen sollte. Erst vor zwei Tagen hatte ihm Rick Tempest erzählt, daß er wieder Gold in Pengallon gefunden hatte, und...

Der Gouverneur half ihm unbeabsichtigt, indem er sagte: »Wie geht es denn Richard Tempest? Das war ja ein äußerst unglückseliger Vorfall, und die Tatsache, daß die Verbrecher inzwischen gefaßt worden sind, kann dem armen Mann auch nicht helfen. Dr. Redfern hat mir berichtet, daß die Gefahr besteht, daß der junge Mann nicht mehr wird gehen können.«

»Ja, Sir, das hat er mir auch gesagt. Diese Verbrecher haben aus nächster Nähe auf ihn geschossen, und –«

»Aber *warum* haben sie ihn angegriffen – Sie beide angegriffen?« fragte der Gouverneur. »Glauben Sie, daß sie es auf Nahrungsmittel abgesehen hatten?«

»Nein, Sir, sie waren hinter Gold her.« Er erzählte, daß Rick Gold gefunden hatte. »Trotz all unserer Vorsicht muß es doch jemand beobachtet haben. Rick hat mir gestern seine Funde anvertraut, damit ich sie Ihnen zeigen kann.« Er packte die Goldklumpen vorsichtig aus und legte sie auf den Schreibtisch des Gouverneurs. »Es ist reines Gold, Sir.«

Macquarie betrachtete die schimmernden Steine, und sein Unbehagen war ihm deutlich anzusehen.

»Großer Gott!« rief der Gouverneur aus. »Wenn das bekannt wird, dann sind die Folgen nicht abzusehen! Die Sträflinge würden in Scharen zu fliehen versuchen, und alle würden jenseits der Blue Mountains auf eigene Faust nach Gold suchen. Und nicht nur Sträflinge – die Siedler ebenfalls, und auch die Soldaten wären nicht gefeit gegen die Verlockung, schnell zu Geld zu kommen.« Er wog den größten Goldklumpen in seiner Hand und sah ärgerlich und besorgt aus. »Es ist gut, daß Sie mir von dem Fund berichtet haben, Justin. Ist das Gold von einem Fachmann begutachtet worden?«

»Nur ein paar kleinere Körnchen, Sir«, antwortete Justin. »Tempest hat sie einem Mann namens Hensall gezeigt.«

»Das ist dieser Spitzbube, den ich auspeitschen lassen mußte. Nun, da gibt es Mittel und Wege, um ihn zum Schweigen zu bringen. Aber noch besser ist eine offizielle Mitteilung, daß Gesteinsproben aus der Gegend um Bathurst untersucht worden sind und sich als wertlos herausgestellt haben. Die Wahrheit *muß* unterdrückt werden.«

Macquarie seufzte. »Bitte halten Sie Ihren Fund unter Verschluß. Sie verstehen doch, warum, Justin, oder? Das Wohlergehen der Kolonie hängt davon ab, daß sie sich so bald wie möglich unabhängig vom Mutterland ernähren kann. Es würde zu chaotischen Zuständen führen, wenn die Menschen ihre Farmen verlassen würden, um nach Gold zu suchen.«

»Ich verstehe sehr gut, was Sie meinen, Sir«, versicherte ihm Justin. Tatsächlich hatte er dieselben Argumente Rick gegenüber vorgebracht, aber Rick hatte sie nicht verstanden und würde sie vielleicht auch nie einsehen können. Er hatte ihm nur schweren Herzens von seinem neuerlichen Goldfund erzählt und fest daran geglaubt, daß Gouverneur Macquarie ihm das Recht einräumen würde, auf seinem eigenen Land nach Gold zu suchen.

Nachdem der Gouverneur ein paar Minuten lang geschwiegen hatte, blickte er Justin nachdenklich an und sagte: »Dann verstehen Sie sicher auch, daß ich Ihnen hiermit ausdrücklich verbieten muß, nach Gold zu suchen! Wann übrigens glauben Sie, daß Sie Ihre Farm so betreiben können, wie Sie sich das erhoffen? In zehn Jahren? Dann werde ich bestimmt nicht mehr hier sein, aber Sie und hoffentlich auch Ihr Freund Tempest. Aber Sie beide dürfen dem Wohlergehen der Kolonie zuliebe kein Wort über den Goldfund verlauten lassen und müssen sich damit zufriedengeben, Schafe und Rinder auf Ihrem Land zu züchten.«

»Ja, Sir, ich habe damit gerechnet, daß Ihre Entscheidung so ausfallen würde. Ich habe schon mit meinem Bruder besprochen, daß er, sobald die Gebäude auf unserer Farm fertiggestellt sind und ich einen zuverlässigen Schafhirten gefunden habe, eine kleine Herde zu uns über die Berge treibt.«

Der Gouverneur nickte zustimmend und klingelte nach seinem Sekretär.

John Campbell kam lächelnd herein, verbeugte sich und sagte: »Ich wollte Eure Exzellenz ohnehin über die Ankunft des Frachtschiffes *Lady Elizabeth* informieren. Das Schiff liegt am Südkap vor Anker, und Rechtsanwalt Wylde ist an Bord, Sir. Wenn der Wind günstig steht, wird das Schiff schon bald den

Hafen erreicht haben.«

Gouverneur Macquarie atmete erleichtert auf. »Gott sei Dank«, sagte er mehr zu sich selbst als zu den beiden anwesenden Männern. »Jetzt wird es mir vielleicht möglich sein, mich und die Kolonie von diesem Verbrecher zu befreien, dessen einziges Bestreben es zu sein scheint, Zwietracht zu säen und Ungehorsam zu propagieren!« Dann entschuldigte er sich lächelnd und sagte: »Ich habe mich hinreißen lassen, meine Herren – verzeihen Sie mir meinen Ausbruch. Auf alle Fälle heißen Sie Mr. Wylde und seine Familie willkommen, John. Und teilen Sie ihm so schonend wie möglich mit, daß sein offizieller Wohnsitz im Augenblick noch von der Witwe seines Vorgängers und dem Richter des Obersten Gerichtshofes beansprucht wird. Sagen Sie ihm, daß wir ihm schnellstens eine Wohnung zur Verfügung stellen werden, und... ja, fragen Sie ihn, ob er uns heute abend die Ehre seines Besuches erweisen will.«

»Ich habe verstanden, Sir. Ich versichere Ihnen, daß ich alles versuchen werde, um so taktvoll wie möglich zu sein, aber« – John Campbell breitete hilflos die Arme aus – »es ist sicher nicht einfach, einem Neuankömmling die hiesige Situation klarzumachen, oder?«

»Nein, das ist es nicht«, gab Macquarie ärgerlich zu. Plötzlich fiel ihm etwas ein, und sein Gesichtsausdruck entspannte sich. »Nehmen Sie Mr. De Lancey mit, John – lassen Sie sofort nach ihm schicken, um sicher zu sein, daß er Sie begleiten kann – und überlassen Sie es ihm, die richtigen Worte zu finden. Er ist Rechtsanwalt und war lange genug hier, um die Situation hinsichtlich der Bents genau einschätzen zu können. Und Justin –«

»Sir?«

»Bitte übernehmen Sie das Kommando über meine Barke und bringen Sie die beiden Herren zur *Elizabeth.* Ich wünsche, daß Mr. Wylde in aller Form willkommen geheißen wird.«

Knapp eine Stunde später glitt die Barke durch das Hafenbekken zu dem soeben eingetroffenen Schiff hinüber, und John Campbell machte George De Lancey mit seiner schwierigen Aufgabe vertraut.

»Ich verstehe«, entgegnete George leicht amüsiert. »Nun... ich hoffe, daß ich die richtigen Worte finde, Mr. Campbell. Hat der neue Militärstaatsanwalt übrigens eine Familie?«

»Ich glaube, er ist verheiratet und hat ein Kind«, antwortete der Sekretär. »Und sein Vater, Mr. Thomas Wylde, kommt auch mit und soll als Friedensrichter hier tätig sein.«

»Und es besteht noch keine Aussicht, wann Mr. Bent aus dem offiziellen Wohnsitz des Militärstaatsanwaltes auszieht?«

Campbell seufzte. »Mrs. Bent hat uns unmißverständlich zu verstehen gegeben, daß sie erst dann zum Auszug bereit ist, wenn ihr die Witwenpension in voller Höhe ausbezahlt wird. Da sie eine ungewöhnlich hohe Pension fordert, weiß der Gouverneur nicht, was er tun soll. Ihr verstorbener Mann hatte darauf bestanden, zwölfhundert Morgen bestes Ackerland am Nepean zu erhalten. Und kaum ein halbes Jahr später hatte er das Land schon mit großem Gewinn verkauft!«

»Ich glaube, Mr. Campbell«, bat De Lancey, »daß es besser ist, wenn Sie mir keine weiteren Einzelheiten berichten. Wenn ich auch nur die Hälfte davon dem neuen Militärstaatsanwalt erzähle, fährt er mit dem nächsten Schiff nach England zurück!« Er wandte sich an Justin. »Wie geht es Ihrem Freund Richard Tempest, Mr. Broome?«

»Rick ist verständlicherweise sehr verzweifelt. Er wird in den nächsten Tagen nach Hause entlassen, und die Ärzte hoffen, daß sich sein Gesundheitszustand durch Ruhe und gute Pflege bessern könnte. Dr. Redfern führt die Lähmung auf einen verletzten Nerv zurück.«

Campbell schaltete sich in das Gespräch ein und erkundigte sich nach Einzelheiten des Überfalls. Justin berichtete: »Wir haben drei Männer verwundet, und die anderen ergaben sich am nächsten Tag dem militärischen Suchkommando. Sie waren alle von der Regierungsfarm in Ford Emu geflohen, und sie sagten Fähnrich Dean, daß –«

»Meinen Sie den jungen Michael Dean?« unterbrach ihn De Lancey. »War er dort?«

»Ja«, bestätigte Justin. Seit Jessica ihm die wahre Identität von Michael Dean anvertraut hatte, vermied er es, wenn möglich, das Gespräch auf seinen Schwager zu lenken, und er bedauerte es, seinen Namen jetzt unnötigerweise genannt zu haben. Aber De Lancey schien Michael Dean sehr zu schätzen.

»Wir sind zusammen auf der *Conway* hergekommen. Dean hat sich während der Überfahrt als ein vertrauenswürdiger Mann erwiesen. Vor allem aufgrund seiner Zeugenaussage wurde dieser Halunke von Captain seiner gerechten Strafe zugeführt. Dean ist ein vielversprechender junger Offizier – aber warum um alles in der Welt wurde er nach Bathurst geschickt? Hat er sich mit jemandem angelegt?«

Justin lächelte und dachte daran, wie sehr sein Schwager unter der Versetzung gelitten hatte. »Es könnte ja sein, daß Colonel Molle nicht so viel von ihm hält wie Sie, Mr. De Lancey – oder auch von seinem Verhalten während der Überfahrt.«

»Großer Gott, warum?«

»Ich habe gehört, daß sein Verhalten dem Ansehen des Regiments geschadet habe. Aber jetzt scheint Dean seine Verbannung nach Bathurst nicht mehr als Strafe zu empfinden. Im Gegenteil, er genießt das unabhängige Leben. Der Kommandeur Captain Lawson ist nur selten dort. Er hat tausend Morgen Land am Macquarie zugesprochen erhalten, ganz in der Nähe von Ricks und meinem Land, und er hat alle Hände voll mit dem Aufbau seiner Farm zu tun.«

Nach kurzer Pause sagte Justin: »Dort ist übrigens das Schiff, und es sieht ganz so aus, als ob die letzten Vorbereitungen zum Einlaufen in den Hafen getroffen werden. Sie können gerade noch an Bord gehen.«

Eine gute Stunde später sprang Justin an Land und ging geradewegs auf sein kleines, weiß gestrichenes Haus zu, in dem Jessica schon auf ihn wartete.

Auch der kleine Red war glücklich, ihn wiederzusehen und wich nicht von seiner Seite. Als er schließlich im Bett lag, zündete sich Justin eine Pfeife an und ließ sich in seinem Lieblingsstuhl nieder. Jessica setzte sich ihm gegenüber, stellte ihr Nähkästchen auf den Tisch und begann mit einer Näharbeit.

»Ich liebe dich, Jessica India«, flüsterte er zärtlich. »Und ich danke dir, daß du mir einen so wunderbaren Sohn geboren hast.«

»Er ist ein richtiger Schlingel«, antwortete sie nachsichtig. Dann errötete sie und fügte leise hinzu: »Red bekommt einen Bruder oder eine Schwester, Justin. Ich habe es dir noch nicht gesagt, weil ich mir nicht sicher war. Aber –«

»Aber jetzt bis du sicher, Liebste?« fragte Justin glücklich. »Und wann kommt unser Kind zur Welt?«

»Im März oder Anfang April, meint Kate Lamerton. Freust du dich?«

»Das weißt du doch, Liebste. Ich bin sehr, sehr froh darüber.« Er küßte sie zärtlich. »Und ein Geschwisterchen wird gut sein für Red, dann hast du weniger Zeit, ihn zu verwöhnen.«

»Er ist doch nicht verwöhnt«, meinte Jessica. »Ich wünschte nur, Katie Tempest wäre auch schwanger, Justin. Ich habe ihr geholfen, Ricks Heimkehr vorzubereiten ... Es ist gar nicht so einfach, wie wir uns das vorstellten.«

»Das ist doch verständlich«, sagte Justin. »Er ist ja sehr krank –«

»Aber hör doch zu, du weißt ja noch nicht alles«, entgegnete Jessica unglücklich. »Ich fürchte, daß Julia Dawson großes Unglück angerichtet hat. Ich habe dir ja schon erzählt, daß sie auf Mr. De Lancey sehr eifersüchtig ist, aber – ich fürchte sie ist zu weit gegangen und hat Rick gegenüber eine Andeutung gemacht. Das hat ihn sehr aufgeregt, wie man sich vorstellen kann.«

»Aber, was zum Teufel, kann sie angedeutet haben?« wollte Justin wissen. »De Lancey scheint mir ein sehr ehrenhafter Mann zu sein. Zugegebenermaßen kenne ich ihn nicht sehr gut, aber ich habe ihn heute abend zur *Lady Elizabeth* hinausgefahren ... Der neue Militärstaatsanwalt ist an Bord, und er und Mr. Campbell wollten ihn in aller Form begrüßen. De Lancey war –«

»Der neue Militärstaatsanwalt?« Jessica schaute auf. »Ach, Justin, bedeutet seine Ankunft, daß die Bents endlich abreisen werden? Mrs. Macquarie würde darüber so erleichtert sein! Sie und der Gouverneur hatten sehr unter den Bents gelitten, obwohl sie sich immer rührend um diese Leute gekümmert haben. Fahren sie jetzt nach England zurück?«

Justin zuckte mit den Schultern. »Campbell sagt, daß sie wie Kletten am offiziellen Wohnsitz des Militärstaatsanwaltes hängen, was bis zu einem gewissen Grad verständlich ist, weil das Haus wirklich sehr schön ist. Deshalb schickte der Gouverneur De Lancey zur Begrüßung, damit er dem neuen Militärstaatsanwalt die Situation erklärt. Aber was De Lancey und Katie betrifft, da versteh ich wirklich nicht, wessen Julia die beiden bezichtigen könnte.«

»Sie haben sich schon in Amerika gut gekannt«, antwortete Jessica. »Und Julia behauptet, daß sie sogar verlobt waren. Das kann ja stimmen – ich weiß es nicht, und ich habe auch keine Ahnung, wo Julia ihre Informationen her hat. Aber sie legt es darauf an, Schwierigkeiten zu machen. Ich glaube, es wäre das beste, wenn du mit Rick sprichst. Er ist dein Freund, und…«

Ich muß Rick Tempest noch viel Unangenehmeres mitteilen, dachte Justin unglücklich. Ich muß ihm von dem Gespräch mit dem Gouverneur berichten.

»Gut, meine Liebe«, versprach er. »Ich werde alles tun, was ich kann.« Er unterdrückte ein Gähnen und fügte hinzu: »Aber jetzt müssen wir schlafengehen. Ich muß morgen früh aufstehen!«

Jessica fragte: »Hast du von dem Skandal um Captain Sanderson gehört, Justin?«

»Nein«, antwortete Justin und legte den Arm um sie. »Und ich bin auch gar nicht sicher, daß ich es jetzt hören will, aber… Mit wem hat sich der streitsüchtige Captain diesmal angelegt?«

»Mit Mr. Greenway – dem Architekten. Er hat anscheinend länger als besprochen für die Fertigstellung eines Hauses gebraucht, und es wird erzählt, daß Captain Sanderson ihn ausgepeitscht hat. Greenway konnte sich nicht verteidigen, weil er als vorzeitig entlassener Sträfling unter Polizeiaufsicht steht, aber er will einen Strafgerichtsprozeß gegen Sanderson anstrengen.«

»Dann ist das ja der erste Fall für unseren neuen Militärstaatsanwalt«, meinte Justin. »Nun, zum Teufel mit Colonel Molle und seinen Offizieren! Ich habe Wichtigeres zu tun, als mir Sorgen über diese Spitzbuben zu machen.« Er nahm Jessica in die Arme. »Meine liebe Jessica, ich möchte der Mutter meiner Kinder ganz nah sein. Glaubst du, sie will das auch?«

Jessica legte ihm die Arme um den Hals und schaute lächelnd zu ihm auf. »Ich glaube schon, Justin. Wirklich, ich bin ziemlich sicher, daß sie sich darüber freuen würde.«

Beim Ausziehen fielen ihm die kleinen Goldklumpen aus der Hosentasche. Justin machte sich nicht einmal die Mühe, die

Steinchen aufzuheben. Jessica fragte ihn leise, was das für Steine seien, und er antwortete: »Ach, die hat Rick im Fluß gefunden, Liebste – wertloses Zeug.«

Um Gottes willen, Katie – laß mich doch endlich in Ruhe!« rief Rick ungeduldig aus. »Ich bin gut versorgt – Jonas und Mary kümmern sich um mich, und ich habe Dickon. Also mach dir keine Gedanken – geh in die Stadt und amüsiere dich!«

»Aber Rick«, meinte Katie mit leiser Stimme. »Du weißt doch, daß ich dich nicht allein lassen möchte. Ich –«

»Was kannst du denn für mich tun, wenn du hierbleibst?« fragte Rick. Er wußte, daß er undankbar und ungerecht war. Katie meinte es gut. Sie tat alles, um ihm die Zeit zu vertreiben, aber allein ihre Gegenwart machte ihn rasend und erinnerte ihn immer wieder daran, daß sie ihm einst gehört hatte und daß das jetzt nicht mehr möglich war.

»Ohne dich«, meinte Katie, »kann ich nicht lustig sein. Wirklich, Rick, du mußt –«

Rick unterbrach sie ärgerlich. »Ach Unsinn, du hörst in der Stadt den neuesten Klatsch, den du mir heute abend erzählen kannst, zum Beispiel wen – abgesehen von mir – der wackere Colonel Molle als Urheber dieses Spottliedes verdächtigt. Und wie der ebenso wackere Captain Sanderson auf die Strafe von fünf Pfund reagiert hat, die er einem Gerichtsbeschluß zufolge bezahlen muß, weil er den Architekten Francis Greenway ausgepeitscht hat. Und natürlich auch, was Seine Exzellenz zu dem Gedicht über seine Person sagt, das in der Wachstube des sechsundvierzigsten Regiments gefunden worden ist... Bei den Einladungen zum Essen im Regierungsgebäude wird doch zur Zeit über nichts anderes gesprochen, oder?«

Katie errötete. »Du weißt, daß das nicht so ist«, protestierte sie. »Wie kannst du so verbittert sein, Rick?«

Das weiß ich selbst nicht, dachte Rick bitter. Unerträglich für ihn war das Wissen, daß sie – seine geliebte junge Frau – ihn während seiner kurzen Abwesenheit betrogen hatte. Sie hatte zu dem Zeitpunkt noch nicht gewußt, daß er durch einen Steckschuß gelähmt sein würde... Wenn sie es schon gewußt hätte, dann hätte er ihr leichter vergeben können.

Rick fluchte, als sich Katie abwandte, um ihre Tränen vor ihm zu verbergen. Zum Teufel mit George De Lancey, dachte er wütend. Warum nur war dieser Mensch wieder in Katies Leben getreten? Und, verdammt noch mal, warum hatte Katie *ihn* geheiratet, wenn sie noch immer ihren früheren Verlobten liebte?

»Kann ich noch irgend etwas für dich tun?« fragte sie. Auf sein wortloses Kopfschütteln hin fügte sie leise hinzu: »Gut, dann gehe ich jetzt. Ich bin zwar früh dran, aber ich will Jessica noch besuchen. Sie fühlt sich sehr allein ohne Justin, und das Baby kommt ja schon bald.«

Rick hatte Justins Abfahrt vor zehn Tagen beobachtet, als die *Elizabeth* mit Colonel Sorrell, dem neuen stellvertretenden Gouverneur in Tasmanien, an Bord den Hafen verlassen hatte. Der ewig betrunkene, unfähige Major Thomas Davey war endlich seines Amtes enthoben worden, aber das Kolonialministerium hatte ihm großzügigerweise zweitausend Morgen bestes Weideland am Illawarra zugesprochen.

Und Macquarie hatte dem ohne weiteres zugestimmt, dachte Rick wütend, während er Justin und ihm verboten hatte, auf ihrem eigenen Land nach Gold zu suchen. Wenn er nur dorthin zurückfahren könnte, wenn er nur... Er blickte auf, als er eine Kinderstimme hörte. Er vergaß seinen Ärger und streckte die Hand nach seinem Neffen aus. Dickon schenkte ihm in diesen schweren Tagen sehr viel Freude. Der Kleine besuchte ihn täglich, und Rick genoß seine Gesellschaft so sehr, daß er sich in seiner Gegenwart nicht nur besser, sondern merkwürdigerweise sogar ganz zufrieden fühlte.

»Was willst du denn, mein Junge?« fragte Rick und sprach die Worte deutlich aus, damit Dickon sie ihm von den Lippen ablesen konnte. »Macht dir das Zeichnen der Segel Schwierigkeiten?«

Dickon nickte, und Rick nahm ihm die Zeichnung ab. »So, schau mal her, wie man das macht. Erst einmal der Mast... ach, zum Teufel!«

Ein Windstoß riß ihm das Papier aus der Hand und wirbelte es in die Luft. Dickon lief hinterher, erwischte es aber nicht. Es wurde zum Wasser hinuntergetragen, und als Rick die Gefahr erkannte, rief er dem Jungen zu, vorsichtig zu sein.

Aber Dickon hörte ihn nicht. Er schlitterte den Abhang hinunter, verlor am Ufer das Gleichgewicht, und Rick mußte entsetzt mit ansehen, wie er kopfüber ins Wasser fiel.

Ohne nachzudenken sprang Rick auf und stürzte nach zwei schwankenden Schritten zu Boden. Mit aller Kraft kroch er weiter. Irgendwie schaffte er es bis zum Ufer hinunter und sah, wie Dickon im Wasser um sich schlug. Rick wußte, daß er nicht schwimmen konnte, und sah entsetzt, wie er von einer Welle mitgerissen wurde.

Er nahm all seine Kraft zusammen und zog sich ins Wasser. Er war schon immer ein guter Schwimmer gewesen, und mit ungeheurer Erleichterung merkte er im Wasser, daß seine Beine ganz normale Schwimmbewegungen ausführten. Er erreichte den um sich schlagenden Jungen, packte ihn bei den Schultern und schwamm mit ihm an das Ufer zurück.

Rick fiel es schwer an das zu glauben, was da mit ihm geschehen war. Er richtete sich behutsam auf. Er schwankte, vermochte aber das Gleichgewicht zu halten und ein paar Schritte zu gehen.

Er lächelte glücklich, und die beiden gingen langsam in den Garten zurück. Jonas und Mary eilten ihnen entgegen.

»Sie können ja *gehen*, Mr. Tempest! Dem Himmel sei Dank!« rief Mary aus, bekreuzigte sich und brach in Tränen aus.

Rick sagte nichts. Er ließ Dickons Schulter los, stützte sich auf Jonas, ging ins Haus, hielt sich steif aufrecht und erwartete bei jedem Schritt, daß seine Beine ihm wieder den Dienst versagen würden.

Jonas starrte ihn an und konnte immer noch nicht glauben, was seine Augen gesehen hatten. »Was kann ich für Sie tun?«

»Geh ins Krankenhaus, Jonas«, bat Rick. »Und bitte Dr. Redfern herzukommen, um die Schrotkugel aus meinem Rücken zu operieren. Sag ihm, daß ich wieder gehen kann. Die Kugel muß also gewandert sein. Und beeil dich!«

»Ja, Sir. Soll ich Mrs. Tempest auch benachrichtigen?«

Rick zögerte und schüttelte dann den Kopf. »Nein«, antwortete er mit fester Stimme.

Katie verließ das Regierungsgebäude, als sich Mrs. Macquarie mit ihren Gästen anschickte, den üblichen Spaziergang im Hyde Park zu machen. Es war ihr schwergefallen, Abigails freundliches Angebot abzulehnen, mit ihr ins Konzert zu gehen.

Sie war ihrer Schwägerin für deren unerschütterliche Loyalität sehr dankbar, aber die ablehnende Haltung von Mrs. Molle war für sie kaum zu ertragen gewesen. Mrs. Macquarie war zwar sehr freundlich zu ihr gewesen, als sie wieder einmal nur aufgrund ihrer amerikanischen Staatsbürgerschaft verächtlich angesprochen worden war, aber das unerwartete Zusammentreffen mit der Frau des Gouverneurs im Haus von Jessica Broome hatte sie viel Kraft gekostet und... Katie fühlte, wie ihr Tränen in die Augen traten.

Habe ich meine Gefühle zu deutlich gezeigt, fragte sie sich unglücklich. Hatte Elizabeth Macquarie ihr Unglück bemerkt und deshalb so unbeschwert über alles mögliche geplaudert?

Es kann so nicht weitergehen, sagte sie sich. Rick hatte sie aus seinem Leben ausgeschlossen, und anfangs hatte sie versucht, Verständnis aufzubringen, und sich immer wieder vergegenwärtigt, daß seine schwere Krankheit an der Änderung seines Wesens Schuld sei. Aber ihr Mitleid und ihre Kraft waren verbraucht, nicht zuletzt auch deshalb, weil er mit keinem Wort ihren Ruf verteidigt hatte.

Denn das Gerede *war* völlig unbegründet. Sie hatte nichts getan, dessen sie sich hätte schämen müssen. Julia Dawson hatte damit angefangen, ihren Namen mit dem von George De Lancey in Verbindung zu bringen, aber – Julia war nicht die einzige gewesen.

Irgend jemand – sie hatte keine Ahnung, wer – hatte dieses Gerücht weiter ausgesponnen. Sie hatte sogar gehört, daß ein Spottlied über sie in Sydney die Runde machte.

Und vor zwei Tagen hatte sie George tatsächlich gesehen. Sie war unfähig gewesen, Ricks kaum verhüllte Anschuldigung und seine Ausbrüche länger zu ertragen. Aus schierer Verzweiflung war sie zu Georges Kanzlei gegangen und hatte seinen Gehilfen um ein Gespräch mit ihm gebeten. Sie seufzte, als sie daran zurückdachte. Sie hatte ihn um Rat fragen wollen, ihn um seine Hilfe bitten.

»Ich möchte nach Hause zurück – nach Boston. Ich kann nicht länger hierbleiben. Meine Ehe war ein Fehler, und ich sehe sie als beendet an. Bitte, ich brauche deine Hilfe, George, ich möchte auf einem amerikanischen Schiff die Überfahrt buchen...« Mehr hatte sie nicht sagen wollen, aber... Plötzlich war all das Unglück der vergangenen Monate aus ihr herausgebrochen, und sie hatte ihm die ganze bittere Wahrheit erzählt.

»Man wirft mir etwas vor, was ich nicht getan habe... Auch Rick beschuldigt mich. Er glaubt, daß ich ihn betrogen und belogen habe – er ist fest davon überzeugt, daß wir beide ein Verhältnis haben. Aber er hat mich nie direkt gefragt und hat mir nie die Chance gegeben, ihn von der Wahrheit überzeugen zu können. Ich habe versucht, die Sprache darauf zu bringen, aber er ist immer ausgewichen...«

George hatte ernst zugehört und sie dann umarmt.

»Meine liebe, arme Katie, ich wußte nicht, was du durchmachen mußtest«, sagte er mitfühlend. »Ich habe natürlich von den Gerüchten gehört, aber da ich wußte, daß kein Wort davon stimmt, hatte ich mich entschlossen, sie zu ignorieren. Ich war so gut wie sicher, wer das Gerücht in die Welt gesetzt hat, und ich glaubte auch zu wissen, warum. Aber...« Er hatte ihr tränenüberströmtes Gesicht gestreichelt, und dann leise hinzugefügt: »Ich habe keinen Augenblick für möglich gehalten, daß dein Mann das alles glauben würde. Und – nun, da er gelähmt ist, hielt ich es für das beste, ganz aus deinem Leben zu verschwinden. Ich hoffte, wenn wir nie zusammen gesehen würden, würde das Gerede über uns allmählich aufhören.«

Er hatte sie fest in seinen Armen gehalten und ihr versprochen, auf dem ersten amerikanischen Schiff, das nach Sydney kommen würde, eine Überfahrt für sie beide zu buchen.

»Ohne dich möchte ich nicht bleiben. Ich liebe dich, Katie. Rick Tempest hat dich nicht verdient, und wenn du sagst, daß die Ehe so gut wie beendet ist, dann reicht mir das. Wir gehen nach Hause zurück, meine Liebste – und die Menschen in Boston werden niemals erfahren, was in der Zwischenzeit passiert ist.«

Sie hatte wortlos genickt und das Gefühl, als ob sie aus einem Alptraum erwachte, und George hatte sie leidenschaftlich geküßt.

Sie traf Dickon vor dem Haus, und er versuchte ihr aufgeregt mitzuteilen, was in der Zwischenzeit geschehen war. Katie war nervös und hatte ein schlechtes Gewissen, und sie schenkte ihm deshalb nur wenig Aufmerksamkeit. Aber sie verstand doch soviel, daß er ins Wasser gefallen und beinahe ertrunken wäre.

»Du hast nicht aufgepaßt, Dickon!« schimpfte sie ihn. Er schüttelte den Kopf, nahm sie bei der Hand und zog sie eilig ins Haus. Als sie ihren Mann ohne fremde Hilfe auf sich zugehen sah, erstarrte sie vor Schreck.

»O Rick!« rief sie aus und starrte ihn ungläubig an. »Rick, du bist ja wieder gesund – du kannst gehen!«

»Ja«, sagte er kurz angebunden. »Ich kann gehen, und Dr. Redfern hat die letzten Schrotkugeln aus meinem Rücken herausoperiert. In ein paar Tagen bin ich wieder völlig hergestellt. Und was unsere Ehe betrifft, Katie. Ich... ich will jetzt endlich wissen, ob De Lancey dein Liebhaber gewesen ist. War er dein Liebhaber, Katie?«

Katie schüttelte den Kopf. »Nein, nein, das war er nicht. Ich –«

»Aber du hast ihn gesehen, oder?« fragte Rick. »Verdammt noch mal, du brauchst mich jetzt nicht mehr zu schonen! Es geht mir wieder gut, also brauchst du kein Mitleid mehr mit mir zu haben und dich für mich aufzuopfern, und das habe ich Dickon zu verdanken.« Er blickte den kleinen Jungen liebevoll an und erzählte ihr, was geschehen war, und Dickon lächelte glücklich.

»Aber jetzt ist es Zeit, nach Hause zu gehen, mein Junge, gib deiner Mutter diesen Brief von mir. Und sage ihr, daß ich wieder gehen kann. Hast du mich verstanden?«

Dickon zögerte und nickte dann. Er lächelte Katie an und verschwand.

Rick zuckte mit den Schultern. »Es ist besser, wenn er nicht hierbleibt. Ich fürchte, daß der kleine arme Kerl erwartet hat, daß wir einander in die Arme fallen. Er ist so unschuldig – er hat ja keine Ahnung, wie sich ein betrogener Mann fühlt.«

»Ich war nicht treulos, Rick«, protestierte Katie.

»Aber du liebst mich nicht mehr! Und du hast mich nie geliebt – dein Herz hat immer De Lancey gehört, oder?«

»Es war der erste Mann, den ich jemals geliebt habe«, gestand Katie. »Aber dich habe ich geheiratet und ich habe versucht, dir eine gute Frau zu sein, Rick. Ich habe –«

»Ach ja, das weiß ich!« meinte Rick verächtlich. »Großer Gott, du hast mich halb verrückt gemacht mit deiner Unterwürfigkeit und deinem verdammten Mitleid! Was immer ich auch versucht habe, ich konnte deinem Mitleid nie entkommen! Oder dem Gedanken, daß du in Wirklichkeit De Lancey liebst und begehrst, und nicht mich.«

»Du hast es mir sehr schwergemacht, Rick«, verteidigte sich Katie. »Du hast mich aus deinem Leben ausgeschlossen. Du mußt mir glauben, daß ich –«

Wieder unterbrach er sie. »Ja, es war sicher schwer mit mir, aber es war die Hölle für mich, hier Tag für Tag und Nacht für Nacht liegen zu mussen und nicht zu wissen, wann – und ob überhaupt – diese Qual ein Ende haben würde. Und du *hast* De Lancey doch gesehen, oder? Katie, ich weiß, daß du am Dienstag in seine Kanzlei gegangen bist – jemand hat es mir erzählt, also brauchst du dir gar nicht die Mühe zu machen, es abzustreiten.«

Katie schaute ihren Mann überrascht an. »Ich streite es auch nicht ab. Aber es war das einzige Mal, und ich bin hingegangen, weil ich –«

»Weil du dich entschlossen hattest, mich zu verlassen? Weil du genug davon hattest, mit einem Krüppel verheiratet zu sein – war das der Grund, Katie? Ich will die Wahrheit wissen, verdammt noch mal!«

Und es ist an der Zeit, ihm die Wahrheit zu sagen, dachte Katie unglücklich. »Ich hatte mich entschlossen, nach Hause zurückzufahren«, sagte sie mit tränenerstickter Stimme. »Ich fühlte mich so verzweifelt, so allein – ich konnte es nicht länger ertragen. Du hast mich abgewiesen, und dann dieses schreckliche Gerede und die Art, wie mich einige Frauen behandelt haben. Selbst im Regierungsgebäude haben sie sich demonstrativ von mir abgewandt. Und an dem Gerede war nichts dran – ich habe keine Affäre mit George De Lancey gehabt. Ich habe ihn kein einziges Mal gesehen oder gesprochen, nachdem du ins Krankenhaus eingeliefert worden warst, das schwöre ich dir.«

»Aber du hast vor, gemeinsam mit ihm die Kolonie zu verlassen, oder?« fragte Rick wütend. »De Lancey will dich doch begleiten, stimmt's?«

»Das Leben hier ist auch für ihn unmöglich geworden. Er ist ein ehrenwerter Mann, Rick, aber das Gerede über uns hört nicht auf, und keiner von uns beiden hat das verdient. Es gibt keinerlei Beweise, und trotzdem sind sein und mein Ruf ruiniert. Die Leute glauben die – die Geschichten einfach. Selbst du glaubst es.«

Rick schaute sie einen Augenblick lang schweigend an. Dann sagte er: »Ja, das stimmt. Aber jetzt glaube ich dir, daß du mich nicht betrogen hast. Aber du liebst mich nicht, Katie – und ich will keine Frau, die nur Mitleid mit mir hat. Reise mit De Lancey ab, wenn du das willst – ich werde dir nicht im Wege stehen. Heute sind zwei Schiffe eingelaufen, die bald nach Amerika auslaufen, aber ich rate dir zu der *Fame*. Ich habe gehört, daß Justin Bent und seine Schwägerin auf der *Sir William Bensley* abreisen wollen, und du willst doch bestimmt nicht auf ein und demselben Schiff mit ihnen fahren, oder?« Sein Ärger war verflogen, und er fuhr ruhig fort: »Abigail hat mir gesagt, daß Colonel Sorrell – der neue stellvertretende Gouverneur von Tasmanien – mit einer Frau gereist ist, mit der er nicht verheiratet war, und darüber zerreißen sich die Leute das Maul. Es wäre vielleicht vernünftig, getrennt zu reisen, wenn du nicht willst, daß dein Ruf weiter darunter leidet.«

Katie starrte ihren Mann sprachlos an. Das ist das Ende meiner Ehe, dachte sie verzweifelt – Rick versuchte nicht einmal, sie zurückzuhalten. Aber hatte er nicht recht, war nicht Mitleid ihr einziges Gefühl für ihn? Sie entsann sich der Tage, die sie zusammen in Portland Place verbracht hatten, bald nach ihrer Hochzeit... Sie erinnerte sich daran, wie Rick sie leidenschaftlich und zärtlich geliebt hatte und wie sie ihr Zusammensein genossen hatten. Damals hatten sie sich wirklich geliebt, und sie hatte nicht mehr an George De Lancey gedacht, sondern immer nur an den Mann, den sie geheiratet hatte... ihren Ehemann, dem sie Liebe in guten und schlechten Tagen geschworen hatte, bis daß der Tod sie scheiden würde.

Sie seufzte unglücklich, und Rick sagte: »Ich werde Abigail

besuchen. Warte nicht mit dem Abendessen auf mich – ich werde dort essen.«

Er fuhr mit der Kutsche fort, und Katie hörte, daß er erst lang nach Mitternacht zurückkam. Am nächsten Tag war er schon wieder fort, bevor sie aufgestanden war, und kam erst spät in der Nacht zurück. Am Morgen des dritten Tages wachte sie im Morgengrauen von den Geräuschen der abfahrenden Kutsche auf, und kurz danach brachte Mary ihr das Frühstück und einen Brief von Rick. Hinter ihr kam weinend der kleine Dickon herein, der bei ihnen übernachtet hatte.

»Das ist vom Herrn, Madam«, sagte das Mädchen. »Er ist mit dem Kutscher in die Berge abgereist. Und er bat mich, auf den kleinen Jungen zu achten, der nicht gerade glücklich aussieht.«

Katie schenkte Dickon eine Tasse Tee ein, dann faltete sie den Brief auseinander. Er war in kühlem, geschäftsmäßigem Ton abgefaßt:

> Ich gehe für immer nach Pengallon. Ich nehme die Kutsche und Rob Shelford mit nach Ulva, wo William Broome schon Vieh für mich eingekauft hat. Ich stelle auch einen Schafhirten namens Jethro Crowan ein, der bisher für Tim Dawson gearbeitet hat. Du kannst im Haus so lange wohnen wie Du hier bist, ich rechne damit, daß Du Dich in den nächsten Wochen nach Amerika einschiffst.

Katie drehte das Blatt um, und Tränen traten ihr in die Augen. Nur in den letzten paar Zeilen seines Briefes wurde Rick etwas persönlicher, und sie konnte beim Lesen ahnen, daß er über das Ende ihres Zusammenlebens traurig war.

> Ich habe es nicht vermocht, Dir Auf Wiedersehen zu sagen, Katie. Was immer Du für mich empfindest, ich liebe Dich noch.
>
> Wenn Du es Dir anders überlegst und das Leben mit mir in Pengallon teilen willst, dann steht Dir der Weg dazu immer noch offen. Dickon wird mit Abigails Zustimmung eine Zeitlang bei mir wohnen, und er fährt mit dem Fuhrwerk, das meine Möbel nach Pengallon bringt.

Katie legte den Brief beiseite und wischte sich die Tränen ab. Dickon sagte etwas, was sie nicht verstehen konnte, setzte seine Tasse ab und griff nach dem Brief. Katie war nie sicher gewesen, ob er lesen konnte oder nicht, sie ließ ihn gewähren. Er las langsam, und seine Lippen bewegten sich dabei.

Dann sprang er auf, lief auf die Veranda hinaus und kam ein paar Minuten später mit einer schweren Holzkiste zurück. Es war Ricks Seekiste, sein Name stand in großen Buchstaben auf dem Deckel. Dickon setzte die Kiste ab, zog einen Schlüssel aus der Tasche und öffnete sie. Darin befand sich etwa ein Dutzend seiner Kohlezeichnungen von Schiffen, und da sie annahm, daß er gelobt werden wollte, sagte sie langsam: »Die Zeichnungen sind sehr schön, Dickon. Aber du hast sie mir schon mal gezeigt, und ich muß jetzt aufstehn.«

Dickon schüttelte ungeduldig den Kopf und fing an, die Kiste zu durchwühlen. Er schob seine Zeichnungen achtlos auf die Seite und zog schließlich ein Bündel Briefe hervor. Er reichte sie Katie und bedeutete ihr, daß sie sie lesen solle.

Als sie sah, daß es Ricks Handschrift war, zögerte sie und las dann erstaunt, daß die Briefe an sie adressiert waren. Jeder war mit einem Datum versehen und begann mit: »Meine liebste Katie.« Der erste der Briefe war schon fast sechs Monate alt – und der letzte war erst vor einer Woche geschrieben worden.

Dickon strahlte sie an, verschloß die Seekiste und verschwand damit auf der Veranda.

Als sie allein war, begann Katie, die Briefe zu lesen. Ihr Herz krampfte sich zusammen, als sie begriff, daß es Liebesbriefe waren, die Rick während der Zeit geschrieben hatte, als er gelähmt und hilflos an ihrer Treue gezweifelt hatte. Einer von ihnen begann:

> Wenn Du mich nicht mehr liebst, wenn Du frei sein willst, dann solltest Du es nur sagen. Die Unsicherheit quält mich unendlich... Aber ich wage nicht, Dich zu fragen, weil ich Angst vor Deiner Antwort habe...

In einigen Briefen kamen seine Eifersucht und seine Enttäuschung zum Ausdruck:

De Lancey kannte Dich schon, bevor ich Dich kannte, er liebte Dich und wollte Dich lange vor mir zur Frau, also wäre es nur natürlich, wenn er Dich noch heute lieben würde. Und er ist ein Mann, der über alles verfügt, um für eine Frau begehrenswert zu sein, während ich... Ach Katie, meine liebste Katie, ich bin zu nichts mehr nutze, und ich hänge an Dir, weil ich mit Dir verheiratet bin, bin aber unfähig, Dir ein Mann zu sein...

Und Du erfüllst Deine Pflicht, spielst mir die liebende Frau vor, aber was geht in Deinem Herzen vor, was denkst Du, wenn Du Dich um mich kümmerst? Träumst Du von dem Mann, den Du nicht geheiratet hast, und davon, was gewesen wäre, wenn wir uns nie begegnet wären? Dankbarkeit, Mitleid, Pflichtbewußtsein – ist das alles, was Dich an mich bindet?

Was ist an dem Gerede dran? Triffst Du De Lancey heimlich, ist er Dein Liebhaber? Ich begehre Dich so, Katie, und ich brauche Dich... Wußtest Du eigentlich, daß Sehnsucht den Geist auch dann noch quälen kann, wenn die Erfüllung unmöglich geworden ist?

Die eng beschriebenen Seiten verschwammen vor Katies Augen, aber sie wischte sich die Tränen ab und las weiter:

Du wirst diese Briefe niemals lesen, Katie, weil ich sie Dir niemals zeigen werde. Wenigstens bin ich noch imstande, meinen Schmerz für mich zu behalten, und es erleichtert mich doch etwas, diese Briefe zu schreiben, selbst wenn sie niemals in Deine Hände gelangen werden.

Aber warum mußt Du auch so freundlich und so geduldig sein, wenn ich mich gehenlasse und meine schlechte Laune an Dir auslasse? Manchmal versuche ich geradezu, Dich in die Arme von De Lancey zu treiben – aber dann schrecke ich wieder vor dem Gedanken zurück. Dann hoffe ich wieder, daß ich gesund werde und eines Tages wieder gehen kann, aber meine Hoffnung schwindet immer mehr.

Julia kam heute nachmittag mit Abigail vorbei, und sie

sagten mir, daß das Gerede immer noch anhält. Abigail glaubt, daß Jeffrey Bent und seine Schwägerin diese Lügen in die Welt setzen. Aber als Abigail gegangen war, sagte mir Julia, daß Du Dich mit De Lancey triffst...

Warum sollte Julia Dir weh tun wollen, warum sollte sie mich anlügen? Und wenn sie die Wahrheit sagt, ach Katie, meine liebste Frau, dann betrügst Du mich... Aber ich kann Dich dafür nicht hassen.

Vielleicht sollte ich Dich gehen lassen. Das wäre die ehrenwerteste, großzügigste Art, die Frau zu behandeln, die ich liebe. Aber ich kann es nicht, Katie. Und... ich versuche, ein Geschäft mit Gott abzuschließen. Ich bete: »Gib mir den Gebrauch meiner gelähmten Beine zurück, o Gott, dann gebe ich meine Frau frei.« Es ist ein unwürdiges Gebet, und Gott in seiner Weisheit erhört es nicht.

Katie begrub ihr Gesicht in ihren Händen und weinte hemmungslos. Sie hatte nichts verstanden. Sie hatte keine Ahnung davon gehabt, was Rick durchgemacht hatte, und... sie hatte nicht begriffen, wie sehr er sie liebte. Aber... es war immer noch Zeit, ein neues Leben zusammen zu beginnen – Gott in seiner unerschöpflichen Güte hatte ihnen Zeit geschenkt. Und in der unberührten Natur von Pengallon würde es möglich sein, einen neuen Anfang zu wagen. Rick war ihr Ehemann, und sie hatte ihm vor dem Altar ewige Treue geschworen.

Und... hatte er ihr nicht die Möglichkeit eingeräumt, zu ihm zurückzukommen?

Aber... was sollte sie mit den anderen Briefen machen, die sie eigentlich niemals hätte lesen sollen? In fieberhafter Eile zog sich Katie an und machte sich auf die Suche nach Dickon.

Es war nicht leicht, sich ihm verständlich zu machen, obwohl sie langsam sprach, und anfangs starrte er sie nur mit ausdruckslosem Gesicht an. Aber endlich entspannte sich seine fragende Miene und er lächelte sie an. Er nahm ihr die Briefe ab und ging zu der Seekiste hinüber, um sie aufzuschließen.

»Nein!« rief Katie aus. »Sie sollen nicht wieder in die Kiste, Dickon. Sie müssen vernichtet werden. Schau mal – so!«

Sie nahm einen der Briefe und zerriß ihn in kleine Stücke. »Onkel Rick darf niemals erfahren, daß ich die Briefe gelesen habe. Sag es ihm nicht, selbst wenn er... ach, Dickon, versuch bitte, mich zu verstehen!«

Der Junge nickte ernst. Er nahm seine Zeichnungen aus der unverschlossenen Kiste, hielt sie und die restlichen Briefe fest in seinen kleinen Händen und bedeutete ihr, ihm zu folgen. Sie befürchtete noch immer, daß er sie mißverstanden haben könnte. Er führte sie zum Ufer an die Stelle, wo er vor ein paar Tagen ins Wasser gestürzt war und beinahe ertrunken wäre. Er zerriß die Briefe und die Zeichnungen in kleine Stücke und warf sie in die Luft.

»Dickon«, sagte sie mit zitternder Stimme, »wir fahren nach Pengallon, sobald das Fuhrwerk mit den Möbeln aufbricht.« Dickon lächelte glücklich und Katie schickte ihn los, um Jonas zu suchen. Jetzt muß ich vor allem eins tun, sagte sie sich, ich muß George De Lancey einen Brief schreiben, und Jonas soll ihn überbringen.

Sie werden den Colonel begleiten«, sagte Lieutenant Madigan, der neue Adjutant des 46. Infanterieregiments. »Er geht heute zum Zivilgericht, und es kann sein, daß es den ganzen Tag lang dauert. Die Friedensrichter machen einem Mann namens Murray den Prozeß – einem ehemaligen Offizier der Marineinfanteristen, einem Mann mit recht zweifelhaftem Charakter. Zur Zeit ist er Gerichtsschreiber, was die Sache doppelt interessant macht... Tatsächlich, ich beneide Sie, daß Sie hingehen können. Ich würde dem Prozeß selbst auch beiwohnen, wenn ich nicht bis über beide Ohren in diesem Bürokram hier steckte.«

Murdo blickte ihn neugierig an. »Was wird Murray denn vorgeworfen, wissen Sie das?« fragte er.

Madigan machte eine ungeduldige Handbewegung.

»Ja, natürlich weiß ich das – das ganze Regiment weiß es schon seit Monaten! Aber ich habe vergessen – Sie waren die vergangenen sechs Monate in der Wildnis stationiert, oder?«

»Acht Monate«, korrigierte Murdo.

Der Adjutant griff nach seiner Pfeife. Er stopfte sie sorgfältig, zündete sie an, und als sie brannte, erzählte er Murdo von dem Spottlied auf Colonel Molle, der, nachdem er lange Zeit im dunkeln getappt war, Robert Murray als Urheber des rufschädigenden Machwerks verklagt hatte. Murdo mußte ein Lächeln unterdrücken. »Sie haben nicht zufällig eine Abschrift von dem Gedicht?«

Der Adjutant schüttelte den Kopf. »Verdammt noch mal, das ist nicht gerade etwas, was in der Schreibstube herumliegen dürfte – wenn der Colonel dieses Papier sähe, bekäme er einen Tobsuchtsanfall! Aber ich bin überzeugt davon, daß Auszüge davon heute vor Gericht verlesen werden.«

»Sehr gut«, meinte Murdo. »Vielen Dank, Sir. Soll ich mich jetzt bei dem Colonel melden?«

»Sie können hier auf ihn warten. Das Gericht tritt erst um halb zehn zusammen. Und ich möchte noch etwas anderes mit Ihnen besprechen.« Der Adjutant des 46. Regiments wühlte im Papierberg auf seinem Schreibtisch. »Ach ja – hier ist es ja schon. Sie haben den Antrag gestellt, in das achtundvierzigste Regiment versetzt zu werden?«

»Ja, Sir, das habe ich. Ich –«

»Aber, um Gottes willen, warum denn das, Dean? Sie wollen doch bestimmt nicht hierbleiben, oder? Sie werden nach Madras versetzt, eine herrliche Stadt. Großer Gott!« Madigan schlug sich an die Stirn. »Ich kann den Tag nicht erwarten, diese schreckliche Strafkolonie zu verlassen. In Indien gibt es das alles nicht. Man braucht sich keine Gedanken zu machen, ob irgend jemand gesellschaftlich akzeptabel ist oder nicht. Und außerdem werden Sie bald zum Lieutenant befördert, wenn Sie in unserem Regiment bleiben. Sie sollten sich das wirklich gut überlegen.«

»Das habe ich bereits«, versicherte Murdo. »Und ich möchte hierbleiben.«

»Als nächstes erzählen Sie mir sicher, daß Sie den Dienst in Bathurst genossen haben!« rief Madigan aus und zog seine Augenbrauen hoch. »Großer Gott, ohne Frauen und ohne gesellschaftliches Leben, von verdammten Flüchtlingen und Strauchdieben umgeben... Sie müssen ja verrückt geworden sein!«

»Vielleicht bin ich das, Sir«, meinte Murdo. Er grinste. »Es war alles andere als langweilig dort, das können Sie mir glauben.«

Und das ist die reine Wahrheit, dachte er. Die acht Monate in der Garnison von Bathurst – die weder so aufregend noch so gefährlich gewesen waren wie seine Zeit in England als Straßenräuber – hatten ihm trotzdem sehr gut gefallen. Er hatte in dieser Zeit einschätzen gelernt, wie positiv sich die Kolonie entwickeln könnte, sobald das neuentdeckte fruchtbare Weideland jenseits der Blue Mountains für die Besiedlung freigegeben würde. Bei der Verfolgung von flüchtigen Sträflingen hatte er das Land kennengelernt, und er hatte mit Captain Lawson zusammen den Weg für die offizielle Expedition vorbereitet, die vom Landvermesser John Oxley geleitet werden und den genauen Verlauf des Lachlan Flusses auszeichnen sollte.

William Lawson – der respektlos ›alte Eisenhaut‹ genannt wurde – war der Kommandeur der kleinen Garnison. Außerdem besaß er eine große Farm mit über zweihundert Rindern am Macquarie. Sein alter Freund William Cox – der die Straße von Ford Emu nach Bathurst gebaut hatte – besaß ebensoviele Rinder, und vor kurzem hatte Rick Tempest eine Herde von mindestens fünfhundert Schafen auf seine Farm in diesem Gebiet getrieben.

Murdo lächelte. Es wurde viel über einen Goldfund in dem Gebiet gemunkelt, aber obwohl dies von offizieller Seite dementiert wurde, hielt Murdo es dennoch für möglich, dort Gold zu finden. Lawson hatte seine diesbezüglichen Spekulationen in keiner Weise ermutigt. Die alte Eisenhaut war ein reicher Mann; Lawson besaß außer der Farm am Macquarie einen großen Besitz in Concord, und er hatte eine reizende Frau und elf Kinder. Und auch Cox ging es ähnlich gut. Beide hatten ihren Reichtum in diesem Land begründet. Beide waren bei der Entdeckung des Landes jenseits der Blue Mountains dabeigewesen, und beide hielten es für sehr fruchtbares Weideland und für sonst nichts.

Ich mag und respektiere William Lawson, dachte Murdo, und es war ein unerwartetes Vergnügen gewesen, unter einem solchen Kommandeur zu dienen. Aber trotzdem...

Madigan sagte, als habe er seine Gedanken erraten: »Soll ich

Ihrem neuen Kommandeur nahelegen, Sie wieder nach Bathurst zu schicken? Vorausgesetzt natürlich, daß Sie zu den Achtundvierzigern überwechseln dürfen. Es kann ja sein, daß der ›Autokrat‹ das nicht erlaubt.«

»Der Autokrat?« fragte Murdo verwirrt.

»Seine Exzellenz, Gouverneur Macquarie.« Der Adjutant lächelte schwach. »Ich fürchte, daß er von unserem Regiment sehr viel hält, Dean. Tatsächlich glaube ich, daß er Colonel Molle gebeten hat, daß er keinen Wechsel unserer Offiziere zu den Achtundvierzigern wünscht. Er möchte einen neuen Anfang machen. Aber vielleicht können Sie Ihre Beziehungen spielen lassen.«

»Vielleicht kann ich das«, antwortete Murdo nachdenklich. Lawson würde ein gutes Wort für ihn einlegen, wenn das nötig wäre. Sie waren gut miteinander ausgekommen, und der alte Captain hatte ihn zu dem Schritt ermutigt, mit dem Versprechen, daß er an zukünftigen Forschungsexpeditionen teilnehmen könne. Vielleicht würde ihm sogar ein Stück Land zugesprochen, obwohl Gouverneur Macquarie angeordnet hatte, daß Offiziere kein Land erhalten sollten.

»Sie sind ein komischer Kauz, Dean«, meinte Madigan nicht unfreundlich. Er schien sich an etwas zu erinnern und zog die Stirn in Falten. »Aber Sie haben ja hier Verwandte, oder?«

»Jawohl, Sir, eine Cousine von mir lebt hier«, antwortete Murdo. Er war erst am Vorabend nach Sydney zurückgekommen und hatte noch keine Zeit gefunden, Jessica zu besuchen, aber das Schiff ihres Mannes lag im Hafen vor Anker, deshalb war es wahrscheinlich, daß er sie nicht alleine würde sprechen können. Er mochte Justin Broome ganz gern, und obwohl er Seemann war, hatte er sich gut gegen die Strauchdiebe zu wehren gewußt, die die Farm in Pengallon überfallen hatten, aber... Murdo seufzte. Jessica hatte darauf bestanden, ihrem Mann die ganze Wahrheit zu sagen. Justin wußte also, daß er ihr Bruder und darüber hinaus ein entlaufener Sträfling war, und das würde das Ende seiner Karriere bedeuten, wenn Justin aus Versehen einmal die Wahrheit sagen würde.

»Der Colonel kommt, Mr. Dean«, warnte ihn Madigan und deutete zum Fenster. »Gehen Sie auf den Gang und warten Sie dort auf ihn. Ich werde ihm sagen, daß ich Ihnen alles Nötige mitgeteilt habe und daß Sie ihn ins Gericht begleiten. Wahrscheinlich geht alles glatt, aber man weiß es nie genau, bei diesen verdammten Friedensrichtern. Manchmal stellen sie sich blind, obwohl die Wahrheit auf der Hand liegt!« Mit leiser Stimme fügte er hinzu: »Schade, daß der Prozeß nicht an die große Glocke gehängt wird, aber Richter Bent war dagegen. Es war seine letzte Entscheidung vor seiner Abfahrt.«

»Richter Bent hat Sydney verlassen?« fragte Murdo, unfähig seine Überraschung zu verbergen. Sowohl von Lawson als auch von Cox hatte er viel über Richter Jeffrey Hart Bent gehört, allerdings wenig Gutes. Aber keiner der beiden Männer hatte erwartet, daß er die Kolonie so schnell verlassen würde... »Er ist auf der *Sir William Bensley* abgesegelt«, sagte Madigan kurz. »Und Murray hat De Lancey zu seiner Verteidigung genommen.«

Von der Steintreppe her waren Colonel Molles schwere Fußtritte zu vernehmen, und der Adjutant nahm Haltung an und schaute in Richtung der Tür. Murdo trat eilig in den Gang hinaus und salutierte, als Molle an ihm vorbeiging.

Er kam eine Viertelstunde später aus der Schreibstube zurück und warf Murdo eine schwere Ledermappe zu, würdigte ihn keines Blickes und ging in den Hof, wo die Kutsche schon wartete. Sie fuhren über den Exerzierplatz, bogen in die George Street ein und fuhren dann die Phillip Street hinunter. Während der ganzen Fahrt hüllte sich der Colonel in Schweigen. Als der Kutscher am Eingang des Gerichtsgebäudes anhielt, sagte er kurz: »Gehen Sie hinein und besetzen Sie mir einen Platz. Ich muß noch etwas erledigen. Ach, und –« Er öffnete die Ledertasche und zog ein paar Dokumente heraus. Nachdem er sie kurz überprüft hatte, reichte er sie Murdo. »Bringen Sie das sofort dem Militärstaatsanwalt Wylde. Sofort, verstanden?«

»Ja, Sir«, antwortete Murdo hölzern. »Sehr wohl, Sir.«

Als er in den Gerichtssaal kam, war er schon fast voll besetzt. Die meisten Plätze nahmen Offiziere des 46. Regiments ein. Captain Schaw, der im vergangenen Jahr eine Strafexpedition gegen Eingeborene geleitet hatte, saß stocksteif da, und neben ihm war ein Stuhl frei. Seine Expedition hatte einen Massenselbstmord von Frauen und Kindern nach sich gezogen, nachdem die

Soldaten den Häuptling und die meisten Krieger des Stammes abgeschlachtet hatten, und Schaw war scharf vom Gouverneur kritisiert worden und wurde seitdem von seinen Kameraden gemieden. Aber da der Stuhl neben ihm der einzige freie Sitz zu sein schien, stellte Murdo Colonel Molles Tasche darauf, bat Schaw höflich, den Stuhl für den kommandierenden Offizier zu reservieren, und machte sich auf die Suche nach dem Militärstaatsanwalt.

Wylde, eine beeindruckende Gestalt in Perücke und Robe, nahm die Dokumente wortlos in Empfang. Ein paar Minuten später betraten die Friedensrichter, angeführt von Dr. Wentworth, den Saal und nahmen ihre Plätze gegenüber dem Angeklagten ein, neben dem George De Lancey saß – ebenfalls mit Perücke und Robe.

Murdo ging in den Gerichtssaal zurück und stand in einer Gruppe von Zuspätgekommenen, die keine Plätze mehr fanden. Außer Dr. Wentworth waren heute zwei angesehene Kaufleute als Friedensrichter anwesend, Simeon Lord und Alexander Riley. Kurz nachdem die Anklage verlesen worden war, wurden zu Murdos Vergnügen Auszüge aus dem Spottlied vorgetragen, und er sah, wie Colonel Molles Gesicht vor Ärger krebsrot anlief.

Wylde wandte sich an den Angeklagten und forderte ihn auf, zu der Anklage Stellung zu nehmen. Robert Murray, ein kleiner, hagerer Mann mit grauem Haar, stritt leidenschaftlich alles ab.

»Ich habe dieses Spottlied zum ersten Mal gesehn, Sir«, sagte er mit zitternder Stimme, »als es auf Flugblätter gedruckt in Sydney auftauchte. Ich habe es nicht geschrieben, ich bin nicht der Autor dieses Gedichts, das versichere ich Eurer Ehren, so wahr mir Gott helfe.«

Seine Antwort stellte keine Überraschung dar, aber als George De Lancey sich erhob, ging ein Raunen durch den Saal.

»Euer Ehren, ich bitte das Hohe Gericht um Erlaubnis, einen Zeugen aufrufen zu dürfen, der meinen Klienten nicht nur entlasten, sondern auch von jeder Mittäterschaft freisprechen kann.«

»Ihre Bitte, Sir, widerspricht dem üblichen Prozedere bei Gericht«, antwortete der Militärstaatsanwalt. »Wir haben Colonel Molles Beweise noch nicht angehört, die die Anklage stützen sollen.«

»Das ist mir bewußt, Euer Ehren«, versicherte De Lancey. »Aber da dies formell gesehen eine Untersuchung und kein Prozeß ist, ist ein Abweichen vom üblichen Verlauf meines Erachtens – mit der Zustimmung des Hohen Gerichts – durchaus möglich. Außerdem wird die Anhörung meines Zeugen dem Gericht viel Zeit sparen.«

»Wie soll das möglich sein, Sir?« fragte Wylde erstaunt.

»Der Zeuge wird den Autor der Spottschrift beim Namen nennen«, sagte De Lancey ruhig. Hinter ihm ging ein aufgeregtes Raunen durch das Publikum.

»Wollen Sie damit sagen, Sir, daß Ihr Zeuge dem Gericht ein Geständnis ablegen will?«

»Nein, Euer Ehren, wie ich schon sagte, wird er den Namen des Autors nennen.«

Colonel Molle konnte sich nicht länger zurückhalten. Er sprang auf und protestierte wütend, aber der Militärstaatsanwalt ignorierte die Unterbrechung, und Captain Schaw legte seinem kommandierenden Offizier beruhigend die Hand auf den Arm. Molle setzte sich wieder hin und zwang sich, Ruhe zu bewahren. Wylde äußerte nach kurzer Beratung mit den drei Friedensrichtern seine Bereitschaft, den Zeugen anzuhören.

»Ich danke Ihnen, Sir«, sagte George De Lancey, blickte sich um und war sich der Sensation vollauf bewußt, sobald er den Zeugen beim Namen nannte. »Ich rufe Dr. D'Arcy Wentworth auf!«

Wentworth war offensichtlich darauf vorbereitet, denn er erhob sich sofort. Aber die beiden anderen Friedensrichter starrten ihn an, und der Militärstaatsanwalt rief schockiert aus: »Um Gottes willen, De Lancey, Sie können doch nicht einen der Richter als Zeugen aufrufen! Verdammt noch mal, das ist ja höchst unüblich!«

De Lancey antwortete mit fester Stimme: »Darf ich Sie daran erinnern, meine Herren – dies ist eine Untersuchung, kein Prozeß. Und da Dr. Wentworth dem Gericht handfeste Beweise liefern kann, und da er sich des weiteren freiwillig bereit erklärt hat, als Zeuge hier aufzutreten, schlage ich vor, daß der Zeuge jetzt sofort vereidigt wird.«

Das aufgeregte Stimmengewirr, das durch diese Worte ausgelöst wurde, übertönend, brüllte Colonel Molle: »Wenn wir dadurch diese unliebsame Affäre aufklären können, bitte ich darum, Wentworth zu vereidigen! Ich habe nichts dagegen.«

Nach kurzer Beratung gab das Gericht dem Wunsch des Colonels statt. Nach der Vereidigung fragte De Lancey: »Sir, können Sie uns den Namen des Mannes nennen, der das Spottlied auf Colonel Molle geschrieben hat?«

Der Arzt nickte. »Jawohl, das kann ich, Sir. Ich habe erst vor kurzem erfahren, daß mein Sohn William die Verse geschrieben hat. Er schrieb sie ein paar Tage vor seiner Abfahrt nach England. Er kann also nicht hier erscheinen, um ein Geständnis abzulegen, aber ich tue es an seiner Stelle, um einen Justizirrtum vermeiden zu helfen. Mr. Murray, der der Urheberschaft des Gedichtes bezichtigt wird, ist unschuldig. Und was die Schuld meines Sohnes betrifft, so kann ich nur darum bitten, Gnade walten zu lassen. Er ist jung, und –«

Er kam nicht weiter. Murdo beobachtete erstaunt, wie Colonel Molle aufsprang, nach vorne rannte und Dr. Wentworth die Hand schüttelte.

»Sir«, rief er aus, »Sie haben mir einen großen Dienst erwiesen! Ich bewundere Ihre Ehrlichkeit und Ihren Mut, das Bekenntnis abzulegen und dadurch alle anderen von dem Verdacht freizusprechen – die Offiziere meines eigenen Regiments eingeschlossen. Ich... ich danke Ihnen sehr.«

Er ging mit ausgestreckter Hand zum Angeklagten Murray hinüber, sprach kurz mit ihm und verkündete dann, daß das Untersuchungsverfahren seiner Meinung nach abgeschlossen sei.

Es herrschte Jubel in der Messe, als der Colonel mit seinen Offizieren dort erschien. Es wurde viel getrunken, und Colonel Molle hielt eine Rede. Captain Ned Sanderson antwortete darauf und bestätigte ihm, daß er der Bewunderung, des Respekts und der Loyalität eines jeden Offiziers sicher sein könne, der die Uniform des 46. Infanterieregiments trüge.

»Wir bedauern nur, Sir«, fügte der Captain hinzu, »daß der Autor des Spottliedes unbestraft davonkommt.«

»Aber er ist doch in England, verdammt noch mal«, antwortete Molle. »So weit reicht unser Arm ja nicht!«

»Aber sein Vater ist hier, Colonel«, meinte Sanderson hinterhältig. Als Antwort darauf murmelte Molle unverständlich vor sich hin. Murdo beobachtete ihn genau und sah, wie seine Augen schmal wurden. Nach einem Trinkspruch verabschiedete sich der Colonel, um seiner Frau die guten Neuigkeiten zu erzählen.

Als er gegangen war, rief Sanderson die Offiziere zusammen.

»Meine Herren, wir haben alle unter dem Verdacht gelitten, der seit der Veröffentlichung des Spottliedes wie eine dunkle Wolke über uns gehangen hat. Ich glaube, es wäre angemessen, wenn wir eine Erklärung veröffentlichen, in der wir unsere Erleichterung ausdrücken, daß der Fall nun endlich aufgeklärt ist, und in der wir darüber hinaus unsere ungebrochene Loyalität Colonel Molle gegenüber kundtun.«

Sein Vorschlag wurde lauthals gutgeheißen. Lieutenant John Madigan wurde beauftragt, einen Federhalter, Tinte und Papier zu holen, und die Offiziere scharten sich um den Schreibtisch und schlugen mit vom Alkohol gelösten Zungen Formulierungen für die Erklärung vor.

»Können wir sie in der *Gazette* veröffentlichen?« fragte ein junger Lieutenant aufgeregt.

Sanderson schüttelte seinen Kopf. »Das würde der Autokrat uns niemals erlauben. Aber wir können Handzettel drucken lassen und sie in der Stadt verteilen. John, lies uns mal vor, was du bis jetzt geschrieben hast.«

Madigan lächelte ihn an. »Es ist ziemlich starker Tobak, Ned. Es heißt folgendermaßen: ›Wir, die Offiziere des sechsundvierzigsten Infanterieregiments, möchten hiermit unserer großen Zufriedenheit Ausdruck verleihen, daß das schändliche Spottlied gegen unseren kommandierenden Offizier aus der Feder eines Mannes geflossen ist, der gesellschaftlich so weit unter uns steht, daß wir ihn nicht einmal kennen. Er stammt von jener Schicht begnadigter Sträflinge ab, mit der wir – und darauf sind wir stolz – niemals verkehrt haben. Wenn der Autor ein respektabler Mann gewesen wäre, dann wären wir sehr viel verletzter gewesen.‹« Die Zuhörer klatschten begeistert.

»Wir müssen dafür sorgen, daß die Achtundvierziger Abschriften erhalten«, sagte Captain Schaw. »Sie sagten, es sei starker Tobak, John – zum Teufel, mein lieber Freund, es ist noch nicht stark genug! Wir müssen noch unserer Verachtung für diese Aufsteiger Ausdruck verleihen, die unter dem Vorwand der Satire dieses rufschänderische Machwerk unters Volk bringen!« Madigan schrieb fleißig mit. »Großartig!« meinte er. »Möchten Sie es unterschreiben, Ned?«

Captain Sanderson nahm ihm den Federhalter ab und setzte seine Unterschrift unter das Papier. Er zog die Stirn nachdenklich in Falten und wandte sich an Murdo. »John sagt, daß Sie uns verlassen und zum achtundvierzigsten Regiment überwechseln wollen, Dean?«

»Ja, Sir«, bestätigte Murdo. »Ich möchte hier in der Kolonie bleiben.«

»Dann sind Sie ein gottverdammter Esel!« brummte Sanderson unfreundlich. »Und außerdem, Mister Dean, ich hege den Verdacht, daß Sie gar nicht wirklich zu uns gehören. Ich hatte immer ein seltsames Gefühl, denn irgendwie klingen Sie nicht sehr glaubwürdig. Aber wahrscheinlich passen Sie doch ganz gut nach Bathurst und können Ihrem neuen Regiment dort von Nutzen sein.« Er schob das Papier, das er gerade unterzeichnet hatte, über den Tisch zu Madigan und fügte verächtlich hinzu: »Dean braucht seine Unterschrift nicht darunter zu setzen, John. Und wenn ich Sie wäre, dann würde ich ihn sofort nach Bathurst zurückschicken und nicht erst abwarten, bis sein Übertritt in das achtundvierzigste Regiment abgewickelt ist.«

John Madigan sagte nichts, und Murdo, dem der Angstschweiß auf der Stirn stand, zog sich so schnell wie möglich zurück. Großer Gott, dachte er, wenn Captain Sanderson eine Ahnung hätte, wie nahe er der Wahrheit gekommen war!

Trotz des Alkohols, den er zu sich genommen hatte, fühlte er sich nüchtern, als er die Kaserne verließ und sich auf den Weg machte, seine Schwester Jessica zu besuchen.

Sie feierte gerade mit ihrem Mann und ein paar Freunden – von denen nur wenige in die Offiziersmesse des 46. Regimentes eingeladen worden waren – die Geburt ihres zweiten Sohnes. In der fröhlichen Runde fühlte sich Murdo bald wieder wohl und stieß mit großer Freude auf das Wohl des neuen kleinen Erdenbürgers an… Ein zweiter kleiner Rotschopf, der den Namen John Lachlan trug.

Gouverneur Macquarie setzte sich an seinen Schreibtisch und stützte den Kopf in seine Hände. Es wurde schon dunkel, und John Campbell schloß leise die Tür hinter sich, nachdem er mit einem Blick gesehen hatte, wie verzweifelt sein Freund und Vorgesetzter war.

Als er Major Antill sah, der den Gouverneur sprechen wollte und offensichtlich sehr wütend war, schüttelte er den Kopf.

»Das beste, was wir für ihn tun können, ist, ihn allein zu lassen, Andrew«, sagte er mit einer Bitterkeit, die er nicht zu verbergen suchte. »Diese unverständigen Beamten im Kolonialministerium haben ihm den schwersten Schlag versetzt, der ihn überhaupt treffen konnte, und Gott weiß, daß er das nicht verdient hat. Er hat so hart gearbeitet und so viel Gutes erreicht, und dann schicken sie ihm einen verdammten Kommissar her, dem sie die Erlaubnis erteilt haben, in seinen Akten herumzuschnüffeln! Haben Sie die Anweisungen gelesen, die Lord Bathurst ihm mitgegeben hat?«

»Ja, das habe ich, John«, antwortete Antill. »Ich habe auch gehört, wie Mr. Bigge dieses Schreiben auslegt und wie er die ›zahlreichen Beschwerden über die Mißwirtschaft des Gouverneurs‹ überprüfen will. Aber wir beide wissen ja nur allzu gut, aus welcher Ecke die Beschwerden kommen, und wir wissen auch, was davon zu halten ist, oder? Unglücklicherweise kann Bathurst in England das nicht einschätzen, und Mr. Wilberforce glaubt jedes Wort, das Pfarrer Marsden ihm schreibt. Und natürlich hat dieser Erzspitzbube Jeffrey Hart Bent seit seiner Rückkehr in London überall Lügen über den Gouverneur verbreitet!«

»Bent geht als Richter nach Westindien«, sagte Campbell. »Ich nehme an, Sie wissen, daß er eng mit John Thomas Bigge zusammengearbeitet hat, nachdem er als Anwalt bei Gericht zugelassen worden war. John Wylde hat mir das erzählt...«

»Und jetzt hat das Kolonialministerium es für nötig gehalten, Kommissar Bigge mit der Aufgabe zu betrauen, den Lügenmärchen nachzugehen, die eine Gruppe von unzufriedenen, raffgierigen Menschen in die Welt gesetzt hat«, sagte Henry Antill aufgebracht. »Solche Leute wird er viele hier finden, – John Macarthur eingeschlossen. Warum das Kolonialministerium diesem Spitzbuben die Rückkehr erlaubt hat, ist mir vollkommen unverständlich! Sieben Jahre Abwesenheit haben ihn kein Fünkchen verändert – er mischt sich immer noch überall ein. Gestern sah ich, wie er mit viel Aufhebens Bigge und seinen Sekretär in Parramatta begrüßt hat. Er hat den beiden Männern für die Zeit ihres Aufenthaltes Pferde angeboten – ich habe es selbst gehört! Aber« – er lächelte amüsiert – »der Kommissar fürchtet in dieser gefährlichen Stadt um seine Sicherheit, und er bat mich allen Ernstes darum, Wachposten vor seinem Haus aufstellen zu lassen. Er meinte, er habe keine Ahnung gehabt, wieviel Freiheit wir unseren Gefangenen zugestehen, und er sagte wortwörtlich, daß er einen Angriff auf seine Person oder die von Mister Scott fürchtet!«

John Campbell blieb ernst. »Die zwei sind vielleicht ein Gespann! Bigge ist zwar tatsächlich Rechtsanwalt, aber Thomas Scott war offensichtlich Kaufmann, bevor er der Sekretär von Bigge wurde!« Campbell blieb vor der Tür zum Büro des Gouverneurs stehen, lauschte einen Augenblick und schüttelte den Kopf. »Es ist kein Ton zu hören. Er sitzt dort im Dunkeln.«

»Sie sagten doch selbst, daß es das beste sei, wenn wir ihn in Ruhe lassen«, erinnerte ihn Antill. »Er ruft uns schon, wenn er uns braucht, John.«

»Er hat mit seinem kleinen Sohn kaum ein Wort gesprochen, als er ihn besuchte, und das sieht ihm gar nicht ähnlich«, meinte Campbell. »Mrs. Macquarie bringt den kleinen Jungen ins Bett, aber vielleicht wird sie dann –«

»Elizabeth weiß, wann sie sich besser nicht einmischen sollte.«

»Ja, das stimmt. Aber trotzdem – was ist eigentlich in Windsor passiert, daß er sich so aufgeregt hat, Henry?« Campbell zog die Augenbrauen zusammen. »Vielleicht hätte ich Bigge nicht erlauben sollen, hinter dem Gouverneur herzufahren. Aber er bestand darauf, bestellte eine Kutsche und zwei Wachsoldaten... Ich konnte ihn einfach nicht zurückhalten. Wie Sie wissen, hat Seine Exzellenz erst vor einer knappen Woche von der Ankunft dieses verdammten Kerls erfahren, und er konnte den Appell in Windsor nicht mehr abblasen. Und Bigges Schiff, die *John Barry*, ist noch früher als erwartet hier angekommen – sie brauchte für die

Reise nur hundertfünfzig Tage.«

Antill zuckte mit den Schultern. »Machen Sie sich keine Vorwürfe, John – Sie können doch nicht erwarten, einen Mann zurückhalten zu können, der tausend Pfund mehr pro Jahr verdient als unser Gouverneur... Wußten Sie das überhaupt?«

»Nein«, antwortete Campbell sehr verärgert. »Das wußte ich *nicht!* Wer hat es Ihnen gesagt?«

»Ob Sie es glauben oder nicht, das habe ich von ihm selbst.« Henry Antill fuhr in kühlem Tonfall fort: »Und was die Geschehnisse in Windsor betrifft... Unser verehrter Gouverneur verhielt sich vorbildlich, als Bigge ihn schließlich gefunden hatte. Er hatte natürlich nicht geahnt, dort mit ihm zusammenzutreffen! Aber Macquarie begrüßte ihn so, als wäre er sein bester Freund, den er seit langem erwartet hatte! Er bot ihm und seinem Sekretär Scott sofort Tee in seinem Haus an und begleitete sie dann persönlich zur Kaserne, um sich um ihre Unterbringung zu kümmern. Er hätte tatsächlich nicht mehr für die beiden tun können, aber was glauben Sie, John, was Bigge als Antwort darauf unternahm?«

»Was hat er denn gemacht?«

Antill seufzte. »Er hielt uns eine drei Stunden lange Rede über seinen Auftrag und die damit verbundenen Pflichten. Der Pflichtenkatalog beinhaltet alles, was Sie sich nur vorstellen können – Überprüfung, Überwachung und Reformen in allen Amtsbereichen! Er trug uns die lange Liste seiner Aufgaben in ungeheuer arrogantem Tonfall vor und ließ immer wieder durchblicken, daß er durch seine ausführliche Korrespondenz mit Marsden, Bent, Molle und dergleichen Männer auf das Beste über die hiesigen Zustände informiert sei. Kurz gesagt, er führte sich unglaublich taktlos auf.«

John Campbell schüttelte den Kopf.

»Da wundert es mich gar nicht, daß der Gouverneur so erregt ist!«

»Er hörte höflich zu und sagte kaum ein Wort. Großer Gott, John, ich habe ihn nie mehr als in diesen schweren Stunden bewundert! Aber es hat ihn viel Kraft gekostet.« Antill seufzte. »Um ihn noch mehr zu verletzen, stieg Mr. Bigge gleich anschließend in seine Kutsche und fuhr nach Parramatta zurück, um sich mit den Macarthurs zu treffen. Ich glaube, er hoffte auch, Marsden dort anzutreffen, aber niemand hatte ihm erzählt, daß unser wackerer Missionar von seiner letzten Reise zu den Maoris noch nicht zurückgekommen ist.«

»Ich bete, daß wir ihn nie wiedersehen!« sagte Campbell feindselig. »Und daß ihn seine Schäfchen nach guter alter Tradition in ihre Töpfe stecken!«

»Nehmen Sie sich mit solchen Äußerungen in acht!« riet ihm Henry Antill freundschaftlich.

»Ich brauche mich vor überhaupt nichts mehr in acht zu nehmen. Bigge hat mich davon informiert, daß ich nicht mehr lange der Sekretär des Gouverneurs sein werde.«

Henry Antill starrte ihn an. »Ist das Ihr Ernst? Stimmt das wirklich?«

»Es ist mein voller Ernst. Ein gewisser Major Frederick Goulburn wird mein Nachfolger.«

»John, das tut mir wirklich leid.« Antill schüttelte unglücklich den Kopf. »Ich hatte ja keine Ahnung davon.«

John Campbell legte ihm beruhigend die Hand auf den Arm. »Denken Sie nicht mehr daran – Sie konnten es ja unmöglich wissen. Ich werde mich Bankgeschäften zuwenden... Seine Exzellenz hatte mich auch deshalb als Sekretär ausgewählt, weil ich ihm behilflich sein sollte, hier eine Bank zu gründen. Und das haben wir trotz des massiven Widerstands des Kolonialministeriums ja auch geschafft! Und unsere Bank ist seit ihrem Bestehen immer solvent gewesen, obwohl sie mit keinem Pfund von der heimatlichen Regierung unterstützt worden ist.« Er zwang sich zu einem Lächeln und fügte hinzu: »Heute ist wirklich ein sehr trauriger Tag, Henry, in der Tat! Unser guter alter Gouverneur wird richtiggehend gejagt, und Bigge und der Kaufmann sind die Jagdhunde. Warum –« Er unterbrach sich, als die Tür geöffnet wurde, und das abgezehrte Gesicht des Gouverneurs im Türrahmen erschien.

»Seien Sie bitte so gut und bringen Sie mir eine Lampe, John«, bat er. Seine Stimme klang beherrscht, aber doch sehr müde, als er leise fortfuhr: »Ich möchte ein Rücktrittsgesuch an Lord Bathurst aufsetzen, und diesmal wird ihm nichts anderes übrigbleiben, als es anzunehmen.«

Vor über einem Jahr hatte er schon einmal den Versuch unternommen, von seinem Gouverneursamt zurückzutreten, aber Lord Bathurst hatte es damals nicht einmal für nötig gehalten, seinen Brief zu beantworten, bis er – in einem Brief, den er kurz vor der Ankunft des Regierungskommissars Bigge erhalten hatte – von ihm aufgefordert worden war, seinen Rücktrittswunsch doch noch einmal zu überdenken.

Das hätte ich auch gern getan, dachte Macquarie bitter, wenn Bigge mit seinem Auftrag vom Kolonialministerium nicht dazwischen gekommen wäre. Dieser Auftrag war gleichbedeutend mit einer Mißtrauenserklärung der heimatlichen Regierung, und... Bathurst hatte ihm »zu seiner Information« ein Bündel von Lügenmärchen über die Situation in der Kolonie aufgetischt und erwartete bestimmt von ihm eine detaillierte Antwort.

Seine Hand zitterte, als er nach dem Federhalter griff, aber er nahm sich zusammen und fing eilig zu schreiben an:

> »Eure Lordschaft ist sich bestimmt darüber im klaren, wie grausam sowohl meine Amtsperson als auch meine Privatperson von bestimmten Interessengruppen in dieser Kolonie angegriffen, zensiert und verächtlich gemacht wird...«

Es klopfte an die Tür, und da der Gouverneur wußte, daß es seine Frau Elizabeth war, ließ er den Federhalter sinken und drehte sich erleichtert um, um sie zu begrüßen. Sie fühlt immer, wenn ich sie brauche, dachte er dankbar.

Sie kam herein und brachte ihm auf einem Tablett einen Teller mit den Plätzchen aus Hafermehl, die er so gern aß, Käse und ein Glas mit seinem liebsten Malzwhisky.

Elizabeth reichte ihm den Whisky, und während er sein Aroma genoß und die Wärme spürte, die sich in seinem müden Körper ausbreitete, schnitt sie den Käse in schmale Scheiben und lächelte ihn freundlich an.

»Liebster Lachlan, du hast einen anstrengenden Tag hinter dir, nicht wahr?« fragte sie mit sanfter Stimme.

»Ja, genauer gesagt, eine anstrengende Woche.«

»Und dafür ist dieser Mr. Bigge weitgehend verantwortlich?«

»Bigge ist hierhergeschickt worden, weil bestimmte Politiker in England meinen Rücktritt wollen.« Er deutete auf den Brief, in dem die Lügenmärchen über ihn schwarz auf weiß zu lesen waren. »Soll ich abtreten und meine Niederlage eingestehen, Elizabeth, oder warten, bis Bigge überall herumschnüffelt und dann doch irgendwann etwas findet, aus dem er mir einen Strick drehen kann?«

Elizabeth schaute ihren Mann forschend an. »Du bist doch weit entfernt von einer Niederlage, Lachlan. Du hast viele Siege erlebt – letzten Endes selbst über Colonel Molle.«

Das ist richtig, dachte Lachlan Macquarie. George Molle hatte D'Arcy Wentworth nur wenige Tage, nachdem er das Geständnis gemacht hatte, daß sein Sohn das Spottlied auf den Kommandeur des Regimentes geschrieben hatte, angeklagt, mutwillig Informationen über das Vergehen seines Sohnes zurückgehalten zu haben.

Aber dieses Mal war Molle zu weit gegangen. Er hatte in Dr. Wentworths Vergangenheit gewühlt, halbe Wahrheiten als unumstößliche Tatsachen hingestellt, und... Der Gouverneur lächelte versonnen, als er daran dachte. Unterstützt von dem neuen Militärstaatsanwalt John Wylde und von dem gerade angekommenen Kommandeur des 48. Regiments, James Erskine, hatte er das Verfahren gegen D'Arcy Wentworth eingestellt und Molle an Bord der *Matilda* mit seinem gesamten Regiment nach Indien geschickt. Nur wenige Einwohner der Kolonie hatten die Abreise des Kommandeurs und des Regiments bedauert. Einzig und allein Michael Dean war hiergeblieben, ein junger Offizier, der in das 48. Regiment übergewechselt war und sich schon jetzt bei William Lawsons Versuchen nützlich machte, einen Weg über die Berge von Bathurst in die Ebene um Liverpool zu finden.

»Und dann hast du auch noch einen großen Sieg über Mr. Marsden errungen«, erinnerte ihn Elizabeth mit einer Befriedigung, die sie nicht zu verbergen suchte. »Das war vielleicht der größte deiner Siege. Er ist ein wirklich böser Mensch, Lachlan, der seine Raffgier unter dem Mantel christlicher Nächstenliebe verbirgt.«

Auch Marsden war zu weit gegangen. Der Pfarrer hatte irgendwie Wind von dem Rücktrittsgesuch bekommen, das er an Lord Bathurst geschickt hatte, und hatte daraufhin die Unverschämtheit besessen, einen alten Streitfall wieder aufzurollen, der zu seinen Ungunsten ausgegangen war. Er hatte einen ehemaligen Sträfling namens Hughes zum Meineid verleitet. Aber Hughes hatte kalte Füße bekommen und geredet. Daraufhin war es einfach gewesen, Marsden in seiner Funktion als Friedensrichter von Parramatta abzusetzen.

»Ich glaube«, sagte Elizabeth leise, »um deine Frage zu beantworten, die du mir vorhin gestellt hast, ich glaube wirklich, daß du dein Rücktrittsgesuch nicht noch einmal stellen solltest, Lachlan. Das aus dem vorigen Jahr liegt Lord Bathurst vor, und er hat dich schriftlich gebeten, es dir noch einmal zu überlegen. Ich würde an deiner Stelle Mr. Bigge und seinen Assistenten dabei gewähren lassen, was sie für richtig halten... Ich würde ihnen bei ihren Untersuchungen sogar behiflich sein.«

»Sie werden mit meinen Feinden reden«, antwortete Lachlan Macquarie.

»Und auch mit deinen Freunden«, entgegnete Elizabeth. »Und du hast viel mehr Freunde als Feinde in der Kolonie. John Wylde, George De Lancey – selbst Mr. Field und Colonel Erskine und Major Morrisett und die Offiziere von ihrem Regiment. Ach, liebster Lachlan, und viele andere mehr – die freien Siedler, die ehemaligen Sträflinge, denen es jetzt sehr gutgeht und die dir alles verdanken, die ehrlichen Kaufleute, die Kinder und selbst viele Eingeborene, denen gegenüber du dich großzügig verhalten hast. Und vergiß die Städte nicht, die du gegründet hast, die neuen Siedlungen und das weite Land jenseits der Berge!«

Vielleicht hat sie recht, dachte Lachlan Macquarie, aber er schüttelte den Kopf, und es fiel ihm schwer, seiner Frau zu glauben. Seine Feinde besaßen Macht und Einfluß und... sie waren aktiv daran interessiert, ihn zu entmachten, und zwar einzig und allein wegen der liberalen Politik, die er verfocht. John Macarthur hatte noch mehr Einfluß als alle anderen, und er schien sich in das Lager seiner Feinde geschlagen zu haben. Er brüstete sich öffentlich, für den Rücktritt der drei letzten Gouverneure der Kolonie verantwortlich gewesen zu sein.

Elizabeth küßte ihn zart auf die Wange.

»Liebster«, bat sie, »ich möchte dir beweisen, daß ich hinsichtlich der Einstellung deiner Freunde recht habe. Laß uns eine Rundfahrt durch die Kolonie unternehmen – wir haben jetzt ja die *Elizabeth Henrietta* und ihren loyalen Kapitän zur Verfügung. Justin Broome kann uns nach Newcastle und nach Hobart bringen. Wir nehmen unseren kleinen Lachie mit, und Jessica soll mit ihren Kindern auch mitkommen. Zum Abschluß der Reise besuchen wir dann Bathurst und das neue Land jenseits der Blue Mountains, und auf der Fahrt können wir in Port Macquarie, in Liverpool und in Appin Station machen.«

»Eine Abschiedsreise?« fragte der Gouverneur.

»Nein«, antwortete Elizabeth zuversichtlich. »Ein Siegeszug. Bitte, Lachlan –«

Er nickte. »Gut, meine Liebe. Und ich bete zu Gott, daß du recht behalten mögest.«

Ich finde es einfach ungeheuerlich!« rief Abigail Dawson entrüstet aus. »Nach allem, was er für die Kranken in dieser Kolonie getan hat! Wie viele Leben hat er gerettet, wie viele Nächte sich in seiner selbstlosen Hilfsbereitschaft um die Ohren geschlagen! Jeder weiß, daß William Redfern der beste Arzt ist, den wir jemals hier gehabt haben, und wir alle hielten es für selbstverständlich, daß er der Chefarzt im Krankenhaus von Sydney würde, wenn Dr. Wentworth in seinen wohlverdienten Ruhestand gehen würde. Das ist jetzt geschehen ... und das Kolonialministerium hat Dr. Bowman zum Chefarzt ernannt, der zwar schon einmal hier gewesen ist, aber nur als Schiffsarzt. Niemand kennt ihn, und er hat nie hier gelebt! Warum soll er einem Mann vorgezogen werden, der fast zwanzig Jahres seines Lebens im Dienst der Kolonie gestanden hat?«

»Bowman kam zum ersten Mal mit John Macarthur auf der *Lord Eldon* hierher, Abby«, antwortete ihr Mann. »Und das zweite Mal reiste er auf der *John Barry* mit Regierungskommissar Bigge. Des weiteren macht er jetzt Macarthurs Tochter Mary den Hof. Er hat Einfluß, meine liebe Abigail. Und der arme Redfern kam als Sträfling hierher. Hast du das denn vergessen?«

»Aber damals war er noch ein halbes Kind, Tim! Und die Tatsache, daß er einmal mit dem Gesetz in Konflikt geraten ist, wird ihm heute, nach zwanzig Jahren, noch vorgeworfen! Es ist so ungerecht, Rick. Wenn ich nur daran denke, was wir ihm alles verdanken – und ganz besonders Dickon. Und du auch.«

»Ja! Ich stehe tief in seiner Schuld. Aber trotzdem ist der gute Dr. Redfern ein begnadigter Sträfling, der nach Mr. Bigges Meinung selbstverständlich für kein offizielles Amt in Frage kommt. Der Gouverneur versuchte, ihn als Friedensrichter zu berufen, aber der aufrechte Jurist Bigge vereitelte diesen Plan, indem er herausstrich, daß Redfern niemals vom König begnadigt worden ist.«

»Das schlägt ja dem Faß den Boden aus!« empörte sich Abigail ärgerlich. »Sicher wird sich Gouverneur Macquarie doch nicht von so einer – so einer Formalität in seinem Kurs beirren lassen?«

Tim Dawson lächelte. »Natürlich nicht, meine Liebe. Er und Bigge haben sich kräftig darüber in die Haare gekriegt. Und Redferns Fall ist nicht der einzige Streitpunkt.«

»Und ich hatte angenommen«, meinte Abigail sarkastisch, »daß die Schwierigkeiten unseres Gouverneurs beendet sein würden, wenn die Bents und Colonel Molle mit seiner Frau die Kolonie verlassen hätten! Aber wie es jetzt aussieht, fangen die Schwierigkeiten ja erst an!«

»Ich fürchte, du hast recht, meine Liebe«, stimmte Tim zu. Dann sagte er traurig: »Es wäre wirklich entsetzlich, wenn wir den besten Gouverneur verlören, den die Kolonie jemals gehabt hat, nur weil ein verdammter kleiner Aufsteiger wie Bigge jetzt hier das Sagen hat. Das Gerücht geht sogar um, daß er selbst Gouverneur werden will.«

»Bigge? Das kann doch nicht wahr sein, Tim!«

»Ich habe es aber gehört, Abby. Und ich habe noch ein Gerücht gehört. Bigges Assistent, der ehemalige Kaufmann Scott, will Priester werden, damit er Erzdiakon von Sydney werden kann!«

Er lachte auf.

Abigail starrte ihn ungläubig an. Tim sagte sarkastisch: »Und *ich* hatte gedacht – nein, zum Teufel, ich hatte gehofft, daß wir die Korruption überwunden hätten. Aber es scheint nicht der Fall zu sein... und Menschen werden in Ketten hierher in die Verbannung geschickt, die weniger Dreck am Stecken haben als diese Leute. Sie –« Er unterbrach sich, als die Tür aufging und Katie hereinkam. »Ach, meine liebe Katie, komm herein und setz dich. Das Essen ist bald fertig, nehme ich an.«

Rick stand auf und nahm seine Frau bei der Hand. Abigail wußte, daß sie im neunten Monat war und daß Rick sie nach Sydney gebracht hatte, damit Dr. Redfern die Geburt überwachen konnte. Die junge Frau hatte vor einem Jahr schon eine Fehlgeburt gehabt, und da Abigail wußte, wie sehr sich ihr Bruder Kinder wünschte, hatte sie die beiden überredet, für die Geburt nach Sydney zu kommen.

Sie waren glücklich verheiratet oder schienen es wenigstens zu sein. Seit das neuentdeckte Land zur Besiedlung freigegeben worden war, war Pengallon nicht mehr so isoliert wie in der Anfangszeit. Der kleine Dickon war überglücklich, wenn er seinen Onkel besuchen durfte, und die Farm gedieh unter der Leitung des treuen Jeffrey Crowan sehr gut. Rick hatte sich mehr auf Viehwirtschaft als auf Schafzucht spezialisiert und Tim... Abigail schaute ihren Mann an und zog die Stirn in Falten.

Tim – ein wohlhabender Mann, der im Laufe der Jahre mit seinen Farmen immer bessere Erträge erzielt hatte – hatte sich besorgt über die Art und Weise geäußert, wie Rick in kürzester Zeit große Mengen von Vieh für seine Farm angeschafft hatte.

»Er besitzt doch gar kein Kapital«, hatte Tim getadelt. »Nur das bißchen Geld von der Marine und dann eben das, was Justin mit in die Farm hineinsteckt. Und das kann nicht viel sein, denn vom Gehalt eines Lieutenants hat noch niemand große Sprünge machen können. Ich hoffe nur, daß er sich nicht übernimmt. Zwar hat er keine Rückschläge durch Überschwemmungen wie wir hier, aber auch wenn ich das mitberechne – er gibt einfach viel zuviel Geld aus. Ich hoffe für Katie, daß er keine Schulden macht!«

Rick hat nicht so auf mich gewirkt, dachte Abigail, aber... Tim hatte schon recht. Rick hatte während der vergangenen Woche in Sydney wieder Vieh gekauft und hatte zugegeben, daß er von John Macarthur ein halbes Dutzend reinrassiger Merinoböcke gekauft hatte. Die Böcke waren nicht billig. Und wenn Rick ein halbes Dutzend Böcke kaufte... Abigail schaute ihren Bruder forschend an.

Man konnte wirklich nur hoffen, daß er nicht zu große Schulden machte.

Katie setzte sich und lächelte merkwürdig. »Ich habe die *Elizabeth Henrietta* vor Anker liegen sehen, Rick. Hast du Justin schon gesehen?«

»Er kommt zum Abendessen zu uns«, antwortete Abigail. »Und er wird bestimmt bald hier sein. Ich habe Jessica auch eingeladen, aber sie hat mir ausrichten lassen, daß Johnny gerade Zähne kriegt, und daß sie deshalb bei ihm bleiben will. Ich weiß, daß Rick mit Justin sprechen will, sie haben sich in letzter Zeit selten sehen können, weil Justin die meiste Zeit unterwegs war.«

»Hat er nicht auch Mrs. Bigge nach Tasmanien gefahren?« fragte Katie.

»Ja, er hatte dieses zweifelhafte Vergnügen«, bestätigte Abigail. »Aber ich fürchte, daß es ihm keine Freude gemacht hat. Aber er brachte seinen Stiefvater, Captain Hawley, zurück, und er hat uns erzählt, daß Hawley unserem ehrenwerten Regierungskommissar reinen Wein über ein paar Zusammenhänge in dieser Kolonie eingeschenkt hat, die der Herr bislang überhaupt nicht durchschaut hat.«

Tim lachte amüsiert. »Er hatte ungewöhnlich aufmerksame Zuhörer, Katie. Justin hat mir erzählt, daß sowohl der Regierungskommissar als auch sein Sekretär seekrank waren. Die Überfahrt dauerte fünf Tage länger als normalerweise –«

Die Tür wurde geöffnet, und ein Diener trat beiseite, um Justin hereinzulassen. »Mein lieber Justin, du bist uns sehr willkommen, und wie ich dir versprochen habe, sind Rick und Katie hier. Julia und Dorothea sind zum Abendessen bei Colonel Erskine eingeladen, also haben wir viel Zeit, um uns ungestört zu unterhalten.«

Die alten Freunde begrüßten sich herzlich. Abigail hörte, daß sich Andrew Hawley nach der Rückgabe seines Offizierspatents auf seine Farm in Ulva zurückgezogen hatte. William beabsichtigte, eine neue Existenz im Land jenseits der Blue Mountains zu gründen. Rachel wollte nach Sydney ziehen und bei Jessica wohnen. Und Justin selbst hatte in der Zwischenzeit Truppen und Sträflingsarbeiter mit seinem Schiff zur neuen Siedlung Port Macquarie gebracht.

»Der Gouverneur möchte dieser Siedlung gleich Anfang nächsten Jahres einen Besuch abstatten«, erzählte Justin, als sie sich im Eßzimmer zu Tisch setzten. »Es wird seine Abschiedsreise«, fügte er bedauernd hinzu. »Er hat mich gleich nach meiner Rückkehr zu sich rufen lassen und informierte mich davon, daß sein Rücktrittsangebot angenommen worden ist und daß sich sein Nachfolger schon auf dem Weg hierher befindet. Der neue Sekretär, Major Goulburn, war kurz vor uns hier angekommen – an Bord des Transportschiffes *Hebe*. Unser armer alter Gouverneur sah doch sehr mitgenommen aus. Er sagte natürlich nichts und war sehr höflich zu Major Goulburn, aber« – er zuckte mit den Schultern – »er bat mich darum, die *Elizabeth* zum Auslaufen herzurichten und fügte hinzu, daß er sich auch noch in Hobart verabschieden wolle, bevor er endgültig nach England zurückfährt.«

Alle schauten Justin an, aber einen Augenblick lang sagte niemand ein Wort. Dann fragte Tim ärgerlich: »Justin, hat Seine Exzellenz dir gesagt, wer sein Nachfolger sein wird?«

»Nein«, antwortete Justin. »Aber John Campbell hat es mir gesagt. Es ist Sir Thomas Brisbane.«

»Der General, der eine Cousine von Colonel Molle geheiratet hat?« fragte Abigail. Sie erinnerte sich an ein Mittagessen im Regierungsgebäude, als Mr. Molle die Möglichkeit dieser Verbindung angedeutet hatte.

»Nun, wenigstens ist es nicht Regierungskommissar Bigge!« rief Tim erleichtert aus. Er erhob sich, um den Braten aufzuschneiden, den ein Diener gerade hereingebracht hatte. »Wir müssen Gott für alles danken! Ich hätte meine Farmen hier verkauft und wäre zu dir in das neuentdeckte Land gezogen, Rick, wenn die Regierung *ihn* zum Gouverneur ernannt hätte.«

»Aber wir haben *ihm* zu verdanken, daß Gouverneur Macquarie abdankt«, sagte Abigail unglücklich. Sie schaute Katie an, die die ganze Zeit über geschwiegen hatte, und als sie bemerkte, daß sie nichts aß, fragte sie: »Liebe Katie, ist alles in Ordnung?«

»Ich – ich weiß nicht so recht«, antwortete Katie mit leiser, ängstlicher Stimme. »Aber ich glaube –« Sie hielt die Luft an und schaute alarmiert zu Rick hinüber. »Ach Rick, ich glaube, daß meine Zeit gekommen ist. Ich –«

Rick sprang auf. »Ganz ruhig, Liebste«, sagte er beruhigend, und half ihr beim Aufstehen. »Abby, bitte laß Kate Lamerton rufen! Ich bringe Katie in ihr Zimmer.«

Das wird ein langer Abend werden, dachte Abigail... ein langer, angespannter Abend für sie alle.

Nach dem Essen brachte Abigail den kleinen Dickon zu Bett. Sie warf einen Blick in Katies Zimmer, erfuhr aber, daß mit der Geburt erst in den frühen Morgenstunden des nächsten Tages zu rechnen sei. Sie schickte einen Boten zu Dr. Redfern, um ihn von der bevorstehenden Geburt zu informieren.

Kate Lamerton beruhigte sie, sie brauche sich keine Sorgen zu machen. »Es wird noch ziemlich lange dauern, Miss Abigail«, sagte die alte Hebamme. »Katie ist ja so schmal gebaut, es wird nicht leicht sein. Aber ich tue mein Bestes, und es wird schon gutgehn.«

Unten traf Abigail ihren Mann allein im Wohnzimmer an. Er rauchte eine Pfeife und sagte: »Justin und dein Bruder sind ins Arbeitszimmer gegangen, um sich zu unterhalten. Irgend etwas beschäftigt Rick, unabhängig von der bevorstehenden Geburt seines ersten Kindes.«

Abigail schüttelte nachdenklich den Kopf. »Hast du eine Ahnung, worum es gehen könnte?«

»Nein, überhaupt nicht. Außer um Ricks ungewöhnlich hohe Ausgaben. Warum muß er auch von Macarthur gleich ein halbes Dutzend Merinoböcke kaufen? Ich finde –« Er unterbrach sich, als erregte Stimmen aus dem Nebenraum zu hören waren, und das Wort »Gold« war einfach nicht zu überhören.

Abigail schaute Tim unsicher an.

Er beantwortete ihre unausgesprochene Frage: »Nachdem Rick von diesen flüchtigen Sträflingen angeschossen worden war, kam das Gerücht auf, daß er Gold in Pengallon gefunden habe. Es wurde von offizieller Seite ganz entschieden dementiert

– du erinnerst dich vielleicht an den kurzen Artikel in der *Gazette*, in dem zu lesen stand, daß es sich um völlig wertlose Funde gehandelt habe.«

»Ja«, meinte Abigail. »Ich erinnere mich daran. Ich...«

Sie konnte nicht genau ausdrücken, was sie sagen wollte, aber wieder kam ihr Mann ihr zur Hilfe: »Vielleicht ziehen wir voreilige Schlüsse, Abby. Aber wenn das nicht der Fall ist –«

»Nun?« fragte sie. »Was ist dann?«

»Dann könnte das sehr schlimm ausgehen. Schlimm für die Pläne des Gouverneurs hinsichtlich der landwirtschaftlichen Entwicklung der Kolonie. Aber ich vermute, daß Justin niemals einwilligen wird, daß Rick auch nur irgend etwas tut, was die Pläne des Gouverneurs vereiteln könnte. Vergiß nicht, daß das Land ursprünglich ihm zugesprochen wurde – Rick ist nur sein Partner. Ihm gehört das Vieh, aber das Land gehört Justin. Und –« Er hob warnend die Hand. »Jetzt kommen sie. Sag kein einziges Wort, Abby. Sie erzählen uns wahrscheinlich, was sie beschlossen haben.«

Die beiden Männer kamen herein, und Abigail sah auf einen Blick, daß sie sich heftig gestritten haben mußten. Erleichtert beantwortete sie Ricks ängstliche Frage nach seiner Frau.

»Ich habe Dr. Redfern schon benachrichtigen lassen. Aber Kate Lamerton sagt, daß wir geduldig sein müssen, Rick. Es dauert bestimmt noch ein paar Stunden.«

»Ich verstehe. Vielen Dank, Abby.« Rick wandte sich an Tim: »Ich habe mich entschieden, die Merinoböcke von Macarthur nicht zu kaufen – Justin hat es mir ausgeredet, und zwar aus finanziellen Gründen! Ich... das heißt wir sind übereingekommen, daß ich in der letzten Zeit viel zuviel Geld ausgegeben habe und daß wir jetzt besser Land roden und Getreide anbauen, statt immer mehr Vieh anzuschaffen. Ich nehme an, daß Justin recht hat – ich habe alles ein bißchen überstürzt.«

Tim sah, wie Abigail ihn erleichtert anschaute und lächelte ihr zu. »Ich bin sicher, daß Justin da ganz richtig liegt, lieber Rick«, meinte er freundlich. »Und auch ich bin froh, daß ihr euch entschlossen habt, die Böcke nicht zu kaufen. Einer wäre eine sinnvolle Anschaffung – aber schickt den alten Jethro nach Parramatta, um einen guten auszusuchen!«

Er erhob sich, um Getränke nachzuschenken, und kurz darauf verabschiedete sich Justin.

Kurz vor Tagesanbruch, nachdem Dr. Redfern fast drei Stunden lang Katie in ihren schweren Stunden beigestanden hatte, wurde das Baby geboren. Rick sprang auf, als aus dem Geburtszimmer leises, aber unmißverständliches Säuglingsgeschrei zu hören war. Ein paar Minuten später kam der Doktor herein und gratulierte Rick.

»Sie sind der Vater einer kleinen Tochter, Rick«, verkündete er. »Aber wir haben es alle ziemlich schwer gehabt, um sie auf die Welt zu bringen, und Ihre Frau ist völlig erschöpft. Gehen Sie ruhig zu ihr hinein, aber bleiben Sie nicht zu lange – Ihre Frau und Ihre kleine Tochter brauchen Ruhe.«

Rick schüttelte dem alten Arzt dankbar die Hand und verließ das Wohnzimmer. William Redfern sank müde in einen Sessel. Als Tim ihm ein Glas Brandy reichte, sagte er: »Ich werde Sie alle sehr vermissen, wenn ich mich in Airds zur Ruhe setze. Aber ich bin froh, daß alles gutgegangen ist. Das ist ein so nettes junges Ehepaar.«

»Wir werden sie genausosehr vermissen«, antwortete Abigail traurig.

Der alte Doktor seufzte. »Es ist doch eigentlich schrecklich«, bemerkte er nachdenklich, »daß ein Mann in seiner Jugend eine Dummheit begehen kann und noch zwanzig Jahre später dafür büßen muß! Aber das ist wahrscheinlich das, was man ›Gerechtigkeit‹ nennt – oder was Gerechtigkeit war, bis Lachlan Macquarie der Gouverneur dieser Strafkolonie wurde. Aber jetzt verläßt er uns auch... Haben Sie das schon gehört? Ich gebe zu, daß mir das entsetzlich leid tut, sowohl persönlich als auch in bezug auf das Wohlergehen dieser Kolonie. Sein Fortgang ist das Ende seiner Rehabilitations- und Reformpolitik. Wenn man Regierungskommissar Bigge Glauben schenken soll, dann kommt künftig hier die Politik John Macarthurs zum Zuge.«

Tim schaute ihn erst an. »Sie meinen wohl, daß sich in Zukunft wohlhabende Männer hier niederlassen werden, große Ländereien und viele Sträflingsarbeiter zugesprochen bekommen und groß in den Wollhandel mit England einsteigen werden? Ich habe gehört, daß er Bigge gesagt haben soll, daß mit Wolle hier das größte Geschäft gemacht werden kann.«

»Haben Sie auch gehört, daß er Bigge riet, sich um das Amt des Gouverneurs zu bewerben?« fragte Redfern. »Gott sei Dank ist uns das wenigstens erspart geblieben. Bigge fährt bald nach England zurück, wenn ich recht unterrichtet bin... Und zwar auf der *Dromedary,* dem Schiff also, das auch unser Gouverneur zur Fahrt in seine alte Heimat benutzen will!« Er trank sein Glas aus, erhob sich und sagte bitter lächelnd: »John Macarthur hat eine Rebellion angezettelt und ist für den Sturz und die Inhaftierung von Gouverneur Bligh verantwortlich gewesen, oder? Und dreizehn Jahre später glaubt ihm ein offiziell von der Regierung ernannter Kommissar jedes Wort, befragt ihn hinsichtlich der zukünftigen Politik um Rat und stellt sich voll hinter ihn. Wissen Sie, was Regierungskommissar Bigge öffentlich zu mir gesagt hat?«

Abigail schüttelte den Kopf, und Tim ermunterte den alten Mann: »Was hat er denn geäußert, Will?«

William Redfern schluckte. »Er sagte, daß jedes offizielle Amt, das mir anvertraut würde, durch die Tatsache, daß ich früher einmal Sträfling gewesen war, an Wichtigkeit und Wert verlöre. Deswegen wurde auch Dr. Bowman als Chefarzt berufen, bekam also den Posten, auf den ich achtzehn Jahre lang gewartet habe...« Er schüttelte traurig den Kopf, erhob sich und ging auf die Tür zu.

Rick verließ mit ihm den Raum. Abigail schaute den beiden Männern nach, und Tränen stiegen ihr in die Augen.

Was sollte aus dieser Kolonie, die jetzt Australien hieß, ohne Männer wie Gouverneur Macquarie und Dr. Redfern in Zukunft werden?